Mike Chick

Vier mal Angst

Mike Chick

Vier mal Angst

Psychothriller

PIPER

Mehr über unsere Autoren und Bücher:
www.piper.de

Wenn Ihnen dieser Roman gefallen hat, schreiben Sie uns unter Nennung des Titels »Vier mal Angst« an empfehlungen@piper.de, und wir empfehlen Ihnen gerne vergleichbare Bücher.

Wir produzieren nachhaltig
www.piper.de

ISBN 978-3-492-50582-6

Redaktion: Michaela Retetzki
Satz auf Grundlage eines CSS-Layouts
von digital publishing competence (München)
mit abavo vlow (Buchloe)
Covergestaltung: FAVORITBUERO, München
Covermotiv: Bilder unter Lizenzierung von Shutterstock.com genutzt
Printed in Germany

Für meine Mutter
für alles

Menschen, die Gedanken haben,
Können schweigen – schweigen – schweigen –
Und sich stumm und tief vergraben
In den Schatz, der ihnen eigen.

–Emil Claar

Nun lach nicht mehr so schaurig!
Dein Leben macht mich traurig!
Und sprich zu mir ein Wort!
Das Schweigen tötet die Liebe.
Du aber sollst mich lieben –
Ach, hörst du mich denn nicht?

–Paul Scheerbart

Post über den Gartenzaun

Ah, wie es mir geht? Ach, ganz okay. Das alte Rückenleiden und etwas zu wenig Schlaf, ansonsten ist alles prima. Was? Nein, das liegt nicht an den neuen Nachbarn. Die Kramers sind ruhige Zeitgenossen, sehr ruhig. Ja, ja, wohnen jetzt seit zwei Monaten in der Kronenstraße. Keine Probleme bisher. Um ehrlich zu sein ... Kommen Sie mal näher, dann muss ich nicht so laut werden ... Die verhalten sich geradezu sonderbar perfekt. Sehen Sie den Rasen? Kurz geschnitten. Nicht wie bei den vorherigen Hausbesitzern. Der Junge der Familie, gerade einmal zwölf, mäht ihn wöchentlich. Nicht zur Mittagsruhe, nein, morgens so gegen zehn. Er setzt sich seine Kopfhörer auf, füllt Benzin in den Tank und legt los. Ich kann ihn vom Wohnzimmerfenster aus sehen. Zwei Stunden, dann recht er das abgeschnittene Gras zusammen und wirft es in den Kompost hinterm Haus. Und das ist nicht alles. Ich habe ihn kürzlich dabei beobachtet – zufällig natürlich –, wie er seinem Vater dabei half, die Autoreifen zu wechseln. Ich kenne das von früher, als die Kinder grundsätzlich noch mehr im Haushalt helfen mussten. Aber heute? Sie kennen doch diese Jugend. Nichts anderes im Kopf als Party und Schule schwänzen. Wie er heißt? Wenn ich mich richtig erinnere, David. Ja, ja, eine Tochter haben die auch. Genauso ein Musterbeispiel. Blond, hübsch, stets gepflegtes Auftreten. Ihr Name? ... Lassen Sie mich nachdenken ... Sandra, genau. Geht regelmäßig mit dem Golden Retriever vor die Tür. Dreimal am Tag, mindestens. Und nicht nur um den Block, nein. Sehen Sie mal dort den Hügel hinauf. Erkennen Sie die Felder hinter den leeren Bauplätzen, auf denen unsere schö-

ne Zwei-Häuser-Wohnsiedlung erweitert werden soll? Da bauen die hiesigen Landwirte Mais und Getreide an. Dort hinauf und noch weiter geht die junge Dame mit Buddy. So heißt der Hund. Manchmal ist sie 'ne ganze Stunde oder länger unterwegs. Meistens im Sportoutfit. Hat eine super Figur, das Mädel. Könnte Model werden. Heutzutage ist das dank Internet und Technik ja sogar in einer Kleinstadt wie Duringen möglich. Was? Ach ja, die Eltern. Tolle Leute, das kann ich Ihnen sagen. Und gebildet. Der Vater ist Bauunternehmer. Leitet seine eigene Firma. Äh … äh … Warten Sie, ich hab's gleich … C & R GmbH. *So heißt die Firma. Was das bedeutet, kann ich mir nicht merken. Irgendwas Englisches. Sehe ab und an einen Lkw mit dem Firmenlogo herumfahren. Meist transportieren sie Schotter, Erde oder Beton. Ja, genau die Wagen meine ich. Grau mit weißer Aufschrift. Sehen ziemlich edel aus. Zu edel für eine Baufirma, wenn Sie mich fragen. Aber die Zeiten ändern sich eben.*

Was? Wie alt? Sie wollen Sachen wissen! Ich schätze mal knapp über fünfzig. Schwer zu sagen. Kurt Kramers Bart ist jedenfalls ergraut. Trägt fast täglich Anzug und Krawatte. Unter der Woche sieht man ihn frühmorgens aus dem Haus gehen und spät zurückkommen. Kein … Wie nennt man das noch? Ja, genau. Kein Nine-to-five-Job. Er muss wesentlich mehr Zeit im Büro verbringen als seine Angestellten, weil es oftmals dunkel ist, wenn er nach Hause kommt. Wie seine Frau das aushält, weiß ich nicht. Allerdings habe ich die beiden nie streiten gehört. Sie kennen das bestimmt. Wenn einer stets den Abwasch und die Wäsche macht und der andere nur unterwegs ist, gibt es fast immer Zoff. Bei den Kramers offenbar nicht. Wenn man Maike Kramer auf der Straße oder beim Einkaufen begegnet, ist sie stets gut gelaunt, lächelt, grüßt freundlich. Mit ihren blonden gewellten Haaren und ihrer tadellosen Figur – die müssen alle irgendwie Sport treiben, so gut, wie die aussehen – erinnert sie mich ein bisschen an die Schauspielerin Veronica Ferres. Kennen Sie die? Hat in Der

Teufelsgeiger *mitgespielt. Was sie beruflich macht? Was das angeht, habe ich keine Ahnung. Vielleicht arbeitet sie von zu Hause aus übers Internet, womöglich ist sie aber auch Hausfrau und Mutter. Ha! Regelrecht konservativ, finden Sie nicht auch? Vater bringt das Geld nach Hause, während Mutter sich um die Hausarbeit kümmert. Wie in früheren Tagen.*

Na ja, ich kann Ihnen auf jeden Fall sagen, die Kramers geben das Bild einer perfekten Familie ab. Doch ich sag Ihnen noch was. Kommen Sie noch mal näher. Sie können sich doch noch an die Zeit erinnern, als dieser Peter Hansen mit Frau und drei Kindern hier genau in dieses Haus eingezogen ist. Ja, ich weiß. Düsteres Kapitel. Kann ich gut verstehen, dass Sie darüber nicht sprechen möchten. Die Morde und das alles. Lassen Sie mich eine Sache sagen. Damals, als die Hansens in die Nachbarschaft zogen, bekam ich so ein dumpfes Gefühl in der Magengegend. Ich konnte es mir nicht erklären, denn wenn man den Hansens auf der Straße begegnete, wirkten sie wie eine ganz harmonische Familie, die nichts und niemand unterkriegen kann. Sie grüßten einen freundlich und verhielten sich tadellos. Waren im Fußballverein und im Tennisclub. Man konnte von ihnen wirklich behaupten, sie waren eine Musterfamilie. Und das war ja auch so ... Jedenfalls bis zum 16. Mai, als die Morde ... Ich hör ja schon auf. Was ich eigentlich sagen will ... Dieses dumpfe Gefühl, als würde bald etwas Schreckliches geschehen ... Es ist wieder da. Ich weiß nicht, woher es rührt. Aber irgendetwas wird geschehen. Irgendwas Schlimmes. Das weiß ich so sicher, wie ich weiß, dass der Sommer kommt. Ein Sommer mit finsteren Gewittern. Garantiert.

Sehen Sie nur! Da drüben. Das ist David Kramer, der Junge, der den Rasen mäht. Er parkt sein Fahrrad in der Garage. Er schmeißt es nicht etwa auf den Rasen vor dem Haus wie wir früher, nein, er hängt es sogar an den Ständer an der Wand. Vorbildlich. Und seine Kleidung. Das T-Shirt perfekt weiß und gebügelt, die Jeans kein bisschen ausgeblichen, die lockigen dunklen Haare frisch geschnitten. Die Kramers wissen, wie man einen guten Eindruck hinterlässt. Allerdings ... Na ja. Mein Vater hat immer gesagt, in jedem noch so glänzenden Apfel kann ein Wurm stecken. Man entdeckt ihn erst, wenn man hineinbeißt. Und irgendwas sagt mir, dass das Schicksal bald die Zähne in das Leben dieses Jungen, ja, vielleicht sogar in das der ganzen Familie schlagen wird. Dieses dumpfe Gefühl im Magen, verstehen Sie? Es hat sich damals bestätigt, als Hansen fast seine ganze Familie ermordet hat, und jetzt ... Nun, ich hoffe, dass so etwas Schreckliches niemals wieder geschehen wird. Aber wer weiß ... Wer weiß ...

Teil I

Ein Tag – Vier Geschehnisse

1

Für die meisten Kids war der anstehende Sommer eine große Sache. Während den Pausen in der Schule unterhielten sich einige bereits darüber, was sie in den Sommerferien unternehmen oder wohin sie in Urlaub fahren würden. David Kramer beschäftigten andere Dinge.

Als er zu Hause das Fahrrad auf die Halterung an der Garagenwand hob und die kühle schattige Luft den Schweiß auf seiner Stirn trocknete, dachte David nur an zwei Dinge: Daran, die Sachen zu erledigen, die seine Mutter ihm gleich auftragen würde – reine Routine nach der Schule –, und daran, sich sofort nach der Erledigung dieser Aufgaben zur *Bücherecke* aufzumachen, einer kleinen Buchhandlung mitten in der Stadt. Er freute sich schon seit Tagen diebisch auf den neuen Roman von Bennett Hawking, der ab heute im Handel erhältlich sein sollte.

Sein Vater war der Ansicht, *solche* Bücher seien nichts für einen zwölfjährigen Jungen, dessen Gehirn sich noch im Wachstum befindet. Die Gewalt in diesen Schauergeschichten hätte Auswirkungen auf Davids Denkmuster und auf lange Sicht womöglich sogar auf sein Empathievermögen. Schließlich gäbe es allerlei Berichte, in denen anhand von Studien aufgezeigt wurde, wie schlecht sich das Spielen von Ego-Shootern oder das Ansehen von Horrorfilmen auf die kindliche Psyche auswirke. Und egal ob Buch oder Bildschirm, Gewalt bleibe Gewalt.

David hegte keinerlei Gewaltfantasien und dachte auch nicht im Entferntesten daran, jemanden umzubringen. Er mochte Geschichten, mehr steckte nicht dahinter. Nein, er *liebte* Geschichten. Vor allem gruselige. Aber das änderte nichts. Er war ein gewöhnlicher Junge, er pflegte sich, wie seine Eltern es ihm beigebracht hatten, brachte gute Schulnoten nach Hause und mochte das gute Wetter. Obwohl er von der Sonne nicht allzu viel abbekommen würde, wenn er erst den Schmöker in Händen halten würde. Er würde sich in sein Zimmer verkriechen, seine Leselampe einschalten und in die Welt der Worte abtauchen, wo er sich heimisch fühlte.

Das Buch musste er seinem Vater natürlich vorenthalten, was bedeutete, dass er eine der großen innerfamiliären Regeln brach. Über die täglichen Erlebnisse zu reden, gehörte in den Augen seines Vaters nämlich zu den wichtigsten Dingen, die eine Familie zusammenhielten. Genau wie das tägliche gemeinsame Abendessen, zu dem solche Unterhaltungen stattfanden. »Die meisten Eltern und Kinder haben nur deshalb Auseinandersetzungen, weil sie sich nicht ordentlich unterhalten«, pflegte sein Vater an solchen Abenden zu sagen. Dabei verhielt er sich wie ein Wanderprediger, der bei einer fremden Familie zu Tisch saß und ihr die Welt da draußen näherbrachte. Er faltete die Hände und blickte ihnen allen aufmerksam und direkt in die Augen. Manchmal tat er das sogar bei Buddy, der ohnehin nie viel zu sagen hatte. »Wir müssen daran festhalten, nie in Schweigen zu verfallen. Eine Familie ist ein fragiles Konstrukt, das nur durch unsere gegenseitige Zuwendung zusammengehalten wird. Sprechen wir nicht über die Dinge, die wir erleben oder die uns gar belasten, so können in unseren Herzen Sorgen, Ängste oder sogar Zorn heranwachsen. All diese Emotionen führen früher oder später zu Konflikten, die es im Hause Kramer zu vermeiden gilt. Und deshalb ist unser oberstes Gebot, um jedem von uns das Leben so angenehm wie möglich zu machen, jeden Abend ohne Handys, laufenden Fernseher oder Radio gemeinsam am Tisch zu sitzen, zu essen und ordentlich über unsere Erlebnisse zu sprechen. Das gilt vor allem für euch beide.«

Damit hatte er David und Sandra gemeint, die mit ihren siebzehn Jahren bereits die meiste Zeit der Gehorsamkeit – David war der Meinung, dass jedes Kind spätestens im Alter von achtzehn Jahren von zu Hause auszog – hinter sich gebracht hatte. Er selbst hatte hingegen noch einige Jahre vor sich, und jetzt, da er an den neuen Gruselroman dachte, den er sich kaufen wollte, graute ihm davor, sich noch am selben Abend mit seinem Vater an einen Tisch zu setzen. Weil er nicht über das sprechen konnte, was ihn am meisten beschäftigte: das Buch, das er sich kaufen wollte.

Er würde von mir bestimmt verlangen, dass ich es zurückbringe, dachte er. Und auch davor graute ihm. Sehr sogar.

Nein, er würde die Regel seines Vaters brechen. Sobald er die Hausarbeiten, die seine Mutter ihm übertragen würde, erledigt hatte, würde er in die Stadt fahren und sich das Buch holen. Und dann bliebe es sein Geheimnis.

Von der Garage aus führte ein direkter Durchgang in den Eingangsbereich des Wohnhauses. David ging hindurch, zog ordnungsgemäß seine Schuhe aus – eine Regel seiner Mutter – und ging in die Küche.

Als David seine Mutter dort stehen sah, überkam ihn ein leichter Schauder.

2

»Mama, stimmt was nicht?«

Sie antwortete nicht. Wie apathisch blickte sie auf den grau gefliesten Fußboden, die Augen starr geradeaus gerichtet. Einzelne blonde Strähnen hatten sich aus ihrem Pferdeschwanz gelöst und klebten ihr an den schweißfeuchten Wangen. Ihre Gesichtsfarbe glich auf fürchterlich eindringliche Weise der eines Grabsteins. Neben ihr knetete unbeachtet und röhrend eine Küchenmaschine einen Teig.

So hatte David sie noch nie gesehen. Nicht so ... so ... gedankenverloren? Er wusste nicht, ob dieses Wort wirklich beschrieb, was er meinte. Er wusste auch nicht, ob sie wirklich über etwas nachdachte. Der matte Ausdruck auf ihrem Gesicht deutete eher auf das Gegenteil hin.

Als wäre sie gar nicht da, dachte er, und das traf die Wahrheit etwas besser. Denn als er erneut »Mama?« sagte, zuckte sie sichtlich zusammen. Sie blickte um sich, als wüsste sie nicht genau, wo sie sich befand. Dann, als sie ihn entdeckte, strich sie sich die blonden Haarsträhnen hinters Ohr. Und lächelte.

Dieses Lächeln versetzte David eine Gänsehaut. Es wirkte so unecht und fehl am Platz wie ein rosa Grizzly auf dem Mond.

»Oh, hi, mein Schatz. Schon so früh zu Hause?«

»Wieso früh? Es ist halb drei.«

Sie blickte auf die Uhr über dem Durchgang zum Wohnzimmer und wirkte mit einem Mal gehetzt.

»Ach Gott, wie schnell die Zeit vergeht. Und dabei wollte ich noch so vieles machen. Einen Kuchen für Frau Wagner. Sie hat heute Geburtstag. Und du weißt ja, aufgrund ihrer Hüftoperation kann sie nicht mehr so wie früh…«

Hastig griff sie nach der Schüssel der Küchenmaschine und schreckte zurück, als sie beinahe mit den Fingern an die sich stetig drehenden Knethaken geriet.

»Mama!«

Wieder verfiel sie in diese Art Starre. Mit geweiteten Augen betrachtete sie ihre Hände. Sie zitterten. Und mit einem Mal war es geschehen. Tränen strömten aus ihren Augenwinkeln. Ihre Unterlippe vibrierte wie unter Strom.

Einen schrecklichen Augenblick lang glaubte David, sie würde zusammenbrechen, würde jetzt und hier zu Boden gehen wie ein Boxer bei einem K.-o.-Schlag. Doch sie fing sich wieder, wischte sich die Tränen von den Wangen und betätigte den Ausschalter der Küchenmaschine. Das Rührwerk verringerte brummend die Geschwindigkeit, drehte noch ein, zwei Runden, dann schwieg es. Voll Unbehagen betrachtete David seine Mutter.

»Was ist denn mit dir?«

»Nichts.« Erneut dieses Lächeln. »Ich stehe heute nur etwas neben mir. Habe mir viel zu viel vorgenommen. Das ist alles.«

Ersteres glaubte David sofort. Es war kein Geheimnis, dass seine Mutter dazu neigte, den Tag mit Hausarbeit regelrecht vollzustopfen. Sie stand täglich frühmorgens auf, begann damit, Frühstück für alle zuzubereiten, und während alle anderen aus dem Haus waren, nutzte sie die Zeit, um die Wäsche zu waschen, die Küche aufzuräumen, den Fußboden zu wischen und so weiter und so weiter.

Dass das *alles* war, bezweifelte David jedoch. Irgendetwas stimmte nicht mit ihr. Sie war eine mittelgroße, schlanke Frau, die stets Wert darauf legte, mit geradem Rücken und erhobenem Kinn durch die Welt zu schreiten. Was David jetzt vor sich sah, war allerdings genau das Gegenteil. Seine Mutter wirkte, als wäre sie innerlich in sich zusammengesunken.

Mit mechanischen Bewegungen entfernte sie den Knethaken aus der Maschine und sagte: »Es ist nichts mit mir. Wirklich. Ich bin heute nur etwas durch den Wind. Das passiert jedem mal.«

Dem konnte David nicht widersprechen. Es gab Tage, an denen er in der Schule saß, aus dem Fenster auf den Schulhof blickte und sich in Träumereien über ferne fantastische Welten verlor, ohne mitzubekommen, was um ihn herum geschah. Auch jetzt verloren sich seine Gedanken. Er musste wieder an seinen Plan und an den neuen Roman von Hawking denken. Und an die Hausarbeit, die seine Mutter ihm stets nach der Schule aufdrückte. *Jeder hilft etwas, dann haben wir am Abend alle frei.* Das war ihr Motto, wobei sie selbst so gut wie nie freimachte. Und wenn sie sich einmal nicht mit dem Haushalt beschäftigte, dann saß sie in ihrem Arbeitszimmer im Dachgeschoss und schrieb an irgendeinem ihrer Gedichte.

Lyrik. Damit konnte David überhaupt nichts anfangen. Der Gedanke, über Literatur nachdenken zu müssen, graute ihm sogar regelrecht. Was sollte das bringen? Man setzte sich hin, las einen Vier- oder Achtzeiler, ein Sonett oder sonst etwas in dieser Art, um dann stundenlang darüber zu philosophieren, was der Autor wohl damit gemeint haben könnte? Nein, das war nichts für ihn. Er stand auf Literatur, die ihn unterhalten konnte; Geschichten, die ihm einen Schauer über den Rücken laufen ließen.

»Alles okay?« Nun war sie es, die ihn fragte.

»Ja. Äh, was soll ich denn heute erledigen? Mein Zimmer hab ich schon gestern aufgeräumt. Und mein Wäschekorb ist auch leer. Bis auf ein paar Socken und eine Boxershorts oder so.«

Trotz ihrer geröteten Augen und dem merkwürdig abwesenden Ausdruck darin stahl sich ein Lächeln auf ihre Lippen. »Hast du denn was vor?«

Die Frage versetzte David einen kleinen Stich. Er wollte ihr nicht sagen, was er vorhatte. Zwar befürwortete sie, dass ihr Sohn las – viel las –, doch von Horrorliteratur hielt auch sie nicht sonderlich viel. Und nachdem sein Vater ihm vor rund einer Woche sogar verboten hatte, sein Taschengeld weiterhin für solchen Schund, wie er es nannte, auszugeben, befürchtete David, sie könnte ihm verbieten, in die Stadt zu gehen.

»Ich will mich mit Sebastian treffen«, log er freiheraus. Und dann einer Eingebung folgend: »Sein Vater will in der Kessach Forellen fischen und wir wollen dabei zuschauen.«

Seine Mutter rümpfte die Nase. »Fischen? Ach, David, ist das dein Ernst? Du? Fischen? Das kann ich kaum glauben.«

»Ich will ja nicht angeln, nur zusehen.«

»Das ist genauso schlimm. Zuzusehen, wie ein Lebewesen an einem Haken aufgespießt aus dem Wasser gezogen wird ... Das ist grausam. «

Erst jetzt begriff David, wie undurchdacht seine Eingebung war. *Du sagst deiner Mama, du willst beim Angeln zusehen? Deiner Mama, die Vegetarierin ist? Grandiose Idee, Sherlock!* Da hätte er ihr lieber von dem Buch erzählen sollen, das er sich kaufen wollte. Jetzt würde sie ihm ganz bestimmt eine ganze Tirade über das sensible Gleichgewicht von Mutter Natur halten, und darüber, wie herzlos und egoistisch es war, Tiere zu töten, wenn man sich genauso gut und sogar wesentlich gesünder von Fleischersatzprodukten wie Soja, Tofu oder Tempeh ernähren konnte.

Doch das tat sie nicht. Im Gegenteil. Sie schwieg. Und wieder nahm ihr Gesicht diesen leeren Ausdruck an. Seine Mutter war eine hübsche Frau, und wie David wusste, war sie früher sogar über mehrere Laufstege geschritten. Auch heute bekam sie noch gelegentlich Angebote von ihrer

Freundin Veronique, die eine Modelagentur in München leitete, worauf seine Mutter allerdings nie einging. Mit diesem toten Blick, so dachte er, würde sie ohnehin niemand engagieren wollen.

»Ist bei dir wirklich alles in Ordnung?«, fragte er vorsichtig.

»Was? Oh … ja … Angeln ist grausam. Sagte ich das schon?« Sie sah ihn nicht einmal an.

»Mama?«

Sie sog so tief Luft ein, dass sich ihr Busen hob. Als sie weitersprach, klang sie, als wäre sie unglaublich müde. »David? Wir müssen etwas miteinander ausmachen, uns ein Versprechen geben.«

Als sie ihn ansah, lag in ihrem Blick eine Ernsthaftigkeit, die er so noch nie an ihr gesehen hatte.

»Du darfst deinem Vater nichts davon sagen, wie ich heute auf dich gewirkt habe, und ich verrate ihm nicht, dass du dir den neuen Roman von Bennett Hawking zulegen willst.«

Er starrte sie an. Wie konnte sie das …

»Ich stehe heute wirklich etwas neben mir«, fuhr sie fort. »Aber ich bin nicht auf den Kopf gefallen. Ich weiß, dass heute das Veröffentlichungsdatum ist, weil du es mir vor knapp zwei Wochen selbst erzählt hast, bevor … Nun, bevor dein Vater dir verboten hat, weitere solche Bücher zu kaufen. Auch ich mag Horror nicht. Gewalt, ob im Fernsehen oder in Büchern, bleibt Gewalt.«

»Mama …«

Sie hob eine Hand. »Darüber werde ich heute ausnahmsweise hinwegsehen. Wenn du mir versprichst, dass du deinem Vater nichts über *jetzt* erzählst. Er soll nicht wissen, dass ich so neben mir stehe. Sonst stellt er Fragen über Fragen. Du kennst ihn.«

Das tat er. Und er wusste, dass sie recht hatte. Wenn Kurt Kramer merkte, dass irgendetwas im Busch war, bequatschte er einen so lange, bis er jedes Detail darüber erfuhr. Etwas vor ihm zu verbergen war schier unmöglich.

Dennoch konnte David kaum glauben, was sie da von ihm forderte. Seinem Vater nicht die Wahrheit sagen, was hier vor sich gegangen war? Es als Geheimnis für sich zu behalten? Das war ein absolutes Tabu. Es war beinahe so schlimm wie lügen.

Er sah wieder zu seiner Mutter. In ihren Augen lag eine Traurigkeit, die David nicht zu deuten wusste. Und die ihn schmerzte.

»Versprichst du, deinem Vater nichts über diesen Mittag zu erzählen?«, wiederholte sie. Ihr Tonfall hatte wieder diese Ernsthaftigkeit angenommen, die ihm Unbehagen bereitete.

»Ich denke schon.«

»Das reicht mir nicht. Sag, dass du nichts erzählen wirst. Versprich es.«

»Okay, okay, ich verspreche es.«

»Gut. Dann darfst du jetzt gehen und dir dein Buch kaufen.«

David riss die Augen auf. »Ehrlich? Keine Hausarbeiten? Ich darf direkt los?«

»Ja. Ich möchte dich allerdings um einen kleinen Gefallen bitten.«

»Welchen?« Nachdem David nun wusste, dass er ohne die zusätzliche Arbeit viel mehr Zeit zum Lesen haben würde, würde er ihr jeden Gefallen tun. In seiner Brust pochte es vor Vorfreude. Er konnte es kaum erwarten, sich wieder auf sein Fahrrad zu schwingen und in die Stadt zu düsen.

»Du müsstest bei Ralph Miller vorbeigehen und ihm etwas übergeben.«

Einen Augenblick lang sah er seine Mutter verdutzt an. Er wusste, er hatte den Namen des Mannes schon einmal gehört, wusste jedoch nicht mehr in welchem Zusammenhang. Dann fiel es ihm ein. Und es gefiel ihm gar nicht.

Ralph Miller war in der Kleinstadt kein Unbekannter, wenngleich man über ihn nicht viel wusste. Sicher war lediglich, dass er antike Möbel restaurierte, einen eigenen Laden in der Kaiserallee besaß und in einem Haus im Wald lebte; so abgeschieden, dass niemand wirklich mitbekam, was sich dort abspielte.

David starrte seine Mutter an. »Aber Mama, Herr Miller wohnt in genau der entgegengesetzten Richtung, mitten im Wald. Zur *Bücherecke* geht es ...«

»Ich weiß. Trotzdem. Es ist wichtig.« Ihr eindringlicher Blick machte aus der Bitte eine Forderung.

David seufzte. »Na schön. Und was soll ich ihm bringen?«

»Einen Brief, den ich erst noch schreiben muss. Das dauert nicht länger als eine Minute.«

»Einen Brief?«

»Stell keine Fragen. Von mir aus kannst du auch erst zur *Bücherecke* und dann ... Nein, doch besser andersherum. Sobald du dein Buch hast, konzentrierst du dich auf nichts anderes mehr. Also erst zu Ralph Miller, dann dein Buch. Warte hier.«

Ohne ein weiteres Wort verließ sie die Küche und ging die Treppe hinauf. David hörte ihre Schritte bis zum Dachstuhl, wo sie ihr Arbeitszimmer hatte. Er betrachtete den Teig, der nach wie vor in der Schüssel der Rührmaschine ruhte, und dachte, dass das alles sonderbar war. Seine Mutter hatte sich nie so aufgeführt. Erst dieser abwesende Gesichtsausdruck und dann diese Übereifrigkeit. Als hinge ihr Leben davon ab. Wovon? Diesem Brief? Was hatte das alles zu bedeuten?

David kam der Gedanke, dass er es ziemlich leicht herausfinden konnte. Er brauchte nur den Brief, den sie ihm geben würde, zu öffnen und ...

Nein! Das würde er auf gar keinen Fall tun! Egal was darin stehen mochte, es war die Sache seiner Mutter. Für heute musste er bereits genug für sich behalten.

Keine fünf Minuten später kam sie die Treppe herab. In ihrer Hand hielt sie einen weißen Umschlag. Als er ihn ihr abnehmen wollte, hielt sie ihn noch einen Moment fest. Sie begegnete David mit einem ungewohnt strengen Blick.

»Nicht öffnen.«

»Werde ich nicht.«

Schweigend musterte sie ihn, als prüfte sie, ob sie sich wirklich auf sein Wort verlassen könne. Etwas, was sie sonst nie infrage stellte.

»Wirklich, Mama. Ich lass die Finger davon. Mir ist mein Buch lieber als dein blöder Brief.«

»Gut. Mach dich am besten gleich auf den Weg. Und komm schnell zurück. Nicht dass dein Vater noch mitbekommt, was ich dir erlaubt habe. Du weißt, dass das eine Menge Ärger geben würde.« Sie versuchte sich an einem Lächeln, dann seufzte sie. »Es tut mir leid, dass ich vorhin so schroff zu dir war.«

»Schon okay. Ist ja nichts passiert. Hauptsache dir geht es wieder besser.«

David konnte es sich nicht erklären, aber dieser Satz hatte eine ungeahnte und eher ins Gegenteil führende Auswirkung auf sie. Ihr Blick verlor sich wieder, sank zu Boden. Und irgendwie überkam ihn das Gefühl, dass sie in dem Augenblick, in dem er die Tür hinter sich schloss, sofort wieder zu weinen anfangen würde. Ohne darüber nachzudenken, nahm er sie in die Arme.

»Was auch immer gerade los ist, es geht bestimmt wieder schnell vorbei«, sagte er.

Sie erwiderte seine Umarmung. Fest. Seine Mutter überragte ihn mit seinen ein Meter sechzig um gute zehn Zentimeter. Jetzt lag ihr Kopf auf seiner Schulter. Und er spürte das Zittern ihres Kiefers. Sie würde weinen, dachte er. Ja, das würde sie. Die Frage war nur warum.

3

Die Abkürzung *C & R GmbH* stand für *Construction and Rebuilding GmbH*, Aufbau und Sanierung. Das war der Name der Baufirma, die Kurt Kramer vor rund zwei Monaten übernommen hatte und seither leitete.

Er entstammte einer traditionsreichen Familie des Hoch- und Tiefbaugewerbes. Für Kurts Vater Arno, ein Maurermeister der alten Schule, waren Steine und Mörtel so etwas wie der Heilige Gral des Lebens. Schon früh lernte er seinen Sohn in seine Arbeit ein, und später, als Kurt ebenfalls den Meisterbrief in der Tasche hatte, zeigte er ihm zudem, wie man ein Geschäft führt.

Kurt erwies sich nicht bloß als lernfähig, sondern auch als außerordentlich gerissen. Als der Maurerbetrieb seines Vaters zur Zeit der Wirtschaftskrise plötzlich rote Zahlen schrieb, weil niemand es sich mehr leisten wollte, ein Eigenheim zu bauen, riet Kurt seinem Vater, den Betrieb an die bereits bestehende *C & R GmbH* zu verkaufen. So wäre die Rente seines Vaters gesichert und der Betrieb würde trotz anderem Namen am Laufen bleiben. Außerdem, so prophezeite es Kurt damals, würde er sich an die Spitze der *C & R GmbH* hocharbeiten und so über den Grundstein wachen, den sein Vater gelegt hatte.

Herr Kramer senior zweifelte an Kurts Vorhaben, doch der Plan ging auf. Es dauerte ein paar Jahre. Sich hochzuarbeiten und dazu nebenbei ein Wirtschaftsstudium zu absolvieren rentierte sich jedoch. Im Alter von einundfünfzig Jahren ernannte der Vorstand Kurt Kramer zum Geschäftsführer. Er war an der Spitze seiner Karriereleiter angekommen. Alles lief perfekt.

Bis heute.

Kurt saß in einem eigens für Büroarbeiten eingerichteten Container auf einer Baustelle und arbeitete sich gerade durch einen Stapel Baupläne des hiesigen Projekts, einem Komplex mehrerer moderner Familienhäuser am Rande von Stuttgart. Die Gebäude sollten binnen weniger Monate aus dem Boden gestampft werden, und das stellte soweit auch kein Problem dar. Wäre Kurt nicht plötzlich ein Fehler in der Planung aufgefallen.

Er betrachtete das Papier argwöhnisch und zweifelte an seinen Bedenken. Die Pläne waren durch die Hände mehrerer Leute gegangen und zudem von der Bauaufsichtsbehörde abgesegnet worden. Ein Fehler konnte sich also kaum eingeschlichen haben. Dennoch. Er musste so schnell wie möglich mit dem Bauherrn sprechen, musste ihn auf die Auffälligkeit hinweisen. Womöglich, so dachte er – nein, so hoffte er inständig –, täuschte er sich ja.

»Das darf doch nicht wahr sein. Das darf doch alles nicht wahr sein! Victor!«

Der Bauherr hörte ihn natürlich nicht. Wie Kurt nur allzu gut wusste, trieb Victor Brenner sich irgendwo auf der Baustelle herum. Zwar hatte er aus versicherungstechnischen Gründen nicht die Befugnis dazu, an den Baumaßnahmen mitzuwirken, doch Kurt kannte ihn gut genug, um zu wissen, dass Victor auf manche Konventionen – vor allem die, die ihn selbst betrafen – pfiff. Dies war nicht ihr erstes gemeinsames Bauprojekt. Außerdem war Victor in den vielen Jahren der Zusammenarbeit zu einem sehr guten Bekannten geworden; einem Bekannten, den Kurt unbedingt über ihr neuerliches Problem in Kenntnis setzen musste.

Er durchwühlte das Chaos aus Plänen und Dokumenten nach einem Funkgerät und fand eines. Als er danach grabschte, fiel es ihm aus der Hand und landete mit einem dumpfen Knall auf dem Boden. Seine Hände waren nass vor Schweiß. Wenn es stimmte, was er vermutete, so wären die Komplikationen verheerend, womöglich sogar tödlich.

Nachdem er das Gerät vom Boden gefischt hatte, versuchte Kurt sein Glück zuerst bei den Arbeitern, die sich in unmittelbarer Nähe der Gasleitung aufhielten; die Gasleitung, die er gerade erst in den Plänen entdeckt und die niemand außer ihm auf dem Schirm hatte.

Wenn die weitergraben, dann ...

»Hallo? Hallo? Hören Sie mich?«

Ein Rauschen, sonst nichts.

»Hallo? Hier ist Kurt Kramer. Antworten Sie!«

Nichts.

Kurt atmete tief durch. Er konnte nur hoffen, dass die Arbeiter gerade Mittagspause machten.

Gott steh mir bei. Lass sie einmal faul sein!

Er drehte am Rädchen oberhalb des Funkgeräts, um den Kanal zu ändern. Schweiß stand ihm auf der Stirn. Ein Tropfen rann ihm den Nasenflügel hinab.

»Victor«, brüllte er beinahe, als er diesmal den Sprechknopf drückte. »Victor!«

»Kurt? Bist du das? Was gibt's denn?«

»Ja, verdammt! Stell die Arbeit ein und mach, dass du so schnell wie möglich zu mir kommst. In den Plänen gibt es einen Fehler. Einen gravierenden. Komm ins Büro, bevor es zu einer Katastrophe kommen ... «

»Ich kann nicht. Stehe gerade auf einer Leiter, um einem deiner Arbeiter gleich was abnehmen zu können.«

»Das muss jemand anders für dich erledigen.«

»Das geht nicht, Kurt. Wir haben halb eins und die meisten machen gerade Mittagspause. Ich will das Fenster aber jetzt noch eingesetzt bekommen, damit wir nachher ...«

»Dann komme ich zu dir«, unterbrach Kurt. »Die Pläne habe ich bei mir. Sag mir, wo du bist.«

In den letzten Tagen hatte es keinen Niederschlag gegeben, dennoch war der erdige Boden von den schweren umherfahrenden Baggern und Lastwagen weich wie Butter. Von allen Seiten ertönte das Geheul unterschiedlicher Maschinen. Als Kurt vor den Container trat, sanken seine schwarzen Lederslipper unter seinem Gewicht in den schlickartigen Untergrund ein. Er achtete nicht darauf. Die Unsicherheit, die ihn erfasst hatte, war zu enorm.

Er sah sich um, ob sich womöglich gerade eine Fahrgelegenheit anbot, um die Tiefgarage zu erreichen. Doch außer einer sich entfernenden Planierraupe und einem Kran war da nichts. Scheiße! Er konnte nur hoffen, dass die Männer auf der anderen Seite der Baustelle ebenfalls Mittagspause machten. Der Gedanke an das, was die Pläne ihm prophezeiten, bereitete ihm regelrechte Angst.

Victor befand sich in einem Haus mitten auf der Baustelle. Und er stand tatsächlich auf einer Leiter. Als er Kurt darüber in Kenntnis gesetzt hatte, glaubte der, es handelte sich dabei um eine Bockleiter mit fünf oder sieben Sprossen. Doch tatsächlich musste Kurt den Kopf in den Nacken legen, um seinen Kollegen zu erblicken. Er stand auf der Spitze einer Anlegeleiter, die gegen die Innenseite eines Treppenhauses lehnte. Im Plan waren schmale längliche Fenster knapp unterhalb der Oberdecke, die das Obergeschoss und das Dach voneinander abgrenzte, vorgesehen. Genau solch ein Fenster half Victor in diesem Augenblick in das dafür vorgesehene Loch in der Wand zu manövrieren. Mit einer Hand hielt er sich an der Leiter fest, während er mit der anderen ein Funkgerät vor den Mund hielt.

»Ja, gut so. Weiter zu mir, weiter zu mir. Stopp! Jetzt noch etwa zwanzig Zentimeter nach links ... Ja, ja, weiter so ...«

Durch das Loch in der Wand konnte Kurt den orangen Kran erblicken, der mit einem langen Stahlseil die Last des überdimensionalen Fensters hielt. Seit jeher fand er es faszinierend, wie genau manche Kranführer ihre Lasten steuern konnten, vor allem, wenn leichter Wind ging wie heute.

Seine Begeisterung hielt sich jedoch in Grenzen, als ihm klar wurde, dass Victors Handeln total überstürzt war. Mal wieder. Ungeachtet jeder Vernunft, versuchte er den Bau schneller voranzutreiben, frei nach dem Motto *Zeit ist Geld*. Doch jeder, der auf Baustellen arbeitete, wusste, Qualität zählt vor Quantität. Und wenn man übereifrig agierte, konnte es schnell zu ungeahnten Vorkommnissen kommen. Schlecht verarbeitete Materialien, Fehler in der Bausubstanz oder gar Unfälle. Und jetzt, da Kurt den Bauherrn auf einer der oberen Leitersprossen in knapp zweieinhalb Meter Höhe mitten in einem Treppenhaus mit beiden Händen nach dem Fenster greifen sah, das er aufgrund des Gewichts nie und nimmer kontrollieren konnte, befürchtete er Schlimmstes. Vor seinem inneren Auge sah er, wie Victor abrutschen, wie er den Halt verlieren würde; wie er metertief fallen und sich auf den Stufen der unter ihm liegenden Treppe das Rückgrat brechen würde. In seiner Vorstellung hörte Kurt bereits das Knacken brechender Knochen und erschauerte.

Als er den Gedanken von sich abschüttelte und wieder nach oben zu dem Mann auf der Leiter blickte, erkannte er, dass sämtliche Sorgen umsonst gewesen waren. Wie von Zauberhand gelenkt, saß der Fensterrahmen perfekt in der dafür vorgesehenen Lücke im rohen Mauerwerk. Victor hatte wieder das Funkgerät in der Hand.

»Gut. Passt.« Er steckte es an den Gürtel seiner Hose und sah nach unten zu Kurt. »Du bist irre, weißt du das?«, sagte Kurt.

»Hab ich schon des Öfteren gehört. Inzwischen fasse ich es als Kompliment auf.«

Normalerweise würde Kurt seine Bauherren bei solchen Aktionen sofort stoppen. Doch Victor Brenner, der fünfundfünfzig Jahre alt war, kaum noch Haare auf dem Kopf hatte und die Ausdrucksweise auf Baustellen von klein auf mit jeder Kapillare seiner Lunge eingeatmet hatte, war nicht zuletzt auch der Investor dieses Unternehmens. Mit anderen Worten: Ihm gehörten die entstehenden Gebäude und auch die Tausende von Euro, die später auf Kurts Bankkonto landen würden.

Doch was brachte ihm schon Geld, wenn das geschah, was er befürchtete. Die Panik überfiel ihn wieder.

»Wir müssen uns dringend noch mal die Pläne zusammen ansehen«, rief er zu Victor hinauf. »Wenn ich das richtig gesehen habe, gibt es ein Problem mit den Gaszuleitungen.«

»Was für ein Problem?«

»Die Pläne der Stadt und unsere stimmen nicht überein. Wir müssen das wirklich überprüfen, Victor. Die graben sich da unten immer tiefer in den Grund. Und wenn ich mich nicht täusche – Gott, ich wünsche mir, dass ich es tue –, dann stoßen sie bald auf eine der Leitungen. Du weißt, was das heißt!«

Die blauen Augen hinter der goldgeränderten Bifokalbrille weiteten sich mit einem Mal. »Wie bitte? Du willst mich verscheißern. Hast du ihnen einen Baustopp erteilt?«

»Das wollte ich. Sie waren nicht erreichbar. Ich denke, sie machen auch Mittagspau...«

Hektisch riss Victor das Funkgerät vom Gürtel. Dabei machte es einen Augenblick lang den Anschein, als würde er das Gleichgewicht verlieren, und Kurt fuhr zusammen. Bevor er zum Firmenchef mutiert war, war er selbst oft genug auf hohen Leitern gestanden. Er wusste um die Gefahren hitziger Situationen.

Wenn er stürzt, werde ich mir das nie verzeihen können, dachte er.

Victor schraubte am Funkgerät herum, dann sprach er aufgeregt hinein. »Gerhard? Gerhard! Hörst du mich?« Er ließ den Sprechknopf los.

Keine Antwort.

»Gerhard, wenn du mich hörst, stellt sofort die Arbeit ein! Sofort! Keiner gräbt auch nur einen beschissenen Zentimeter tiefer!«

Eine rauchige Stimme meldete sich. Der Mann brüllte regelrecht ins Funkgerät. Im Hintergrund konnte man das laute Dröhnen schwerer Maschinen hören.

»Was ist?«

»Sag deinen Männern, sie sollen die Arbeit sofort einstellen!«

»Ich versteh dich nicht. Was sollen wir?«

»Stoppen!«, schrie Victor. Sein Kopf war so rot wie die Schale eines gekochten Hummers.

Kurt wurde plötzlich klar, dass der Mann gerade *seinen* Job erledigte. Normalerweise wäre es an ihm, den Männern den Baustopp zu erteilen. Ohne es zu merken, ballte er die Hände zu Fäusten.

»Hört sofort auf!«, brüllte Victor. »Hört auf, sonst ...«

Weiter kam er nicht. Ein ohrenbetäubender Knall unterbrach ihn; ein Gewitter, das nicht durch die Leitung des Funkgeräts zu ihnen drang, sondern von draußen, vom anderen Ende der Baustelle. Im nächsten Augenblick bebte der Boden. Was dann folgte, würde Kurt Kramer nie vergessen.

4

Davids Schwester würde nicht so schnell zu Hause aufkreuzen, wie ihre Mutter es vermutet hatte.

An dem Gymnasium, auf das Sandra ging, war die Zeit der Praktika angebrochen. Eine Vorbereitung auf das Leben nach dem Abitur, so behaupteten es jedenfalls die Lehrer.

Sandra hatte noch keinen blassen Schimmer, was sie nach dem Schulabschluss arbeiten sollte. Was sie jedoch wusste, war, dass sie gern Menschen half. Vor allem alten Menschen. Schon seit etwas mehr als einem Jahr ging sie wöchentlich Martha Riegger besuchen. Die Dame von zweiundachtzig Sommern wohnte in der Stadt und litt unter Hüft- und Knieproblemen. Geistig war die grauhaarige kleine Frau jedoch voll auf der Höhe, weshalb sie eines Tages eine Anzeige im Regionalblatt geschaltet hatte, in der sie wortwörtlich junge Leute zum Schachduell herausforderte. Sandra hatte die Idee, Schach zu spielen, gefallen, und dass Frau Riegger sie auch noch mit sieben Euro pro Stunde bezahlte, gefiel ihr umso besser. Seither spielten die beiden jeden Samstagnachmittag eine Partie, egal wie lange das Spiel dauerte, und Sandra begann, alte Menschen mit anderen Augen zu sehen. Wer für sie früher nur alt und so runzlig wie eine Rosine gewesen war, war heute reich an Erfahrung und oftmals voll interessanter Anekdoten und Geschichten.

Deshalb hatte Sandra sich für ihr Praktikum im *Haus auf der Höhe* beworben; einem Seniorenheim auf einem Hügel, von wo aus man bei gutem Wetter ganz Duringen überblicken konnte. Die Leiterin des Altenheims ließ sie wissen, dass junge Leute immer seltener freiwillig in die Pflege gingen und sie Sandras Engagement überaus zu schätzen wisse. Mit anderen Worten: Sie bekam die Praktikumsstelle.

Mit ihrer Freundlichkeit und ihrer Hilfsbereitschaft kam sie bei den Senioren gut an. Mehrere der älteren Damen gaben ihr sogar Komplimente für ihr Aussehen. »Sie sehen aus wie Grace Kelly in jungen Jahren«, rühmte Gerda Fröhlich sie eines Tages. Sandra wusste nicht, wer Grace Kelly war und musste googeln, um sich sicher zu sein, dass es sich dabei tatsächlich um ein Kompliment handelte. Denn trotz ihrer freundlichen Ader war Sandra, was ihren Körper betraf, vor allem eines: unsicher. Sie selbst empfand sich weder als schön noch als besonders hübsch. Ganz im Gegenteil. Wenn sie Sendungen wie *Germany's Next Topmodel* im Fernsehen sah, zweifelte sie oftmals an sich, was nicht zuletzt daran lag, dass sie als Kind alles andere als schlank gewesen war. Und daran, dass ihre Mitschüler es sie mit der Sorgfalt, die Kinder gegenüber ihrem liebsten Spielzeug aufbringen, wissen ließen. Vor allem nach dem Sportunterricht, unter der Dusche, wenn sich alle entkleiden mussten. Daran erinnerte Sandra sich besonders; an die auf sie gerichteten Zeigefinger. Und an das Gelächter. Heute hatte sie zwar langes blondes Haar und große Brüste, um die sie ihre beste Freundin Lola beneidete, doch ein Model würde sie nie werden. Sie verfügte weder über die langen Beine noch über die Körpergröße. Auch ihre Selbstsicherheit war nicht gut genug, um es in einer Castingshow über die Vorrunde hinaus zu schaffen. Außerdem: Wer wollte schon über die Laufstege der Welt stolzieren und ein paar Millionen im Jahr verdienen wie ein *Victoria-Secret*-Model, wenn man etwas Gutes im Leben vollbringen konnte? Was war ein Goldbarren, wenn man ein Stück Schokolade haben konnte?

Das redete sie sich jedenfalls ein. Bis sie Richard Frey das Mittagessen bringen sollte. Denn ab diesem Moment waren ihre zu kurz geratenen Beine ihr geringstes Problem.

»Sei vorsichtig, wenn du in sein Zimmer gehst. Er ist ein richtiger Charmeur«, warnte sie Cornelia Kraus vor, eine voluminöse Pflegerin mit Mondgesicht, die irgendwo in ihren Dreißigern stecken musste. Schon die ganze Woche über war sie Sandra aufgefallen. Mehrmals hatte sie die Praktikantin angesehen, als wäre sie ein Stück Fleisch in einer Metzgertheke. Nicht als würde sie sie vernaschen wollen, sondern vielmehr, als wäre sie ihr zuwider. Jetzt jedoch tat sie freundlich und lächelte.

Auf die Frage hin, ob Richard Frey denn bettlägerig sei und deshalb das Essen aufs Zimmer gebracht bekäme, wiegte die Pflegerin den Kopf hin und her. Dabei verzog sie die Mundwinkel, wie um sich ein Lächeln zu verbeißen.

»Nicht so richtig. Er kann aufstehen, wenn er will, aber er tut es nur sehr selten. Zum Pinkeln oder wenn er Stuhlgang hat. Ansonsten bin ich mir nicht mal sicher, ob er sein Bett verlassen würde, wenn das Haus in Flammen stehen würde. Früher haben wir ihn zum Aufstehen zu überreden versucht. ›Sie müssen hier raus an die frische Luft‹, haben wir ihm vorgepredigt, doch darauf reagierte er mit einem Hungerstreik. Unglaublich, nicht wahr? Na ja, alte Leute haben eben ihre Eigenarten. Wir haben uns jedenfalls dazu entschieden, ihn seinen Lebensabend so verbringen zu lassen, wie es ihm beliebt. Wir bringen ihm seine Mahlzeiten und einmal am Tag kommt jemand, um ihn zu waschen.«

»Er geht nicht einmal freiwillig duschen, obwohl er könnte?«, wollte Sandra wissen. Für sie klang das unglaublich. Sich zu duschen und frisch zu machen war in den Augen der Jugendlichen eines der schönsten Dinge auf Erden.

»Nein. Schön wär's. Woran das liegt, weiß ich nicht. Vielleicht hat er schlicht gern weibliche Gesellschaft um sich. Du wirst schon sehen. Du wirst ihn mögen. Und er wird dich mögen. Du bist doch auf dem Gymi, nicht wahr?«

»Ja, das bin ich.«

»Perfekt. Frey war Professor an der Uni in Tübingen, ist also quasi ein Gebildeter. Ihr werdet euch sicher gut unterhalten.« Sie lächelte, wodurch ihr Gesicht noch runder aussah. Sandra war sich nicht gewiss, ob es sich dabei um ein freundlich gesinntes Lächeln handelte.

»Ist er denn nett?«

»Oh, er ist sehr nett. Äußerst nett. Vor allem zu kleinen zierlichen Dingern wie dir. Glaub mir, auf etwas rundere Frauen wie mich«, sie machte eine Bewegung mit den Armen, die ihren gesamten Körper einrahmte, »steht er nicht besonders.«

Sandra machte große Augen. »Hat er das denn zu Ihnen gesagt?«

»Das ein oder andere Mal.« Sie winkte ab. »Halb so schlimm. Darüber steh ich. Bildung heißt eben nicht, dass man auch Geschmack hat.« Sie gackerte, als hätte sie den witzigsten Scherz der Welt gemacht.

Obwohl Cornelia ihr ein wenig seltsam vorkam, stieg Sandra in das Lachen mit ein. »Das stimmt.«

»Also. Viel Spaß. Du kannst nachher gern runterkommen und mir erzählen, wie es bei ihm war. Bis de-enn.«

Sandra beobachtete noch einen Augenblick, wie die Pflegerin ihren massigen Körper den Flur entlang in Richtung Gemeinschaftssaal wuchtete und ihr dabei mit den Fingerspitzen wedelnd zuwinkte – was wieder so eine Merkwürdigkeit war –, dann wandte sie sich dem rollbaren Speisewagen zu, den Cornelia ihr zuvor gebracht hatte. Darauf stand unter einer Metallglocke das für Richard Frey angerichtete Essen. Zwei Rinderrouladen, Kartoffelbrei und gedünstetes Gemüse. Menü Nummer zwei des heutigen Tages.

Das Zimmer erreichte sie über den Fahrstuhl. Es lag im ersten Stock im mittleren von drei miteinander verbundenen Gebäuden. Ein kleines Schild an der Tür verkündete die Zimmernummer. *217*

Ein ehemaliger Professor an der Universität in Tübingen, dachte Sandra und spürte Erregung in sich aufkeimen. Einem waschechten Professor war sie noch nie begegnet. Sie fragte sich, was der Mann wohl unterrichtet hatte, bevor er in den Ruhestand getreten war. Vielleicht ein spannendes Fach wie Astronomie oder Kernphysik oder so etwas. Sie hatte keinen blassen Schimmer, ob solche Themen an der Uni in Tübingen unterrichtet wurden, doch es war sicherlich interessant, das herauszufinden. Wie sie durch Martha Riegger erfahren hatte, waren alte Menschen nicht bloß faltige Haut und brüchige Knochen. Sie waren auch jede Menge Erfahrung und Erkenntnis. Wer schon so viele Erdumdrehungen mitgemacht hatte, war oft ein schier unerschöpflicher Quell der Weisheit. Nicht jede dieser Weisheiten konnte einem selbst im Leben weiterhelfen, aber man konnte doch etwas aus ihnen lernen. Wenn Sandra etwas von sich behaupten konnte, dann war es, die Fähigkeit zu besitzen, sich selbst motivieren zu können. Und deshalb klopfte sie an diesem Nachmittag nicht nur als Praktikantin an Richard Freys Tür, sondern auch als hoch motivierte Schülerin, die bereits begriffen hatte, dass ein Altenheim die wohl beste Schule des Lebens sein musste.

Sandra legte ein weiches Lächeln auf und schob den Speisewagen in einen Raum, der merkwürdigerweise von keinem einzigen Sonnenstrahl durchschnitten wurde. Das Zimmer des Professors war stockdunkel.

5

Um schnellstmöglich zu Ralph Miller zu gelangen, musste David hinterm Haus einen steilen Hügel hinabsteigen. Ein ausgetretener Pfad führte zwischen Massen an Unkraut und in den Weg ragenden Brombeersträuchern hindurch und endete tiefer unten an einem Bach. Die Kessach strömte von rechts, wo sich die Stadt befand, nach links an einem Waldweg entlang bis zu einer verwitterten Wassermühle, wo sich der Bach zu einem kleinen See staute. Von dort aus musste David über eine eiserne Brücke und noch tiefer in den Wald hinein. Allein die Vorstellung graute ihm.

Ich werde mich beeilen, den Brief abzugeben, und dann so schnell ich kann verschwinden, dachte er. Doch das brachte ihm keine Beruhigung. Hier draußen war außer ihm keine Menschenseele. Nur das Zwitschern der Vögel in den Baumkronen und das seichte Plätschern des Baches durchbrachen die Stille.

Denk einfach an was Schönes, denk an ...

Er brauchte nicht lange darüber zu grübeln, was ihm ein wenig Heiterkeit bringen könnte. Das Gesicht des einzigen Mädchens, für das sich David Kramer interessierte, tauchte wie automatisch vor seinem geistigen Auge auf. Lisa Seitz.

Sie ging in seine Klasse, war kleiner als er, hatte langes dunkelbraunes Haar und die schönsten Augen, die er je gesehen hatte. Sie leuchteten wie das Meerwasser in der Karibik. Wenn David an ein Mädchen dachte, dann an sie. Und manchmal, in Momenten, in denen sich ihre Blicke im

Unterricht trafen, glaubte er, es könne auch umgekehrt der Fall sein.

Er ging den Hügel zum Bach hinab, schenkte seinen Schritten nur so viel Aufmerksamkeit, wie er benötigte, um nicht zu stolpern, und träumte von Lisa; davon, wie sich die beiden nach der Schule treffen würden, wie er endlich den Mut aufbringen würde, sie auf ein Eis oder ins Kino einzuladen; davon, wie sie einander gegenüberstanden und er vollkommen in der Tiefe ihrer meerblauen Augen versank. Bis ein stechender Schmerz ihn aus seiner Gedankenwelt riss.

»Au! Mist!«

Die Dornen eines Brombeerstrauchs hatten sich in seinem Handrücken verhakt. David schüttelte den Zweig ab und beobachtete, wie kleine Blutstropfen aus einem Riss hervorquollen. Instinktiv saugte er sie mit dem Mund auf und fluchte innerlich. Warum musste dieser Kerl unbedingt mitten im Wald wohnen wie die verfluchte Hexe in *Hänsel und Gretel*! Was in Gottes Namen konnte nur so toll daran sein?

Darauf fand David keine Antwort, und er dachte auch nicht weiter darüber nach. Stattdessen saugte er abermals an seinem verwundeten Handrücken und knurrte vor Wut in sich hinein.

Er war kein Junge, der schnell Zorn verspürte. Doch wenn er ihn einmal ergriff, ließ er ihn so schnell nicht mehr los. Jedenfalls für gewöhnlich. Als David jetzt jedoch das Haus zu Gesicht bekam, verschwand der Zorn augenblicklich und eine seltsame Beklemmung ergriff ihn.

Das Haus war groß. Viel größer, als David es erwartet hätte. Zwei Stockwerke türmten sich übereinander. Aber das war nicht das, was David eigentlich ins Auge fiel. Es war die Düsterkeit, die vom mit Grünspan übersäten Putz und den finsteren Fenstern ausging. Ja, vor allem von den Fenstern. Sie wirkten auf David wie die Augenhöhlen von Totenschädeln.

Ein eisiger Schauder überkam ihn, als er mit hastigen Blicken den Briefkasten suchte und ihn schließlich fand. Denn es war kein Briefkasten, wie ihn die Leute in amerikanischen Filmen oder wie manche Leute in der Stadt hatten. Er stand nicht am Anfang des Grundstücks, weit genug vom Eingang entfernt, um, falls nötig, davonrennen zu können. Nein, Millers Briefkasten war nicht mehr als ein Schlitz in der Tür.

Ich werde nur den Brief einwerfen. Dann verdufte ich. O ja. Eins, zwei, und schon bin ich wieder weg.

Ihm kam in den Sinn, welch ein Hasenfuß er doch war. Da las er leidenschaftlich gern Horrorromane, und dann machte er sich wegen eines simplen Gebäudes beinahe in die Hosen wie ein Baby.

Nein, nicht allein wegen des Hauses. Auch wegen Ralph Miller selbst. David wurde in diesem Augenblick nur allzu sehr bewusst, wie wenig er über den Mann wusste. Und worauf er sich hier eingelassen hatte.

Lass es einfach, sagte ihm eine innere Stimme. *Lass es einfach. Dreh dich rum und geh. Wen kümmert es schon, wenn der Brief nie bei Miller ankommt. Du kannst behaupten, du hättest ihn abgegeben, aber ein Fuchs oder irgendein anderes neugieriges Tier habe ihn dann wohl aus dem Briefschlitz stibitzt. Wen würde es hier draußen wundern?*

Nur konnte er das nicht machen. Weil er ein Versprechen abgegeben hatte; ein Versprechen gegenüber seiner Mutter.

David wollte sich nicht vorstellen, wie sie reagieren würde, wenn ans Tageslicht kommen würde, dass sie sich nicht auf sein Wort verlassen konnte. Also sammelte er all seinen Mut, atmete tief durch und ging langsam auf das Haus zu. Über ihm zwitscherten Vögel im Geäst. Außer ihnen war David allein.

Ganz allein.

6

Den Klumpen Teig aus der Schüssel zu holen, war kein schweres Unterfangen. Doch Maike graute davor. Und wieder brannten ihre Augen vor Tränen.

Sie hatte Pizza zum Abendessen machen wollen. Einfach, schnell, keine großen Umstände. Sie wollte sie so belegen, dass es allen schmeckte. Mit Wurst und Schinken für David und Kurt, mit Thunfisch für Sandra und für sich selbst vegetarisch. Sie hatte die Zutaten extra am Morgen eingekauft. Vor ihrem Termin bei Dr. Welsch; der Termin, der alles verändert hatte.

Uhrzeit und Datum hatten bereits seit einigen Monaten festgestanden, und es hatte außer der regelmäßigen Routineuntersuchung keinen weiteren Grund gegeben, den Gynäkologen aufzusuchen. Sie war von der Sprechstundenhilfe aufgerufen worden, hatte sich ins Untersuchungszimmer begeben, sich frei gemacht und die Prozedur mit größtmöglicher Gleichgültigkeit über sich ergehen lassen. Sie rechnete nicht mit einem Befund. Es ging ihr gut, alles war ganz normal. Keine Beschwerden. Keine Knötchen in den Brüsten. Nichts. Selbst die gelegentlichen Hitzewallungen kamen ihr nicht sonderbar vor. Ebenso die ausbleibende Menstruation. Sie rechnete bereits seit mehreren Jahren mit dem Eintreten der Menopause. Und nun mit siebenundvierzig musste der Zeitpunkt gekommen sein. Sie blutete nicht mehr. Und das seit fast vier Monaten.

Und dann das.

Dr. Welsch, ein Mann mit weißem Schnauzbart und Halbglatze, betrachtete sie durch seine Bifokalbrille, lächelte und sagte: »Herzlichen Glückwunsch.«

Zuerst begriff sie nicht, was er damit meinte. Dann brach plötzlich Entsetzen über sie herein wie Schlagregen über einen sonnigen Apriltag.

Jetzt, da sie den Teigklumpen betrachtete, wurde ihr übel. Sie wusste, würde sie ihn stehen und gären lassen, würde er aufgehen, dicker und runder werden wie der Bauch einer Schwangeren – *ihr* Bauch.

Fast vier Monate. Und was bedeutete das, *Mon Cherie?* Hatte Ralph sie nicht immer so genannt? War das wichtig, jetzt, da sein Sperma sie schwanger gemacht hatte, weil Kurt in den Monaten vor der Übernahme der *C & R GmbH* zu nervös und in den Monaten seither zu beschäftigt gewesen war und sie sich leer und geil gefühlt hatte? Natürlich war der Kosename unwichtig. Viel wichtiger waren die von Doktor Welsch genannten vier Monate. Vier Monate bedeuten sechzehn Wochen, und sechzehn Wochen sind bekanntlich mehr als zwölf. Und zwölf – zwölf *Wochen* – sind die Grenzstation des Wanderpfades einer Schwangerschaft. Einmal darüber hinaus gibt es kein Zurück mehr.

Kein: Oh, das war ein Versehen.

Kein: Lass uns noch mal von vorn beginnen.

Kein: Neustart.

Die Zeit der Vorsorge war gestern. Heute ist heute. Und jetzt ist jetzt. Und das Herz schlägt. Es schlägt ... schlägt!

Ein Kloß breitete sich in Maikes Hals aus. Wimmernd und zitternd blickte sie auf den Teigklumpen in der Schüssel hinab. Er rührte sich nicht. Und doch blähte er sich auf. Langsam. Stetig.

Was ist neun minus vier, Schatz?

Sie sah die Panikattacke nicht kommen. Sie war einfach da.

Maike betrachtete den Teigklumpen und die Schüssel und ein immenser Drang überkam sie, beides zum Fenster hinauszuwerfen, es loszuwerden, weil ein *Neustart* nicht mehr möglich war.

Fünf, Mama! Neun minus vier ist fünf!

Prima, Schatz! Hundert Punkte! Und jetzt geh und hol Mami ein Messer, damit sie …

… ES AUS SICH HERAUSSCHNEIDEN …

… den Teig für die Pizza teilen kann. Weil wir zu viert sind. Nicht zu fünft. Nein, zu viert. Wie die vier …

… MONATE, DIE DU DARÜBER HINAUS BIST! …

… Jahreszeiten.

Verkrampft hielt sie sich die Hände vor Augen. Sie weinte nicht, konnte nicht. Ihr Verstand ließ keinen Raum dafür übrig. Er klammerte sich an den Brief, den sie David mitgegeben hatte; den Brief für Ralph Miller, dem Verursacher allen Übels. War er es nicht gewesen, der ihr schöne Augen gemacht hatte, als sie ein Möbelstück zur Restauration abgeben wollte? Genau das hatte sie tun wollen. Die Biedermeierkommode ihrer Mutter, die an den Kanten abgewetzt war und deren Schubladen klemmten. Sie hatte sie nur richten lassen wollen. Und dann hatte Ralph Miller nicht bloß die Kommode, sondern auch das Klemmen in ihrem Schritt gerichtet. Er hatte ihr vorgeführt, wie glatt die Oberfläche der Kommode nun nach all der Arbeit, die er in sie *hineingesteckt* hatte, war, und sie hatte sich vorgebeugt, um auch darüberzustreichen und *es* zu fühlen, und dann fühlte sie *es* tatsächlich, als er hinter ihr stand, sich gegen sie presste und ihre Hand über das makellos glatte Holz führte. *Es* drückte sich gegen ihren Hintern. Und sie spürte, fühlte, und irgendwie war es dann geschehen. Einmal. Zweimal. Und auf seltsame Weise war die Kommode zur Nebensache geworden. Und das *Es* und das *Fühlen* erhielten den Vorzug.

Kurt hatte nichts davon bemerkt. Er war mit seinen eigenen Angelegenheiten beschäftigt. Dabei handelte es sich nicht um Kommoden. Und jetzt …

Jetzt war es zu spät. Der Teigklumpen blähte sich auf. Langsam. Stetig.

Maike weinte. Zitterte. Und wusste nicht, was sie tun sollte.

7

Über Stuttgart bohrte sich eine graue Wolke in den Himmel. Erd- und Betonbrocken wirbelten durch die Luft wie Geschosse. Menschen rannten um ihr Leben, brachten sich in Deckung. Ein Auszubildender wurde von einem dieser Brocken am Bein getroffen. Sein Knie zersprang in tausend Teile. Ein Stahlrohr durchbohrte die Hüfte eines vierundsechzigjährigen Mannes, der kaum noch zwei Monate bis zur Rente hatte. Eine Katze, die eifrig einer Maus in den Schacht nachjagte, in den später einmal Autos hinein- und hinausfahren sollten, ging kreischend in Flammen auf. Ein siebenjähriger Nachbarsjunge, der vor einem der Bauzäune stand und staunend den Baggern bei der Arbeit zusah, konnte seinen Urin nicht halten, als der Feuerball aus dem Erdinneren in die Höhe schoss. Die Erschütterung ließ mehrere Bauzäune umfallen wie Mikadostäbe. Einer davon erwischte eine junge Frau, die gerade ihren Zwergspitz Gassi führte. Der Hund kam mit einem Schreck davon, die Frau war auf der Stelle tot. Von überallher ertönten angstvolle, panische Schreie.

In den Nachrichten würde es heißen, dass die Explosion zwölf Menschen in den Tod gerissen hat. In Wahrheit waren es elf. Eine Person fiel *nur* von einer Leiter. Ihr rechter Fuß verhakte sich zwischen zwei der Sprossen und brach dabei, sodass das Schienbein durch die Haut stach und den Blick auf den weißen Knochen freilegte. Dann schlug der Mann mit dem Scheitel voraus auf dem puren Beton auf. Es knackte schrecklich, als der Schädelknochen brach und Blut aus der offenen Wunde zu sickern begann wie Rotwein aus einem angestochenen Fass.

Die Tiefgarage war Geschichte. Ebenso wie Victor Brenners Leben.

Kurt betrachtete den Bauherrn mit vor Entsetzen geweiteten Augen. Das Bild, das er sah, brannte sich in seinen Verstand.

8

Das weiche Lächeln auf Sandras Lippen blieb auch dann bestehen, als sie den scharfen Geruch im Zimmer des Alten wahrnahm.

Chemie, dachte sie. Doch ihr war klar, dass dieses eine Wort nicht genügte, den Geruch zu definieren. Als sie einen weiteren Schritt ins Zimmer machte, begriff sie, welche Substanzen ihre Geruchsnerven reizten. Denn sie musste unweigerlich an ein Hallenbad denken; ein Hallenbad, in das jemand ein ziemlich deftiges Geschäft verrichtet hatte. Der Geruch stammte von Chlor. Jeder Menge Chlor. Und Scheiße. Als hätte jemand versucht, das eine mit dem anderen zu übertünchen.

Sandra spürte, wie ihr Magen zu rebellieren begann. Lange würde sie es hier drinnen nicht aushalten.

Nach der Eingangstür folgte ein schmaler Gang, der sich in ein Einzelzimmer öffnete. Die Vorhänge waren zugezogen. Sandra konnte kaum etwas sehen. Hier war es nicht wesentlich heller als in einem Bärenarsch. Was Sandra erkannte, waren ein an die Wand geschraubter Fernseher, einen offensichtlich unbenutzten Schreibtisch, einen Durchgang, der in ein kleines Badezimmer führte, wo auch der Gestank herkam, und das Bett. Das Kopfteil war leicht erhöht. Darüber pendelte ein sogenannter Bettgalgen; ein Wort, das Sandra gleich an ihrem ersten Tag in der Institution aufgeschnappt hatte und niemals vergessen würde. Es kam ihr grotesk vor, etwas, das über den Köpfen bald dahinscheidender Menschen hing, Galgen zu nennen.

»So, Herr Frey, Ihr Mittagess...«

Die Stimme versagte ihr, als plötzlich das Licht einer Bettlampe angeknipst wurde und sie in ein Gesicht blickte, das keinem alten Mann, sondern einer aus einem Horrorfilm entflohenen Gestalt gehörte. Richard Frey war einundneunzig, das hatte die Pflegerin ihr vorab gesagt. Doch der Mann sah nicht aus wie einundneunzig. Er sah aus wie tot. Die Wangen waren eingefallen, sodass seine Kieferknochen stark hervortraten. Sein Kopf war kahl und voller Altersflecken. Die Ohren, groß wie Untertassen, hingen an seinen Kopfseiten herunter, als würden sie jeden Augenblick den Halt verlieren. Am schlimmsten jedoch waren seine Augen. Sie waren riesig, glasig, ernst und quollen regelrecht aus den tiefen dunklen Höhlen. Und sie waren der einzige Beweis, dass dieser Mann noch nicht tot war. Denn er starrte Sandra an, fixierte sie in verbissener Aversion. Sandra mochte es sich nur einbilden, doch von der ersten Sekunde an glaubte sie, dieser Mann empfände nichts als blanken Hass. Auf sie. Auf diese Welt. Auf alles und jeden.

Von einer Sekunde auf die andere fror sie am ganzen Leib.

»I-Ihr Essen«, sagte sie holprig und deutete auf das Tablett auf dem Speisewagen. Dabei konnte sie den Blick nicht von diesen harten, eindringlich blickenden Augen lassen.

»Will nichts.« Seine Stimme klang rostig, als hätte er sie schon eine ganze Weile nicht mehr benutzt.

Sandra schluckte schwer und versuchte, während sie tief durchatmete, den ekelerregenden Geruch zu ignorieren.

»S-Sie sollten etwas essen, Herr Frey. Sehen Sie. Es gibt Rinderrouladen und Kartoffelbre...«

»Wer bist du?«, unterbrach er sie. »Hab dich hier noch nie gesehen.«

Sandra versuchte sich erneut an dem weichen Lächeln. Es war ihr abhandengekommen, doch jetzt holte sie es zurück.

Er ist alt, dachte sie. *Alt. Sonst nichts. Kein böser Mensch. Kein Grund, in Panik zu geraten.*

»Ich heiße Sandra. Sandra Kramer. Ich bin Praktikantin.«

Mit den hervortretenden Augen musterte er sie scharf. Sandra spürte, wie sein Blick über ihren Körper glitt, über die weiße Uniform, die man ihr für die Praktikumszeit im *Haus auf der Höhe* zur Verfügung gestellt hatte. Es fühlte sich an, als könnten diese Augen durch den Stoff bis auf ihre Haut sehen. Es war, als würde dieser Alte sie ausziehen, ohne seine dürren Hände benutzen zu müssen.

Plötzlich fielen ihr die Worte der Pflegerin wieder ein. *»Du kannst nachher gern runterkommen und mir erzählen, wie es bei ihm war.«*

Mit einem Mal fühlte sich die Siebzehnjährige schmutzig. Sehr schmutzig. Der Gestank nach Chlor und Kot, die Düsternis in diesem Zimmer, dieser Blick – all das verschaffte ihr eine Gänsehaut. Sie wollte hier raus, nur noch raus.

Dann fiel ihr ein, welche Verpflichtung sie eingegangen war. Als Praktikantin und als Mensch. Ein Spruch ihres Vaters kam ihr in den Sinn. »Es gibt immer zwei Seiten einer Medaille. Und selten sind beide Seiten hübsch.«

Sie kam seit zwei Tagen hierher und hatte viele strahlende Gesichter gesehen. Die hübsche Seite der Medaille. Dies hier war die andere. Nur hätte Sandra sich niemals erträumen lassen, wie finster sie war. Der Gedanke, dass dieser Mann in vergangenen Tagen ein Professor an einer dekorierten Universität gewesen war, hatte sich verflüchtigt.

Er ist nur alt. Kein Grund zur Sorge.

»Praktikantin. Soso.«

»Ja. Möchten Sie nun etwas essen?« Ihre Stimme klang, als käme sie von weit her.

Der Alte blickte auf die Metallglocke. Mit einem knotigen Zeigefinger deutete er ihr, sie zu lüften. Sandra tat, was er von ihr verlangte.

In dem Moment, in dem sie die Glocke anhob, machte sich der starke Duft dunkler Bratensoße breit. Ein guter Geruch, wie Sandra fand. Als sich jedoch der Fleischgeruch mit dem

Chlor und dem Gestank menschlicher Hinterlassenschaften vermengte, rebellierte ihr Magen. Heftig. Und schlimmer wurde es, als sie die Rinderrouladen betrachtete, die auf dem Teller lagen wie zwei dunkelbraune Würste. Im Halbdunkel hätten sie alles sein können. Sofort stellte sie die Glocke zurück aufs Tablett.

Ich kann das nicht!, kreischte eine Stimme in ihrem Kopf. *Ich mag alte Leute und ich will gern helfen, aber das hier halte ich nicht länger aus!*

»Hunger?«, fragte Frey. Und er grinste. Die schmalen Lippen zog er zu einem noch schmaleren Schlitz, der fast bis hinauf zu den Ohren reichte. Als Sandra dies sah, wusste sie, sie würde in ihrem Leben nie wieder Rouladen essen.

Langsam schüttelte sie den Kopf.

»Oh! Riecht es dir hier etwa zu streng? Magst du diesen Odeur nicht? Oder hast du dich etwa schon am Essen der anderen bedient?«

»Das habe ich nicht«, erwiderte Sandra mit dünner Stimme.

Der Alte kniff die Augen zusammen. Wieder betrachtete er sie, musterte sie, zog sie aus. »Hm. Ich glaube schon. Siehst ganz danach aus. Fett wie du bist.«

»Was? Fett?«

Die Erinnerungen kamen ohne Vorwarnung. Sie in der Duschkabine der Sporthalle, die Finger auf sie gerichtet, das Gelächter. *Schaut euch nur mal diesen Speckbauch an!*

»Ich bin nicht fett.«

Plötzlich spürte sie, wie etwas nach dem Saum ihres T-Shirts griff. Es waren die Finger des Alten, dürr und knorrig wie die Zweige einer Weinrebe. Ehe sie sich's versah, hob er ihr T-Shirt an, legte ihren Unterbauch frei. Weiße Haut wurde entblößt.

Unwillkürlich sprang sie einen Schritt zurück und rempelte dabei gegen den Speisewagen. Es knallte, als er gegen die Wand neben dem Bett stieß. Eine Gabel fiel herab und landete klirrend vor ihren Gummischuhen. Mit einem Mal fror Sandra. Ihr war kalt. Eiskalt.

Der Alte sah das. Und sein Grinsen wuchs.

»Fett wie 'ne verfressene Ratte! Speck bis unter die Achseln!« Er lachte. Rau. Bellend. »Noch ein paar Rouladen und du kannst an Karneval als Michelinmännchen gehen, ha!«

»Nein.« Aus dem Flüstern ihrer Stimme wurde ein Lufthauch. »Nein. Nein!«

»Und ob. Wart's nur ab, Fetti. Oder soll ich dich lieber Miss Piggy nennen? Ha, ha! Miss Piggy, wo ist dein Kermit? Vom Auto überfahren worden oder hast du ihn persönlich zerquetscht? Unter deinem Arsch würde jede Melone platzen! Sieh dir diese Schwabbelbacken nur mal an!«

Sie tat es. Unwissentlich starrte Sandra an sich herab. Ihr Hintern war ihr schon immer etwas breit vorgekommen. Aber jetzt sprengte er alle Maße. Sie sah, wie der Speck über den Rand ihrer weißen Arbeitshose quoll. Sie sah, wie ihre Pobacken den dünnen Stoff dehnten. Sie sah das *Fett.*

»Noch ein Roulädchen, Miss Piggy? Komm schon. Wer Kummer hat, frisst. Und *du* wirst fressen. Fressen. *Fressen!*«

Sein Lachen peitschte durch den Raum. Er wand sich vor Verzückung, furzte donnernd und gackerte noch lauter.

»*Miss Piggy!*«, brüllte er. Und seine Blicke hafteten auf ihr; hafteten auf ihrem Fett.

Sandra rannte weinend zur Tür hinaus. Sie rannte bis hinaus auf die Straße.

9

Als der blondhaarige Junge schnellen Schrittes hinter den Bäumen verschwunden war, betrachtete ein groß gewachsener Mann den Briefumschlag, der durch die Öffnung in der Tür zu ihm hereinragte. Er bekam hier draußen nur selten Besuch, und erst recht nicht von unbekannten kleinen Jungen, die aussahen, als würden sie sich jeden Augenblick in die Hosen machen. Das war gut so. Und was ihn anging, sollte das auch so bleiben. Die Kontakte, die er in seiner Werkstatt in der Stadt zu anderen Menschen hatte, genügten ihm vollkommen. Nur selten gab es Leute, mit denen er wirklich etwas zu schaffen haben wollte.

Wie Maike Kramer. Sie war jemand ganz Besonderes. Nicht nur, weil sie beide miteinander geschlafen hatten, sondern weil er tatsächlich etwas für sie empfand. Etwas, das weitaus größer war, als das Wort Liebe es je hätte beschreiben können.

Mit einer Hand, die von der handwerklichen Arbeit kräftig und rau war, griff er nach dem Umschlag. Kein Name stand darauf. Nichts, was auf einen Absender hindeutete.

Vielleicht ein Brief von der Gemeinde oder irgendeinem feigen Kunden, der sein Kind losgeschickt hat, um ihn mir auszuhändigen, dachte er und öffnete ihn.

Ein Zettel steckte darin. Ralph nahm ihn heraus und las. Lediglich drei Zeilen zeichneten sich auf dem Papier ab. Rundliche Druckbuchstaben, und dennoch krakelig. Wie in Eile geschrieben.

Ralph Miller las. Einmal. Dreimal.

Auf seiner Stirn begann eine Ader heftig zu pochen.

10

In dem Augenblick, in dem David mit einer weißen Papiertüte in der Hand die *Bücherecke* verließ, hatte er seine Beklemmung und jeden Gedanken an Ralph Miller bereits vergessen. Mit einem breiten Lächeln auf dem Gesicht und in die Sonne gerichteter Nasenspitze schlenderte er die Straßen entlang bis zum Weg am Bach, von wo aus er gekommen war, und konnte es nicht abwarten, endlich zu lesen anzufangen. Er stellte sich vor, es sich in seinem Zimmer bequem zu machen, sich eine Tasse warmen Kakao auf den Beistelltisch neben dem großen Sitzkissen zu stellen und ...

Plötzlich hielt er inne. War er eigentlich bescheuert? Warum nur sollte er so lange warten, um zu lesen anzufangen? Er konnte doch sofort damit beginnen. Hier am Bachufer gab es weder Verkehr, den er beachten musste, noch Fußgänger. Die Strecke ging die meiste Zeit geradeaus – jedenfalls bis zum Hügel –, und die Gefahr, vom Weg abzukommen und in den Bach zu fallen, war minimal.

Er holte das Buch aus der Tragetasche und betrachtete das düster gestaltete Cover – die schwarze Silhouette eines Jungen mit einem Messer in der Hand vor einem weiß-grauen Hintergrund. Über dem Kopf des Jungen stand in blutroten Großbuchstaben nur ein Wort – *Hass.*

Bei diesem Anblick strahlte er. Nein, er konnte nicht länger warten.

Binnen weniger Sekunden war er vollkommen in der Geschichte verloren. Weder das Stapfen seiner Schuhsohlen auf dem Pflaster noch das Rascheln des Grases um seine

Knöchel, als der Weg in den Waldpfad überging, nahm er wahr. Das Zwitschern der Vögel in den Baumkronen kratzte nicht einmal an der Oberfläche seiner Wahrnehmung. Auch nicht die geflüsterten Unterhaltungen hinter ihm. Bis ein gewaltiger stechender Schmerz in seiner rechten Schulter erblühte.

Das Buch fiel ihm aus den Händen und landete zwischen Grasbüscheln auf der Erde vor seinen Füßen. David schrie auf, hielt sich die Schulter und schrie erneut, als etwas gegen seine Wade prallte. Es polterte neben ihm zu Boden. Ein Stein. So groß wie eine Walnuss. Keine Sekunde später schlug ein weiterer gegen seinen unteren Rücken. Wieder biss der Schmerz zu wie eine Schlange.

»He, Grabscher!«, rief eine schrille Stimme hinter ihm.

David erkannte sie sofort. Susi Gebhardt. Eine aufgrund ihrer freizügigen punkigen Outfits und ihrem Drang, jüngere Jungs stets als Schwuchteln zu bezeichnen, durchaus bekannten Mitschülerin aus der neunten Klasse. Sie zu hören bedeutete nichts Gutes. Selten war sie allein unterwegs.

Als David sich herumdrehte, bestätigte sich seine Befürchtung. Neben Susi gingen Florian Schuster, Adam Merkel und – das war am furchteinflößendsten – Mirko Geckeler. Sofort kam Panik in David auf. Er rannte los, stolperte über das am Boden liegende Buch, rannte und vergaß es noch im selben Augenblick. Sämtliche Vorfreude auf die Geschichte darin war verschwunden. Das Traumbild, das ihm die ersten wenigen Zeilen beschert hatte, war erloschen. David musste hier weg. Schnell. Sofort. Denn er wusste, was die vier wollten.

Rache.

Es war kaum eine Woche her, da hatte David die *dreckige Susi*, wie manche sie nannten, zum ersten Mal persönlich kennengelernt. Und wie sich herausstellte, sollten die anderen drei nicht lange auf sich warten lassen.

David saß auf einer Mauer und biss gerade in sein Pausenbrot, als sie sich plötzlich neben ihn setzte. Sie trug ein Oberteil mit weitem Ausschnitt, aus der zwei fünfzehnjährige unausgereifte Brüste geradezu herausquollen wie Hefeteig aus einer Schüssel. Darunter trug sie einen sehr kurzen karierten schwarz-roten Rock und dazu in heftigem Kontrast stehende leuchtend pinke *Converse Chucks.* Mit ihren grünen Augen schenkte sie ihm einen verführerischen Blick, der bei David Achtsamkeit wachrief; er hatte schon allerlei unschöne Geschichten über sie gehört.

»He, Süßer«, hauchte sie ihm direkt ins Ohr. Dann lehnte sie sich näher, ganz nahe zu ihm und streichelte ihm mit der Rückseite ihres Zeigefingers über die Wange. »Du gefällst mir. Hast du nicht Lust ... mit mir ...«, sie stöhnte jedes Wort, »um die Ecke zu gehen ... und ... eine kleine Nummer ...«

David schluckte schwer und wusste nicht, was er tun sollte. Ihre Berührung verschaffte ihm eine Gänsehaut. Gleichzeitig fühlte sie sich geradezu prickelnd an; ein Prickeln, das sich unter seinen Klamotten bis hinab zwischen seine Beine arbeitete. Ein Gefühl, das er so noch nicht gekannt hatte. Er hatte zwar schon erste Versuche unternommen, doch dabei war es geblieben.

»Da hinten wären wir nur zu zweit ... ganz allein ... keiner würde was mitbekommen.«

Sie presste sich gegen ihn. Auf der nackten Haut seines Oberarms spürte er die Wölbung ihres Busens. Er war warm. Und irgendwie fest und weich zugleich.

»Komm schon«, flüsterte sie und legte ihre Hand auf seinen flachen Bauch.

David war nicht sonderlich sportlich, eher hager. Und er konnte sich beim besten Willen nicht erklären, was Susi Gebhardt von ihm wollte. Schließlich war es kein Geheimnis, dass sie mit den großen Jungs rumhing. Sogar mit dem größten überhaupt. Mirko Geckeler.

Mirko überragte David um mindestens einen Kopf, hatte Muskeln, wo bei ihm selbst nur Haut und Knochen waren; und davon abgesehen, dass er die Klasse schon zum zweiten Mal wiederholen musste, war Mirko sechzehn. Sich mit ihm anzulegen war der wohl größte Fehler, den man begehen konnte. Nicht nur, weil er einen problemlos fertigmachen konnte. Er war stets von Jungs umgeben, die auf jedes seiner Worte hörten wie dressierte Terrier.

»Was ist los? Komm schon ... Ich bin ganz heiß.«

Das konnte David von sich ebenso behaupten. Er schwitzte. Vor Unbehagen. Und aufgrund des Pulsierens unterhalb seiner Gürtelschnalle. Was er allein nicht zustande gebracht hatte, schaffte nun ihre auf seinem Bauch liegende Hand. Zum ersten Mal in seinem Leben konnte David von sich behaupten, einen Ständer zu haben.

Susi streichelte ihn und rutschte dabei mit ihrer Hand weiter in Richtung seiner Gürtelschnalle. Obwohl sich ihre Berührung gut anfühlte, sogar richtig gut, minderte es sein Unbehagen nicht. Es wurde sogar schlimmer. Denn etwas geschah mit ihm. David spürte es kommen und konnte es genauso wenig beeinflussen wie das Drehen der Erde um die Sonne. Dann fiel sein Blick auf ihr Dekolleté, darauf, wie ihre Brüste die Haut seines Arms berührten. Und das war's. Er konnte dieses drängende Kribbeln zwischen seinen Beinen nicht mehr aufhalten. Ohne es zu wollen, presste er die Knie zusammen und ein einzelnes lang gezogenes Aufstöhnen entkam ihm.

»Ohhh...«

Im nächsten Augenblick veränderte sich Susis Gesichtsausdruck drastisch. Aus Lust wurde Verwunderung. Aus Verwunderung eine Grimasse des Entsetzens und der Hysterie. Sie jaulte los und schrie dabei. »Whää! Das is' ... Das is' ja widerlich ... Mirko! *Mirko!*«

Sie rückte von David fort, kreuzte die Arme vor ihrem wackelnden kleinen Busen und tat so, als versuchte sie sich vor ihm zu schützen, ihm, David, der überhaupt nichts getan hatte.

Keine fünf Sekunden später standen sie vor ihm. Florian, Adam und – natürlich – Mirko. Ein vernichtendes Feuer loderte in seinen Augen. Seine Lippen waren hochgezogen wie die Lefzen eines beißwütigen Hundes. Sein ganzes Gesicht war so rot wie ein Sonnenuntergang. David bekam es augenblicklich mit der Angst zu tun.

»Er hat mich angefingert!«, kreischte Susi. »Er hat mich angefingert!«

»Was? Nein!«, entgegnete David. »Ich hab ihr nichts getan. Sie hat mich ...«

»Halt deine dämliche Schnauze!« Mirko fuhr ihn so wutentbrannt an, dass David zusammenfuhr. Er spürte sein Herz in seiner Brust rasen.

Keine Sekunde später packte Mirko ihn am Kragen. Die Muskeln seiner Unterarme waren hart, die Sehnen straff wie Stahlseile. Man konnte sehen, wie sie unter seiner Haut arbeiteten. Und wer Mirko kannte, wusste auch, dass diese Muskeln nicht von ungefähr kamen. Sie waren das Ergebnis regelmäßigen unfreiwilligen Trainings in der Kfz-Werkstatt seines Vaters. Allein Gott wusste, wie viele Reifen der Sechzehnjährige schon hatte schleppen müssen.

»Was erlaubst du dir, du kleiner Scheißer? Befingerst meine Freundin, hä?«

»Sie hat sich an mich rangemacht«, antwortete David mit einer Stimme, die kaum mehr als ein Keuchen war. Mirko presste seine Faust so fest gegen seinen Hals, dass er kaum Luft bekam.

Einer der anderen Jungs lachte. Adam. Ein schlaksiger großer Typ mit schwarzer Strubbelfrisur und finsteren Augen. In der Schule kannte man ihn als denjenigen, der Sebastian – ja, auch Davids bester Kumpel hatte mit den vieren schon Bekanntschaft geschlossen – mit dem Kopf voraus ins Klo gesteckt und so lange gespült hatte, bis er ohnmächtig geworden war. Adam mochte es, anderen wehzutun, hatte Gefallen daran. Genau wie daran, andere zu schikanieren. Wie um das zu demonstrieren, legte er jetzt damit los.

»Du glaubst doch nicht ernsthaft, dass sie dich an sich ranlassen würde? Der kleine Harry Potter bildet sich ein, sie würde ihn ranlassen. Schon mal in den Spiegel gesehen, Harry?«

»Popper.«

»Was?« Adam sah zu Florian, einem Kerl mit blonden mittellangen Haaren, die er unter einer Beanie versteckte. Florian sah nur finster drein und wiederholte, was er von sich gegeben hatte: »Popper.«

Adam kreischte auf vor Entzückung.

»Das is' gut! Harry Popper! Popp…«

»Schnauze«, sagte Mirko trocken.

Adam schwieg abrupt.

»Wirklich, ich habe nichts getan.« David hörte das Wimmern in seiner Stimme und kam sich noch kleiner vor. Da standen drei Typen vor ihm, denen die Lust, ihn auf irgendeine Weise zu bestrafen, ins Gesicht geschrieben stand. Nicht aus ernsthafter Rechtschaffenheit. Einfach so. Weil sie diese Art Spiel liebten. Und wie David nun erkannte, als er zu dem einzigen Mädchen in der Runde blickte, tat sie das auch. Susi sah ihn mit solch ungenierter Arroganz an, wie er sie noch nie an einem Mädchen gesehen hatte.

Absicht. Das war Absicht, dachte er. *Sie wollte, dass das hier passiert.*

Erst jetzt fiel David auf, wie leer der Schulhof war. Es musste in der Zwischenzeit geläutet haben, ohne dass er es mitbekommen hatte. Er war allein mit ihnen, war ihnen vollkommen ausgeliefert.

Zitternd vor Entsetzen dachte er: *Sie werden mich windelweich prügeln. Ich hab keine Chance gegen sie!*

»Wird Zeit, dir eine Lektion zu erteilen, kleiner Grabscher«, sagte Mirko und erhöhte den Druck um Davids Kragen. David spürte, wie ihm mehr und mehr die Luft wegblieb.

Susi kicherte. Sie hatte ganz zu sich selbst zurückgefunden.

Und dann geschah es. Mirko grinste schmallippig und boshaft und holte mit geballter Faust aus.

David kniff die Augen zusammen. Er konnte den Anblick nicht ertragen. Gleich, ja, gleich würde es geschehen. Mirkos Faust würde auf ihn niederschmettern, würde ihm ins Gesicht donnern wie ein Hammer auf einen Amboss, würde ihm womöglich sogar die Nase brechen, würde ihm Schmerzen verursachen, würde ...

Wie aus dem Nichts tauchte eine Lehrerin auf und beendete das Ganze. Doch noch im selben Augenblick, in dem Mirko von ihm abließ, wusste er, dass sie ihre nächste Chance garantiert ergreifen und ihn dann nicht entkommen lassen würden. Wann und wo, blieb jedoch abzusehen.

11

Die Frage nach dem Wann und Wo hatte sich erübrigt, als der erste Stein Davids Rücken getroffen hatte. David wusste nicht, wo die vier hergekommen waren und dachte auch nicht darüber nach. Er rannte, so schnell ihn seine Beine trugen. Obwohl er im Sportunterricht nicht gerade Bestnoten erreichte, war er flink, und das war sein Segen.

In welche Richtung er flüchten musste, stand außer Frage. Links ging es den steilen Hügel hinauf und rechts lag der Bach. Also geradeaus. Denselben Weg, wie er zuvor zu Ralph Miller gegangen war.

Nur würde er es nicht so weit schaffen. Bis zu Miller waren es mindestens noch vierhundert Meter, die er nie und nimmer rennend bewältigen konnte. Er würde außer Puste sein, noch ehe er auch nur in die Nähe des Gebäudes gelangen könnte.

Etwas ploppte dumpf ins Wasser. Ein Stein. Als David sich umdrehte, konnte er weitere fliegen sehen. Adam und Florian warfen sie in hastiger Raserei. Würde ihn auch nur einer davon am Kopf treffen, wurde ihm bewusst, wäre alles vorbei. Er würde sich nicht mehr auf den Füßen halten können, würde stürzen, ja, es bestand sogar die Möglichkeit, dass er an so einem Treffer sterben könnte.

Hilfe! Er hätte seine Verzweiflung am liebsten in die Welt hinausgeschrien.

»Wir kriegen dich, du Grabscher!«, kreischte es hinter ihm.

Es war David unmöglich auszumachen, wer von ihnen es war. Seine volle Konzentration lag jetzt darauf, zu rennen, zu entkommen. Er atmete hektisch. In seiner linken Seite machte sich Seitenstechen breit und er spürte, wie ihn die Kraft zu verlassen drohte. Nur mit aller Mühe gelang es ihm, nicht über einen auf dem Weg liegenden Ast zu stolpern.

Als das Waldstück endete, galt es, eine Entscheidung zu treffen. Nach links ging es auf ein Feld, wo sie ihn gefühlt meilenweit erspähen konnten, rechts war eine Brücke in Richtung von Ralph Millers Haus. Geradeaus lag hinter hohem Gras die alte Wassermühle.

Die ersten beiden Möglichkeiten schieden sofort aus. Doch auch mit der dritten tat David sich schwer. Das Gebäude war verfallen, die staubverhangenen Fenster größtenteils eingeschlagen, der Eingang war mit einem weiß-roten Band versperrt.

Als hätte man dort kürzlich eine Leiche gefunden, schoss es ihm irrational durch den Kopf. Unter normalen Umständen würde er sich dort nie allein hineintrauen. Die Wassermühle wirkte, als sei sie geradewegs einer der Horrorgeschichten entsprungen, die er so gern las. Nur waren das keine normalen Umstände. Und ihm blieb keine Wahl. Er rannte direkt darauf zu.

Hosenscheißer!, schimpfte er sich in Gedanken. *Vor was hast du mehr Angst – einem alten Haus oder denen dahinten?*

Das Gras reichte ihm hier bis über die Knie und verlangsamte sein Schritttempo mit jedem Meter. Kletten klammerten sich an seine Jeans, sein T-Shirt, seine Turnschuhe. Mit seinem Unterarm streifte er an etwas entlang, das seine Haut in Brand setzte. Brennnesseln.

Sie riefen wieder nach ihm.

»Bleib stehen, du kleiner Grabscher!«

»Wir kriegen dich!«

»Sei ein Mann und kämpfe!«

Einer der drei Jungs kam auf die absurde Idee zu rufen: »Wir wollen bloß mit dir reden.«

Das alles ging an David vorüber. In höchstmöglichem Tempo setzte er einen Schritt vor den anderen.

Die Fassade der alten Mühle war schwarz, und David erkannte nun aus nächster Nähe auch weshalb. Das Gebäude musste einmal in Flammen gestanden haben. Der Dachstuhl lag an einer Stelle offen. Verkohltes, gebrochenes Gebälk stach aus dem Loch empor wie aus der Hölle ragende Speerspitzen. Die Wände und Decken hinter den eingeworfenen Fenstern waren kohlrabenschwarz. Das Wasserrad, das einst als Antrieb der Mühlensteine gedient hatte, lehnte wie ein müder Riese schief gegen die Gebäudeseite. Der hölzerne Kanal darunter war ausgetrocknet und brüchig. Es gab keine Graffiti, ausgetretene Kippen oder leere Wodkaflaschen, die auf dem Boden lagen und von der Inbesitznahme irgendwelcher Jugendlicher zeugten. Diese Mühle wirkte wie tot.

Und doch auch wieder nicht.

Als David die drei Stufen zur Eingangstür hinaufeilte, knirschte gebrochenes Glas unter seinen Schuhsohlen. Das rot-weiße Absperrband vor der Tür flatterte in einer aufkommenden Brise und gab ein tiefes Surren von sich. Es klang, als atmete ein Kettenraucher. Ihn überkam das schleichende Gefühl, dass mit diesem Gebäude etwas ganz und gar nicht stimmte.

Die anderen kamen näher. Sie arbeiteten sich durch die Wiese zu ihm vor. Nicht mehr lange und sie würden ihn eingeholt haben.

»Du sitzt in der Falle, Schwanzlutscher!« Mirkos Stimme, keine zwanzig Meter mehr von ihm entfernt.

Das Gras um ihre Beine raschelte, als würde sich ein riesiges Tier mit scharfen Zähnen durch es hindurchfressen. Ein sehr hungriges Tier.

»Gleich bekommst du, was du verdienst!«

Ein Stein krachte keine zwei Meter von David entfernt gegen die Fassade. Instinktiv drehte er sich nach dem Werfer um. Hatte er an zwanzig Meter gedacht? Es waren höchstens zehn!

Von Panik erfasst, griff er nach der Klinke an der Tür. Sie würde nicht aufgehen. Das wusste er. Jetzt, wo er davorstand und nichts mehr als eine Fluchtmöglichkeit brauchte, brach diese schreckliche Gewissheit über ihn herein. Er hatte verloren. Er konnte nicht weiterflüchten. Seine nach Luft keuchende Lunge und das Stechen in seiner Seite ließen es nicht zu. Jetzt kriegten sie ihn.

Zu seiner Überraschung schwang die Tür nach dem ersten ernsthaften Ruckeln nach innen auf. Ohne darauf zu achten, was ihn drinnen erwartete, stürmte er hinein und schmiss die Tür hinter sich zu, was nichts brachte. Sie knallte gegen den Rahmen und öffnete sich sofort wieder.

»Jetzt haben wir dich, Popper!«, schrie Adam und wieherte vor Lachen.

Davids Beine trugen ihn wie von selbst durch einen von oben bis unten verkohlten Raum. Das wenige Licht, das durch Löcher im Dach und zu den Fenstern hereinfiel, gab den Blick auf Möbel frei. Auf einen Sessel, einen umgekippten Tisch, einen in sich zusammengefallenen Schrank. Jedes Stück war kaum mehr als solches zu erkennen. Sie glichen allesamt den Überresten einer ausgefallenen Grillparty. Der Geruch von Moder und Asche und Fäulnis strömte ihm in die Nase.

Von weiter hinten ertönten Mirkos Rufe. »Schnappt euch den Penner! Den machen wir fertig! So fertig, dass ihm Hören und Sehen vergeht!«

David hastete durch einen Flur und suchte nach dunklen Schatten; das Einzige, was ihm nun ein Versteck bieten konnte. Ihm fielen zwei Treppen auf. Eine führte ins Obergeschoss. Die andere – versteckt hinter einer halb offenen Tür, von der die Farbe abblätterte – führte in den Keller; ein tiefschwarzes Loch voll Ungewissheiten und möglicher Schrecken.

David schauderte bei dem Gedanken, dort hinabzusteigen. Doch oben war die Decke an mindestens einer Stelle eingebrochen. Nur Gott wusste, ob sie sein Gewicht tragen würde.

Als sich das Trampeln von mehreren Schuhen auf Holz näherte, fiel ihm seine Entscheidung nicht schwer. Er schluckte und entschied sich für die Dunkelheit.

12

Maike bekam nicht mit, wie sich die Eingangstür öffnete und jemand die Treppe hinauf ins erste Stockwerk rannte. Sie war mit den Gedanken woanders, stand in der Küche, breitete den ausgerollten Teig auf dem Backblech aus und achtete kaum darauf, was sie tat.

Der kurze Brief ging ihr durch den Kopf; die drei Zeilen, die sie in aller Hast niedergeschrieben hatte. Sie befanden sich nun in den Händen ihres Sohnes. David trug sie mit sich. David, ihr belesener, strebsamer, intelligenter, neugieriger Sohn.

Letztere von Davids Eigenschaften gefiel ihr in diesem Augenblick überhaupt nicht, und sie fragte sich zum wiederholten Mal, ob es so klug gewesen war, ihm den Brief an Ralph Miller übergeben zu haben. Schließlich hatte sie ihre Nachricht an Ralph nicht einmal codiert. David brauchte nur seiner angeborenen Neugierde zu folgen und hineinspicken, und schon würde er wissen, welches Geheimnis sie hütete. Und was würde dann geschehen? Würde er es für sich behalten? Sie darauf ansprechen? Alles seinem Vater petzen? So viele Fragen. So viel Ungewissheit. Über all dies nachzudenken, bereitete Maike Kopfschmerzen.

Sie nahm die bereitgestellte Packung und schüttete ungeschickt die Tomatensoße auf den auf dem Blech ausgebreiteten Teig. Kleine Tropfen spritzten durch die Luft und trafen sie mitten ins Gesicht. Maike wischte sich über die Wange und betrachtete ihre Finger.

Rot.

Sofort verspürte sie wieder dieselbe Übelkeit wie nach ihrem Besuch beim Gynäkologen. Sie dachte an ihre ausgebliebene Menstruation. Und an das Baby, dessen Herz inzwischen zu schlagen begonnen hatte. Mit starrem Blick setzte sie sich. Es war ihr, als könne sie das kleine Herzchen schlagen hören. Es war ein leises, rasches Pochen. In Maikes Ohren klang es wie das Ticken einer Uhr, die einen Countdown zählte, der sich mit stetiger Konsequenz der Null näherte.

Sollte sie es Kurt sagen? Sollte sie ihm gestehen, was sie getan, ja, verbrochen hatte? Stellte sich diese Frage überhaupt? Binnen der nächsten Wochen würde ihr Bauch rasant aufzublähen beginnen. Spätestens dann würde sie es ihm gestehen müssen. Dass man jetzt noch keine Veränderungen an ihrem Körper erkennen konnte, glich einem Wunder.

Was sollte sie nur tun? Sie liebte ihren Mann. O ja, natürlich, sie war ihm fremdgegangen, hatte sich anderswo vergnügt, mehrfach sogar. Doch das bedeutete hinsichtlich ihrer Liebe zu Kurt nichts. Überhaupt nichts. Sie waren bereits seit zwanzig Jahren ein Paar, achtzehn davon verheiratet. Und in diesen Jahren hatte sie keinen einzigen Tag auch nur eine Sekunde lang an ihrer Liebe zu ihm gezweifelt. Daran, ob er sie noch genauso wie früher liebte, schon.

Kurt war der Typ Mann, den man als Karrieristen bezeichnete. Nichts lag ihm so nahe wie seine Arbeit. Nicht einmal die Kinder. Natürlich hatte er Sandra und David umsorgt, wenn sie im Babyalter Bauchkrämpfe gehabt oder gezahnt hatten. Er hatte sie ganze Nächte lang durch die Wohnung, in der sie zur damaligen Zeit gelebt hatten, getragen, ihnen vorgesungen und ihnen Fiebersaft verabreicht, wenn es nötig gewesen war. Doch sobald sein Telefon geklingelt hatte und er anhand der Nummer wusste, dass es sich um ein dringliches Telefongespräch bezüglich irgendeiner Baustelle handelte, hatte man in seinem Gesicht eine rapide Wandlung verfolgen können. Aus dem umsorgenden Vater wurde ein sorgenvoller Bauunternehmer. Kurt war mit seiner Arbeit verheiratet, er liebte sie. Und doch wusste sie, dass er sie – seine Frau – ebenso liebte. Er konnte es nicht gut ausdrücken, brachte die drei heiligen Worte fast nie über die Lippen. Doch in den seltenen Momenten, in denen er unerwartet auf sie zutrat und sie in seine Arme schloss, spielten die dringenden Telefonate, sein plötzliches Verschwinden, sein Drang dazu, der Arbeit nachzugehen und das ausbleibende »Ich liebe dich« keine Rolle mehr. Denn in seinen Umarmungen lag alles, was sie sich von ihm wünschte.

Fast alles. Sex konnte von keiner noch so intimen Umarmung ersetzt werden. Und genau darin lag ihr jetziges Problem.

Maike betrachtete die Tomatensoße und verfiel beinahe wieder den Tränen, als sie die Soße mit der Rückseite eines Löffels auf dem Teig verteilte. Nur mit allergrößter Mühe gelang es ihr, sie zurückzuhalten.

Kurt wird mich hassen, dachte sie. Und dann kam ihr ein weitaus furchteinflößenderer Gedanke in den Sinn.

Er würde sie nicht bloß hassen, er würde sie verlassen. Sie war ihm fremdgegangen, war ihm untreu und noch dazu so dumm gewesen, sich schwängern zu lassen. Natürlich hatten sie und Ralph verhütet ... anfangs. Dann war das Kitzeln zwischen ihren Beinen zu einem Brennen aufgeflammt und die Kondome und die Pille – die sie schon seit Jahren nicht mehr nahm – waren in Vergessenheit geraten. Hätte sie doch nur dieses eine Mal ...

Was machst du dir eigentlich vor, Maike? Das Hätte und das Wenn sind gestorben. Aus und vorbei. Rien ne va plus! Die Würfel sind gefallen.

Ihr wurde schmerzlich bewusst, dass sie ihr ganzes Leben in seine Hände gelegt hatte. Wie lange arbeitete sie bereits nicht mehr in ihrem Beruf?

Achtzehn Jahre. Aufgehört habe ich, als ich mit Sandra schwanger wurde.

Achtzehn Jahre. Die Zahl echote in ihrem Verstand. *Achtzehn*!

Keine Ewigkeit. Doch lange genug, nicht mehr an ihre Träume von damals anknüpfen zu können. Sie dachte an ihr Studium der Germanistik am KIT Karlsruhe zurück. Sie hatte seit jeher Autorin werden wollen, hatte ganze Gedichtbände mit lyrischer Tiefsinnigkeit füllen wollen. Doch ihr einstiger Traum, aus einem Wunsch eine Karriere zu formen, war erloschen. Aus einer Chance wurde ein Hobby.

Natürlich schrieb sie nach wie vor. Wie jeder Schreibende wusste, konnte man den eigenen inneren Drang, Buchstaben auf Papier zu bringen, nicht vollkommen unterbinden, ohne an Selbstmord zu denken. Doch ernähren würde sie sich nicht davon können. Ohne Kurt an ihrer Seite wäre sie aufgeschmissen.

Sich das vor Augen zu führen, verursachte in ihr ein Gefühl der Hilflosigkeit. So viele Jahre, so wenig an Nutzen.

Wie von fremder Hand geführt, ging sie hinüber ins Wohnzimmer, wo auf einer Kommode ein gerahmtes Foto stand. Darauf zu sehen waren sie alle vor etwa fünf Jahren im *Europa-Park*. David war noch sehr klein, erst sieben. Er lächelte breit und enthüllte mehr fehlende als vorhandene Zähne. Es war ein sonniges Lächeln. Sandra war damals in Davids heutigem Alter, und auch sie strahlte. Ebenso wie Kurt, der sich endlich einmal nur für die Familie Zeit genommen hatte, wenn auch nur für einen Tag.

Sie nahm das Foto in die Hand und betrachtete ihre Familie. Sanft fuhr sie mit den Fingerkuppen über das Glas. Und sie weinte. Sie konnte nicht anders.

Ich muss es Kurt sagen. Das bin ich ihm schuldig.

Ja, das würde sie! Am besten heute noch.

Nachdem sie das Foto an seinen Platz zurückgestellt hatte, widmete sie sich dem Belegen der Pizza. Dabei dachte sie wieder an David, der unterwegs war, um ihren Brief abzugeben. Sie dachte an das Kuvert selbst, dessen uncodierten Inhalt. Sie dachte daran, wie sie mit Kurt umgehen sollte, wenn er nach Hause kam, und wie er wohl auf all das reagieren würde. Sie dachte an das ungeborene Baby unter ihrem Herzen. Sie dachte auch an Ralph, der ihr schöne Schäferstündchen beschert hatte und den sie jetzt für seinen Charme, seine ausgeprägten Muskeln und seinen Ständer verfluchte.

Woran sie nicht dachte, war ihre Tochter, die sich längst im Haus befand.

13

Das Wasser war heiß und schoss ihr, so hart es der Brausekopf zuließ, auf Schultern und Rücken. Um sie herum erhob sich Dampf zur Decke des Badezimmers empor. Die Scheiben der Duschkabine waren vollkommen beschlagen. Einzelne Tropfen bahnten sich Flussbette durch die milchige Oberfläche des Glases dem Wannenboden entgegen. Als imitierten sie die Tränen auf ihren Wangen.

Sandra fühlte sich schmutzig, angeekelt und innerlich völlig zerrüttet. Sie glaubte den Mief in Richard Freys Zimmer nach wie vor zu atmen – Desinfektionsmittel, Bratensoße, gekochtes Rinderfleisch, Exkremente. Selbst das Kokosshampoo, mit dem sie sich inzwischen zweifach die Haare eingeschäumt hatte, half nichts dagegen auszurichten. Genauso wenig, wie das Rauschen des heißen Wassers gegen die Worte des Alten half. Wie die Klauen einer Raubkatze hatten sie sich in ihren Gedanken festgekrallt.

Fettie.

Miss Piggy.

Sandra blickte an sich herab und betrachtete sich unwillkürlich Stück für Stück. Ihren Busen, ihren Bauch, ihre Beine. Selbst ihre Füße musterte sie. Es gab keinen Grund, sich wegen Freys Beleidigungen übermäßig viele Gedanken zu machen. Tief in ihr drin wusste sie das. Mit ihr – ihrem Körper – war alles in bester Ordnung. An nichts gab es etwas auszusetzen. Abgesehen von ihrer Oberweite war sie schlank. Hier und da ein paar kleine Pölsterchen. Nicht der Rede wert.

Miss Piggy, hauchte die Stimme wiederholt in ihren Verstand. Sandra schauderte und versuchte sich die Traurigkeit wie die Tränen vom Gesicht zu wischen. Ohne Erfolg.

Warum kehrte sie diesen Gedanken nicht einfach den Rücken zu? Ja. Warum vergaß sie diesen alten Mistkerl nicht einfach? Er hätte es regelrecht verdient, vergessen zu werden. In spätestens ein paar Jahren würde er die Radieschen von unten betrachten. Womöglich sogar schon in Monaten.

Die alten Bilder tauchten wieder vor ihrem inneren Auge auf, spielten sich ab wie ein Horrorfilm. Nackte Zeigefinger. Sechs? Acht? In ihrer Erinnerung waren es mindestens ein Dutzend. Genau die Anzahl, wie sie auch Mädchen in der Klasse gehabt hatten, damals in der Grundschule, als sie noch fett gewesen war; ein kugelrundes Kind mit einer gehörigen Leidenschaft für Zucker in jedweder Form und Gestalt. Schokolade, Drops, Gummischlangen, Limonade. Es hatte nichts gegeben, was sie nicht heimlich in sich hineingefuttert hatte.

Fetti.

Das ist lange her, dachte sie. *Ich habe dem Zucker abgeschworen. Und ich habe Sport getrieben. Jede Menge Sport.*

Und das Gelächter hatte aufgehört. Nicht sofort. Erst Jahre nach all den Vorfällen, nach all dem Gelächter und den Händen, die ihr in die Taille, in den Bauch oder an ihre Schenkel gegrabscht hatten, hatte sie ihr Ziel erreicht. Danach waren die Narben allmählich verblasst. Ihr Ich hatte sich entwickeln können.

Bis heute.

Jetzt spürte Sandra die Berührungen wieder, als wären sie nie fort gewesen. Sie spürte die Hände ihrer Mitschülerinnen regelrecht. Sie brannten auf ihrer Haut wie glühendes Eisen.

Die Duschkabine fühlte sich mit einem Mal eng an. Die von Wassertröpfchen geschwängerte Luft war heiß und kaum noch zu atmen.

Das Wasser auf ihrem Gesicht vermischte sich mit ihren Tränen. Sandra stemmte die Hände gegen die Duschwand und schluchzte. Als sie das Gefühl zu ersticken nicht mehr aushielt, öffnete sie die Tür der Duschkabine. Kalte Luft strömte ihr entgegen. Und der Geruch von Essen.

Pizza, dachte sie. Im selben Augenblick verkrampfte sich ihr Magen.

14

Zzzzt. Zzzzt.

Maike zuckte zusammen, als ihr Handy auf der Küchenplatte zu vibrieren begann.

Sie hatte lange Zeit ziellos vor sich hin gestarrt, hatte sich in den Gedanken daran verloren, wie um Himmels willen sie Kurt ihr Geheimnis bloß mitteilen sollte, und war auf keine Lösung gekommen.

Auf dem Display des Handys stand eine Nummer, die sie nicht kannte. Die Vorwahl lautete 0711. Stuttgart.

Diese Erkenntnis ließ sie frösteln. Weil Kurt derzeit in Stuttgart arbeitete. Weil es ganz sicher er war, der anrief. Nur wie sollte sie sich ihm gegenüber verhalten? Sollte sie warten, bis Kurt zu Hause ankam? Sollte sie ihn direkt damit konfrontieren, gleich jetzt am Telefon? Ein kurzer Schmerz, und dann wäre es vorbei, wie bei einem Pflaster?

Zzzzt.

Nein, wenn ich das tue, dachte sie, *dann wird alles nur noch schlimmer. Ich werde ihm einfach sagen, dass ich mit ihm reden muss. Dringend. Alles Weitere müssen wir persönlich klären.*

Unbewusst legte sie die flache Hand auf den Bauch, sog tief Luft ein, und bevor sie auch nur eine Sekunde weiter über jedwede Konsequenz nachdenken konnte, nahm sie den Anruf entgegen. Just in diesem Moment nahm ihre Nervosität überhand und sie quasselte einfach drauflos.

»Hallo, Kurt. Sag bitte nichts. Bevor du mir sagst, dass es heute bei dir mal wieder später wird, musst du mir zuhören.

Es gibt etwas, worüber ich sehr dringend mit dir sprechen muss. Ich kann dir nicht sagen worüber. Nicht am Telefon. Aber es ist wichtig. Sehr wichtig. Ich weiß, deine Arbeit auf der Baustelle ist auch wichtig, doch wenn du hörst, was ich zu sagen habe, dann ...« Ihre Stimme brach, als sie die Tränen auf ihrer Wange bemerkte. Ihr fiel nur noch eines zu sagen ein. »Bitte komm nach Hause, Kurt. Jetzt.«

Am anderen Ende der Leitung herrschte Schweigen. Dann vernahm Maike eine ihr fremde, leicht irritiert klingende Männerstimme.

»Guten Abend. Spreche ich mit Frau Maike Kramer, der Frau von Kurt Kramer?«

Maike nahm das Handy vom Ohr und überlegte, wen sie sonst noch aus Stuttgart kannte. Doch ihr wollte partout niemand einfallen. Scham überkam sie, als sie daran dachte, wie ungeschminkt sie diesem Fremden all ihre Geheimnisse hätte verraten können, hätte sie nicht zum richtigen Zeitpunkt mit dem Reden aufgehört.

»Hallo?«, drang es aus dem Telefon.

Als sie antwortete, zitterte ihre Stimme hörbar. »Ja. Ja, die bin ich. Mit wem spreche ich?«

»Mein Name ist Amal Pramanik. Ich bin Krankenpfleger am Diakonie-Klinikum Stuttgart.« Der Mann machte eine Pause, wie um ihr einen Augenblick Bedenkzeit zu geben. Eine oder zwei Sekunden, nicht länger. Doch der Moment genügte, um in Maike einen heftigen Schreck wachzurütteln. Da telefonierte sie mit einem Krankenpfleger, der wegen Kurt nach ihr fragte. Unbehagen machte sich in ihr breit. Es verdrängte jeden Gedanken an ihre Beichte.

»Was ... Was ist mit Kurt?«

»Deshalb melde ich mich. Herr Kramer wurde mit einer Platzwunde an der Stirn eingeliefert. Jetzt liegt er zur Beobachtung auf der Station der Allgemeinchirurgie. Der behandelnde Arzt, Doktor Claudius Müller, möchte ihn über Nacht dabehalten, um wirklich sicherzugehen, dass sonst alles in Ordnung ist.«

»Was?« Maike konnte nicht glauben, was sie da hörte. Eine Platzwunde am Kopf? Was um Himmels willen war passiert?

Der Mann sprach weiter, als hätte sie nichts gesagt, professionell wie ein Tonbandgerät. »Es geht ihrem Mann aber so weit gut. Wenn man bedenkt, was auf der Baustelle geschehen ist, hätte es wesentlich schlimmer ausgehen können.«

»Was ist denn passiert?« Ihre Stimme war nurmehr ein Hauchen. Ihre Hände waren nass vor Schweiß.

Sie hörte, wie Amal Pramanik seufzte. Offenbar gefiel ihm seine Aufgabe nicht besonders. »Man hat Sie noch nicht informiert? Es gab einen Unfall auf einer Baustelle. Eine Explosion. Allem Anschein nach wurde bei den Bauarbeiten eine Gasleitung beschädigt.«

Ein Seufzer des Erschreckens entwich Maike.

»Ihr Mann war von der Explosion nicht direkt betroffen. Als er im Klinikum ankam, war er ansprechbar und beschrieb, dass er sich in einem Gebäude abseits der Detonation befunden habe. Die Platzwunde zog er sich wohl bei einem leichten Sturz zu. Deshalb ist es wahrscheinlich, dass er bereits morgen das Krankenhaus wieder verlassen darf. Allerdings ...«

»Was? Was allerdings?« Maike wurde immer nervöser.

»Nun, ich möchte keine voreiligen Schlüsse ziehen. Doch ich war lange Zeit in der Psychiatrie angestellt und habe des Öfteren mitbekommen, wie Patienten Ähnliches erlebt haben wie Ihr Mann. Deshalb ... Nun, Frau Kramer, als Sie das Telefon abgenommen haben, machte es den Anschein, als müssten Sie Ihrem Mann dringend etwas sagen. Sehr dringend, so kam es mir vor.«

Maike sagte nichts.

»Es geht mich zwar nichts an, aber ich würde, wenn es nicht allzu eilig ist, noch etwas warten. Zumindest wenn es Ihren Mann ... Nun ja, unter Stress setzen könnte. Erlebnisse wie dieses lösen oftmals einen Schock aus, der ein paar Tage anhalten kann. Dabei kommt es nicht selten vor, dass die Betroffenen sich zurückziehen, sich sogar anders als gewöhnlich verhalten. Das ist nicht zwangsläufig ein Grund zur Beunruhigung, dennoch würde ich Ihnen empfehlen, Ihren Mann vorerst zu schonen.«

Maike lauschte und wusste noch immer nicht, was sie antworten sollte.

»Jedenfalls bat er mich persönlich darum, Sie anzurufen, damit Sie sich keine Sorgen um ihn machen«, sagte der Pfleger. Ein Lächeln schwang in seiner Stimme mit.

Keine Sorgen machen, wiederholte Maike in Gedanken und spürte ihren rasenden Puls. Es kam ihr fast so vor, als würde der Himmel auf sie einstürzen. Zuerst ihre ausbleibende Periode, dann die Gewissheit – *Herzlichen Glückwunsch!* –, schwanger zu sein, und jetzt das – Kurt im Krankenhaus! Das konnte unmöglich alles an einem Tag geschehen sein. Das hier war kein Hollywood-Blockbuster. Das hier war ihr Leben!

»Frau Kramer? Sind Sie noch dran?«

»Ja. Ja, vielen Dank, dass Sie mir Bescheid gegeben haben. Ist Kurt denn wach? Kann ich mit ihm reden?«

Sag Ja. O bitte, sag Ja. Ich muss seine Stimme hören, damit ich sicher weiß, dass ihm auch nichts geschehen ist!

Das dachte sie. Und gleichzeitig hörte sie einen anderen Teil in sich flehen: *Sag Nein! O bitte, sag Nein! Seine Stimme zu hören, würde mich brechen! Es würde mich fertigmachen, ihn leiden zu hören! Weil ich weiß, dass ihm weiteres Leid geschehen wird, wenn er erfährt, dass ich schwanger bin – dass ich nicht von* ihm *schwanger bin!*

»Er schläft inzwischen. Tut mir leid. Aber er meldet sich sicherlich bei Ihnen, sobald er wieder aufwacht.«

Nachdem das Telefonat beendet war, hielt Maike das Handy noch eine Weile in der Hand und starrte ins Leere. Die Sonne näherte sich allmählich dem Horizont und warf goldenes Licht zu den Fenstern herein. Die Stille im Haus war bedrückend. Die Uhr über dem Durchgang zeigte an, dass es kurz nach sechs war; Zeit fürs Abendessen; Zeit, mit der Familie an einem Tisch zu sitzen und sich über die Ereignisse des Tages zu unterhalten. Doch es gab kein gemeinsames Abendessen. Nicht heute.

Schwindel überfiel sie plötzlich. All das war zu viel für sie.

Es gelang ihr noch, die fertig gebackene Pizza aus dem Ofen zu holen, sich auf die Couch im Wohnzimmer zu setzen und den Fernseher einzuschalten. In den Nachrichten sah sie das Ausmaß der Katastrophe. Dann fielen ihr vor Erschöpfung die Augen zu.

15

Was für ein Schlamassel.

Kurt blickte zur Decke des Krankenzimmers empor, spürte einen leichten Schwindel und fragte sich, wie zur Hölle es ihm nun gelingen sollte, das Bauprojekt zu Ende zu bringen. Vom Beton, dem Stahl, ja, sämtlichen Materialien, die sie bereits für die Erbauung der Tiefgarage verwendet hatten, war nur noch Schutt und Asche übrig geblieben. Allein der Abtransport der Trümmer würde Tage dauern, über die Rekonstruktion der defekten Gasleitung brauchte er erst gar nicht nachzudenken. Bis alle Pläne neu gezeichnet, abgesegnet und alle Sicherheitsmaßnahmen und Kontrollen durchgeführt waren, konnten Wochen, wenn nicht gar Monate ins Land ziehen.

Und wer sagt mir überhaupt, dass ich weiterhin mit dem Projekt betraut werde? Schließlich war es meine Schuld, dass das alles passierte.

Dieser Gedanke ließ ihn frösteln. In all den Jahren, in denen er nun als Bauunternehmer tätig war, hatte er nie auch nur den kleinsten Fehler in Bauzeichnungen übersehen. Nie! Er überprüfte alles stets bis ins kleinste Detail. Mehrfach. Und höchstpersönlich. Weil er Perfektionist war. Und sosehr es seine Arbeiter auch stören mochte, dieser Perfektionismus hatte ihn dorthin gebracht, wo er heute war – an die Spitze eines international renommierten Bauunternehmens mit Aufträgen im In- und Ausland, das jedes Jahr weiter über sich hinauswuchs und inzwischen mehrere Millionen Euro pro Jahr umsetzte. Doch jetzt …

Kurt schloss die Augen, ließ die Knöchel seiner Hände knacken, seufzte leise und öffnete die Augen wieder. Die in Quadraten aufgeteilte Odenwalddecke über ihm verschwamm kurz zu einem undeutlichen Brei. Dann wurde das Bild wieder klar.

Kurt war froh, nicht mit Maike telefonieren zu müssen. Vor nicht ganz zehn Minuten hatte er dem Pfleger gesagt, er solle seiner Frau ausrichten, dass es ihm trotz der Umstände gut ging, er jedoch bereits schliefe. Maikes sorgenvolle Stimme zu hören, hätte seine Situation nicht verbessert. Außerdem hatte er keine Zeit für sie. Er musste nachdenken, wie er aus dem ganzen Schlamassel herauskam, ohne dass es ihn seine Position in der Firma kostete. Oder gar seinen Job, falls der Vorstand der Firma beschließen sollte, das Übersehen der Gasleitung hätte allein an ihm gelegen.

Ein Klicken wie vom Drücken einer Kugelschreibermine ließ ihn zusammenzucken. Es war von der anderen Seite des Zimmers gekommen.

Klick-Knack.

Er hob den Kopf vom Kissen und blickte umher, konnte die Herkunft des Geräusches jedoch nicht ausmachen. Da war nichts. Nur der ausgeschaltete mickrige Fernseher an der Wand, der Stuhl in der Ecke, der kleine Esstisch, sein Bett und er. Als Privatpatient hatte er die Option auf ein Einzelzimmer, die er auch in Anspruch genommen hatte. Mit jemand anderem ein Zimmer zu teilen, kam für ihn nicht infrage. Wie hätte er da nachdenken können?

Er ließ den Kopf wieder ins Kissen sinken, faltete die Hände, ließ erneut die Knöchel seiner Finger knacken und blickte zur Decke empor. Sein Schädel brummte, und er fühlte sich, als hätte er dringend Schlaf nötig. Doch das konnte er auch dann noch, wenn er eine Lösung für sein Problem gefunden hatte.

Die Gesellschafter werden Ermittlungen einleiten. Sie werden prüfen wollen, wer den Fehler begangen hat, die Gaslei-

tung zu übersehen. Und sie werden mich ausfindig machen. Und dann ...

Nun, was würde die Truppe von vier Mann und einer Frau dann tun? War das nicht eindeutig? Sie würden ihn in eine Sitzung berufen und ihm sagen, dass sein Versagen unentschuldbar sei und sie ihn deshalb – wohl oder übel – mit einer Abfindung in den Taschen seines Büros verwiesen. Aber ...

Ist das wirklich das schlimmste Szenario, das du dir vorstellen kannst, Kurt?

Natürlich war es das nicht. Es gab noch eine weitaus gravierendere Möglichkeit, wie die ganze Sache für ihn enden konnte. Eine existenzielle Problematik, gewissermaßen. *Elementar, mein lieber Watson!*

Klick-Knack.

Kurt runzelte die Stirn. Wo war das hergekommen? Wieder suchte er mit den Blicken den Raum ab. Und fand nichts.

Womöglich die Heizung. Heizkörper geben gelegentlich merkwürdige Geräusche von sich, wenn zu viel Luft in ihnen steckt. Wobei das natürlich Unsinn war. Keiner schaltete die Heizungsanlage eines so großen Komplexes an, wenn es draußen 25 Grad im Schatten hatte.

Du bildest dir schon Sachen ein, siehst schon weiße Mäuse, dachte er, blickte aber weiter umher. Er mochte keine Wirkung ohne Ursache. Schon als Kind war er den Lehrern so lange auf den Wecker gegangen, bis sie ihm seine Fragen zum großen Warum beantwortet hatten. Offene Fragen machten ihn nervös. Genau wie dieses *Klick-Knack*, von dem er nicht wusste, wo es herrührte. Und es lenkte ihn vom Wesentlichen ab. Der Klang erinnerte ihn an den eines Hammers, den ein Richter bei einem gefällten Urteil hierniederfallen ließ; ein Hammer, der durch die Aufprallkraft erneut hochschnellte und ein zweites, leiseres Mal niederfiel. Actio reactio.

Womit wir wieder beim Thema wären. Denn wenn du Pech hast, mein Lieber, ist eine Kündigung das geringste Übel, das auf dich zusteuert. Man könnte dich auch wegen fahrlässiger Körperverletzung anklagen. Nein, sogar wegen fahrlässiger Tötung.

Mit einem Mal wurde ihm das ganze Ausmaß dieser Katastrophe bewusst. Er spürte eine plötzliche Enge in seiner Brust. Sie stahl ihm den Atem. Schweiß brach ihm aus.

In genau diesem Augenblick ertönte das sonderbare Geräusch erneut.

Klick-Knack.

Instinktiv hob Kurt den Kopf, um zur anderen Seite des Zimmers zu spähen, ohne die Erwartung, dort etwas vorzufinden. Was er jedoch sah, ließ sein Blut gefrieren.

16

David konnte nur mutmaßen, wie viel Zeit vergangen war, seit er in den Keller des alten Gebäudes hinabgestiegen war. Es konnten zwanzig Minuten oder eine Stunde sein. Er wusste es nicht. Sein Zeitgefühl hatte ihn verlassen, genauso wie die Fähigkeit, etwas vor seinen Augen zu erkennen. Hier unten war es dunkel wie in einer Grabkammer.

Es stank nach Moder und Fäulnis. Die Gerüche hinterließen einen metallischen Geschmack auf seiner Zunge, als hätte jemand die Luft mit Kupfer geschwängert. Durch die hohe Luftfeuchtigkeit fühlte sie sich dick an wie Morgennebel über einem Sumpf. David konnte sie kaum atmen.

Irgendwo hörte er Wasser in eine Pfütze tropfen. Das *Plink, Plink*, das dabei entstand, hallte leise vom Gemäuer wider. Woher das Wasser kam, wusste er nicht, und es interessierte ihn auch nicht. Ihn kümmerten die Stimmen, die von oben zu hören waren; die Stimmen mehrerer Jungen und eines Mädchens, die es auf ihn abgesehen hatten. Dumpf drangen sie durch den Fußboden, auf dem sie hin und her schritten, keinen Meter oberhalb seines Scheitels.

Adam: »Wo steckt diese Missgeburt?«

Mirko: »Keine Ahnung. Such ihn. Dieser kleine Scheißer wird sein blaues Wunder erleben.«

Susi: »Hier ist er jedenfalls nicht. Vielleicht hat er einen anderen Ausgang gefunden und ist geflohen.«

Mirko: »Red keine Scheiße. Er steckt hier noch irgendwo.«

Adam: »Fragt sich nur wo. Flo is' auch weg. Treibt sich irgendwo dort hinten rum, wo mal die Küche oder das Badezimmer oder so was war. Soviel ich weiß, hat hier mal eine Familie Urlaub gemacht. Haben sich die Mühle gemietet und hier einen schönen Sommer verbracht, bis der Vater durchgedreht is' und alle umgebracht hat. Bis auf ein Mädchen, glaub ich.«

Susi: »Meinst du die Sache mit diesem Hansen?«

Adam: »Ja, so hieß er.«

Susi: »Das war nicht hier, das war an einem See in einem Ferienhaus. Seine größte Tochter – ich glaube, sie war elf oder zwölf oder so – ist, nachdem er seine Frau und seinen Sohn bereits ermordet hatte, mit ihrer kleinen Schwester in einen Wald getürmt. Hansen hat nach ihnen gejagt. Tagelang. Hab keine Ahnung, wie die zwei Mädels das so lange überleben konnten. Na ja, eine hat es dann auch nicht überlebt. Und die andere kam, soweit ich weiß, in eine psychiatrische Anstalt. Das Mädel muss zum Schluss völlig ballaballa gewesen sein. Kein Wunder. Wenn mir mein Vater tagelang nachjagen und meine Geschwister und meine Mutter umgebracht hätte, wüsste ich auch nicht, wo mir der Kopf steht. Gewohnt haben sie übrigens irgendwo oben auf dem Hügel, wo die Bonzen wohnen.«

Genau in dem Haus, in dem wir heute wohnen, dachte David und ein Schauer überlief ihn. Der Makler hatte seine Eltern schon lange vor dem Kauf auf die Tragödie aufmerksam gemacht. Dennoch hatte Kurt Kramer keinen Grund gesehen, das Haus nicht zu erwerben. »Die Morde haben sich ja nicht hier zugetragen«, hatte er dem Makler gesagt. David hatte das alles mitbekommen, und aus reiner Neugierde zu recherchieren begonnen. Daher wusste er auch, dass der vierzehnjährige Junge der Hansens, Nico, genau im gleichen Zimmer gewohnt hatte, wie es jetzt David tat. Und obwohl David wusste, dass das Blödsinn war, richtiger Kinderkram, überkam ihn auch heute noch gelegentlich das Gefühl, der tote Junge würde ihn beobachten. Wenn er an seinem Computer saß. Oder wenn er in seinem Bett lag.

»Das Massaker hätt ich gern gesehen«, gab Adam zum Besten. »Natürlich nur auf Fotos. Nicht dass mir so was...«

»Haltet die Klappe. Alle beide.« Das war Mirko. Er klang aufgebracht. »Der Scheißer versteckt sich hier irgendwo. Wir müssen ihn nur ...«

»Ich glaub, ich weiß, wo er ist.«

David fröstelte, als er die vierte Stimme im Bunde wahrnahm. Florian. Seine Schritte deuteten an, dass er zu den anderen zurückkehrte.

Davids Knie wurden mit einem Mal weich. Seine Kehle war trocken. Wie konnte er nur so töricht gewesen sein, zu glauben, er sei hier unten sicher? Dieser Keller war eine Falle, das war er! Nichts anderes als ein dunkles Loch, in das er sich verkrochen hatte wie ein Vogel Strauß, der den Kopf in den Sand steckte, frei nach dem Motto: Kann ich euch nicht sehen, könnt ihr mich auch nicht sehen.

»Und wo soll das sein?«, fragte Mirko.

Sag: »Oben auf dem Dachboden«. Sag: »Hinterm Haus in den Büschen«. Sag, was du willst, aber sag bloß nicht »Im Keller«.

Florian sagte überhaupt nichts. Und David glaubte zu wissen, weshalb er keinen Ton von sich gab. Er musste es nicht. Er musste lediglich auf den Boden deuten und schon würden alle Anwesenden begreifen.

Nichts geschah. Kein Mucks. Kein hörbares Fußgetrappel. Nichts.

Eine Schweißperle rann über Davids Nasenflügel. Hinter ihm tropfte wieder Wasser in eine Pfütze. *Plink.* Es war so leise, dass David seinen Atem in seiner Kehle rauschen hören konnte. Aber es war nicht die Stille, es war die Ungewissheit, die sie mit sich brachte, die ihm das Blut in den Adern gefrieren ließ. So musste es sich anfühlen, wenn man mit voll aufgedrehter Heavy-Metal-Musik über Kopfhörer nachts über ein Bahngleis balancierte. War das nur ein Gitarrensolo oder doch schon der Zug?

»Na, dann los«, sagte Mirko, und mit einem Mal toste das Poltern ihrer Schritte über David hinweg. Sie stürzten alle in eine Richtung. Nur ... Nur gingen sie nicht in Richtung Kellertür, nein, sie bewegten sich in die entgegengesetzte Richtung. David horchte auf. Nur Sekunden später war nichts mehr von ihnen zu hören.

Das konnte nur bedeuten, dass sie nach draußen gegangen waren. Ja, sie hatten die Mühle verlassen. Er war in Sicherheit, das bedeutete es!

Doch ein anderer Teil von ihm mahnte ihn zur Vorsicht. Was war, wenn das eine Falle war? Was war, wenn sie nur darauf lauerten, dass auch er die Mühle verließ? David lauschte in die Dunkelheit, unsicher, was er nun tun sollte. Die Stille um ihn war tief und beklemmend. Nur das *Plink* von Wassertropfen durchbrach sie. Und sein eigener schwerer Atem. Wie das Hauchen einer zweiten Person hallte er von den Wänden wider. Mehr hörte er nicht. Keine anderen Stimmen.

Das war gut. Das war sehr gut. Denn es bedeutete, er konnte bald gehen.

Nur wann war bald? In zwei Minuten? Zehn? Einer halben Stunde?

Was ist, wenn sie wirklich draußen warten, um mich einzukassieren?, dachte er. *Was ist, wenn das alles bloß ein Trick ist?*

Er beschloss, es nicht darauf ankommen zu lassen.

Er tastete nach der untersten Stufe der Treppe, setzte sich darauf und zählte die Wassertropfen, die irgendwo in der Dunkelheit zu Boden fielen.

Plink.

17

Holzsplitter schossen durch die Luft wie die giftigen Pfeile eines Dschungelvolkes auf der Jagd. Die Hiebe saßen nicht, und egal wie sehr sich Ralph Miller auch zu konzentrieren versuchte, die Holzstücke ordentlich in der Mitte zu spalten, es wollte ihm einfach nicht gelingen. Er schwang das Beil und schlug daneben, sodass die Klötze umfielen und unkontrolliert von dem großen Spaltblock herunterpolterten. Jedes Mal, wenn er sich bücken musste, um eines der Hölzer aufzuheben, wuchs seine Wut. Und als einer der Klötze beim Wiederaufstellen erneut vom Spaltblock fiel, ohne dass er ihn auch nur angerührt hatte, konnte er nicht anders, als den rund zwei Kilo schweren Brocken wutentbrannt in die Ferne zu werfen wie ein Kugelstoßer.

Es lag an dem Brief. An seinem kurzen einprägenden Inhalt. Drei Zeilen voller Arroganz und Egoismus. Sie hatten sich in seinen Verstand gebrannt wie Zigarettenglut in eine Tischdecke.

Ich bin schwanger. Von dir.
Ich will es nicht.
Und ich will dich nicht mehr!

Ralph starrte auf den Punkt, den der Holzklotz ins frisch gemähte Gras malte, und schnaubte. Seine Brust hob und senkte sich von schweren Atemzügen. Jede Rationalität seines Denkens war mit rot leuchtender Wut vergiftet.

»Natürlich will sie das Kind nicht. Weil es von mir ist. Von mir!«, knurrte er.

Er brauchte sich nichts vorzumachen. Maike hatte in ihm nur den Spaß gesehen, die Freude an akut notwendigem Sex, den ihr Mann ihr nicht bot. Kurt hatte Maike auf dem Trockenen sitzen lassen. Schon eine ganze Weile. Das hatte sie ihm erzählt, nachdem sie es in seinem Bett miteinander getrieben hatten, sie mit ihrem Hinterkopf in seiner Armbeuge liegend, das blonde lange Haar nass von frischem Schweiß, die Haut ihrer auf seiner Brust liegenden Hand warm. Und obwohl er das gewusst hatte und sie nie auch nur ein Sterbenswörtchen über ihre Zuneigung zu ihm verloren hatte – *Weil es sie nie gegeben hat*, dachte er –, hatte er sich mehr von ihr erhofft. Bedeutend mehr.

Er hatte darüber zu sprechen versucht, hatte es sie wissen lassen wollen. Ja, wirklich. Doch jedes Mal, wenn sie schweißbenetzt und keuchend vor Befriedigung in seinen Armen gelegen hatte, wollte keines seiner wahren Gefühle über seine Lippen stolpern. Oh, er hatte ihr gesagt, wie toll er sie fand. Er hatte ihr mehrfach gesagt, wie gut es sich mit ihr anfühle. Er hatte sie regelrecht angebrüllt, wie geil er auf sie sei. Doch über das von ihr entfachte Feuer in seinem Herzen hatte er geschwiegen.

Wie früher schon. Damals mit Alexandra. Oder Stefanie. Oder Melissa.

Ralphs Leben war geprägt von verlorenen Lieben; von Frauen, die sich ihm erst zugewandt und ihn dann im kalten Regen stehen gelassen hatten. Sie hatten ihm einfach den Rücken zugekehrt, in dem Glauben, er würde es hinnehmen, es einfach so stehen lassen; in dem Glauben, er würde sie von dannen ziehen lassen. Wusch. Weg. Adieu.

Sie waren verschwunden. Jede für sich. Nur nicht auf die Art, wie sie es sich gern gewünscht hätten. Für was so ein Grundstück im Wald doch gut war …

Aber das Baby, dachte Ralph. *Mein Baby …*

Das war eine neue Situation für ihn, eine, auf die er nicht zu reagieren wusste. Ohne es wäre die Situation ganz einfach gewesen. Niemand wusste von Maikes Affäre mit ihm, und deshalb hätte er diesen Schlamassel handhaben können wie die anderen Male zuvor auch. Ganz ohne Aufmerksamkeit zu erregen. Ein kurzer Eingriff in das Schicksal, und schon wäre alles vorüber und er konnte von Neuem beginnen, nach der Richtigen suchen.

Ralph kramte in seiner Hemdtasche, holte eine Schachtel Zigaretten hervor und zündete sich eine an. Der Rauch drang tief in seine Lunge. Das Rot in seinem Kopf pulsierte, als er an die wenigen Sätze ihres Briefchens dachte. Sie gingen ihm wieder und wieder durch den Kopf. Kaum war er am Ende angelangt, begann er von Neuem, sie zu rezitieren.

Ich bin schwanger. Von dir.
Ich will es nicht.
Und ich will dich nicht mehr!

Es war es vor allem die mittlere und somit kürzeste Zeile, die das Blut in seinen Adern zum Kochen brachte.

Ich will es nicht.

Ich will es *nicht.*

Es ...

Als wäre dieses heranwachsende Geschöpf nicht mehr als ein Staubkorn, das man mal eben so von der Tischplatte wischte. *Es.* Wie das klang ... Herabwürdigend ... Zunichtemachend ... Belanglos.

Eine Erinnerung kam ihm. Das Bild seines eigenen Vaters, dem er in den letzten Lebenssekunden ein Versprechen gegeben hatte; ein Versprechen, das es nun, das wurde ihm jetzt bewusst, zu erfüllen galt.

Er spürte, wie es ihn innerlich aufwühlte, über diese Sache nachzudenken. Ralph schnappte sich einen weiteren Holzklotz, stellte ihn auf den Spaltblock. Dann griff er nach dem

Beil. Ohne lange nachzudenken, schlug er zu. Holzsplitter und Brocken trockener Rinde flogen durch die Luft, als er wiederholt nur die Kante des Klotzes erwischte. Das Rot in seinem Kopf pulsierte heftiger. Ein schrilles Pfeifen kreischte in seinem Gehörgang. Seine Zähne mahlten aufeinander. Er packte den nächsten Klotz und stellte ihn auf den Spaltblock.

Es, dachte er und schlug zu.

Wieder Splitter. Weiteres Pulsieren. Ein weiterer Holzklotz.

Es.

Das Beil sauste herab, sodass die Zigarette aus seinem Mundwinkel fiel. Er schenkte ihr keine Beachtung. Ein großer Splitter schleuderte gegen seinen Oberschenkel. Ralph spürte es kaum. Sein Herz trommelte gegen die Innenwand seines Brustkorbs, als wollte es fliehen. Sein markant geschnittenes Gesicht war puterrot, als würde seine Haut kochen. Auf seiner Stirn pochte eine dunkelviolette Ader. Die Sehnen an seinem Hals stachen hervor wie Drahtseile.

»*ES!*«, schrie er. Und als er diesmal das Beil schwang, traf er. Die Schneide durchschlug die Mitte des Holzklotzes und spaltete ihn zu einem auseinanderklaffenden V.

Ralph atmete schwer. Sein Brustkorb hob und senkte sich mit jedem Atemzug. Ein Passant hätte bei diesem Anblick sicher die Flucht ergriffen. Denn im nächsten Augenblick lachte Ralph Miller auf. Es war ein schrilles, lautes, irrsinniges Lachen.

Denn Ralph sah etwas vor sich. Es war kein Holz. Er sah Maike Kramers Kopf. Gespalten.

18

Mit gesenktem Kopf schritt Sandra die Treppe ins Erdgeschoss hinab, geradewegs auf den Pizzageruch zu.

Ihr war nicht nach Essen zumute, und auch nicht danach, sich mit den anderen an einen Tisch zu setzen. Gäbe es nicht diese dämliche Regel ihres Vaters, am Abend gemeinsam zu Tisch zu sitzen und über das am Tag Erlebte zu sprechen, so hätte sie heute auf jede Gemeinschaftlichkeit verzichtet. Sie wollte nichts anderes, als sich in ihr Bett zu verkriechen und diesen albtraumhaften Tag zu vergessen. Morgen, wenn die Nacht die Erinnerungen an das Gelächter und die unliebsamen Berührungen ihrer ehemaligen Mitschüler aus ihrem Verstand weggespült hätte, würde die Welt ganz sicher anders aussehen. Deshalb, so sagte sie sich, würde sie bei ihrem gemeinsamen Abendgespräch auch kein Sterbenswörtchen über Frey und (*Fetti!*) seine Beleidigungen verlieren.

Als sie etwa die Hälfte der Treppe erreicht hatte, fragte sich Sandra, ob sie womöglich etwas verpasst hatte. Weder in der Küche noch im Esszimmer brannte Licht. Allein der schwache orangefarbene Schein der Sonne, der durch die großen Wohnzimmerfenster fiel, zeigte die Umrisse der Möbel.

»Hallo? Mama?«

Keine Antwort.

Am unteren Rand der Treppe blieb sie stehen und rief erneut. »Mama? Papa?« Und nach einer kurzen Weile: »David?«

Nichts.

Das war sonderbar. Normalerweise herrschte um diese Uhrzeit der größte Trubel im Haus; ihre Mutter in der Küche, ihr Bruder und ihr Vater – wenn er nicht wieder länger arbeiten musste – zu Tisch, auf das Essen wartend.

»Mama?«

Kein einziger Laut. Nein, Halt ...

Sandra lauschte gespannt. Aus dem Wohnzimmer drangen leise Geräusche zu ihr. Eine tiefe, monoton klingende Stimme, untermalt von einem metallischen Knattern. Als sie den Blick in diese Richtung wandte, entdeckte sie ein Flimmern. Der Fernseher.

Sie tastete eine Wand entlang und betätigte einen Schalter. Einbaustrahler hüllten die Küche in helles Licht. Und die Pizza. Ein ganzes Blech davon lag auf dem Herd zum Verzehr bereit. Eine Hälfte mit Salami und Käse, die andere mit Thunfisch und Zwiebeln, Sandras liebste Variante.

Bei diesem Anblick knurrte unwillkürlich ihr Magen. Gleichzeitig verkrampfte sich etwas in ihr. Sie hatte den ganzen Tag über nur wenig gegessen. Einen Apfel auf der Busfahrt ins Altenheim, in ihrer Pause ein belegtes Brot mit Käse. Das war bereits Stunden her.

Fetti, säuselte ihr eine Altmännerstimme direkt ins Ohr. Sie kam wie aus dem Nichts und ließ Sandra zusammenfahren.

Statt auf die Pizza zuzugehen, machte Sandra einen Bogen darum herum. Sie ging ins Wohnzimmer, wo ihre Mutter auf der Couch schlief. Ihr Mund stand leicht offen und das T-Shirt war ihr ein wenig hochgerutscht, sodass man den unteren Teil ihres Bauchs frei einsehen konnte. Aus dem Fernseher drang die Stimme eines Synchronsprechers, der über irgendeinen Krieg berichtete, während sich auf dem Bildschirm Soldaten durch von Rauch vernebelte Straßen kämpften.

Sandra betrachtete ihre Mutter und fragte sich, was um alles in der Welt mit ihr los sein mochte. Sich so zu verhalten, sah ihr überhaupt nicht ähnlich. Schlafen, um diese Uhrzeit? Normalerweise eilte sie durchs Haus wie ein Wirbelwind, ständig auf der Suche nach neuen Aufgaben, die es zu erledigen galt. Hielt man sie davon ab, weil man eine Frage oder etwas zu klären hatte, wies sie einen bestimmt darauf hin, dass sich die Hausarbeit nicht von allein erledigte und man ihr nicht im Weg rumstehen solle. Sie nun hier auf der Couch liegen zu sehen wie jemand, der seinen Rausch ausschlief, war ein Bild, das sich nicht mit ihrem Gemüt deckte.

Außerdem ... Wo waren Papa und David?

Sandra streckte einen Arm aus, um ihre Mutter wach zu rütteln, hielt jedoch auf halbem Weg inne. Ihr Blick fiel abermals auf den entblößten Teil von Maikes Bauch. Da die letzten Monate kühl und regnerisch gewesen waren, hatte ihre Haut kaum Farbe bekommen. Weiß wie Tintenfischfleisch stach er zwischen dem Bund ihrer Jeans und dem T-Shirt hervor. Doch das war nicht alles. Was Sandra besonders ins Auge fiel, war die leichte Wölbung. Zuerst war sie Sandra nicht aufgefallen, und hätte sie sich nicht nach vorn gebeugt, wäre das wohl auch so geblieben. Aus der Nähe jedoch sah Sandra sie.

Fetti. Die Stimme des Alten klang in ihrem Kopf so realistisch, als stünde er direkt neben ihr.

Sandra presste sich unwillkürlich die Hände gegen die Ohren. »Halt die Klappe. Halt die Klappe! Halt die *Klappe*!«

Ihre Mutter regte sich für einen Moment, dann lag sie wieder still.

Schwer keuchend trat Sandra ein Stück zurück, fuhr sich mit den Händen durch die Haare und raufte daran, als wollte sie sich ganze Strähnen ausreißen. Hinter ihren Augen toste ein Sturm, dem sie sich seit Jahren entkommen glaubte; ein von Donnern geschwängertes schwarzes Gewitter.

»Ich bin nicht fett. Das habe ich hinter mir!«, presste sie leise hervor.

Ihre Mutter schien das nicht zu interessieren. Sie schlummerte weiter vor sich hin. Sie bekam auch nicht mit, wie Sandra in ihrer Rage in die Küche stürmte, wie sie auf das Pizzablech zueilte und sich ein handgroßes Stück von der Seite mit Thunfisch abriss.

»Ich bin nicht fett! Ich kann essen, was ich will. Solange ich Sport treibe, kann mir keiner was!«, sagte sie zu sich selbst. Und wie um es sich selbst zu beweisen, was sie soeben behauptet hatte, riss sie mit den Zähnen ein großes Stück von der Pizza.

Der süße Geschmack des Thunfischs und der leicht scharfe der Zwiebeln breiteten sich in ihrem Mund aus wie eine Explosion. Ihr Magen gab ein gieriges Knurren von sich. Um ihn zufriedenzustellen, schluckte Sandra den Happen hinunter und biss sofort erneut in die Pizza. Tränen rollten ihr über die Wangen. Ihre Augen brannten vor Kummer und Entschlossenheit. Ein weiterer, fast ungekauter Brocken bahnte sich seinen Weg durch ihre Speiseröhre.

Und dann geschah, was ihren Enthusiasmus binnen einer Sekunde brach. Der Thunfisch verlor seinen Geschmack. Ebenso die Zwiebeln und die Tomatensoße. Was zwischen ihren Zähnen zerquetscht wurde, war nicht mehr als ein Klumpen geschmackloses Etwas, ganz ähnlich wie ...

Fettiiii.

... Fett. Ja, genau so fühlte sich an, worauf sie kaute. Und als ihr das klar wurde, konnte Sandra nichts anders. Sie stürmte auf das Spülbecken zu, beugte sich darüber, und unter dem Verkrampfen ihres Magens übergab sie sich.

Zwanzig Sekunden, mehr brauchte es nicht, um ihr jede Kraft aus dem Körper zu stehlen. Mit dem Rücken an die Küchenzeile gepresst, sank sie in sich zusammen, schluchzend vor Kraftlosigkeit und Kummer. Noch nie in ihrem Leben hatte sie sich so elend gefühlt. Nicht einmal damals in der Grundschule.

Was ist los mit mir?, fragte sie sich nicht zum ersten Mal. *Was ist nur los mit mir?*

19

Die Dunkelheit war so dicht und erdrückend, dass David sich vorkam, als hätte man ihn lebendig in einen Sarg gesteckt und den Deckel zugenagelt. Und wie in einem Sarg gab es in diesem Keller nur zwei Dinge: Finsternis und jede Menge Zeit. Zu viel Zeit.

David wusste nicht, wie viel davon bereits vergangen war, seitdem sich die vier Jugendlichen aus dem Staub gemacht hatten. Es kam ihm so vor, als säße er bereits eine Ewigkeit auf dieser Treppenstufe, wenngleich er wusste, dass Warten die Minuten in die Länge ziehen konnte. Er fürchtete sich. Hier unten war es nicht bloß dunkel, sondern auch beängstigend still. Und je mehr Zeit verging, desto intensiver kam ihm diese Stille vor. Alles, was er hören konnte, waren sein Atem und das Tröpfeln des Wassers.

Eine Weile zuvor hatte er begonnen, die Wassertropfen zu zählen. Er wartete die Stille ab, und wenn ein weiteres *Plink* erscholl, setzte er einer imaginären Liste einen weiteren Strich hinzu. Wie ein Gefangener, der mit einem spitzen Gegenstand die Tage seiner Haft in die Wand seiner Zelle ritzte. Nur wusste jeder Gefangene, wann es vorbei war, nicht wahr? Er wusste, wann er wieder die frische Luft der Freiheit atmen durfte. Ganz im Gegensatz zu David. Er hatte keine Ahnung, ob die anderen noch irgendwo dort oben auf ihn lauerten, darauf wartend, bis er endlich wieder auf der Bildfläche erschien. Und diese Ungewissheit grub sich tief in Davids Verstand.

Aber das war nicht das Einzige, was ihm Angst bereitete. Es war auch dieser Raum. Diese Stille. Die Dunkelheit.

Mehrfach hatte er sich bereits ermahnt, dass es keinen erwiesenen Grund dafür gab, sich vor irgendetwas in diesem Raum fürchten zu müssen. Weil es sich um nichts anderes als einen Keller handelte. Nur ein Keller! Doch das half nichts. Er schlotterte vor Furcht und Nervosität.

Plink.

Ein weiterer Wassertropfen. Neunundachtzig.

Nicht genug, dass es hier unten so dunkel wie in einem Minenschacht war, es war auch kühl. Feuchtkühl. An einem warmen Sommertag wie diesem sollte das eine willkommene Abwechslung zu der Hitze im Freien sein. Doch David empfand es nicht so. Er empfand es keineswegs so. Er spürte die Luftfeuchtigkeit auf seinen nackten Armen, seinem Nacken, seinem Gesicht. Sie legte sich auf seiner Haut ab wie Tau auf einer Wiese kurz vor Sonnenaufgang.

Plink.

Neunzig Wassertropfen. Waren neunzig genug? Konnte er nun nach oben gehen, ohne Gefahr zu laufen, dass mindestens einer von ihnen noch auf ihn wartete?

Seitdem die vier aus der Mühle geeilt waren, hatte er nichts mehr von ihnen gehört. Ihre Schritte waren verklungen wie ihre Stimmen.

Sie haben draußen nach mir gesucht und entschieden, dass ich entkommen bin. Dann haben sie selbst die Koffer gepackt.

Wusste er das oder war es doch bloß Wunschdenken?

Plink.

Ohne es zu merken, begann David damit, mit dem Oberkörper vor und zurück zu schaukeln. Ein unbeabsichtigtes Summen drang durch seine geschlossenen Lippen. Eine atonale Melodie. »*Baa-Baa-Babaa-Baaa-Babaa-Babaa-Babaa …*«

Gleichzeitig wuchs stiller Zorn in ihm heran. Warum hatte seine Mutter ihn ausgerechnet heute diesen Brief zu Herrn Miller bringen lassen müssen? Warum überhaupt?

Hätte sie das verfluchte Ding nicht selbst abgeben können? Was war an diesem Brief nur so wichtig gewesen?

Ihm fiel wieder ein, wie nahe sie den Tränen gewesen war. Zu jenem Zeitpunkt hatte er großes Mitleid mit ihr empfunden. Jetzt jedoch empfand er nichts als blanke Wut. Er verurteilte sie für sein Schicksal.

Plink. Plink-Plink.

Vierundneunzig.

Oh, wie er es hasste, hier unten zu sitzen. Und er hasste sich selbst dafür, nicht den Mut aufbringen zu können, dieser Situation ein Ende zu bereiten. Er könnte einfach aufstehen, die Kellertür einen Spaltbreit öffnen und nachsehen, ob die Luft rein war. Nur ...

Wenn sie mich entdecken, ist alles vorbei.

Dieser Gedanke versetzte ihm einen Schauder. Das Wort *vorbei* klang in seinen Ohren deutlich zu endgültig.

Ein Lachen entglitt ihm. Kurz. Spottend. Über sich selbst höhnend. Es trug keine Spur von Humor in sich. Nur Unentschlossenheit. Und Angst. Es verhallte in der Dunkelheit wie das *Plink* des Wassers. »Als würden sie mich versuchen wollen umzubringen.«

David wippte mit dem Oberkörper.

Ich muss hier raus. Ich muss hier schleunigst raus, sonst ... Sonst werde ich wahnsinnig. Ich werde meinen Verstand verlieren!

Weitere unbestimmte Zeit verging. Auf das Wippen mit dem Oberkörper folgten weitere Dinge, die er noch nie zuvor getan hatte. Er kaute an seinen Fingernägeln. Er summte, ohne es zu registrieren, Chopins *Totenmarsch.* Und als ihn plötzlich ein Knacken zusammenfahren ließ, begann er sogar leise mit sich selbst zu sprechen.

»Da ist nichts«, sagte er sich. »Da kann gar nichts sein. Außer mir ist hier niemand. «

Nur war seine Fantasie da anderer Meinung. Ihm kamen gleich mehrere der Geschichten, die er seit Beginn seiner

Faszination für Horrorliteratur gelesen hatte, in den Sinn; Geschichten, in denen in dunklen Kellern Wesen lauerten. Ungeheuer. Monster. Gleichzeitig musste er daran denken, was man sich über die alte Mühle erzählte: dass hier ein Mord stattgefunden haben soll. Und dass es hier spukt.

»Nur ist das Quatsch. Hier gab es ganz sicher keinen Mord und erst recht geistert hier kein Ungeheuer herum.«

Doch war die Eingangstür der Mühle nicht mit einem Absperrband versiegelt gewesen? Hatte er nicht das Flirren des Bandes im Wind gehört, als er in aller Hast darunter hindurch geschlüpft war?

»So ein Band kann sich jeder im Baumarkt kaufen. Es war kein Polizeiband.« Das sagte er. Dennoch lauschte er in die Dunkelheit, versuchte auszumachen, woher dieses Knacken gekommen war. Es hatte sich angehört wie ... wie ein Knie, das sich beim Aufstehen einrenkte.

Da ist nichts!

»Hallo?«

Ein leises Echo seiner eigenen Stimme hallte von den Wänden wider. Er bekam keine Antwort.

Natürlich bekommst du keine Antwort. Welches Ungeheuer kündigt sich schon an, bevor es ...

Bevor es was? Einen angreift? Bevor es sich auf einen stürzt und einem die spitzen Zähne ins Fleisch rammt?

Du spinnst, David. Du hast Angst vor denen da oben, und das ist auch berechtigt. Aber Angst vor Monstern brauchst du keine zu haben, weil es keine Monster gibt. Also mach dir nicht ins Hemd. Du bist keine sieben mehr.

Allerdings fühlte er sich in diesem Moment auch nicht wie zwölf. Er kam sich kleiner vor, jünger, schwächer. Sein ganzer Körper zitterte. Sein Atem ging in raschen Schüben. Und war das nun Luftfeuchtigkeit auf seinen Armen oder war das Angstschweiß?

Wieder ertönte ein Geräusch. Kein Knacken diesmal. Es war anders. Es war das Ratschen eines Reißverschlusses, den man langsam öffnete. Oder das Abziehen eines modrigen Lappens, der schon sehr lange auf einem feuchten Untergrund klebte. Als würde sich eine verrottende Leiche vom Holzboden seines Sarges ablösen.

Oder vom Boden eines feuchten Kellers.

Da ist nichts!, kreischte eine Stimme in Davids Verstand. Nur diesmal schaffte er es nicht, sich davon zu überzeugen, dass nur seine Fantasie mit ihm durchging. Diesmal war David der absoluten Überzeugung, dass das, was er da hörte, eben genau das sein musste, was sein Hirn sich ausmarterte. Eine Leiche, die sich irgendwo in den hinteren Ecken des Kellers versteckt gehalten hatte und nun wiedergeboren schleichend auf ihn zukroch.

Ganze zehn Sekunden schaffte er es noch, sich gegen diese Vorstellung zu wehren. Doch als das Geräusch plötzlich näher zu kommen drohte – ja, er war sich ganz sicher! –, da setzte die Panik ein.

Ungeachtet jeder Vorsicht stürzte er zur Kellertür hinaus.

20

Lautes Maschinengewehrfeuer trommelte in ihren Ohren. Sich wiederholende Salven. *Ratatata. Ratatatata.* Das Pfeifen von vom Himmel fallender Bomben. Das Donnern mehrerer aufeinanderfolgender Explosionen. Schrille Schmerzensschreie.

Maike schrak so sehr aus ihrem Schlaf hoch, dass sie beinahe von der Couch gefallen wäre. Sekundenlang blickte sie orientierungslos um sich. Ihr Herz hämmerte schnell in ihrer Brust. Dann erblickte sie den Fernseher, in dem schwarzweiße Bilder über eine längst vergangene tödliche Ära berichteten.

Maike suchte nach der Fernbedienung und schaltete das Gerät sofort aus. Stille umfing sie. Sie hatte auf der Bedienung gelegen und musste versehentlich auf den Knopf für den Lautstärke gedrückt haben. Soweit sie sich erinnerte, hatte sie den Fernseher auf stumm geschaltet, bevor sie ...

Bevor ich eingeschlafen bin. O Gott. Wie spät ist es?

Sicher war allein, dass es dunkel war. Durch die Fenster drang kaum mehr Licht, als nötig war, um beim Gehen nicht gegen die Tischkante zu stoßen.

Halbwegs orientierungslos blickte sie sich um. Niemand zu sehen. Und was noch merkwürdiger war, es war auch niemand zu hören. Wo steckten Sandra, David und ihr Mann? Weitere Sekunden verstrichen. Dann brach die Realität über sie herein; die Schwangerschaft, Ralph Miller, Kurt, der im Krankenhaus lag, gebeutelt vom Schock einer Explosion auf einer seiner Baustellen, David, den sie losgeschickt hatte, um Ralph den Brief … *David!*

Ein neuerlicher Schreck fuhr ihr durch die Glieder. Und plötzlich kam ihr die Stille im Haus nicht mehr nur sehr leise, sondern erdrückend vor. Wo steckte ihr Sohn? War er bereits nach Hause gekommen? Hatte er sie auf der Couch liegen sehen und dabei entschieden, sich leise mit seinem neuen Gruselschmöker auf sein Zimmer zu verziehen? Das sähe David nicht unähnlich. Dennoch konnte Maike es sich kaum vorstellen. Es musste inzwischen so spät sein, dass David Hunger bekommen haben musste. Er war den ganzen Mittag unterwegs gewesen. Ihretwegen. Und dann noch wegen des Buchs. Er musste regelrecht ausgehungert sein; eine Vorstellung, die jeder guten Mutter ein schlechtes Gewissen bereitete.

Maike stand auf, um in die Küche zu gehen. Erst nach dem zweiten Schritt spürte sie das Brennen in ihrem rechten Bein. Der Schmerz beim Auftreten kam so plötzlich, dass sie nicht darauf vorbereitet war. Beim dritten Schritt musste sie sich an der Wand abstützen, um nicht zu Boden zu gehen. Ihr Bein war eingeschlafen. Es dauerte einen Moment, bis das Brennen abklang.

In der Küche fiel ihr trotz der Dunkelheit eine Sache sofort ins Auge. Jemand hatte sich an der Pizza zu schaffen gemacht. Ein, zwei Stücke fehlten. Leise Hoffnung keimte in ihr auf.

David ist bestimmt nach Hause gekommen, hat die Pizza gesehen und mich auf der Couch liegen und beschlossen, sich ein paar Stücke mit aufs Zimmer zu nehmen.

Die Restmüdigkeit machte sich bemerkbar. Sie gähnte. Ihr Mund fühlte sich trocken an, ihre Zunge belegt. Doch etwas zu trinken konnte sie sich auch nachher noch holen. Zuerst wollte sie sich vergewissern, dass David zu Hause angekommen war.

Was Sandra anging, machte sie sich grundlegend weniger Sorgen. Ihre Tochter war siebzehn und somit fast erwachsen. Bei David war das noch anders.

Maike wollte losgehen, um nach ihrem Sohn zu sehen, als sie plötzlich verwundert innehielt. Dieser Geruch ...

Er war ihr schon zuvor aufgefallen, doch jetzt, da sie mitten in der Küche stand, war er derart penetrant, dass ihr beinahe übel wurde. Sie roch etwas Säuerliches, Galliges. Fast wie ... wie ... Erbrochenes? Woher sollte das denn kommen? Aus dem Abfluss?

Einen Augenblick lang fragte sie sich, ob sie sich diesen Gestank womöglich nur einbildete. Schließlich war sie schwanger, und manchmal neigten Schwangere bekanntlich dazu, Gerüche, die kaum vorhanden waren, heftiger wahrzunehmen. Als sie das erste Mal schwanger gewesen war, hatten ein paar stinkige Schuhe schon genügt, ihr eine Magenverstimmung zu bescheren.

Schwanger. Dieses eine Wort wog schwer in ihrem Empfinden. Sie konnte es noch immer nicht glauben. *Schwanger.*

Maike seufzte. Über all dies nachzudenken, bereitete ihr Kummer und Kopfschmerzen. Sie wollte gerade nach David sehen, als sie plötzlich zwei Dinge fast gleichzeitig wahrnahm. Zum einen hörte sie das Klappern von Buddys Pfoten, der um eine Ecke trabend auf sie zukam und sie hechelnd und mit heraushängender Zunge anblickte. Zum anderen hörte sie das Dröhnen eines Motors. Als sie durch die Jalousie in der Küche auf den Parkplatz sah, kamen zwei grelle Scheinwerfer die Auffahrtsstraße hinab.

Sofort keimte Unbehagen in ihr auf. Maike kannte sich nicht sonderlich gut mit Autos aus, doch es gab ein Fahrzeug, dessen tieftönigen Motor sie auf mehrere Kilometer Entfernung sofort zuordnen konnte.

Sie ging näher ans Fenster heran, spähte hinaus und biss sich auf die Unterlippe.

Da war er. Ralphs Mustang. Als würde er hierhergehören, blieb er auf dem Parkplatz vor dem Haus stehen. Seine Farbe konnte Maike im wenigen Licht der Straßenlaternen nicht identifizieren, doch sie wusste, er war dunkelrot. Die Farbe der Liebe. Und die Farbe von Hass und Wut.

»Was will er hier?«, fragte sie leise und die einsame Stille der Küche echote ihre Worte mit finsterer Nachdrücklichkeit.

Der Mustang rührte sich nicht. Mit laufendem Motor verharrte er an Ort und Stelle. Die sechs hellroten Rücklichter strahlten durch das Dunkel des Abends wie die gierigen Augen einer höllischen Kreatur. Die Heckscheibe war schwarz wie die Nacht. Was dahinter geschah, konnte sie nicht einmal erahnen. Beobachtete er sie? Blickte er zur Heckscheibe seines Oldtimers hinaus wie sie durch das Küchenfenster?

Sie konnte nur hoffen, dass es dabei blieb. Wenn er herübersah, okay. Damit glaubte sie umgehen zu können. Doch was sollte sie tun, wenn er ausstieg? Wenn er zum Haus kam? Wenn er an die Tür klopfte?

Bei diesem Gedanken wurde ihr flau im Magen. Und wieder stellten sich ihr einige Fragen. Würde sie es einfach geschehen lassen? Sollte sie so lange abwarten, bis er wieder davonfuhr, ohne an die Tür zu gehen? Sollte sie sie öffnen? Was würde Ralph sagen?

Vielleicht ist es gar nicht so schlimm, wie ich es mir vorstelle. Warum sollte es das auch sein? Ralph wird einsehen, dass es zwischen uns nicht mehr weitergehen kann. Er ist nicht dumm.

Wie ein Voyeur lugte sie zum Fenster hinaus. Der Mustang bewegte sich nicht, gab nur dieses stetige Röhren von sich – der Klang eines V8 Big Blocks, wie Ralph ihr bei ihrer ersten Rundfahrt erklärt hatte, keine zehn Minuten bevor sie sich zu ihm hinübergebeugt und seinen Hosenstall geöffnet hatte. In diesem Moment schien es die perfekte Lösung für ihr Begehren zu sein. Doch jetzt kamen ihr die Augenblicke mit Ralph wie die schlechteste Idee ihres ganzen Lebens vor.

Fahr schon weg! Nun mach schon!, dachte sie. Unwillkürlich grub sie ihre Fingernägel in das weiche Fleisch ihrer Handballen. Sie merkte es kaum. Ihr ganzes Augenmerk lag auf dem Mustang.

Ihr Herz drohte vor Erregung aus ihrem Brustkorb zu springen, als sich die Fahrertür öffnete und ein Mann ausstieg. Buddy stand ihr bei Fuß und gab ein leises Knurren von sich, als spürte er, dass etwas nicht stimmte; als witterte er einen ernstlichen Geruch.

Die schwarze Silhouette des Mannes bewegte sich nicht. Der rote Punkt einer glühenden Zigarette schwebte neben seinem Kopf.

Ralph wird nichts tun, dachte sie. *Was sollte er auch sagen, wenn nicht ich, sondern Kurt – wäre er da – ihm die Tür öffnen würde? Tut mir leid, Sie zu stören, aber ich habe über Wochen mit Ihrer Frau gefickt, und jetzt, da sie ein Kind von mir erwartet, schießt sie mich in den Wind? Lächerlich!*

Der rote Punkt segelte zu Boden und verschwand dann völlig. Wenige Sekunden später atmete Maike auf. Ein regelrechter Fels fiel ihr von den Schultern. Ralph fuhr davon. Der Motor des Mustangs heulte einmal kurz auf, dann war er den Hügel hinauf verschwunden.

Maike war, als läge sie bereits jetzt in den Wehen. Sie musste sich an der Küchenplatte abstützen und mehrfach tief Luft holen, um wieder zu Sinnen zu kommen. Dieser Stress ... Sie fühlte ihn bis in jede noch so kleine Faser ihres Körpers pulsieren. Er machte sie müde, sehr müde. Ihr war, als könnte sie auf der Stelle einschlafen, nur ... Da war noch etwas, um das sie sich kümmern wollte. Irgendetwas hatte sie tun wollen, bevor der Mustang aufgekreuzt war.

Sie wusste es nicht mehr. Und es fiel ihr auch nicht wieder ein. Ihre Gedanken flochten sich zu sehr um die tausend Dinge, die heute geschehen waren. Vor allem um Ralph, Kurt und natürlich das Baby.

Sie betrachtete noch einmal Buddy, der ihren Blick erwiderte und sich dann in sein Körbchen im hinteren Wohnzimmer verzog. Der Weidenkorb knarrte, als sich das Tier hineinlegte. Maike fand, dass der Hund ganz recht hatte. Solchen Stress konnte nur Schlaf nivellieren.

Mit Beinen, die sich wie Gummi anfühlten, machte sie sich auf den Weg zur Couch. Kurz bevor sie eindöste, leuchtete noch ein Gedanke in ihrem Geist auf. *Buddy hat noch nie geknurrt*, dachte sie. Dann fielen ihr die Augen zu.

21

Klick. Knack.

Klick. Knack.

Klick.

Knack.

Es musste an seiner Müdigkeit liegen. Oder er träumte bereits. Denn was Kurt da in der gegenüberliegenden Ecke des Krankenzimmers sah, konnte unmöglich real sein.

Klick.

Knack.

Kurt schloss die Augen. Wie er es in einer Fortbildung für Stressreduktion gelernt hatte, zählte er langsam von zehn rückwärts und atmete dabei tief durch. Er hatte so etwas noch nie getan. Überforderung oder ein Übermaß an Belastung gab es in seinem Wortschatz nicht. Wer viel erreichen wollte, musste auch mit viel Gegendruck rechnen. Und wer diesem Gegendruck nicht standhalten konnte, musste sich entweder einen neuen Job suchen oder sollte sich begraben lassen, um die Bahn für Menschen wie ihn frei zu machen. Wie hatte sein Vater noch gesagt? *Der Trotz des intelligenten Mannes wider die Machtlosigkeit ist sein Durchsetzungsvermögen. Also Arschbacken zusammenkneifen, Krallen ausfahren und los geht's!*

Arno Kramer war nicht mehr als ein Maurermeister gewesen. Allerdings ein Maurermeister mit Autorität, starker Noblesse und einer ausgesprochen harten Hand. Kurt konnte sich noch sehr gut daran erinnern, wie diese Hand seinen jungen Hintern traf, wenn er nicht gespurt hatte. Bevor und vor allem nachdem der Alte vom Wahnsinn gepackt worden war.

Das ist nicht mehr als ein Hirngespinst. Eine Halluzination. Ein …

Mann, dachte Kurt, als er die Augen jetzt öffnete. Denn das war es, was er sah. Einen Mann. Aber nicht irgendeinen. Es war Victor Brenner, der von den Toten auferstanden war und sich in dieses Zimmer geschlichen hatte, um ihm einen gehörigen Schreck einzujagen.

Der graue Haarkranz, die von der Sonne gebräunte, leicht faltige Haut, die schlanke Figur – all das wirkte an ihm so realistisch wie eh und je. Selbst die dunkelgrüne kurze Arbeiterhose und das beige Hemd waren nicht ungewöhnlich. Doch da war noch mehr. Und dieses Mehr zeichnete eine Gänsehaut auf Kurts Armen. Er zitterte am ganzen Leib.

Die zerbrochene Brille auf der Nase des Mannes hing schief. Sein linker Fuß war abgeknickt wie der Kopf eines Golfschlägers. Aus der Seite seines Schienbeins ragte ein grässlich weißes Stück Knochen. Fetzen roten Fleischs hingen daran. In seinem Schädel prangte ein großes Loch. Blut quoll daraus hervor. Ein stetiger Strom floss ihm übers Gesicht und tränkte sein Hemd. Und dann war da noch der Hals. Er beschrieb eine Kurve wie eine sich zusammenziehende Schlange. Und wenn Victor den Kopf zur Seite bewegte, machte es *Klick*. Und *Knack*.

Es war dieses Geräusch, das Kurt die Nackenhaare aufstellte; das Knacken Victors gebrochener Halswirbel.

»Hast mich nicht erwartet, was?« Die Stimme klang rau und viel bissiger, als Kurt sie in Erinnerung hatte. Fast wie die seines eigenen Vaters.

Er starrte den Mittfünfziger mit offenem Mund an.

Kurt schüttelte langsam den Kopf und hoffte gleichzeitig darauf, dass es nicht auch in seinem Genick anfangen würde zu knacken. Würde er dieses Geräusch noch einmal hören, so glaubte er, würde er schreiend aus diesem Zimmer rennen.

Ich träume, dachte er.

»Oder du hast einen Nervenzusammenbruch, mein Bester. Sieht für mich ganz so aus.«

»Du bist nicht echt.« Aus Kurts Kehle kam kaum mehr als ein Hauchen.

»Ich bin echt. Ich bin sogar so richtig echt. Echter geht's gar nicht.« Er lachte. Als er den Mund öffnete, ergatterte Kurt einen weiteren grauenvollen Anblick. Die vorderen Schneidezähne fehlten. Dahinter gähnte tiefe Dunkelheit; etwas, das sich Kurt in diesem Moment so sehr herbeisehnte wie noch nie in seinem Leben. Er war kein Mann des langen intensiven Schlafs. Seine Nächte endeten nach nur wenigen Stunden des Augenschließens täglich um fünf Uhr morgens. Doch jetzt ... Jetzt wollte er schlafen. Jetzt wären ihm alle Albträume dieser Welt lieber als dieser Anblick. Dabei war dies nichts anderes. Das wusste er. Ob wach oder nicht, im Endeffekt war ein Albtraum ein Albtraum.

Mit diesem Wort verbunden, glomm in Kurt die vage Hoffnung, dieses Geschehen würde bald ein jähes Ende finden. Er musste nur aufwachen.

»So schnell wirst du mich nicht wieder los, das kannst du mir glauben«, sagte Victor Brenner. Ein roter Speichelfaden troff dabei über seine Unterlippe. Im nächsten Augenblick sog Victor ihn schlürfend ein. Es klang, als würde er Spaghetti einsaugen.

»Warum?«

»Was warum?«

»Warum bist du hier? Nein, nein, nein. Warum bilde ich mir dich ein?«

Victor sah zum Fenster, vor dem nur noch Dunkelheit herrschte. Dann betrachtete er wieder Kurt. Die Bewegung seines Kopfes ließ erneut dieses *Klick-Knack* ertönen. Kurt rannte nicht schreiend aus dem Zimmer, wie er zuvor vermutet hatte. Ein Teil von ihm wollte davonrennen, ja, wollte hier so schnell wie nur möglich raus. Doch ein anderer, rationalerer Teil von ihm wusste, dass das keinen Sinn gehabt hätte; er wusste, diese Wahnvorstellung – oder um was es sich dabei auch immer handeln mochte – würde ihm überallhin folgen; wenn's sein musste, bis ans Ende der Welt.

»Na, das ist doch ganz einfach. Weil du mich sterben gesehen hast. Du glaubst zwar, du könntest das verdrängen, indem du darüber grübelst, wie du deinen Job rettest, doch *so einfach ist das nicht, Kurti. Erlebtes bleibt ...«*, er hob einen Zeigefinger und deutete direkt auf die klaffende Wunde an seinem Kopf, *»... hier oben drin. Es verflüchtigt sich nicht einfach. Es kann jeden treffen. Ich weiß, was du weißt. Ob dir das einleuchtet oder nicht. Und weil ich in deinen arbeitswütigen Kopf sehen kann, weiß ich auch, dass du gerade einen Nervenzusammenbruch erleidest. So etwas wie das auf der Baustelle hast du noch nie zuvor gesehen. Oder erlebt.«* Er lehnte sich nach vorn. Dabei stellte er wieder beide Beine auf den Boden, wobei eines schrecklich knackte. Victor reagierte nicht darauf. Er verzog nicht einmal das Gesicht. Warum sollte er auch? Er war gar nicht da!

»Du bist überarbeitet, Kurti.«

»Nenn mich nicht so! So nannte mich mein Vater, bevor ...«

Bevor er mich verprügelte, dachte er, sprach es jedoch nicht laut aus.

Das brauchte er auch nicht. Victor tat es für ihn.

»Bevor er dich verprügelte. Ich weiß. Was ich sagen wollte ... Ich bin hier, weil du mit den Nerven vollkommen am Ende bist. Die viele Arbeit, der Stress, die Sache mit deiner Frau ...«

»Was ist mit Maike? Was soll mit ihr sein?«

Als er ihren Namen hörte, trat sein Herz aufs Gas. Seine Frau, seine Kinder – seine Familie! –, es gab nichts, was er auf sie kommen ließ. Er war vielleicht nicht der beste Vater – und er nahm sich bei Gott zu wenig Zeit für seine Lieben

–, doch sie waren für ihn weitaus mehr als nur eine weitere Aufgabe seines Lebens, die er irgendwie stemmen musste. Sandra, seine Erstgeborene, hatte mit ihrer Geburt ein Licht in ihm aufflammen lassen, das heller leuchtete als alle Sterne am Himmel. Und David hatte es ihr gleichgetan. Und Maike, seine Frau …

»Du liebst sie, ich weiß. Allerdings weißt du auch noch etwas anderes, was sie angeht. Du vermutest es zumindest.«

Leider stimmte das. Seit einer ganzen Weile schon, mindestens seit einem halben Jahr, fragte sich Kurt, ob sie ihm noch immer so treu war wie früher. Das lag vor allem daran, dass Maike sich seines Erachtens nach in den letzten Monaten merkwürdig verhielt. Oh, sie kümmerte sich nach wie hervorragend um alle Belange des Haushalts, das war es nicht. Es war vielmehr die Art, wie sie den Blick von ihm abwandte, wenn sie sich beim Essen gegenübersaßen. Oder wie sie zusammenzuckte, wenn er sie aus heiterem Himmel von hinten umarmte. Früher hatte ihr das gefallen. Sie war auf diesen Zug sogar freiwillig und mit großer Lust aufgesprungen. Doch das war Monate, wenn nicht sogar Jahre her.

Zu Anfang hatte Kurt geglaubt, Maike durchlebte gerade eine Phase. Die Wechseljahre womöglich. Doch umso mehr Zeit verging, desto öfter stellte er sich die besagte Frage …

»Ist sie mir treu?«

»Alles in Ordnung, Herr Kramer?«

Blinzelnd sah Kurt auf. Eine junge Frau in grüner Kleidung war hereingetreten und betrachtete ihn mit fragendem Ausdruck. Sofort sah Kurt sich nach Victor Brenner um. Doch der Stuhl war leer. Natürlich war er das. Wie sollte es auch anders sein?

»Herr Kramer?«

»Alles okay, denke ich. War nur in Gedanken versunken.«

Die junge Frau lächelte. Es war ein sonniges Lächeln, das ihr über die schmalen vielleicht fünfundzwanzigjährigen

Lippen glitt. Es erinnerte ihn an Maike, deren Lächeln in den letzten Monaten mehr und mehr an Strahlkraft eingebüßt hatte. Wenn er sich nicht täuschte.

Bis auf das eine Mal, als ich die Baupläne nicht richtig gelesen habe, habe ich mich nie getäuscht.

»Sie denken aber laut nach«, sagte die Schwester. Dann erinnerte sie ihn daran, dass er bei Fragen jederzeit auf den Knopf drücken könne, wünschte ihm eine gute Nacht und verschwand wieder.

Draußen vor dem Fenster war es dunkel. Im Zimmer herrschte Stille. Und Kurt fragte sich, ob mit Maike und ihm nach wie vor alles in Ordnung war. Und er fragte sich, ob er dabei war, den Verstand zu verlieren.

22

So schnell ihn seine Beine trugen, rannte David durch den finsteren Rachen der alten Mühle. Sein Herz raste und Adrenalin flutete jede Faser seines Körpers. Hinter sich glaubte er ein Schlurfen zu hören. Nur wenige Schritte entfernt machte eine Leiche Jagd auf ihn.

Er eilte durch die dunklen Räume, ohne wirklich zu sehen, wohin ihn sein Weg führte. Dann entdeckte er den Eingang; ein graues Quadrat inmitten von Schwärze. Er keuchte darauf zu, und als er schon die frische Luft von draußen spürte, machte er einen gewaltigen Sprung hindurch. Mit den Füßen landete er auf erdigem Boden. Hohes Gras raschelte unter seinem Gewicht. Und in ebenjenem Moment erlosch die Angst um die geisterhafte Fantasie. David stieß einen Schrei aus, so kraftvoll und voller kindlicher Überzeugung, wie ihn nur ein Junge in seinem Alter von sich geben konnte.

»Der Adler ... ist ... gelandet!«

Seine Stimme hallte von keinen einengenden Wänden wider. Sie verlor sich in der Weite der in tiefes Schwarz getauchten Landschaft. Alles, was er hören konnte, waren das leise Plätschern des Baches, das ungerührte Quaken einer Kröte und sein eigener Herzschlag.

Er fühlte sich gut. Sogar sehr gut. Bis ihm einfiel, weshalb er sich überhaupt hier draußen im Wald befand.

Die vier. Susi. Florian. Adam. Mirko.

Wie vom Donner gerührt blickte David sich um. Doch da war niemand. Nichts und niemand. Nicht einmal eine nach ihm jagende Leiche. Sein Verstand hatte ihm einen Streich gespielt. Das war alles. Wem hätte es nicht so ergehen können? Schließlich war er jung und hatte eine blühende Fantasie.

Mein Vater hat mich noch davor gewarnt, Gruselgeschichten würden auf Dauer mein Denken verändern, dachte er und lachte laut auf. Die Erleichterung, die er nun nach all den Sorgen, dem Kummer und der Angst empfand, war schier überwältigend. Sein ganzer Körper fühlte sich leichter an, fast als habe er an Gewicht verloren. Und diese kühle Luft ... Er atmete sie nicht bloß, er verschlang sie förmlich.

Zwei Minuten vergingen, in denen David nur dastand und den Moment genoss. Er hatte ihn sich redlich verdient, glaubte er.

Dann marschierte er los. Nach Hause. Es war schon spät. Wie spät genau, wusste er nicht, wusste jedoch, dass er ganz schönen Ärger kassieren würde. Seine Mutter war bestimmt schon krank vor Sorge, und sein Vater hatte garantiert eine Heidenwut.

»Er wird mich ganz sicher bitten, mich an den Tisch zu setzen, damit wir über alles reden können«, sagte er zu sich selbst und verdrehte dabei die Augen.

Er lief die gewohnte Strecke am Bach entlang, und wie er nur zu gut wusste, führte der Weg fast ausschließlich geradeaus. Er musste also kaum darauf achten, wo er hinlief. Noch nicht jedenfalls. Und weil er sich jetzt nicht mehr von irgendeiner Gefahr bedroht fühlte, achtete David auch nicht darauf, was um ihn herum geschah.

Stattdessen dachte er an das bevorstehende Gespräch.

Sein Vater würde ihm eine Predigt halten; darüber, dass er sich auf ihn verlassen können möchte; dass er, wenn er so weitermache, niemals einen guten Job bekommen würde, mit dem er eine Familie ernähren könne; dass eine Verspätung, die nicht geahndet wurde, zu einer weiteren Verspätung führen würde. Und zur nächsten. Und ehe man sich's versah, würde aus David jemand werden, dem der Beginn des Schulunterrichts, feste Verabredungen und essenzielle Verpflichtungen nichts bedeuteten. David kannte die Leier bereits auswendig. Sollte er ihm doch ein Fernsehverbot oder Zimmerarrest erteilen. Ihm wäre das nur allzu recht. Dann könnte er in aller Ruhe sein Buch ... Das Buch!

Plötzlich fiel es ihm wieder ein. Das Buch, es musste noch irgendwo auf dem Weg herumliegen.

David wünschte sich, er hätte ein Handy, mit dem er sich leuchten könne. Stattdessen gab es nur den Schein des Mondes, der sich inzwischen mit aller Deutlichkeit in der glatten Oberfläche des Bachs spiegelte. Doch sein Licht war nicht hell genug, um deutlich zu ...

Mit einem Mal spürte David etwas Hartes unter seinem rechten Schuh. Etwas, was kein Stein war und nicht an diese Stelle gehörte. Nicht bloß Hoffnung keimte in ihm auf, sondern regelrechte Erregung. Er bückte sich, griff danach und hätte vor Freude einen Salto machen können. Da war es! Da war es! Sein Buch! Wie einen lange vermissten Freund presste er es gegen seine Brust. Es würde Flecken haben. Es würde schmutzig sein. Aber all das spielte jetzt keine Rolle. Er hatte es wieder. Nur das zählte. Denn es rückte diesen furchtbaren Tag wieder ins rechte Licht. Sollten seine Eltern doch mit ihm diskutieren, ihm Zimmerarrest und Fernsehverbot zugleich erteilen oder ihn seinetwegen nach Guantanamo schicken; er hatte sein Buch wieder!

Mit neuem Frohsinn im Herzen schlenderte David weiter den Bach entlang, den Pfad den Hügel hinauf bis an die Grenzmauer des Grundstücks seines Elternhauses. Er wollte die gestapelten Natursteine gerade übersteigen, da hörte er ein Knacken hinter sich. Es war das unverkennbare Brechen eines Zweiges. David drehte sich nach dem Geräusch um. Natürlich. Es war eine simple Reaktion, über die er nicht nachdachte. Warum sollte er auch? Er war zu Hause. Er betrat soeben das Grundstück. Er hatte es geschafft. Nichts konnte ihm noch etwas anhaben.

Vor ihm stand ein eine schwarze Silhouette. Sie war groß und breitschultrig.

»Gute Nacht, Grabscher!«, sagte die Gestalt. Dann geschahen zwei Dinge auf einmal. Ersteres war, David erkannte die Stimme; zweiteres war der Stein, der auf ihn zuflog. David sah ihn nicht kommen. Er spürte nur, wie etwas Hartes gegen die Seite seines Schädels prallte. Ein dumpfes *Plock* ertönte.

Vielmehr verwundert als geschockt, hob David eine Hand, um nach der Stelle an seinem Kopf zu tasten. Doch noch bevor seine Hand auf Höhe seiner Nasenspitze angelangte, knickten seine Knie unter ihm ein und er schlug zu Boden. Er schlug sehr hart auf.

Der Schein des Mondes, der hoch über der Kleinstadt Duringen thronte, verblasste vor David Kramers Augen. Und Schwärze fraß sein Bewusstsein.

Teil II

Das erste Schweigen

1

Am darauffolgenden Morgen schoss das Thermometer in der Wetterstation des Duringer Rathauses bereits um sieben Uhr auf 27 Grad Celsius. In Kurts Patientenzimmer breitete sich eine Schwüle aus, die sich anfühlte, als hätte jemand einen Aufguss gemacht und anschließend vergessen, das Fenster zu öffnen; und das, obwohl das Fenster zu Kurts linker Bettseite tatsächlich offen stand. Es war abzusehen, dass es schon bald regnen würde. Am Himmel flochten sich bereits graue Wolken zu einem undurchsichtigen Teppich zusammen.

Durch das offene Fenster drangen die Laute des frühmorgendlichen Kleinstadtverkehrs herein; Getöse, Gehupe, das Geplärr von Menschen. All diese Geräusche stießen in seine Gehörgänge vor wie eine Infanterie in ein ruhiges Land.

Er lag aufgedeckt auf dem Bett, die Hände auf der Brust gefaltet, den Blick starr zur Decke gerichtet, und konnte sich nicht konzentrieren. Da waren Dinge, die zu erledigen waren. Wichtige Dinge. Telefonate, Konferenzen, Absprachen. Irgendwie musste der Karren aus dem Dreck gezogen werden, ohne dass er sich dabei die Hände schmutzig machte. Er musste die Firma reinwaschen, die Presse und die Kunden – auch potenzielle – davon überzeugen, dass die *C & R GmbH* trotz dieses schrecklichen Vorkommnisses genauso verlässlich war wie bisher auch. Das bedeutete eine Menge Arbeit. Das bedeutete volle Konzentration.

Nur war es genau das, was Kurt in diesem Moment fehlte. Und schuld daran war das Dröhnen in seinem Kopf, der Verkehr vor dem Gebäude, das grelle Licht der Deckenlampe. All das verhinderte klares Denken.

Er sah hinüber zu dem kleinen Beistelltisch auf Rollen. Darauf lag sein Handy, schwarz und leblos wie ein verkohltes Stück Holz. Es hatte an diesem Morgen bereits mehrfach vibriert, doch Kurt hatte nicht nachgesehen, wer angerufen hatte. Er fühlte sich noch zu schwach, um einen Anruf entgegenzunehmen.

Wahrscheinlich war es Maike. Oder die Firma. Jemand anderes konnte er sich nicht vorstellen. Seine Mutter lebte nicht mehr und Freunde hatte er keine. Wer die Karriereleiter hinaufsteigen will, kann sich keine Freunde leisten, es sei denn, derjenige stand einem auch beruflich nahe.

Wie Victor.

An diesen Namen zu denken fühlte sich an, als ramme ihm jemand einen brennenden Zweig in den Hirnstamm.

Aber das würde vorbeigehen. Ja, das würde es. Kurt war sich sicher. Er brauchte nur einen oder zwei Tage Pause, etwas Ruhe, vielleicht eine Woche, länger nicht. Danach würde er mit frischer Energie zurück ans Werk schreiten und den Bau der Wohngebäude in Stuttgart beenden. Ja, so würde es ablaufen.

Denk positiv. Das wird schon wieder. Du schaffst das.

Sein Optimismus hielt sich jedoch in Grenzen. Denn ihm wurde klar, dass es da niemanden gab, der den Weiterbau finanzieren würde. Der Bauherr, und somit der einzige Investor, war tot. Keine zwei oder drei Tage Ruhezeit. Keine Woche Urlaub von all dem Stress. Tot. Victor würde nie wieder in etwas investieren, abgesehen von seinem eigenen Sarg.

Kurt fröstelte und schloss die Augen. Draußen brummten die Motoren. Wie es die Maschinen auf der Baustelle getan hatten. Er versuchte die Geräusche zu verdrängen, der Party in seinem Kopf den Stecker zu ziehen. Doch mit einem Mal lag er nicht mehr in seinem Krankenhausbett. Und das

Brummen kam auch nicht von der Straße drei Stockwerke tiefer. Es waren nicht einmal mehr Autos, sondern ...

Vor seinem geistigen Auge tauchten Bagger auf, die Erde aushoben. Kranwagen, die Lasten von einer Stelle zur anderen hievten. Planierraupen, die den Boden glätteten. Sie alle funktionierten, gingen ihren Arbeiten nach, warteten auf ... auf ...

KA-WUMM.

Kurt riss die Augen auf. Sein Atem ging schwer, sein Herz schlug schnell. Er fühlte sich, als säße in seinem Kopf ein Vorführer, der nur darauf wartete, dass er die Lider schloss, um ihm wieder und wieder diesen einen schlechten Film vor Augen zu führen. Nur war es kein Film. Es war ...

»Ein Albtraum.«

Und was tun wir mit Albträumen, mein lieber Kurt?

»Wir reden darüber.«

Nur wusste Kurt nicht, ob er wirklich darüber reden wollte, was passiert war. Obwohl er das Miteinanderreden selbst zu einer Art Ritual erhoben hatte – ganz nach dem Vorbild seiner Mutter –, fühlte er sich jetzt nicht bereit dazu.

Oh, er konnte gewiss über die Explosion und den Schaden berichten, den sie verursacht hatte. Nur über Victor Brenner ...

Wieder dieser Name. Wieder diese Vorstellung, Victor hinge kopfüber von der Leiter.

Und dieser Blick ...

Kurt schloss erneut die Augen. Als brächte das etwas. In Wahrheit sah er nur umso deutlicher, wie Victor mit dem Kopf voraus auf dem Boden landete, wie Blut aus der offenen Wunde an der Stirn hervorschoss, wie sich sein Hals auf merkwürdige Weise krümmte und wie er ihn ...

Ansah. Seine Augen. Seine grauen Augen. Sie waren direkt auf mich gerichtet.

Nein, darüber würde er nicht mit Maike und den Kindern sprechen können. Nicht heute. Womöglich niemals. Er konnte es nicht.

Stell dich nicht so an, Kurt. Nur ein Waschweib verhält sich so wie du. Das war die Stimme seines Vaters, des Maurermeisters, der bis zu seinem endgültigen Ausscheiden aus der Firma stets ein erbarmungsloser Geschäftsmann gewesen war. *Mach aus der Sache kein Drama. Auf Baustellen passieren nun mal Unfälle. Das ist gewissermaßen ein Gesetz. Also schwing die Beine aus dem Bett und mach dich an die Arbeit. Es gibt viel zu tun! Denk daran, der Vorstand könnte die Schuld der Explosion auf dich abwälzen. Obwohl diese Sesselfurzer die Pläne ebenfalls durchgegangen sind und keiner von ihnen den Fehler entdeckt hat, werden sie die Chance nutzen und* dich *dafür büßen lassen.*

Kurt sah plötzlich Dieter Leibfried – der zweite Vorstandsvorsitzende und somit sein potenzieller Nachfolger – ganz deutlich vor sich. Er sah den hochgewachsenen Spargel vor einem Richter stehen und seine Unschuld beteuernd beide Hände heben. Kurt hörte auch Dieters Stimme. Wie er erklärte, er sei nicht der Dreh- und Angelpunkt der *C & R GmbH*, sondern nur eines von vielen Bindegliedern innerhalb der Firma. Die Verantwortung für alles habe nicht er, sondern sein Vorgesetzter, Kurt Kramer, der Chef der Firma. Und natürlich entsprach das der Wahrheit. Er trug tatsächlich die größte Verantwortung.

Ich muss dringend etwas unternehmen, dachte Kurt wiederholt und griff nach seinem Smartphone.

Er war schon dabei, auf die Kurzwahltaste zu drücken, die ihn mit seiner Sekretärin verbinden würde, da senkte er den Finger wieder. Sein Puls schlug schnell. Unangenehm. Das Dröhnen machte sich wieder bemerkbar. Es waren keine Kopfschmerzen. Noch nicht. Doch dieses Gefühl genügte, um ihn wissen zu lassen, dass er sich nicht würde konzentrieren können. Er wusste, seine Worte würden nicht die sein, die er in nüchternem Zustand von sich geben würde. Jeder Satz, den er sich bereits versuchte zurechtzulegen, biss sich schon jetzt an seiner Zunge fest. Sein Denken war wie blockiert.

Kurt sah auf das Display und bemerkte, wie früh es noch war. Gerade einmal kurz nach sieben. Und das bedeutete, dass er noch ein wenig Zeit übrig hatte, nicht wahr? Er würde sich noch nicht sofort in der Firma melden müssen. Schließlich lag er im Krankenhaus, und das mussten die Vorstandsmitglieder mitbekommen haben. Er hatte noch ein wenig Zeit, sich auszuruhen ... Kraft zu sammeln ... um später alles ... zurechtzubügeln ... später ... später ...

Über diese Gedanken hinweg schlief Kurt ein.

2

»Ich hab verschlafen!«, sagte Sandra mit großen Augen, als habe sie diese Erkenntnis erst jetzt eingeholt. In Wahrheit hatte ihre Mutter sie gerade an die Zimmertür klopfend aus dem Schlaf gerissen.

Ohne jedoch weiter auf dieses Thema einzugehen, hastete Sandra an ihrer Mutter vorbei ins Badezimmer. Sie hätte sie beinahe umgestoßen, wäre Maike nicht im richtigen Moment beiseitegetreten.

»Das habe ich gemerkt. Soll ich dir eine Vesperdose richten?« Obwohl ihre Frage offenkundig wohlmeinend war, holten Sandra augenblicklich die Erinnerungen an den gestrigen Tag ein. Sie erinnerte sich an Richard Frey, an seine Worte (*Miss Piggy!*) und daran, wie sie die Pizza ins Spülbecken losgeworden war.

»Nein danke, Mama. Ich komm schon klar.«

»Du musst doch aber etwas essen, Schatz. Mädchen in deinem Alter brauchen ihre Nährstoffe. Vor allem, wenn sie wie du viel Sport treiben. Lass mich dir eine Kleinigkeit zusammenpacken. Wenigstens einen Snack.«

»Das brauchst du nicht.« Und dann, einer Eingebung folgend: »Ich hole mir was beim Kiosk. Die haben da momentan total leckere Hörnchen mit Schinken und Käse.«

»Das ist doch Quatsch, dein Geld so zu verplempern. Ich packe dir wenigstens ein, zwei Stücke Pizza ein. Von gestern ist noch jede Menge übrig. Da dein Vater nicht nach Hause gekommen ist, sogar übermäßig viel.«

»Ist Papa denn wieder auf einer Geschäftsreise?« Sie stellte die Frage nicht, weil sie sich wahrhaftig dafür interessierte, was ihr Vater trieb – er war ohnehin ständig unterwegs –, sondern weil sie vom Thema ablenken wollte. Allein beim Gedanken an Essen drehte sich ihr der Magen um.

Als ihre Mutter antwortete, klang ihre Stimme plötzlich sorgenvoll, fast phlegmatisch.

»Nein, das ist er nicht. Am besten erklärt er es dir selbst, wenn er wieder zu Hause ist.«

Sandra öffnete die Tür und blickte ihre Mutter an. In ihrem Gesichtsausdruck fand sie eine ungewöhnliche Niedergeschlagenheit vor. »Alles okay bei euch?«

Maike fuhr sich mit den Fingern durchs offene Haar. Sie sah betrübt zu Boden.

»Ja ... Ja, ich denke schon.« Sie richtete ihren Blick auf, lächelte. Nur erreichte dieses Lächeln ihre Augen nicht. Irgendetwas beschäftigte sie.

»Ihm geht es gut«, sagte Maike, und irgendwie machte das die Sache nicht besser, sondern sogar noch befremdlicher. Ihre Mutter war mit den Gedanken vollkommen woanders. Sie wirkte, als steckte sie geistig in einer sehr trüben Dimension fest. Als Tochter erkannte man so etwas. Als Tochter wusste man genau, wenn etwas mit den Eltern nicht stimmte, auch dann, wenn sie dem Thema auszuweichen versuchten. Sogar Kleinkinder fühlten so etwas bereits.

Allerdings hatte Sandra nicht die Zeit dazu, sich ausgiebig mit Maikes Befinden zu beschäftigen. Sie kam zu spät zur Schule. Die erste Stunde würde sie bereits verpassen.

»Ich muss mich fertig machen«, sagte Sandra kurz und ging an ihrer Mutter vorbei zurück in ihr Zimmer, wo sie sich in rascher Folge eine kurze Jeans und ein kurzärmliges Top aus dem Schrank herausnahm. Als sie beides jedoch vor sich auf dem Bett liegen hatte, vernahm sie eine knarrende Altmännerstimme in ihren Ohren.

Miss Piggy ... Miss Piggyyy. Wollen wir heute ein wenig Bein zeigen – zur Schau stellen, was wir so an Speck auf Vorrat haben?

Sandra starrte ihre Kleidungsstücke noch einen Moment lang an, dann tat sie dasselbe wie schon zu Grundschulzeiten, als das Gelächter am lautesten und die Emotionen am schlimmsten gewesen waren. Sie zog eine lange Jeans und ein schwarzes Longsleeve aus dem Schrank und zog sich beides über. Ja. Ja, so war es besser. Es würde ihr vielleicht ein bisschen warm werden, doch damit käme sie schon klar. Hauptsache ...

Ihre Gedanken verloren sich. In ihrem goldumrandeten Wandspiegel stand ein Mädchen, das ihr sehr bekannt vorkam. Es war wesentlich kleiner als sie. Und pummeliger. Das Mädchen hatte noch keine Brüste, dafür einen hervorstehenden Bauch und Beine, die die Jeans bis aufs Letzte ausfüllten. Nur eine einzige Sache stimmte mit ihrem heutigen Ich und dem damaligen überein – die Tränen auf den Wangen.

Sandra wischte sie sich aus dem Gesicht und fragte sich, wie sie diesen Tag nur überleben solle, ohne erneut zu weinen anzufangen. Es war Mittwoch, und somit der einzige Tag während ihres Praktikums, an dem sie zur Schule gehen musste. Viele, viele Blicke würden auf sie gerichtet sein. Ihr graute bereits jetzt davor.

Als Sandra in die Küche kam, verschloss ihre Mutter gerade eine Brotdose.

»Für dich«, sagte Maike mit einem Lächeln auf den Lippen. Sandra fiel erneut auf, wie trüb dieses Lächeln wirkte. Auch ihre Augen leuchteten nicht in demselben Blau wie sonst. Sie wirkte wie nach innen gekehrt. Und als sähe sie dort in sich etwas, was sie erschreckte, ihr Angst machte. Doch darauf ging Sandra nicht ein. Sie war in Eile, und als anständige Schülerin, die sie war, kam sie normalerweise nie zu spät.

»Ich wollte doch gar nichts«, sagte sie.

»Nimm es mit. Wer weiß, vielleicht bekommst du doch Hunger. In deinem Alter hatte ich ständig welchen.«

Deshalb sieht dein Bauch heute auch so speckig aus, flüsterte eine raue Stimme in Sandras Kopf.

Sie schüttelte den Gedanken von sich und nahm die Brotdose entgegen. Würde sie es nicht tun, würde sie rasch ein schlechtes Gewissen plagen. Die Pizza würde sie allerdings nicht essen. Zu viele Kalorien. Außerdem musste sie an den vergangenen Abend zurückdenken, als sie sich übers Spülbecken hatte beugen müssen, um sich nicht auf die Schuhe zu kotzen.

»Danke, Mama«, sagte sie und steckte die Dose in ihren Rucksack, wo sie sich zu mindestens fünf Kilo Büchern und Heften gesellen durfte. Als sie ihn auf den Rücken hievte, spürte sie das Gewicht bis in die Beine. Nur störte es sie nicht. Im Gegenteil. Ihr kam sogar die Eingebung, dass ihr Schulweg ein gutes Training abgeben würde. Sie musste ihre Selbstsicherheit wieder zurückgewinnen. Und Pfunde loswerden.

Frey wird sein Schandmaul halten, dachte Sandra. *Damals habe ich meinen Ehrgeiz gefunden, und ich werde ihn auch jetzt wieder finden. Dieser Alte würde Sandra Kramer schon noch kennenlernen!*

»Du hast nicht zufällig mitbekommen, wann dein Bruder losgegangen ist?«

Das riss Sandra wieder in die Realität zurück.

»David? Nee, warum?«

»Nur so.« Maike rieb sich den Nacken. »Ich muss wohl ziemlich fest geschlafen haben. Dadurch habe ich weder mitbekommen, wann er gestern Abend nach Hause gekommen noch wann er heute Morgen gegangen ist. Das ist mir auch noch nie passiert.«

Das stimmte. Zu verschlafen sah ihrer Mutter kein bisschen ähnlich. Sandra fragte sich, ob es ihrer Mutter nicht gut ging. Sie wirkte ein wenig blass und rieb sich fast durchgängig den Bauch. Eine Magen-Darm-Grippe? So musste es wohl sein. Es grassierte eine. Jedenfalls im *Haus auf der Höhe.*

»Alles okay?« Das hätte Sandra am liebsten gefragt. Doch ihr Blick streifte die Uhr über dem Durchgang zum Wohnzimmer.

»Ich muss los«, sagte sie stattdessen. Bevor ihre Mutter etwas erwidern konnte, war sie bereits zur Tür hinaus.

Draußen war es weniger sonnig als vermutet. Ein grauer Schleier bedeckte den Himmel. Dennoch spürte Sandra schon jetzt, wie ihr unter dem Longsleeve und der langen Jeans heiß wurde. Und als sie an der Bushaltestelle eine Hausecke weiter ankam, schwitzte sie bereits.

3

Maike sah ihrer Tochter nach und empfand Wehmut. Nicht weil Sandra schon so groß und alt genug war, den Führerschein in Angriff zu nehmen, sondern aufgrund ihrer jugendlichen Energie. Sie selbst fühlte sich blass und ausgelaugt. Seit sie vor rund einer halben Stunde aufgewacht war, spürte sie ein Rumoren in ihren Eingeweiden, das nichts Gutes verhieß. Sie konnte sich zwar versuchen einzureden, dieses Grummeln stamme von den Sorgen, die sie sich um Kurt machte, doch das entspräche kaum der Wahrheit. Die Übelkeit entstammte vor allem dem kleinen Wesen, das sich in ihr breitmachte.

Maike stützte sich mit beiden Händen auf die Küchenplatte und probierte sich darin, mit altbekannten Atemübungen den Druck auf ihrem Magen zu verringern.

Allerdings hätte sie sich dafür keinen schlechteren Ort aussuchen können. Keinen Meter von ihr entfernt stand das Ofenblech mit der kalten Pizza. Der Geruch von Thunfisch, Zwiebeln und Salami kam ihr so intensiv vor, als hätte sie sie gerade erst heiß aus dem Ofen geholt. Und obwohl sie normalerweise keine Probleme damit hatte, Fleisch und Wurstwaren zu riechen, wurde ihr jetzt speiübel. Sie konnte nicht anders. Wie ihre Tochter am Abend zuvor, beugte sie sich über das Spülbecken und übergab sich. Irgendwo hinter sich hörte sie Buddy knurren.

Viel war es nicht, was sich den Weg aus ihrem Magen nach oben bahnte. Sie hatte noch nichts gegessen und noch nicht einmal ihren morgendlichen Kaffee getrunken. Jetzt wollte sie auch keinen mehr.

Als sie glaubte, nichts mehr loswerden zu müssen, spülte Maike das Becken sauber und setzte sich dorthin, wo sie auch die ganze Nacht verbracht hatte – auf die Couch. Ihre Knie fühlten sich wie Schwämme an, die man ordentlich ausgewrungen hatte. In ihrem Bauch klaffte ein großes Loch. Zudem begann ihr der Kopf zu schmerzen.

Sie dachte daran, dass sie einiges zu tun hatte, bevor Kurt nach Hause kommen würde. Bereits gestern hatte sie sich nicht wie gewohnt um alles gekümmert. Nachdem ihr der Gynäkologe gesagt hatte, was sich da unter ihrem Herzen anbahnte – *Herzlichen Glückwunsch!* –, hatte sie sich auf nichts anderes mehr konzentrieren können. In der Waschküche stapelte sich die Wäsche. Die Schalen, in denen sie die Zutaten für die Pizza angerichtet hatte, standen schmutzig neben der Spüle. In einer der Schüsseln klebte angetrockneter Teig. Der Boden war nicht gewischt. Und, und, und.

Aber ich kann nicht, dachte sie und seufzte betrübt. Sie fühlte sich schwach. Zu schwach, um auch nur aufzustehen.

Was hatte sie da nur angerichtet? Wie konnte sie nur? Wie hatte sie nur so dumm sein können? Wie hatte sie nur ihre Lust ihrem Verstand vorziehen können?

Fragen über Fragen schossen ihr durch den Kopf. Einige davon wiederholten sich. Doch keine von ihnen ließ sich klären. In Luft auflösen würden sie sich schon gar nicht. Nichts von alledem, was sie gerade erlebte, würde einfach so spurlos verschwinden. Sie hatte sich Ralph Millers Penis eingeführt, war darauf geritten wie bei einem Rodeo, ohne sich zu viele Gedanken über die Konsequenzen ihres Handelns zu machen. Die Wollust hatte sie getrieben. Und die Langeweile im ehelichen Bett. Doch nichts davon rechtfertigte ihre Untreue.

Was soll ich nur tun?

Buddy knurrte wieder. Als sie sich nach ihm umdrehte, blickte der Golden Retriever zur großen Glastür hinaus, die zum hinteren Garten führte. Sein Fell schimmerte trotz des fahlen Lichts golden. In seinen hündischen Augen funkelte Erregung. Sein Maul stand offen. Spitze Zähne blitzten hervor.

»Was hast du?«, fragte sie.

Natürlich gab der Hund keine Antwort. Er blickte sich nicht einmal nach ihr um, sah nur hinaus in den Garten, den Kopf so gedreht, dass er auch den des Nachbarn einsehen konnte.

»Was beobachtest du? Was hast du?«

Nun gab er ihr doch Antwort. Allerdings eine, mit der sie nichts anfangen konnte. Er bellte einmal.

Dieses Bellen sollte womöglich bedeuten: »Sieh hin. Mach die Augen auf, dann siehst du schon selbst«. Doch Maike sah nicht hin. Sie ging auch nicht auf Buddy zu. Stattdessen stöhnte sie erschöpft, legte die Füße auf die Couch, die ihr momentan wie der beste Ort auf der ganzen Welt vorkam, und sagte: »Sei ruhig, Buddy. Wenn du spielen willst oder rausmusst, dann benutz die Klappe im Keller. Ich kann jetzt nicht. Ich brauche Ruhe.«

Für einen Moment schloss sie die Augen, atmete tief durch. Wie damals, vor so vielen Jahren, legte sie die Hand auf ihren Bauch und begann ihn mit kreisförmigen Bewegungen sanft zu massieren. Erst nach einigen Sekunden fiel ihr auf, was sie da tat. Sie hielt inne, betrachtete erstaunt ihre Hand und dachte an eine Zeit zurück, in der sie sich ein drittes Kind gewünscht hatte. Ja, das war gar nicht so lange her. Bekommen hatte sie es nur nicht, weil Kurt keines mehr gewollt hatte. Weil er, wie er erklärte, sich noch auf seine Karriere konzentrieren wolle und so schlicht keine Zeit für ein weiteres Baby habe. Maike hatte das nachvollziehen können, hatte es sogar akzeptiert, spürte den Wunsch jedoch noch bis heute in sich rumoren.

(*Herzlichen Glückwunsch!*)

Ich bin schwanger, sagte sie sich in Gedanken. Dann sprach sie es aus. »Ich ... bin schwanger!«

Buddy interessierte das nicht. Er starrte zur Terrassentür hinaus. In seiner Kehle grollte der Donner eines Knurrens.

Maike ignorierte es.

4

Miststück!

Ralph Miller stand hinter dem Haus, an einem der großen Fenster. Von seinem Standort aus konnte er durch das ganze Wohnzimmer bis in die Küche sehen. Zu ihr. Maike.

In seinem Inneren brodelte es. Die ganze Nacht über hatte er wegen dieser Schlampe kein Auge zugetan. Sie war ihm einfach nicht aus dem Kopf gegangen. Genau wie die drei auf Papier gekritzelten Zeilen. Sie hatten sich tief in das Fleisch seines Verstandes gegraben und brüteten dort Zorn und Hass und Herzrasen. Maike jetzt auch noch zu sehen machte es nicht besser. Im Gegenteil.

Eine innere Stimme trieb ihn dazu an, sich dieses verdammte Weib zu krallen, sie an den Haaren zu packen, ihr den Kopf in den Nacken zu reißen und ihr all seinen Hass mitten ins makellose Gesicht zu brüllen. *»Dieses Baby gehört mir! Es ist meins! Und du wirst es austragen, damit ich bekomme, was mir zusteht!«*

Als ihm dann auch noch aufgefallen war, dass die Balkontür unverschlossen war, musste er sich zusammenreißen, nicht sofort auf sie loszustürmen. Es hatte geradezu übermenschlicher Überredungskunst seines Verstandes bedurft, dieses Verlangen zu unterdrücken. Und wäre dieses blonde Mädchen nicht aufgetaucht, hätte er diesem Drang vermutlich nachgegeben.

Als Sandra – wenn er sich recht an ihren Namen erinnerte – auf der Bildfläche erschien, kam ihm ein heißer Gedanke.

Was war, wenn sie plötzlich bei der nächsten Zählung fehlte?

Diese Vorstellung brachte etwas Verlockendes mit sich. *Wie du mir, so ich dir gewissermaßen. Du stiehlst mir mein Kind, ich dir das deinige. Wäre das nicht gerecht?*

Sollte er? Es wäre ihm ein Leichtes, sie einfach zu packen und in seinem Wagen verschwinden zu lassen. So schlank, wie das Mädchen war, konnte es nicht mehr als fünfundfünfzig Kilo wiegen. Wenn überhaupt.

Vielleicht würde er es tun. Eventuell. Vergessen würde er diese Idee auf jeden Fall nicht.

Dann ging das Mädchen. Keine halbe Minute später übergab sich Maike in das Spülbecken. Ralph beobachtete sie und fuhr zusammen, als plötzlich ein dämlicher goldhaariger Köter an die Scheibe gelaufen kam und ihn anknurrte. Im nächsten Augenblick hörte er auch noch eine Stimme.

»He! Was machen Sie da?«

Ein kahlköpfiger älterer Herr stand mitten auf dem Rasen des Nachbargrundstücks, die Hände in schmale Hüften gepresst, die im Schatten eines ordentlichen Bierbauchs lagen. Das Gesicht war grimmig und von Argwohn gezeichnet.

Ein Rentner, dachte Ralph zähneknirschend. Natürlich. Wer trieb sich auch sonst um diese Uhrzeit noch zu Hause rum? Scheiße. Maike durfte ihn auf keinen Fall entdecken. Würde sie ihn sehen, würde das unweigerlich unangenehme Konsequenzen nach sich ziehen.

Wieder knurrte der Köter.

Ralph fühlte sich wie in die Enge gedrängt. Er spürte, wie das Brodeln in seinem Innern anwuchs.

»Sie haben mir nicht geantwortet, junger Mann! Sagen Sie mir, was Sie hier verloren haben, oder ich ruf die Polizei!«

Ralph blickte sich unbehaglich nach Maike um, stellte jedoch fest, dass sie noch immer mit dem Spülbecken zugange war. Noch hatte sie ihn nicht entdeckt. Und das sollte auch so bleiben.

Ralph legte ein Lächeln auf, dann ging er auf den Nachbarn zu. Er machte langsame Schritte. Er wollte diesen Drecksack nicht noch mehr aufwühlen, als er es ohnehin bereits getan hatte. Zumindest vorerst.

»Guten Morgen«, sagte er fröhlich. »Ich bin nur hier, um mir die Fensterdichtungen anzusehen. Frau Kramer bat mich darum. Anscheinend zieht der Wind durch.«

Argwöhnisch schwenkte der Mann den Blick in Richtung Haus. Dann beäugte er den Fremden von oben bis unten. Ralph war froh, in seiner Arbeiterkleidung unterwegs zu sein. Eine Schnittschutzhose und ein braunes, mit Holzspänen übersätes T-Shirt. Das deckte sich einigermaßen mit der Geschichte, die er sich gerade ausgedacht hatte.

»Dichtungen?«, fragte der Alte. »Die Fenster sind nigelnagelneu, keine zwei Jahre alt. Die Vorbesitzer haben sie richten lassen, kurz bevor das Haus verkauft wurde.«

»Sieht ganz danach aus, ja. Mich hatte es auch gewundert, als Maike mich darum bat nachzusehen. Diese Riesenteile kosten ein halbes Vermögen und sollten dementsprechend ihren Job tun, wenn Sie verstehen, was ich meine.«

Nun stand Ralph genau auf der anderen Seite der Zypressenhecke, die die Grundstücke voneinander trennte, keine zwei Schritte von dem Nachbarn entfernt. Er lächelte auch weiterhin, streckte jetzt sogar die Hand aus. Ohne lange nachzudenken, sagte er: »Thomas Neugebauer. Ich bin ein Bekannter von Maike Kramer.«

Der Argwohn im Gesicht des Mannes verschwand nicht, weichte jedoch ein wenig auf. »So? Hab Sie hier noch nie gesehen.«

»Das liegt daran, dass ich in Stuttgart lebe. Bin nur zu Besuch hier. Das heißt, ganz stimmt das nicht. Ich will noch in die Stadt gehen. Hier soll es einen sehr guten Restaurator für Antiquitäten geben. Ralph ... Ralph ...« Er schnippte mit den Fingern, als dächte er nach. »Ralph Sowieso.«

»Ralph Miller?«

»So heißt er. Waren Sie schon bei ihm?«

Der Mann antwortete nicht gleich. Ralph hoffte, ihm war nicht aufgefallen, dass sich seine Geschichte in den Schwanz biss. Zu Besuch? Wieso stand dann kein Auto auf dem Parkplatz?

»Nein, aber meine Frau. Soll ziemlich verwegen sein, was Frauen angeht. Seine Arbeiten sind ganz okay, denk ich. Meine Frau hat vor Monaten ein Möbelstück bei ihm richten lassen.«

Ralph war ehrlich verblüfft. Darüber wusste er nichts. Lediglich dass ihm nicht alle trauten, weil er allein im Wald lebte. Was in gewisser Weise verständlich war.

»Nun, solange dieser Miller mir nicht an die Wäsche will, soll es mir egal sein.« Er lachte. Gleichzeitig bangte er, Maike könnte sie hören. Er musste sich beeilen, dem Ganzen ein Ende zu bereiten.

Als Ralph über die Schulter des Alten sah, wusste er auch schon genau wie. Er wollte es nicht tun, doch dieser Kerl ließ ihm keine andere Wahl. Er hatte sein Gesicht gesehen und würde ihn früher oder später wiedererkennen.

Dem Mann gefiel offenbar, was Ralph gesagt hatte. Ein sonniges Strahlen machte sich auf seinem Gesicht breit. »Da haben Sie recht.« Nun war er es, der Ralph die Hand hinstreckte.

»Uwe Paulsen.«

»Sehr erfreut, Herr Paulsen.«

»Ebenso.« Er sah wieder zum Haus. »Finde es schon ein wenig merkwürdig, dass Maike ausgerechnet einen Bekannten darum bittet, nach ihren Fenstern zu sehen. Da Kurt eine eigene Baufirma hat, bräuchte er nur einen seiner Handwerker zu schicken.«

»Nun, Kurt ist ein schwer beschäftigter Mann. Es wird ihm wohl entfallen sein.«

»Allerdings. Ich sehe ihn nur selten vor dem Abend heimkommen.«

»Sagen Sie, täusche ich mich oder sind das dort hinten Wachteln?«

Paulsen blickte irritiert drein. Den Themenwechsel hatte er nicht vorhergesehen. Doch als er sich in Richtung seines eigenen Hauses umdrehte, hellte sich sein Gesicht abrupt auf.

»O ja. Das ist meine kleine Truppe. Sieben Hennen und zwei Hähne. Ich pflege schon lange Wachteln. Sie legen winzige Eier, die Britta, meine Frau, gern zum Frühstück oder in Salaten serviert.«

»Das ist toll«, sagte Ralph. »Meine Frau und ich haben uns überlegt, uns ebenfalls welche anzuschaffen. Die Kinder würden sich darüber sehr freuen. Außerdem würden sie lernen, dass es Tiere nicht bloß in Bilderbüchern oder im Zoo gibt.«

»Diese Idee finde ich grundlegend gut. Aber haben Sie wirklich genügend Platz?«

»Das ist die Frage. Wie viel Raum brauchen Wachteln denn?«

Hinter Ralph ertönte ein Bellen. Sein Herzschlag verkündete, dass die Zeit drängte.

Bevor Paulsen etwas sagen konnte, fügte er hinzu: »Darf ich mir Ihren Käfig vielleicht mal kurz ansehen? Bevor ich die Tiere organisiere, kann ich von Ihnen bestimmt noch einiges lernen.«

Das brach das Eis zwischen ihm und dem Alten endgültig. Ralph konnte beobachten, wie sich jeder noch so kleine Zweifel in den Augen des Mannes auflöste.

»Junger Mann, da bin ich mir vollkommen sicher, dass Sie das bei mir können. Kommen Sie. Schlupfen Sie zwischen den Zypressen durch und folgen Sie mir.«

»Ihre Frau wird das auch nicht stören, wenn ein Fremder sich auf Ihrem Grundstück herumtreibt?«

»Die Freunde der Familie Kramer sind auch meine Freunde. Außerdem ist Britta unterwegs zum Friseur. Danach geht sie noch einkaufen. Dafür braucht sie Stunden wie alle Frauen. Und die …«, er hob einen Finger, wie um Ralph eine kleine Lehre fürs Leben zu erteilen, »… nutze ich für mich und meine kleine Truppe. Das ist mein größtes Hobby, verstehen Sie? Solange ich noch nicht untergegangen bin wie die verdammte Titanic, kümmere ich mich um meine Wachteln. Das macht mir Freude und bringt uns jede Menge leckerer Eier.«

Sie gingen gemeinsam um die hintere Hausecke, und endlich fiel Ralph eine Last von den Schultern. Hier konnte Maike ihn auf gar keinen Fall sehen. Genau wie der dämliche Köter.

»Sehen Sie, wie viel Platz ich vom Garten für meine Tiere geopfert habe?«

Zurück in die Realität geworfen, registrierte Ralph den Stall. Wie verrückt sausten manche der Wachteln hinter dem Maschendraht hin und her. Andere scharrten stupide mit den Krallenfüßen in einem Sandbad. Wiederum andere pickten nach Futter. Eines gab ein merkwürdiges, fast erstickt klingendes Gackern von sich; der dürftige Versuch eines Krähens.

Das alles sah Ralph. Es interessierte ihn jedoch nicht. Ihm ging eine Sache nicht aus dem Sinn. *Außerdem ist Britta unterwegs zum Friseur. Danach geht sie noch einkaufen …*

»Der Käfig misst mindestens zwölf Quadratmeter plus den Stall. So viel Platz brauchen die Tiere zwar nicht, aber besser zu viel als zu wenig. So können sie sich austoben. Außerdem würden sie bei zu wenig Platz anfangen, sich gegenseitig zu attackieren. Und das kann bei wilden Tieren wie diesen böse enden.«

Einer der Hähne versuchte sich erneut an einem Krähen.

»Stört Sie das Krähen denn nicht? Ich meine nachts, wenn Sie schlafen wollen?«, fragte Ralph.

»Nein. Unser Schlafzimmer liegt im zweiten Stockwerk über dem Balkon. Da oben hört man von den Tieren nicht das Geringste. Selbst wenn Sie auf die andere Seite des Hauses gehen, werden Sie kaum einen Laut vernehmen. Oder haben Sie den Hahn vorhin gehört?«

Ralph dachte nach. Nein, das hatte er nicht. Und das fand er ziemlich interessant. Sehr interessant sogar.

»Die Nachbarn haben sich noch nie beschwert, obwohl Kurt oft sehr früh fortfährt und erst spät nach Hause kommt. Da braucht er natürlich seinen Schlaf, und es wäre mir äußerst unangenehm, würde ihn meine Truppe davon abhalten.«

»Das verstehe ich«, sagte Ralph ruhig. Innerlich zerriss es ihn jedoch beinahe. Er fragte sich, wie er weiter vorgehen sollte.

Die Frage erübrigte sich, als er erblickte, was da an den Wachtelstall lehnte.

Ralph dachte nicht weiter nach. Und als der Mann erneut zu schwafeln beginnen wollte, lauschte er seinen Worten nicht. Mit einem langen Satz trat er an den Stall heran und ergriff die Spitzhacke.

»Du hättest drinnen bleiben sollen, alter Mann«, sagte er noch. Dann schlug er zu.

Das metallene Ende der Hacke traf Paulsen direkt an der Hüfte. Ein lautes Knacken schallte durch den Garten. Mehrere Wachteln flatterten vor Schreck durch den Käfig davon.

Erstaunt und von Schmerz durchdrungen gab Uwe Paulsen ein heiseres Stöhnen von sich. Mit einer Hand griff er nach der Stelle, wo ihn die Spitzhacke getroffen hatte. Als er sich wankend herumdrehte, starrte er Ralph mit großen angstvollen Augen an. Aus seinem Mund troff Speichel.

»Was ...«

Das war das Letzte, was Uwe Paulsen von sich geben würde.

5

Da sie eine der besten Schülerinnen in der Oberstufe war, bekam Sandra für ihre Verspätung keinen Ärger. Alles, was sie erntete, waren ein paar verwunderte Blicke, weshalb ausgerechnet sie nicht pünktlich zum Unterricht erschienen war; sie, die Streberin, die seit der fünften Klasse nur Bestnoten mit nach Hause brachte.

Was für viel größeres Aufsehen sorgte, war Sandras Kleidung. Obwohl die Sonne heute nur matt durch eine graue Wolkendecke schien und es sicherlich bald zu regnen anfangen würde, war es äußerst warm, und niemand in Raum 012 außer Sandra trug langärmlige Kleidung.

Als sie sich auf ihren Platz am Rand der zweiten Reihe ganz am Fenster setzte, fielen ihr diese Blicke auf. Nur dachte sie dabei nicht an ihr Longsleeve und auch nicht an ihre langen Jeans. Sie sah in den auf sie gerichteten Augenpaaren etwas vollkommen anderes. Und als manche auch noch zu tuscheln begannen, spürte Sandra, wie ihr heiß und kalt zugleich wurde.

Miss Piggy, sagte die raue Stimme von Richard Frey in ihrem Kopf. *Miss Piggy versucht sich zu verstecken. Fetti glaubt, sie könne mit ihrer Kleidung kaschieren, was darunter liegt. Aber das bringt nichts. Sieh nur, Zuckerschnute, wie sie dich anstarren, wie sie hinter deinem Rücken über dich reden. Siehst du ihre Blicke? Siehst du sie?*

Sandra versuchte sich von diesen Gedanken zu verabschieden und sich auf den Unterricht zu konzentrieren. Doch das war leichter gesagt als getan. Jedes Mal, wenn sie eine der Formeln an der Tafel in ihr Heft notierte, musste sie ganze Passagen radieren oder ausstreichen. Vom Unterricht selbst bekam sie überhaupt nichts mit.

Weil ihr nicht entging, wie die anderen sie angafften. Natürlich zeigten sie das nicht offen. Wenn Sandra sich nach ihnen umdrehte, blickten ihre Mitschüler auf die Tafel oder in ihre Hefte. In Wahrheit, das wusste Sandra, brauchte sie sich nur von ihnen abzuwenden und sie würden wieder zu starren beginnen. Sie spürte die Blicke. Sie spürte sie in ihrem Nacken, auf ihrer Haut, unter ihrer Kleidung.

»Alles in Ordnung?«, fragte Lola, die neben ihr saß. Lolas Familie stammte aus Nigeria. Sie hatte eine Haut wie Ebenholz, trug einen stolzen Afro, und für ihre Figur hätten sie Models auf der ganzen Welt beneidet. Auch Sandra tat das in diesem Augenblick, wenngleich ihr das nicht bewusst war.

»Ja. Alles okay«, sagte sie, und damit hatte sich das Thema erledigt. Wenigstens vorläufig.

In der großen Pause folgte Sandra unbewusst einer täglichen Routine. Erst als sie mit Lola zusammen in der Schlange zum Kiosk stand, fiel ihr auf, wo sie sich befand. Und war das verwunderlich? Inzwischen war es halb zehn und ihr Magen knurrte. Abgesehen von den zwei Pizzastücken am Vorabend – wenngleich man diese nicht wirklich zählen durfte – hatte sie nichts gegessen. Ihre Brotdose hatte sie noch nicht einmal angesehen. Allein beim Gedanken an Pizza wurde ihr speiübel.

Um sie herum herrschte eine Lautstärke wie auf einem Jahrmarkt. Lola wischte scheinbar ziellos mit dem Finger über den Touchscreen ihres Handys.

Als sie dem Anfang der Schlange näher rückten, fragte sich Sandra, was sie hier eigentlich tat. Sie dachte doch nicht wirklich daran, sich etwas zu essen zu kaufen. War sie verrückt geworden?

Ihr Magen behauptete das Gegenteil. Er wusste ganz genau, warum sie hier stand. Und Lola schien es auch zu wissen.

»Was nimmst du heute? Ich glaube, ich nehme eine Seele mit Käse. Oder eine Laugenstange.«

Bevor sie antworten konnte, hatten sie den Kiosk erreicht.

»Was darf's sein?«, fragte die ihnen gut bekannte schwarzhaarige Verkäuferin.

»Ich habe mich entschieden«, sagte Lola. »Eine Laugenstange mit Käse und Paprikastreifen bitte.«

»Und du?« Sie blickte Sandra durch dicke Brillengläser fragend an.

»Ich denke ...«

Miss Piggy. Wo ist Kermit? Hast du ihn mit deinem fetten Hintern platt gedrückt?

»... Nichts.«

Die Verkäuferin runzelte die Stirn. »Nichts?«

»Ehrlich jetzt?«, wollte Lola wissen. »Bist du dir sicher?«

»Ich bin mir sicher!« Das kam schärfer raus als gedacht. Lola starrte sie ungläubig an.

Die Frau hinter der Kiosktheke reichte Lola ihre Bestellung und kassierte ab. »Dann tritt beiseite, Kindchen. Der Nächste bitte.«

Sie verließen die Schlange und Lola biss in ihre Laugenstange. Ein Salatblatt verkantete sich in ihrem Mundwinkel. Sie schob es mit einem Finger zwischen die dunklen Lippen. »Ich verstehe überhaupt nicht, was mit dir los ist. Du verhältst dich schon den ganzen Morgen so merkwürdig. Erst verschläfst du, dann meldest du dich kein einziges Mal im Unterricht, dann das jetzt. Bist du dir sicher, dass alles ...«

»*Mit mir ist. Alles. In Ordnung!*« Ihre Stimme kam so schallend laut zwischen ihren Lippen hervor, dass sie selbst überrascht zusammenzuckte. Einmal mehr drehten sich Köpfe nach ihr um. Blicke fielen auf sie.

Fettiii.

Sandra spürte, wie sie rot anlief. Ihr Unterkiefer bebte vor Erregung. Unwillentlich ballte sie die Hände zu Fäusten. Aus irgendeinem Grund schmeckte sie Blut.

Ihre Umgebung verschwamm vor ihren Augen. Und mit einem Mal glaubte sie wieder unter der Dusche der Sporthalle zu stehen. Innerlich fröstelnd wartete sie auf das Gelächter. Sie war sich gewiss, es würde kommen. Jeden Augenblick.

Keuchend erreichte sie die Realität zurück. Der Moment hatte sich nicht aufgelöst. Lola sowie alle anderen gafften sie unverhohlen an. Unter den Augen vieler, vieler Schüler stiefelte sie mit nur einem einzigen Gedanken davon. Es war ein ganz ähnlicher Gedanke wie der, den sie damals gehabt hatte.

Ich zeig's dir, alter Mann. Ich zeig's euch allen!

6

Kurt kam die Treppen hinauf; schon zum zweiten, zehnten oder hundertsten Mal. Wie oft genau, hätte er auch dann nicht zu sagen vermocht, hätte er die Augen offen und seinen Verstand im klaren kühlen Modus *Realität* in Betrieb gehabt. Während er Stufe um Stufe und Stockwerk um Stockwerk erklomm, wünschte er sich zwar, er hätte den Schalter umlegen und einfach aufwachen können, doch wie in Träumen üblich, spielte das Wollen keine Rolle. Sein Unterbewusstsein zwang ihn dazu, Victors Sturz wieder und wieder zu erleben.

Es war stets dasselbe. Er rannte fast panisch die Stufen des Neubaus bis ins oberste Stockwerk hinauf, traf auf den Bauherrn, versuchte ihm im dämmernden Bewusstsein, etwas Schreckliches könne jeden Augenblick geschehen, beizubringen, dass er etwas in den Plänen übersehen hatte, da geschah es auch schon. Der Knall. Das Beben des Betons unter seinen Füßen. Der Sturz Victors. Das Brechen seines Beins. Das Aufschlagen seines Schädels. Das herausquellende Blut. Kurts stummer Entsetzensschrei.

Dann begann alles von vorn. Wieder Stufen. Wieder das *KA-WUMM* der Explosion. Wieder Tod. Und von vorn.

Es war eine nicht aushaltbare Situation. Ein Dorn tief in seinem Empfinden. Und Kurt wünschte sich nichts sehnlicher, als selbst zu sterben, um dieses Wiederholen endlich loszuwerden. Stattdessen befand er sich unterhalb der Leiter, sah zu dem hageren Mann mit der hohen Stirn und der goldenen Bifokalbrille hinauf und brüllte: »Ich muss dringend mit dir sprechen! Es wird gleich eine Explosion geben! Du musst schnell da runterkommen, sonst ...«

Stirbst du, wollte er sagen. Doch der Mann auf der Leiter unterbrach ihn. Und was er sagte, ergab überhaupt keinen Sinn.

»Wie fühlen Sie sich?«, fragte er.

»Was? Wie ich mich fühle? Was spielt denn das für eine Rolle? Mach, dass du da runterkommst, Victor, sonst stirbst du. Du wirst fallen. Du wirst fallen, weil es eine Explosion geben wird und weil ich ...«

»Weil Sie was?«

»Weil ich ...« Er kämpfte damit, die Worte über die Lippen zu bringen. Weil er damit etwas zugeben würde. Weil er den wahren Grund für Victors Tod preisgeben würde.

Das ist ein Traum. Du kannst sagen, was du willst. Du wirst nichts verändern!

»Weil ich mich ... Weil ich ...« Er schluckte schwer. Dann nahm er allen Mut zusammen. »Weil ich mich durch ...«

In diesem Augenblick, in dem er fast das Unmögliche ausgesprochen hatte, explodierte die Gasleitung. Nur war es diesmal keine Explosion. Es war nicht wie zuvor. Es war mehr ein metallisches Donnern. Als schlüge jemand mit etwas Hartem gegen ein Wellblech. Ein Geräusch wie aus einem Comic. Kein *KA-BUMM*. Keine Erschütterung. Nur dieses merkwürdige metallische Flattern.

»Entschuldigung«, hörte Kurt eine Stimme sagen. Es war nicht die Stimme des Bauherrn. Sie klang weiblich, jung. »Das war dumm von mir. Es tut mir leid. Wirklich, Herr Doktor.«

Kurt blickte nach oben, sah Victor fest ins Gesicht. Doch das Gesicht war nicht mehr da. Es war nur eine leere Maske. Keine Augen. Keine Brille. Nur Leere.

»Weil Sie was getan haben?«, hörte Kurt wieder die männliche Stimme. Doch da war auch kein Mund, der sich öffnete und schloss. Nur etwas, das wie flaches weißliches

Leder aussah. Außerdem gehörte die Stimme nicht Victor. Sie gehörte ... Sie gehörte ...

Flatternd öffneten sich Kurts Lider.

Vor ihm standen ein Mann mit kurzen dunklen Haaren und weißem Kittel, den Kurt als Doktor Müller identifizierte, und zwei junge Frauen in türkisenen Uniformen, eine blond, die andere brünett. Während der Mann in Kurts Alter war, waren die Frauen erheblich jünger, Mitte zwanzig, vielleicht Anfang dreißig. Alle drei blickten ihn neugierig an. Auf dem Gesicht der brünetten Pflegerin las Kurt zudem Schuldbewusstsein. Dann erblickte er den Mülleimer, den sie sich wie eine Trophäe gegen die Brust presste, und er kapierte. Er war aus Metall.

»Guten Morgen. Sie sind also wieder bei uns«, sagte der Arzt.

Kurt antwortete nicht. Er wusste nicht, was er darauf sagen sollte. Außerdem brummte ihm der Kopf. Wenn er ihn bewegte, fühlte es sich an, als würde in seinem Schädel eine zähe Flüssigkeit hin und her schwappen.

»Wissen Sie, was gerade geschehen ist?«

»Sie haben mich geweckt«, sagte Kurt mit matter Stimme. Ihm fiel wieder ein, wie er sich gewünscht hatte, nach einem weiteren Nickerchen erholter und kraftvoller aufzuwachen. Jetzt wünschte er sich, er hätte auf den Schlaf verzichtet.

»Ja. Wenn auch nicht absichtlich.«

Die junge Frau mit den braunen Haaren blickte verschämt zu Boden und umklammerte den weißen Zylinder fester, als befürchtete sie eine Abmahnung oder gar eine fristlose Kündigung. »Es war nicht meine Absicht. Die Mülleimer stehen normalerweise nicht auf dieser Seite in den Patientenzimmern. Es tut mir ...«

Der Arzt hob eine Hand, worauf die Pflegerin verstummte. »Das ist jetzt nicht weiter wichtig.« Er wandte sich wieder an Kurt. Seine dunklen Augen funkelten. »Viel wichtiger ist, wie es unserem Patienten geht. Sie haben sehr lebhaft geträumt, Herr Kramer. Und Sie haben im Schlaf gesprochen. Ziemlich verständlich sogar.«

Mit einem Mal fühlte Kurt sich wie von einem Speer aufgespießt. Sein Herz begann zu jagen. Seine Kehle war mit einem Mal wie ausgedörrt. Panik durchflutete ihn.

»I-I-Ich w-weiß nicht, w-wovon Sie sch-sch-sprechen.«

Der Arzt sagte nichts, beobachtete ihn nur mit stechenden dunklen Augen. Dann kam er einen Schritt näher an das Bett heran.

Kurt wäre nach hinten ausgewichen, hätte er die Möglichkeit dazu gehabt. Zwischen dem Arzt und den Pflegerinnen, die auf der gegenüberliegenden Seite des Bettes standen, fühlte er sich wie ein schutzlos ausgeliefertes Tier.

Der Arzt weiß, was ich getan habe. Sie alle drei wissen, was ich getan habe, schoss es ihm durch den Kopf.

»Erinnern Sie sich an Ihren Traum?«, fragte Doktor Müller.

Kurt schüttelte energisch den Kopf. Ihm entging nicht, wie dunkel und starr die Blicke des Mannes auf ihn zielten. Beinahe als versuchte er eine unsichtbare Barriere zwischen ihnen zu durchbrechen. Ja, fast so, als versuchte er in Kurts Kopf zu blicken, ihn zu durchleuchten, seine Gedanken zu lesen, um zu finden, was Kurt für sich behielt.

Als er weitersprach, klang seine Stimme hochtönig wie das verrostete Scharnier einer Tür. »Ich erinnere mich nicht.«

»Also schön. Sie wollen nicht darüber reden. Das verstehe ich. Nun, Herr Kramer, dann kommen wir zum Wesentlichen.«

Kurt horchte auf.

»Haben Sie Kopfschmerzen, Schwindelgefühle oder mussten Sie sich in der Nacht übergeben?«

Kurt fragte sich, was die Fragerei sollte. Dann wurde ihm klar, dass der Mann jetzt tatsächlich zum Wesentlichen übergegangen war – seiner Visite. Und das war gut. Denn

Kurt wollte hier raus. Er wollte hier unbedingt raus, endlich diesem stechenden Ärzteblick entkommen.

»Leichte Kopfschmerzen, sonst nichts.«

»Konnten Sie die Nacht über durchschlafen?«

»Ja.« Eine weitere Lüge.

Unterdessen kam die blonde Pflegerin auf ihn zu und legte ihm eine Manschette um den Arm. Das Ding knatterte, plusterte sich auf, drückte ihm ins Fleisch, piepte und gab dann seinen Arm wieder frei.

»Hundertzehn zu fünfundachtzig«, sagte sie und notierte seine Werte auf einem an einem Klemmbrett angebrachten Zettel.

»Gut«, bestätigte der Arzt. Dann wandte er sich wieder Kurt zu. »Rein körperlich fehlt Ihnen nichts. Daher dürfen Sie nach Hause. Allerdings ...« Er rieb sich das Kinn. Bartstoppeln raschelten leise. »Herr Kramer, ich bin Chirurg und kann daher keine ausgiebige Aussage zur Lebhaftigkeit Ihrer Träume machen. Dennoch möchte ich Ihnen eine Empfehlung geben.« Er faltete die Hände. »Menschen, die etwas Derartiges erlebt haben wie Sie, erleiden nicht selten ein psychisches Trauma. Lebhafte Träume können ein erstes Anzeichen davon sein. Deshalb möchte ich Ihnen raten, sich jemanden zu suchen, mit dem Sie über all das sprechen können. Einen Therapeuten, beispielsweise. Sie wissen es vielleicht nicht, doch Traumata können auf Dauer schwerwiegende Folgen nach sich ziehen. Angefangen bei Unkonzentriertheit und Schlafstörungen bis hin zu Flashbacks und sogar psychotischen Störungen. Letztere treten zwar sehr selten auf, und meist auch nur bei Menschen, die in ihrer Kindheit bereits Traumata wie etwa körperliche oder seelische Misshandlungen erlitten, doch sie sind möglich.«

Wieder fielen Kurt diese dunklen Augen auf, die der Arzt auf ihn richtete. Zwei fast schwarze Punkte, die wie Höhlen wirkten, in denen man sich leicht verlieren konnte. Er biss sich auf die Unterlippe.

Sein Vater kam ihm in den Sinn. Und wie dieser über die Erwägung, einen Psychiater aufzusuchen, gespottet hätte. »Nur Memmen gehen zu einem Seelenklempner!«, hätte er behauptet, und das, obwohl jeder – vor allem Kurt – wusste, wie nahe Arno Kramer dem Wahnsinn stand.

Er brauchte sich nur in Erinnerung zu rufen, wie er im Alter von vielleicht sechs Jahren mit dem Fahrrad gestürzt war und sich den linken Arm (*Kein Bein wie Victor. Einen Arm!*) angebrochen hatte.

Seine Mutter hatte seine Schürfwunden mit Pflastern versorgt und wollte gerade einen Arzt anrufen, als sein Vater nach Hause kam, seine Ledertasche in eine Ecke des Flurs schmiss und lautstark knurrte, was für ein beschissener Tag das doch gewesen sei. Damals war sein Vater ihm wie der größte und muskulöseste Mensch auf Erden vorgekommen. In diesem Augenblick, in dem er sich seine Wunden auf dem Schoß seiner Mutter verarzten ließ und sein Vater mit hochrotem Kopf zur Tür hereinstolperte, sah Kurt noch etwas anderes in Arno; einen Dämon, der schon das eine oder andere Bier zu viel zu sich genommen hatte. Verschwitzt und mit hochrotem Kopf maß Arno seinen Sohn mit einem Blick, der keine Herzlichkeit in sich barg.

»Wasss passiert?«, fragte er. Und als Kurt es ihm gerade erzählen wollte, schlug ihm sein Vater ohne Vorwarnung ins Gesicht. Im nächsten Augenblick packte er Davids Arm. Und riss ihn nach oben. Ein lautes Knacken ertönte. Dann der Laut von Davids schmerzerfülltem Schrei.

Bierdunst wehte ihm ins Gesicht, als sein Vater etwas zu ihm sagte, was absolut keinen Sinn für ihn ergab, was er aber niemals vergessen würde.

Damals hatte Kurt nichts mit dieser Aussage anfangen können. Heute jedoch glaubte er, erste Ahnungen zu haben. Die Blicke des Arztes bohrten sich bis in seinen Kopf. Wie automatisch dachte er an jenen Satz zurück.

Irgendwann holen sie auch dich.

7

Rascheln von Gras.
Pfeifender Wind.
Zirpen von Grillen.
Ein Flüstern.
»Wach auf.«
Wo war er?
Was war geschehen?
Eine vage Erinnerung an einen Schemen in der Nacht.
Gute Nacht, Grabscher!
»Wach auf. Du musst aufwachen.«
Schwärze.

8

Nicht bloß Kurt wurde von Albträumen geplagt, auch seine Frau hatte mit ihnen zu kämpfen. Allerdings spielten sich ihre nicht hinter geschlossenen Augenlidern ab. Es waren Albträume realer Natur, und als sie vom Wäscheaufhängen im Keller ins Erdgeschoss zurücksprintete, weil das Telefon klingelte, wurden sie so real, wie sie für eine Mutter nur sein konnten.

Eine Frau war am anderen Ende der Leitung. Sie brabbelte so hektisch, dass Maike ihr Name beinahe entging. Dann fiel ihr das dazugehörige Gesicht ein; eine Frau um die sechzig mit lockigem braunrotem Haar, aschfahler Haut und den tiefen dunklen Augenrändern einer jahrzehntelangen Kettenraucherin – Davids Klassenlehrerin Irmgard Hagen. Ihre Stimme war ein tiefer kratzender Sumpf aus aneinandergehängten aufgebrachten Lauten.

»... nicht anwesend. Ungewöhnlich. Aber bei dieser Jugend weiß man nie. Die Klasse ist ein einziges Chaos, und wenn ich da nicht hintendran bliebe, würden die Kinder machen, was sie wollen. Zuletzt haben sich die Schüler erdreistet, die Zimmertür von innen mit Stühlen zu verbarrikadieren. Mit Stühlen! Also so was Unerhörtes ist mir in all den Jahren noch nicht untergekommen. Und dann diese Lautstärke ...«

Maike fühlte sich wie von einer Walze überrollt. Die Frau redete ohne Punkt und Komma.

»Frau Hagen? Ich habe nicht ganz verstanden. Weshalb rufen Sie an?«

Die Lehrerin pausierte, wirkte irritiert. »Das habe ich Ihnen doch bereits gesagt. David. Er ist nicht in der Schule. Wissen Sie, die Eltern unserer Schülerinnen und Schüler müssen sich *vor* dem Unterrichtsbeginn melden. Das ist Plicht!«

»Wie bitte?« Maike glaubte, nicht richtig gehört zu haben.

»Na, das ist doch wirklich nicht so schwer zu verstehen. Sie müssen sich bei uns *melden*, wenn Ihr Kind nicht zum Unterricht kommt.«

Schreckliches Unbehagen überkam Maike. Es tauchte so plötzlich und mit solcher Vehemenz auf, dass ihr das schnurlose Telefon aus der Hand glitt. Scheppernd fiel es zu Boden.

David!

»Hallo? Hallo? Sind Sie noch dran? Hallo?«, tönte es leise aus dem Hörer.

Maike hörte es nicht. Ihre Beine fühlten sich mit einem Mal an wie aus weichem Wachs. Ihr Herz stockte, als ihr bewusst wurde, wann sie David zuletzt gesehen hatte. Und als ihr zudem klar wurde, wohin sie ihn geschickt hatte, wuchs sich ihr Unbehagen zu stillem Entsetzen aus.

Nein, das ist unmöglich ... Das kann nicht ...

Ein Bild schuf sich einen Platz vor ihrem geistigen Auge; ein Bild von einem glühenden roten Punkt in der Dunkelheit – Ralph, der sie mit einer Zigarette in der Hand vom Parkplatz aus beobachtete. Doch war es nur Beobachtung gewesen? Oder war es ein *»Hey, Baby, ich weiß, was in dem Brief steht, und jetzt weißt du hoffentlich, dass mit mir nicht zu spaßen ist«* gewesen?

Nein. Nein, das konnte sie sich beileibe nicht vorstellen. Ralph würde David niemals etwas antun. Warum auch? Ihr Sohn hatte mit der Sache zwischen ihnen beiden nichts zu tun.

Was sich Maike allerdings sehr wohl vorstellen konnte, war, dass David etwas zugestoßen sein könnte. Dass ihm irgendwo auf seinem Weg durch den Wald hierher etwas geschehen sein könnte. Und wenn das der Fall war, dann konnte es sich nur um etwas Schlimmes handeln, nicht wahr?

Wieso sonst sollte er die ganze Nacht über …

Sie konnte den Satz nicht zu Ende bringen. Ebenso wenig den Gedanken. Stattdessen umfing sie entsetzliches Grauen, als plötzlich von draußen, vor dem Haus, ein gellender Schrei ertönte; ein Kreischen blanken Entsetzens.

Es war die Stimme einer Frau, ihrer Nachbarin, die Maike ein weiteres Bild des Schreckens ins Bewusstsein pflanzte; David, der irgendwo dort draußen auf dem Boden lag, verletzt, in sich zusammengesunken, reglos. Warum sonst sollte Britta Paulsen so entsetzlich schreien?

O Gott, o Gott, sag, dass das nicht wahr ist! Sag, dass ich mich irre! Nicht David! Nicht mein Sohn!

Steif vor Schwindel und Furcht verharrte Maike noch einen Augenblick. Dann überwand sie ihren trancegleichen Zustand und rannte zur Eingangstür. Als sie sie öffnete, erwartete sie das Schlimmste vorzufinden.

9

Je länger der Tag andauerte, desto ungeduldiger wurde Sandra. Während der Unterrichtsstunden, in denen sie nur bewegungslos hinter ihrem Tisch zu sitzen hatte, konnte sie sich kaum konzentrieren. Die Inhalte der Deutsch-, Französisch-, und Religionsstunden zogen so rückstandslos an ihr vorbei wie ein Segelboot an einer Insel mitten im Pazifischen Ozean.

Sie trippelte mit den Fußsohlen auf dem Boden. Ihr Körper schrie nach Bewegung. Und genau das wollte sie auch. Sie wollte Sport machen. Joggen, Laufen, Sprinten. Sie wollte einem Ball hinterherrennen und ihn wieder wegschießen, nur um ihm anschließend erneut nachzurennen. Ganz egal. Hauptsache Bewegung.

Lola ermahnte sie, mit diesem Getrappel aufzuhören, weil es sie nervös mache. Doch Sandra konnte nicht aufhören. Sie dachte nur daran, Pfunde loszuwerden, um es dem Alten im Heim zu zeigen, um ihm vor Augen zu führen, was es hieß, ihren Ehrgeiz herausgefordert zu haben.

Als es dann so weit war und Sportunterricht auf der Agenda stand, war Sandra die Erste in der Kabine. Sie zog sich so schnell um wie noch nie in ihrem Leben. Sie kramte das weiße T-Shirt, die zartrosa Sportschuhe Marke *Nike* und eine kurze Shorts aus ihrer Tasche und legte eines nach dem anderen so rasch an wie ein Soldat, der mitten in der Nacht aus dem Schlaf gerissen und zum Appell gerufen wurde.

Doch kaum hatte sie sich ihre Sportkleidung übergezogen, fiel ihr Blick auf die nackte Haut südlich ihrer Shorts. Drei

Viertel ihrer Beine lagen frei. Unwillkürlich musterte sie sie. Und wie schon am Vortag, als sie unter der Dusche gestanden hatte, kam ihr ihre Haut vor wie ein ledriges Etwas, das man über das Fleisch ihrer Beine gestülpt und vergessen hatte glatt zu ziehen. Jede noch so kleine Vertiefung und Erhebung wirkte auf Sandra wie Berge und Täler, durch die eine Achterbahnfahrt hätte stattfinden können.

Es war ihr unangenehm, sich während des Unterrichts so zeigen zu müssen, und sie spielte mit dem Gedanken, wenigstens ihr Longsleeve überzuziehen. Doch sie hätte keinen Ersatz gehabt, wäre es durchgeschwitzt. Und mit einem nach Schweiß riechenden Oberteil wollte sie auf keinen Fall ins Klassenzimmer zurück. Nichts erregte mehr Aufmerksamkeit als Gestank.

Vor allen anderen aus ihrer Gruppe erklomm sie die Treppen zum Sportplatz. Und natürlich ging sie die Stufen nicht hinauf, sie sprintete. Allerdings lagen kaum mehr als zwanzig Meter zwischen den Umkleidekabinen und dem Sportplatz, und als Sandra oben angelangt war und niemand aus ihrer Klasse hinter sich erblicken konnte, rannte sie die Stufen wieder hinab, um den Gipfel im Anschluss erneut zu erobern. Dabei fühlte sie sich gut. Sehr gut sogar. Ihr Herz pumpte, ihre Muskulatur wurde warm und ihr Atem ging zügig. Dreimal rannte sie auf und ab, bis die Lehrerin um die Ecke kam.

»Hochmotiviert, wie ich sehe«, sagte sie mit einem Anflug von Sarkasmus.

Sylvia Meynecke war schon über zehn Jahre an verschiedenen Schulen tätig gewesen und hatte somit lange genug die Evolution von Schülern beobachten können. Am engagiertesten waren definitiv die Fünft- und Sechstklässler. In den siebten Klassen fiel dieser Ehrgeiz jedoch in ein pubertäres Loch, aus dem er sich erst wieder befreite, wenn sich die Schüler dem Abitur näherten. Und davon war Sandra Kramer noch ein Jahr entfernt.

Dennoch sah sie die Schülerin vor sich mit angelegten Armen auf und ab hüpfen wie ein Känguru. Ihr Gesicht war rot und feucht von frischem Schweiß. Ihr blonder Pferdeschwanz wippte bei jedem Sprung auf und ab. Sandra war ein hübsches Mädel, schlank und mit Proportionen beglückt, um die sie andere Mädels beneiden würden. Trotzdem meinte die Lehrerin eine Ernsthaftigkeit in ihrem Gesicht zu erkennen, die nicht zu der Person passte, die sie kannte.

»Ist alles okay mit dir?«, fragte sie vorsichtig. Sie wollte Sandra nicht zu nahe treten, war jedoch bereits jetzt ein wenig besorgt.

»Ja«, keuchte Sandra weiter hüpfend. »Mach mich nur warm.«

Das war merkwürdig. Sie kannte Sandra nun schon geraume Zeit, und noch nie hatte sie Sandra sich warm machen gesehen, bevor es alle anderen taten. Dennoch empfand sie es als positive Sache. Womöglich gehörte Sandra ja zu den Schülerinnen, die etwas verfrüht ihren Ehrgeiz wiederentdeckten.

Also ließ sie die Sache so stehen. Jedenfalls bis Sylvia all ihren Schützlingen die Aufgabe gab, sich warm zu machen. Denn als sie das tat, wurde Sandras Verhalten noch sehr viel merkwürdiger. Sie hielt sich nicht wie sonst an der Seite von Lola Cole und den anderen Mädels auf, sie spurtete ihnen voraus. Und nicht bloß ein bisschen. Sie rannte, als wäre der Teufel hinter ihr her.

10

Nachdem Kurt die Entlassungspapiere unterzeichnet hatte, zog er sich an und schritt die Korridore des Krankenhauses entlang Richtung Ausgang. Er fühlte sich schwach und benommen. Außerdem bekam er den stechenden Blick des Arztes nicht aus dem Kopf. Er hatte auf ihn gewirkt, als wüsste er mehr, als er von sich verlauten ließ. Als wüsste er etwas von dem, was tatsächlich auf der Baustelle geschehen war, abseits der Explosion.

»Sie da!« Die Stimme kam von hinten. Als Kurt sich umdrehte, sah er eine voluminöse Frau in weißer Hospitalkleidung hinter einem Schalter neben dem Eingang sitzen. Ihr roter Bob wirkte auf ihn wie ein Mopp, mit dem man gerade eine frische Lache Blut aufgewischt hatte. Ihr Gesicht war von Falten durchfurcht. Und ihre Augen …

Kurt stand plötzlich stramm wie ein Zinnsoldat. Ein Schauer lief ihm den Rücken hinab. Eine innere Stimme riet ihm, sofort die Flucht zu ergreifen. Gleichwohl bewegte er sich keinen Zentimeter. Er konnte nicht anders, als der Frau ungehemmt ins Gesicht zu blicken; in ihre rabenschwarzen stechenden Augen, die ihn zu verschlingen drohten, die spürbar jede Information seines Lebens aus ihm heraussaugen wollten.

Sein Drang zu verschwinden, hier abzuhauen, wurde stärker, ja, massiv.

(*Irgendwann holen sie auch dich!*)

»Sie haben etwas verloren«, sagte die Frau.

Kurts Herz trommelte, als die Frau aufstand und um den Schalter herum auf ihn zukam. Er konnte es sich nicht erklären. Und er konnte genauso wenig etwas dagegen unternehmen. Ebenso wenig wie gegen den sonderbaren Gedanken, ob diese Frau auch zu *Ihnen* gehören mochte.

Ganz ruhig. Ganz ruhig. Du bildest dir da bloß was ein. Genauso wie du dir Victor in deinem Zimmer eingebildet hast.

Kurt sah sehnsüchtig in Richtung Ausgangstür, dann drehte er sich wieder nach der Frau um und Entsetzen flutete seinen Verstand. Denn vor ihm stand gar keine Frau. Vor ihm stand ...

»Sie haben da was verloren.«

Victor. Er bückte sich, keinen Meter von Kurt entfernt.

Sofort fiel Kurt das Loch in seinem Schädel auf; das Loch, hinter dem eine graue Masse pulsierte. Blutstropfen flossen aus der Vertiefung, schlängelten sich über die Stirn. Als er sich aufrichtete, flossen die roten Tropfen in Schlieren den Nasenrücken entlang über seinen Mund bis zum Kinn.

Entsetzen lähmte Kurt.

»Hier. Bitte schön.«

Langsam und vorsichtig senkte Kurt den Blick auf die offen dargebotene Handfläche. Und was er darauf liegen sah, ließ sein Herz einen Schlag aussetzen. Es war ein Holzkeil. Einer von der Sorte, die Victor zwischen Wand und Fenster geklemmt hatte, bevor er zu Boden gestürzt war, weil die Erschütterung ...

Nein, es war nicht die Erschütterung. Es war nicht nur *die Erschütterung.*

... ihn zu Fall gebracht hatte.

»Ist Ihnen nicht gut? Soll ich einen Arzt rufen?«

Kurt schloss die Augen, öffnete sie und sah die Frau vor sich; die Frau, deren Augen nicht schwarz, sondern blassblau waren. Sie hielt etwas in ihrer Hand. Eine Visitenkarte.

»Das ist nicht meine«, sagte er. »Sie täuschen sich.«

So wie du dich in ihrer Augenfarbe getäuscht hast. Sieh hin. Sie sind blau, nicht schwarz.

»Sind Sie sich sicher? Ich hätte schwören können, dass ich gesehen habe, wie sie aus ihrer Gesäßtasche geglitten ist.«

Noch einmal betrachtete Kurt die Visitenkarte. Darauf stand: **Dr. Winfried Meisner. Diplompsychologe.** Darunter befand sich eine Adresse.

Er dachte daran, wie ihm der Arzt empfohlen hatte, einen Profi aufzusuchen, mit dem er über den Vorfall auf der Baustelle und Victors Tod reden könne, und fragte sich, ob ihm Doktor Müller die Visitenkarte womöglich zugesteckt hatte. Dann fiel ihm der bohrende Blick des Arztes wieder ein, und das Gefühl von Unsicherheit, das er ihm vermittelt hatte. Er fragte sich, ob dieser Psychologe womöglich auch zu *ihnen* gehören mochte, und gelangte zu der Überzeugung, dass es so sein musste. Unwillkürlich legte er ein breites Grinsen der Überlegenheit auf.

»Gehört ganz sicher nicht mir«, sagte er. Dann verließ er das Krankenhaus.

Die Frau sah ihm gedankenverloren nach und fragte sich insgeheim, ob dieser Mann die Karte nicht besser angenommen hätte. Er wirkte auf sie wie jemand, der kurz vor einem Nervenzusammenbruch stand. Und Personen, denen der Geist einen Streich spielte, konnten – wie jeder wusste, der schon ein paar Jahre in einem Pflegeberuf arbeitete – gefährlich werden. Sehr gefährlich.

11

Was Maike auf der abgewandten Seite des Nachbarhauses gleich neben einem großen Wachtelstall zu sehen bekam, war nicht bloß ein Schock, es war das Schockierendste, was sie jemals in ihrem Leben zu Gesicht bekommen hatte. Und doch empfand sie Erleichterung. Sie stand mindestens noch fünf Meter von Britta und dem am Boden Liegenden entfernt, doch eines war sicher: Es war nicht David!

»Uwe!«, schrie Britta Paulsen. Was aus ihrem Mund kam, klang viel weniger nach einem wirklichen Wort als nach einem tierischen Laut. Sie kniete neben ihrem Mann, rüttelte ihn an der Schulter, als würde er dadurch wieder lebendig. »Uwe! Uwe! Bitte ... Schatz ... Mach die Augen auf ... Mach um Himmels willen die Augen auf ... *Uwe*!«

Er würde die Augen nicht wieder aufmachen. Das stand außer Frage. Denn Uwe Paulsen hatte keine Augen mehr. Mitten in seinem Gesicht – das, was einmal ein Gesicht gewesen war – steckte der metallische Kopf einer Spitzhacke. Er verschwand in einem Brei aus Blut und weißlichen Splittern. Eine dunkelrote Lache hatte sich um seinen Altherrenkörper gebildet. Stücke einer grauen Substanz schwammen darin, die irgendwie aussahen wie ...

Noch während sie auf Britta und den Toten zuging, machte sich Übelkeit in Maike breit. Jemand hatte so heftig auf den Mann eingeschlagen, dass sich sein Inneres nach außen gekehrt hatte.

»Uwe«, schluchzte Britta Paulsen, beugte sich noch näher zu ihrem Mann und presste dabei ihre Knie in das auf dem

Boden verteilte Blut. Ihre Jeans war von den Knien bis zum Bund über und über rot verschmiert.

Das wird nie wieder rausgehen, dachte Maike irrational und verspürte plötzlich ein dringendes Bedürfnis, sich schleunigst aus dem Staub zu machen. Vor allem wegen des winzigen Wesens unter ihrem Herzen. Es war sensibel, regelrecht fragil. Stress – und in diesem Augenblick spürte sie diesen in jeder Zelle ihres Körpers – tat ihm nicht gut. Das Baby würde ihn abbekommen, es würde das Noradrenalin und Dopamin und was sonst noch mit ihrem Blut einsaugen wie später einmal die Milch aus ihrem Busen. Und was würde das bewirken? Eine schreckliche Vorstellung brandete an ihren Verstand wie eine Flutwelle. Was war, wenn sie das Baby verlieren würde? *Ihr* Baby.

Sie besann sich eines Besseren. Nicht sie war jetzt wichtig, und auch nicht das ungeborene Kind. Es war Britta. Die Frau war über sechzig, hatte Übergewicht, und so wie sie unter der Situation leiden musste, lief sie womöglich Gefahr, einen Herzinfarkt zu erleiden. Sie musste schleunigst von hier weggebracht werden. Außerdem musste jemand die Polizei alarmieren. Hier draußen trieb sich ein Mörder rum.

Maike ging auf ihre Nachbarin zu, was hieß, sie ging auch auf die Leiche zu.

»Britta«, sagte sie vorsichtig. Als die Frau nicht reagierte, wiederholte Maike sich nachdrücklicher. »*Britta.*«

Die Augen der Nachbarin waren in Tränen schwimmende Glaskugeln. Auf ihrem von Runzeln übersäten Gesicht klebten verschmierte Blutflecke. Ihr frisch geschnittenes Haar stand wirr von ihrem Kopf.

»Uwe«, krächzte sie. »I-Ich b-bin nach H-Hause gekommen, u-und da hab ich i-ihn so gefunden.«

Maike wusste nicht, was sie darauf erwidern sollte. Ihr fehlten die Worte. Zudem war da die Übelkeit, die sich sofort zurückmeldete, sobald sie den Toten ansah. Schlimmer noch war das herzzerreißende Gefühl in ihrer Brust. Sie glaubte fast, den Schmerz ihrer Nachbarin fühlen zu können. Die Paulsens waren gute Menschen, nett und zuvorkommend. Sie kannten sich zwar noch nicht besonders lange, weil Maike, Kurt und die Kinder erst seit wenigen Wochen im Nebenhaus wohnten. Doch seit jenem Tag hatten sie sich mehrfach getroffen, im Garten gesessen und sich Anekdoten erzählt. Uwe hatte sie alle mit seinen Geschichten zum Lachen gebracht. Etwas, was er jetzt niemals mehr tun würde.

»Wir müssen die Polizei rufen«, sagte Maike mit matter Stimme. »Und wir müssen von hier fort. Ins Haus. Zu uns ins Haus.«

»Ich kann nicht«, krächzte Britta und presste ihr Gesicht gegen die blutverschmierte Brust ihres toten Mannes. »Ich kann nicht! Ich muss bei Uwe bleiben ... mein Mann ... Gott ... hilf mir.«

Maike wusste nicht, was sie tun sollte. Sie konnte die Frau ja nicht von ihrem toten Mann wegzerren. Weder war sie körperlich dazu imstande noch brächte sie es übers Herz.

Als sie keine andere Möglichkeit sah, eilte sie hinüber ins Haus, griff sich das Telefon und gab den Notfall durch. Als sie sprach, klang sie ganz ruhig, gefasst. Später würde sie selbst darüber staunen.

Während sie sprach, streichelte sie sich unablässig den Bauch. Es beruhigte sie auf unbestimmte Weise. Es tat gut.

Die Polizei kam. Und ein Krankenwagen, in den allerdings nicht Uwe Paulsen hineingebracht wurde, sondern seine Frau. Zwei Rettungssanitäter mussten die beleibte Dame stützen.

Maike fragte sich noch, ob sie dem Krankenwagen hinterherfahren solle. Doch da dachte sie zum ersten Mal seit einer Stunde oder länger an David; an David, der vergangene Nacht nicht nach Hause gekommen war; an David, von dem offenbar keiner wusste, wo er steckte; an David, der (*nicht tot im Gras lag*) plötzlich den Hang heraufgetrottet kam. Ja, da war er. O Gott sei Dank, da war er! Und es ging ihm gut!

Es musste ihm gut gehen. Er lebte, und er trug sein Buch in der Hand.

Sein Blick schwang für eine oder zwei Sekunden zu ihr herüber, als fragte er sich, was der ganze Trubel solle, und Maike winkte ihm zu. Ihr Herzrasen hatte nachgelassen.

Er ist da. Er ist zu Hause. Ich brauche mir keine Sorgen mehr zu machen.

Sie spürte den Drang, ihm entgegenzugehen und ihn sofort auszuquetschen, wo er nur die ganze Zeit gesteckt hatte. Doch dann fiel ihr Blick auf einen Polizisten, der das Gelände der Nachbarn mit einem weiß-roten Absperrband einzäunte. Mehrere Männer und Frauen bekleideten sich mit weißen Overalls.

Das alles verursachte eine schwere Müdigkeit in ihr. Das, und wohl auch das Baby.

Es hat Zeit, ihn zu fragen, dachte sie. *Es hat noch ein bisschen Zeit.*

12

Geräusche … Lärm …

Da war ein *Grrrrrr* von Rädern auf Asphalt. Da war ein *Gschhhhh* des Fahrtwindes, der durch einen Spalt am Fenster hereinströmte. Da war das *Krrrh-Kruuh, Krrrh-Kruuh, Krrrh-Kruuh* der Scheibenwischer gegen den Nieselregen. All das waren Geräusche, die Kurt sehr wohl kannte, die tagtäglich auf Milliarden von Menschen rund um den Globus einströmten. Es waren Laute, die in ihrer Allgegenwärtigkeit weitestgehend unbeachtet blieben. Und doch kamen sie Kurt in diesem Augenblick auf der Rückbank des Taxis vor wie das gierige Grollen eines Höllenschlundes, der ihn zu verschlingen drohte.

Wie steifgefroren saß er da, schwitzend, zähneknirschend, als versuchte er diesen unglaublichen Lärm aus seinem Schädel zu beißen. Denn dorthin arbeiteten sich die Laute vor. Sämtliche Laute. Und alle auf einmal.

Er saß auf der Rückbank eines Taxis und tat es doch nicht. Sein Verstand befand sich auf einer Baustelle, auf *der* Baustelle. Dort stand er, alle Maschinen um ihn versammelt wie eine hungrige Raubtierhorde. Sie kreisten ihn ein, versuchten ihn mit ihrem Getöse, ihrem Brummen, ihrem Zischen, ihrem nach Diesel stinkenden Atem in die Knie zu zwingen, ihn wahnsinnig zu machen. Kurt sah sie wortwörtlich vor sich. Planierraupen. Bagger. Lastwagen. Kräne. Wie orange und gelbe panzerartige Wesen, die ihre Hauben und Fronten auf ihn richteten, als wollten sie jeden Moment auf ihn losstürmen, ihn niedermähen.

Doch das war nicht das Schlimmste. Viel schlimmer fühlte es sich an, nicht zu wissen, wer hinter den verdunkelten Frontscheiben saß. Wer waren *sie*?

Kurt wurde heiß und kalt zugleich. Er wusste, er bildete sich das alles bloß ein, und doch ...

Es gibt keine sie. *Es hat* sie *nie gegeben. Das war nur mein verrückter Vater!*

Nur war sein Vater nicht eigentlich verrückt gewesen, nicht wahr? Sein Vater war ein Maurermeister gewesen, der seine eigene Firma geführt hatte, sie sogar gut geführt hatte, bis ...

Bis der Wahnsinn überhandnahm.

»He, alles klar dahinten?« Es war die Stimme des Fahrers. Kurt nahm sie kaum wahr. Bis er den Blick des Mannes im Rückspiegel sah.

Er hatte eine dunkle Hautfarbe, trug einen schwarzen Schnauzbart, der ihm bis über die Oberlippe reichte. Bei klarem Verstand hätte Kurt auf einen Türken getippt. Doch Kurt war nicht bei klarem Verstand. Und er tippte nicht. Er blickte nur stumm und voll gespanntem Grauen in die dunklen Augen im Rückspiegel. Dabei dachte er an den Arzt. Er dachte an die Frau vom Empfang des Krankenhauses. Er dachte an ...

Sie.

»Geht's Ihnen nicht gut? Sie sehen so aus, als könnten Sie ein wenig frische Luft vertragen. Sie sind ganz weiß im Gesicht«, sagte der Mann, und irgendwie drangen seine Worte allmählich doch zu Kurt durch. Das Getöse in seinen Ohren, das wie ein nicht enden wollender Tinnitus auf ihn einströmte, ließ nach.

»Mir geht's gut«, antwortete Kurt matt. Und wie um sich zu erklären, fügte er hinzu: »Komme gerade aus dem Krankenhaus. Die haben mir dort wohl irgendwas Starkes verabreicht. Entschuldigen Sie.«

Sieee.

»Ach so. Ja. Hab ich schon dutzendfach erlebt. Die Leute lassen sich ihre Weisheitszähne ziehen und dazu in Narkose versetzen. Bei Magen- oder Darmspiegelungen dasselbe. Letzteres musste ich glücklicherweise noch nie selbst über mich ergehen lassen. Stelle ich mir ziemlich unangenehm vor.«

Kurt hörte kaum hin. Das *Krrrh-Kruuh, Krrrh-Kruuh, Krrrh-Kruuh* der Scheibenwischer machte wieder auf sich aufmerksam. Es hatte zu nieseln angefangen.

Kurt schloss die Augen. In seinem Kopf pulsierte es. Er fühlte sich wie ein Mann, dem man das Herz unter die Schädeldecke gepflanzt hatte. Als er die Lider wieder öffnete, fiel ihm etwas auf.

»Könnten Sie bitte etwas langsamer fahren?«

»Wie bitte?«

»Sie sollen langsamer fahren.«

Der Schnauzbart, der sich durch das Lächeln des Fahrers gehoben hatte, senkte sich abrupt. »Sagen Sie nicht, Ihnen ist übel.«

»Nein«, sagte Kurt schroffer als beabsichtigt. Er orientierte sich. »Biegen Sie dort vorn bitte rechts ab und halten Sie an der Ecke.«

»Sind Sie sich sicher? Sie wollten doch in die Kronenstraße. Davon sind wir noch mindestens zwei Kilometer entfernt.«

Kurt spürte, wie ihn das Geschwafel des Taxifahrers aufbrachte. Er biss die Zähne aufeinander und atmete tief durch. »Ich bin mir ganz sicher.«

»Und der Regen?«

»Der Regen kann mich mal!«, toste es plötzlich aus seinem Mund. Speichel troff über seine Lippen. Spritzer davon klatschten gegen die Rückseite der Kopflehne des Vordersitzes. Wo sein Herz zuvor rasch geschlagen hatte, galoppierte es jetzt regelrecht.

Was war geschehen? War er das gewesen? Am Gesichtsausdruck des Fahrers, der ihn wie einen vom Planeten Mars durch den Rückspiegel anglotzte, konnte Kurt erkennen – sehr *deutlich* erkennen –, dass es so gewesen sein musste; dass *er* das gewesen war, der gebrüllt hatte.

Zitternd sank Kurt in seinem Sitz zusammen.

»Es ... Es tut mir leid. Das ... Das ... wollte ich nicht.«

Der Fahrer, der bis eben noch überaus freundlich und interessiert gewirkt hatte, ließ sich nichts anmerken. Jedenfalls dann, wenn man seine plötzlich starre Mimik als nichts bezeichnen wollte. Er bog an der nächsten Straßenkreuzung rechts ab, hielt an und sagte tonlos: »Macht fünfundvierzig fünfzig.«

Kurt kramte einen Fünfzigeuroschein aus seinem Geldbeutel und übergab ihn dem Mann. »Behalten Sie den Rest.«

Der Fahrer erwiderte nichts, nahm das Geld nur entgegen, wartete, bis Kurt das Taxi verlassen hatte, und fuhr davon.

Der Regen fiel in einem Schleier aus feinen Nadeln und durchfeuchtete sofort Kurts kurzes Haar. Am Leib hatte er nicht mehr als den Anzug vom Vortag. Und obwohl er normalerweise stets auf sein Äußeres achtete, machte er sich nun keine Gedanken darüber. Stattdessen sah er sich um.

Der Taxifahrer hatte ihn an einer Straßenecke unweit der Fußgängerzone Duringens rausgelassen. Von seinem Standort aus konnte man die Kaiserallee bereits sehen. Boutiquen mit Werbeplakaten für Parfüms und Mode reihten sich aneinander mit einer Apotheke, einem Schuhladen namens *Salamander* und Supermärkten. Weiter entfernt, fast am anderen Ende der Straße, konnte man ein von einer Häuserwand hervorstehendes kreisrundes Schild mit schwarzem Aufdruck auf beigem Grund erkennen. Den Namen des Ladens konnte Kurt auf die Distanz nicht lesen, doch er wusste, was darauf stand. *Miller – Antiquitäten und Restauration.* Darunter war das grafische Abbild einer alten Couch abgebildet.

Irgendwie überkam Kurt ein merkwürdiges Gefühl, wenn er an diesen Restaurator zurückdachte. Er hatte ihn nur einmal gesehen. Damals, als er zusammen mit zwei seiner Angestellten und Maike eine Kommode abgeholt hatte, die dieser Rolf oder Rainer, oder wie er auch immer hieß, für Maike gerichtet hatte. Der Kerl, das war Kurt aufgefallen, hatte nicht nur einen durchtrainierten Körper, er hatte Maike auch angesehen, als wollte er sich jeden Augenblick auf sie stürzen wie eine Hyäne auf ein Stück Aas.

Allerdings lag das schon Monate zurück. Und wie es auch mit Träumen der Fall war, war seine Erinnerung hinter eine dünne Schicht Nebel getaucht. Er fragte sich, ob er sich das Ganze nicht womöglich nur eingebildet hatte.

Das Hupen eines Fahrzeugs und das Geräusch über Asphalt rutschender Räder rissen ihn in die Realität zurück. Wie automatisch fuhr Kurt zusammen, blickte sich hastig um.

Ein grüner Renault Capture war schlitternd vor einem die Fahrbahn überquerenden Fahrradfahrer zum Stehen gekommen. Der Mann hinter dem Steuer gestikulierte wild. Das *MIEP* seiner Hupe durchschnitt die Luft wie ein Messer.

»Pass doch auf!«, keifte dieses Hupen. *»Fast wäre etwas Schlimmes passiert! Fast hätte ich dich über den Haufen gerollt! Fast wärst du tot gewesen!«*

Wie in Starre verfallen betrachtete Kurt die Szenerie. Wobei er in Wirklichkeit woanders war. Bei Victor. Bei Victor, der von der Leiter fiel. Bei Victor, bei dem es kein Fast gegeben hatte. Er war gefallen. Nicht vom Fahrrad. Von einer Leiter. Weil …

Kurts Mund fühlte sich mit einem Mal trocken an. Sein Herz raste. Wie von unsichtbaren Fäden gesteuert, mahlten seine Backenzähne aufeinander. Erst als er die Augen schloss, erinnerte er sich wieder, weshalb er hier hatte aussteigen wollen. Er sah sich um. Nicht in Richtung Kaiserallee. Er betrachtete die schmale Seitenstraße, die von der

Fußgängerzone wegführte. Von untalentierten Händen gestaltete Graffitis schmückten die kargen grauen Wände der Häuser. In den Ecken sah man die Hinterlassenschaften einer auf Drogen spezialisierten Gesellschaft. Es war das mit Abstand heruntergekommenste Viertel Duringens. Hier kannte ihn niemand. Und das war ihm gerade recht. Denn so würde er seinem derzeitig größten Verlangen nachgeben können, ohne dass es jemand mitbekam.

Nein, kein Verlangen, nur ein wenig Ablenkung von all dem Stress. Danach bin ich wieder ganz der Alte und kann mich um alles kümmern – die Firma, die Baustelle.

Er machte ein paar Schritte vorwärts und steuerte auf sein Ziel zu.

Nur ein paar Schlucke. Ein Glas vielleicht. Nicht mehr als zwei. Ich will ja nicht ...

Den Rest des Gedankens sprach er laut aus; spöttisch, als handelte es sich dabei um einen Witz.

»Ich will ja nicht wie mein Vater werden.«

Das brachte ihn zum Lachen. Denn es war irrsinnig, sich mit Arno Kramer zu vergleichen; Arno Kramer, seinem Vater, der ihm nicht bloß im Alter von sechs Jahren den Arm gebrochen hatte.

Aber das war sein Vater. Nicht er. Um Himmels willen, so war er nicht. Schließlich wusste er im Gegensatz zu ihm, dass *sie* nur Einbildung waren; durch Stress hervorgerufen. Stress, den ein oder zwei Getränke wieder nivellieren würden. Ja, ganz bestimmt.

Kurt betrat das *Taverns* und setzte sich an die Bar.

13

Nur unweit des *Taverns*, einem Pub nahe der Innenstadt Duringens, der damit warb, fast rund um die Uhr geöffnet zu haben, schliff Ralph Miller mit Sandpapier die oberste Lackschicht eines antiken Kleiderschranks ab. Das tat er mit der Intensität eines Wahnsinnigen.

Seine Lunge sog Luft ein wie ein Blasebalg. Sie zischte zwischen seinen aufeinandergepressten Schneidezähnen. Irgendwo hinter ihm plärrte Bruce Springsteen aus einem Radio, dass in ihm eine Zeitbombe ticke und dass es etwas gebe, das er seiner Angebeteten sagen wolle und würde.

Und genau das galt auch für Ralph. Er würde Maike sagen, was er ihr zu sagen hatte. Er würde ihr mit aller Eindrücklichkeit erklären, dass ein Baby kein *Es* war, wie sie es in ihrem Dreizeiler beschrieben hatte. Und erst recht nicht *sein* Baby. Sein Baby war sein Baby, und er würde alles dafür tun, es seinen ersten Atemzug nehmen zu hören, er würde alles dafür tun, es bei sich zu wissen, er würde wirklich, wirklich *alles* dafür tun.

Und wenn ich sie kidnappen muss und sie so lange ans Bett binde, bis das Baby auf der Welt ist.

Das war eine Vorstellung, die ihm nicht ganz fremd war. Er sah es bereits bildlich vor sich. Sie bei ihm, ans Bett gebunden, von ihm verpflegt, so lange, bis ihr Bauch eine Kugel geworden war, bis ihr Körper den Druck, der aus dem Innern auf ihren Muttermund presste, nicht mehr aushielt und sein Baby den Weg zwischen ihren Oberschenkeln hervor in seine Hände fand. Ralph war nur allzu sehr bewusst, dass Maike ihn dann nicht mehr haben wollen würde. Doch das interessierte ihn nicht. Sie war zweitrangig, oder mit anderen Worten: irrelevant. Sie würde – wie auch das Baby – so oder so ihm gehören. Ob freiwillig. Oder mit einem Spaltbeil in der Stirn.

Er hielt inne. Schleifstaubteilchen wirbelten um ihn. Im Schein der Leuchtstoffröhre an der Decke funkelten manche davon wie in der Sonne glänzender Schnee. Springsteen jaulte etwas darüber, dass er sein Herzblatt überall suchen würde, um es eine Sache wissen zu lassen, und Ralph vollendete Springsteens Worte.

»My love, love, love, love, love, love will never let you down. Meine Liebe wird dich niemals im Stich lassen.«

Sein Gesang war klanglos, doch die Gewalt hinter seinen Worten war vollkommen. Und voll von Wahnsinn.

14

Die Beule an seinem Kopf fühlte sich hart an, war blau angelaufen und pochte wie ein zweites Herz.

David stand vor dem Badezimmerspiegel, betrachtete seine Stirn und schluckte bei dem Gedanken, wie der gestrige Abend hätte enden können. Ihm war klar, er hätte sich wesentlich schlimmer verletzen können. Wäre er nur ein klein wenig anders gestürzt und mit dem Schädel auf die Grundstücksmauer gefallen statt ins hohe Gras, hätte er sogar sterben können. Ja. Sterben.

Seiner Mutter hatte er auf ihre Nachfrage hin, wo er bloß die ganze Zeit gesteckt habe, erklärt, er habe sich den Kopf gestoßen. Allerdings stimmte sie diese Erklärung nur mäßig zufrieden, da sie der Annahme war, er habe sich seit dem gestrigen Abend bereits nicht mehr blicken lassen. Natürlich war das auch so. Doch unter dem Hagel ihrer aufgebrachten Phrasen über ihre schier unendliche Sorge hatte er gelogen. Einfach so. Die Worte kamen aus ihm raus, bevor er auch nur darüber nachdenken konnte.

»Ich bin gestern nach Hause gekommen. Verletzt habe ich mich erst auf dem Schulweg. Gleich da unten am Hang. Ich bin den Hügel hinabgerannt und habe mir an einem Ast den Kopf gestoßen. Dann muss ich wohl irgendwie ohnmächtig geworden sein«, hatte er behauptet. Und als ihm bewusst wurde, dass sie ihn dann heute Morgen hätte sehen müssen, fügte er hinzu: »Ich bin früher gegangen, weil ich noch bei Sebastian vorbeiwollte. Er hat ein neues Computerspiel, das er mir zeigen will.« Als das ausgesprochen war, hatte er nur noch auf das Beste hoffen können.

Und er hatte Glück. Seine Mutter starrte ihn lange an, dann brach sie in Tränen aus und schlang ihre Arme um ihn.

»Ich habe mir solche Sorgen gemacht ... solche Sorgen!«

Als sie ihn dann dazu bewegen wollte, einen Arzt aufzusuchen, der sich seine Beule ansehen sollte, verweigerte er sich. Die Verletzung sei kaum der Rede wert, hatte er erklärt. Er brauche nur ein wenig Schlaf, das würde genügen.

Entgegen seiner Erwartung beharrte sie nicht auf den Arztbesuch. Vollkommen erschöpft setzte sie sich auf die Couch und rieb sich zuerst die Schläfen, dann den Bauch.

David stand noch einen Moment neben ihr und überlegte, ob er nicht doch besser die Wahrheit sagen solle, entschied sich jedoch dagegen. Seine Mutter würde in einem Anflug von Hysterie die Schule oder die Polizei über Mirko und die anderen informieren. Und das würde Konsequenzen nach sich ziehen. Nicht nur für die vier, auch für ihn selbst. Spätestens wenn Mirko und er sich wieder auf dem Schulhof begegnen würden, würde es Prügel setzen. Für ihn. Und läge dann noch eine Anzeige gegen Mirko vor ... Nun, David wollte sich nicht einmal vorstellen, was sie dann mit ihm anstellen würden.

Ein weiteres Problem war, dass er mit niemandem darüber reden konnte. Oh, natürlich, sie hatten die Regel, beim Abendessen über alles zu sprechen, ihre Tage aufzudröseln wie die Maschen einer Socke und so all ihre Sorgen und Nöte aus der Welt zu schaffen. Doch nun, nachdem er seine Mutter belogen hatte, konnte er seinem Vater unmöglich die Wahrheit sagen. Beide würden ihm den Kopf waschen. Selbst Sebastian konnte er nichts erzählen. Wer wusste schon, wem er es weitertragen würde. Eine Person konnte reichen, um eine regelrechte Flüsterpost loszutreten, die schlussendlich wieder bei seinen Eltern angelangen würde. Da war sich David ganz sicher.

»Die Einzige, die mir bleibt, ist Sandra«, sagte er jetzt zu dem verletzten Jungen im Spiegel. »Sie wird mich nicht verpetzen. Sie hilft so vielen. Warum nicht auch mir?«

Dieser Gedanke brachte ein klein wenig Hoffnung.

15

Allmählich fragte sich Maike, wo Kurt blieb. Es ging auf den Abend zu. Die Sonne hinter dem grauen Teppich am Himmel hatte an Leuchtkraft eingebüßt und der Regen hatte zugenommen. Dicke Tropfen schlugen gegen die Scheiben. Das ruhelose Trommeln machte sie nervös.

Der ganze Tag war alles andere als normal verlaufen, und je später es wurde, desto intensiver krallten sich die Ereignisse an ihrem Verstand fest. Vor allem die Sache mit Uwe Paulsen ging ihr nicht mehr aus dem Kopf. Wie er dagelegen hatte. Wie das Blut aus der Wunde in seinem Gesicht gequollen war; das Gesicht, das keines mehr gewesen war. Und dann die Spitzhacke. Wie sie tief in Uwes Kopf gesteckt hatte, der hölzerne Stiel in die Höhe ragend wie eine römische Standarte.

Oder wie ein Mahnmal.

Ein Schauer überlief sie bei diesem Gedanken. Und das, obwohl sie sich seit Stunden von den grässlichen Bildern abzulenken versuchte. Derzeit, indem sie eine Tomatensoße fürs Abendessen zubereitete.

Wie soll man sich ablenken, wenn auf dem Parkplatz vor dem Haus Polizeiautos stehen und massenweise Polizisten im Nachbarhaus ein und aus gehen?

Vor etwa zwei Stunden war sie selbst zu dem Vorfall befragt worden. Ein Mann um die vierzig und eine junge Blondine in Uniform waren herübergekommen und hatten ihr Fragen gestellt, die sie alle wahrheitsgemäß beantwortet hatte. Bis der Polizist sie fragte, ob es in letzter Zeit irgendwelche ungewöhnlichen Vorkommnisse gegeben habe. Sie wusste nicht, worauf er abzielte.

Dann präzisierte er: »Hat sich beispielsweise jemand hier herumgetrieben? Spätabends oder nachts etwa.«

Das versetzte ihr einen Stich. Sofort musste sie an Ralph denken, der tatsächlich spätabends hier aufgetaucht und neben seinem Ford Mustang stehend eine Zigarette geraucht hatte, das Haus – *ihr* Haus – beobachtend.

Nur hatte das nicht Uwe Paulsen, sondern sie selbst betroffen, oder nicht? Uwe hatte rein gar nichts mit ihrem Verhältnis zu Ralph zu tun gehabt. Es wäre regelrechter Rufmord, Ralph in Verdacht zu bringen. Außerdem konnte sie sich nicht vorstellen, dass er, der sie so sanft und zuvorkommend behandelt hatte, zu so etwas imstande wäre. Nein, das war nicht vorstellbar.

Genau deshalb hatte sie die Frage der Polizisten verneint.

Später würde sie dies bereuen. Den Rest ihres Lebens.

16

»Normalerweise schenke ich keine harten Getränke vor dem frühen Abend aus«, hatte der Barkeeper des *Taverns* mit breitem irischem Akzent gesagt und Kurt ein Glas vor die Nase gestellt. »Aber der Teufel soll mich holen, wenn Sie nicht so aussehen, als hätten Sie einen doppelten Single Malt nötig.«

So hatte es angefangen. Aus einem geplanten Bier war mehr geworden. Und als dann auch noch die Jungs einer irischen Folkband auftauchten und Kurt, der allein am Tresen gesessen hatte, zu weiteren Drinks einluden, war die Zeit nur so dahingeflossen. Es waren angenehme Stunden gewesen, in denen Kurt all das Schreckliche, was um ihn herum geschehen war, und vor allem *sie* vergessen konnte. Jetzt stand er hier, keine fünfzig Meter Luftlinie von seinem eigenen Zuhause entfernt, mitten im Nieselregen, und entdeckte mit Unbehagen, was auf dem Parkplatz vor seinem Haus vor sich ging. Die Polizisten, die Personen in weißen Overalls, die Transporter der Spurensicherung – all das grub sich unter dem Einfluss des Restalkohols in seinen Adern in seinen Verstand. Sofort glaubte er zu wissen, was sich hier abspielte.

Sie *sind hier. Und* sie *suchen nach mir!*

Nur was wollten sie von ihm? Diese Frage hatte Arno Kramer nie beantwortet. Kurt erinnerte sich lediglich vage daran, wie ihn die Vorstellung, *sie* seien ganz in der Nähe und beobachteten ihn auf Schritt und Tritt, ganz krank gemacht hatte. Das war die Zeit gewesen, in der der kramersche

Maurerbetrieb allmählich den Bach runterging; die Zeit, in der es wichtiger wurde, sich vor *ihnen* in Acht zu nehmen, statt sich ums Geschäft zu kümmern; die Zeit, in der sein Vater begonnen hatte, sich in sein Arbeitszimmer einzuschließen. Der Teufel mochte wissen, was er in diesem Raum getrieben hatte. Kurt wusste nur, dass dieses Versteckspiel bösartige Auswirkungen nach sich gezogen hatte. Auf seinen Vater selbst. Und auf alle anderen.

»Aber ich bin nicht wie mein Vater«, sagte Kurt zu sich selbst und schreckte zusammen, als plötzlich eine Stimme erscholl.

»He. He, Sie!«

Der Strahl einer Taschenlampe traf ihn mitten ins Gesicht.

»Was machen Sie hier?«, fragte der Mann barsch.

Der Polizist war mindestens einen Kopf kleiner als Kurt. Seine Körperform glich der eines Kreisels, schmales Gesicht, breiter Hintern. Mehr erkannte Kurt nicht. Die Taschenlampe war unmittelbar auf sein Gesicht gerichtet.

Kurt schirmte den Strahl mit den Händen ab. Das Licht benebelte ihn und belebte die Geister des Alkohols wieder. Ebenso wie die Stimme seines Vaters.

SIE. Pass auf, was du sagst. SIE hören zu!

»Ich wohne hier«, sagte Kurt und versuchte die Stimme in seinem Kopf ebenso beiseitezuschieben wie die Wirkung des Whiskeys. Er wollte nicht auffallen. Er durfte nicht auffallen. Weil *sie* nicht bloß zuhörten. *Sie* waren hier!

»So? Wie ist Ihr Name?«

»Kurt Kramer. Ich wohne gleich in dem Haus dort vorn.«

»Kurt Kramer?«

Der Polizist schwenkte den Strahl gen Boden, wo er nunmehr nur noch Kurts vom Laufweg durchnässte Lederschuhe und Hosenbeine beleuchtete. Eine Wohltat für Kurts Augen, wenngleich flimmernde Sterne in seinem Sichtfeld zu tanzen begannen. Dieses Gefühl, hier und doch nicht ganz da zu sein, verwirrte und reizte ihn zugleich. Er spürte, wie ihn diese Fragerei aufregte wie die des Taxifahrers heute Morgen. Gleichzeitig konnte er sich nicht erklären, woher diese Wut kam.

»Was ist nun? Sind Sie Kurt Kramer oder nicht?«, fragte der Polizist sichtlich ungeduldig.

»Ja, der bin ich.«

»Haben Sie bis heute früh im Diakonie-Klinikum in Stuttgart gelegen?«

Es dauerte einen Moment, bis die Frage in Kurts Bewusstsein ankam. Als sie es tat, war er mit einem Mal hellwach. Er starrte den Polizisten an. Das Gesicht des Mannes war käsig, seine Augen klein wie die eines Schweins. Seine Nase war nicht mehr als ein Knubbel. Am auffälligsten war jedoch die Neugierde in seinem Blick.

»Warum fragen Sie das?«

»Haben Sie oder haben Sie nicht?«

Er nickte. Doch in seinem Inneren tobte ein Sturm des Widerwillens. Weil *sie* zuhörten. Weil *sie* da waren. Und weil *sie* offensichtlich schon die ganze Zeit da gewesen waren. Woher sonst sollte der Mann wissen, wo er die letzte Nacht über gewesen war? Und warum sollte er sich ausgerechnet für *ihn* interessieren?

»Kollegen aus Stuttgart haben unsere Dienststelle kontaktiert, um nach Ihnen zu sehen«, sagte der Polizist. »Sie wollten Ihnen offenbar ein paar Fragen zu einem Vorfall auf einer Baustelle stellen. Allerdings konnten sie Sie dort nicht antreffen. Wann haben Sie denn das Krankenhaus verlassen?«

Fragen über Fragen. Kurt hielt es kaum noch aus. Er ballte unwillentlich die Hände zu Fäusten. Der Druck dabei war so stark, dass sich seine Fingernägel in das weiche Fleisch seiner Handflächen gruben. Sein Blutdruck schoss in die Höhe. Es drängte ihn danach, den Mann anzubrüllen, ihm klarzumachen, dass er ihn verflucht noch mal in Ruhe lassen solle. Er biss die Zähne zusammen.

»Ich hatte Dinge zu erledigen.«

»Okay. Dinge ...«

»Soll das ein Verhör werden?«

»Nein. Es verwundert mich lediglich, Sie hier in der Dunkelheit anzutreffen, mitten im Regen und ohne Schirm. Sind Sie mit einem Taxi hergefahren? Ich habe keins gesehen.«

»Bin zu Fuß gekommen. War noch in der Stadt.« Er sah den Polizisten ernst an. »Und wenn Sie mich bitte entschuldigen würden, ich würde jetzt gern zu meiner Familie gehen. Wie Sie wissen, wohne ich direkt dort vorn.«

»Das verstehe ich. Allerdings muss ich Sie noch darum bitten, sich morgen, am besten relativ früh, bei unserer Dienststelle zu melden, damit ich Sie telefonisch an die Kollegen in Stuttgart weiterleiten kann. Die Fragen der Kollegen müssen geklärt werden. Zudem möchte ich Sie bitten, sich vom Nachbarhaus fernzuhalten.«

Kurt wandte den Kopf und sah zu den Scheinwerfern und Blaulichtern hinab. »Was ist überhaupt passiert? Hat man eingebrochen?«

Der Polizist musterte ihn, was Kurt nicht gefiel.

»Eine erheblich ernstere Sache. Sie kennen einen gewissen Uwe Paulsen?«

Kurt nickte.

»Er wurde ermordet.«

Das durchfuhr Kurt wie eine brennend heiße Nadel. Er glaubte sich verhört zu haben. »Ermordet?«

»Ja.«

»U-Und wer ... war das? Weiß man schon etwas? Hat man den Täter bereits gefasst?« Die Worte holperten nur noch über seine Lippen. Sein Inneres zitterte. Angst krallte sich an seinen Verstand. Der Gedanke an *sie* schwoll an.

»Wir gehen gewissen Spuren nach. Deshalb kann es gut sein, dass wir weitere Fragen an Sie oder Ihre Frau haben werden. Beispielsweise wäre es interessant zu erfahren, wo Sie den ganzen Tag gewesen sind. Sie sagten, Sie hätten das

Krankenhaus am Morgen verlassen. Das liegt einige Stunden zurück.«

Bevor Kurt in den Sinn kam zu lügen, antwortete er bereits.

»Ich bin mit dem Taxi nach Duringen zurückgekommen und habe die letzten Stunden in einem Pub namens *Taverns* verbracht.«

»Das *Taverns*? Da gibt es Guinness. Netter Laden. Und was verstehen Sie unter *die letzten Stunden*?«

»Den ganzen Tag«, sagte Kurt, ohne zu zögern. Seine Stimme klang belegt. Das Wort *ermordet* erscholl wieder und wieder zwischen seinen Ohren.

»Aha. Das werde ich prüfen lassen müssen. Gegebenenfalls komme ich darauf noch einmal zurück.«

»Ich lüge nicht!«, entfuhr es Kurt.

»Das habe ich auch nicht behauptet. Einen schönen Abend noch, Herr Kramer.« Er nickte ihm zum Abschied zu, drehte sich um und ging los, doch dann wandte er sich noch einmal nach Kurt um. »Und vergessen Sie nicht, sich bei uns zu melden. Morgen.« Dann stapfte er in die Dunkelheit davon.

Das Gespräch hinterließ in Kurt vor allem eines: Angst.

Mord, dachte er benommen.

Uwe ist tot, dachte er.

Und er dachte: *Was zur Hölle geht hier vor?*

Sein Blick glitt hinab zu den arbeitswütigen Beamten und den madenartigen Wesen in Weiß. Sein letzter Gedanke, bevor er nach Hause trottete, beinhaltete nur zwei Worte. In seinem Verständnis bargen sie eine unerbittliche Wahrheit.

Sie morden.

17

Sandra entpuppte sich alles andere als kommunikativ. David hatte bereits dreimal an ihre Zimmertür geklopft, und erst beim vierten Mal antwortete sie ihm. Ihre Stimme war ein unruhiges Keuchen.

»Was ... ist?«, fragte sie abgehackt.

David fühlte sich unsicher. Dennoch gab er sich einen Ruck. »Hast du Zeit? Ich würde dich gern was fragen.«

»Dann ... frag.«

»Kann ich nicht zu dir reinkommen?« Dann fügte er etwas leiser, und ohne zu wissen, ob sie ihn überhaupt verstehen konnte, hinzu: »Ich will nicht, dass Mama es hört.«

»Entweder ... du fragst ... jetzt ... oder gar nicht.«

Ein Poltern ertönte, als würde etwas Hölzernes, Schweres zu Boden fallen.

»Ist alles okay bei dir?«, fragte David vorsichtig.

Zurück kam ein ungeduldiges hochtöniges Gebrüll. »Ja! Was willst du? Frag endlich, was du fragen willst, oder lass mich in Ruhe. Siehst du nicht, dass ich beschäftigt bin?«

David hätte anmerken können, dass er schon ihr Zimmer betreten müsste, um es zu sehen, ließ es jedoch bleiben. Ihm lagen andere Dinge auf der Seele; Dinge, die ihm allein beim Darandenken einen Schauder bereiteten; Dinge, die acht Hände und vier gewissenlose Geister darboten, die ihn neben den Kopfschmerzen in jeder einzelnen Sekunde verfolgten.

Sie werden mir in der Schule auflauern und mich fertigmachen. Oder auf dem Nachhauseweg. Oder irgendwann, wenn ich es nicht einmal ahne.

Er lehnte sich nahe an die Tür, sodass seine Lippen fast das Holz berührten, setzte an und sagte ...

Nichts.

Er konnte nicht. Seine Schwester war mit etwas anderem beschäftigt, etwas, was ihr offenbar sehr wichtig war. Nur war das nicht der alleinige Grund, weshalb er nicht antwortete. Es war der Ton in ihrer Stimme; ein Ton, der besagte: »Kein Interesse«. Ein Ton, der »Lass mich in Frieden« forderte.

»Was ... ist ... nun?«, kreischte es hinter der Tür hervor. Doch David hatte sich längst abgewandt. Mit gesenktem Haupt trottete er den Flur entlang und verschwand wortlos in sein Zimmer.

Erinnerungsfetzen tauchten in seinem Denken auf. Bilder längst vergangener Tage, in denen er noch ganz klein und Sandra in seinem jetzigen Alter gewesen sein musste. Damals hatte er noch Latzhosen aus Jeansstoff getragen und sie Zöpfe, die zu beiden Seiten des Kopfes geflochten waren.

Sie saßen gemeinsam in einem Sandkasten. Sandra, die jung und moppelig und busenlos gewesen war und stets ein freches freundliches Lächeln mit sich spazieren trug, ließ sich ihre nackten Füße von ihrem Bruder einbuddeln. Dabei kicherten beide, als wenn es um ihr Leben ginge. Und im Endeffekt war das ja auch so. Es ging um *ihr* Leben. Um ihren gemeinsamen Spaß. Ihr Beisammensein. Ihre Bindung zueinander.

Jetzt, allein in seinem Zimmer, fühlte David zum ersten Mal, was es bedeutete, wenn Dinge, die einem wichtiger vorgekommen waren als alles andere, plötzlich Vergangenheit waren. Ihm fiel auf, wie rasch die Jahre an ihm vorbeigezogen waren und wie sehr er und Sandra sich voneinander entfernt hatten. Und es tat weh.

Es gab noch etwas, was David in diesem Augenblick erstmals fühlte – Einsamkeit. Nicht Alleinsein, wie er es gefühlt hatte, als er auf der maroden Kellertreppe der alten Wassermühle gesessen und sich vor Furcht beinahe in die Hosen gemacht hatte. Nein, er fühlte wahrhaftige Einsamkeit.

Da war niemand, mit dem er sich über den gestrigen Tag unterhalten konnte. Da war niemand, dem er sagen konnte, was geschehen war, ohne dabei Konsequenzen zu riskieren, die noch viel schlimmer sein würden als alles, was bisher geschehen war. Aber das Schlimmste war – und so fühlte es sich für ihn tatsächlich an –, dass sich niemand auch nur einen Schimmer dafür interessierte.

David sah zum Fenster hinaus, wo die ersten Polizeiwagen davonfuhren. Er konnte kurz das durch die Scheibe gedämpfte Brummen der Motoren hören, dann entschwand es seiner Wahrnehmungsreichweite.

Er hatte keine Ahnung, was bei den Nachbarn geschehen war. Und er wollte auch nicht nachfragen. Seine sonstige Neugierde wurde verdrängt von seinem jetzigen Empfinden. Hätte es ihm jemand erzählen wollen, so wäre jemand auf ihn zugegangen. Doch das war nicht geschehen.

Wie fast jeden Abend, ließ er sich in das Sitzkissen in der Ecke seines Zimmers fallen; sein liebster Ort im ganzen Haus. Das vertraute Knistern der Styroporkügelchen und der samtige Stoffbezug waren eine Wohltat. Für ungefähr zwei Sekunden. Dann merkte er, dass auch sein Lieblingsplatz nichts an den Kopfschmerzen, dem Pfeifen hinter seiner Stirn und seiner Lethargie änderte.

Auf dem kleinen Tischchen neben ihm lag das Buch, zugeklappt und ungelesen. David betrachtete den verschmutzten weißen Einband. Dann nahm er das Buch in die Hände und klappte den Einband auf. Mehrere Seiten wiesen Eselsohren auf. Manche sahen sogar aus, als hätte ein Hund darauf herumgekaut. Der Anblick tat David im Herzen weh. Die Bücher in seinem Regal waren allesamt nach Titeln und Reihenfolgen sortiert. Er pflegte sie nicht weniger als ein Haustier. Kein einziges hatte auch nur eine Macke.

Außer dieses, dachte er und fuhr sanft mit den Fingerspitzen über die blutroten Lettern des Titels. Ein einziges Wort, in dem eine ganze Welt, ja, ein ganzes Leben stecken konnte.

HASS.

Aus einer alten Gewohnheit heraus schlug David das erste Kapitel auf. Allein die Buchstabenreihen zu sehen, beruhigte ihn ein wenig. Dann fing er an zu lesen.

Obwohl er es in seinem Zustand nicht für möglich gehalten hätte, dauerte es keine Minute, bis ihn die Geschichte mit Haut und Haar verschlang. Sie fraß ihn bei lebendigem Leib. Jedes einzelne fiktive Bild brannte sich so heiß in seinen Verstand wie durch eine Lupe gebündelte Sonnenstrahlen.

Die ersten Sätze der Geschichte lauteten:

Als Todd Downey das Messer über seinen Kopf erhob und die Klinge wie Eis in der Sommersonne glänzte, da wusste er, dass er das Richtige tat. Und als das Blut des Mannes über seine jungen Finger floss – das Blut, das auch durch seinen eigenen Körper kreiste –, empfand er die wohl größte Erleichterung seines Lebens. Todd war zehn Jahre alt. Und er hatte soeben seinen Vater ermordet.

18

Sandras stakkatoartiges Sprechen rührte von nichts anderem als sportlichen Übungen her. Sie trainierte wie eine Verrückte. Sit-ups, Kniebeugen, lange Sprints auf der Stelle, Liegestütze. Dann das Ganze wieder von vorn.

Schweiß rann ihr in Bächen den Körper hinab. Ihr Atmen glich dem Keuchen einer Dampflok. Doch Pausen kamen nicht infrage. Und wenn ihr Muskelkater morgen noch so schmerzte, sie würde weitermachen. Heute. Morgen. Tag für Tag.

Sie würde es dem Alten im *Haus auf der Höhe* heimzahlen, o ja, das würde sie. Genau wie ihren Mitschülern. Und ihren Eltern. Denn waren es nicht die beiden, die ihr diese Gene vererbt hatten?

Diese Art zu denken beförderte ihren Ehrgeiz in ungeahnte Höhen. Sie befeuerten den Zunder ihrer Willenskraft, ihres Durchhaltevermögens und ihrer Wut gleichermaßen. Denn sie war wütend, mächtig wütend. Nachdem sie auf dem Sportplatz im Schulunterricht Runde um Runde zurückgelegt, Speere geworfen und Kugeln von sich gestoßen hatte, war es nämlich geschehen, das Missgeschick, für das allein ihre Mutter verantwortlich sein konnte.

Sie sah die Situation vor sich, als wäre sie gerade erst geschehen; wie sie eine drei Kilo schwere Kugel von sich stieß, wie sie sich bückte, um sie aufzuheben, und wie die kühle Luft plötzlich in ihre Hose drang. Sie wusste nicht sofort, was geschehen war. Erst das Gelächter der anderen ließ eine schlimme Vorahnung in ihr aufsteigen.

In ihrer Hose, mitten zwischen ihren Pobacken, klaffte ein Riss. Nackte Haut trat zum Vorschein. Und der dunkelblaue Streifen feiner dünner Unterwäsche. Ausgerechnet heute trug sie einen Tanga.

Jemand rief: »Maurerdekolleté!« Jemand anderes schloss sich an. »Arschblitzer!« Worauf das Gelächter anschwoll wie eine Monsterwelle, die in rasendem Tempo auf eine Küste zustürmte.

Entsetzt und mit heftig schlagendem Herzen blickte Sandra um sich, drehte sich im Kreis. Gleichzeitig versuchte sie den Spalt in ihrer Hose mit der Hand zu kaschieren. Ohne Erfolg. Das Gelächter brandete an sie, drang tief in sie ein.

»Seht euch ihre Hose an! Die muss ja einen fahren gelassen haben!«, ertönte eine Jungenstimme.

Panisch wandte Sandra sich um und sah eine ganze Horde Sechst- oder Siebtklässler, die sich wie gierige Hyänen um sie versammelten. Alle gafften sie an. Alle!

Sandra rannte davon. Sie rannte, so schnell ihre Beine sie trugen. Ein Sprint bis in die Kabine; ein Sprint bis nach Hause; ein Sprint auf dem Parkettboden ihres Zimmers.

Sie würde nicht anhalten. Nicht, bevor sie auch die letzten Kräfte in das Holz unter ihren Füßen gestampft hatte. Komme, was wolle!

19

Erleichterung hätte Maike überkommen sollen, Kurt endlich zu Hause zu wissen, doch in dem Augenblick, in dem er zur Haustür hereinkam, geschah etwas vollkommen anderes. In ihrem Inneren krampfte sich etwas zusammen.

Kurt sah aus, als hätte er die letzten zwei Tage obdachlos unter einer Brücke zugebracht. Sein Bart war struppig, seine Gesichtshaut ungewöhnlich fahl. Unter seinen Augen zeichneten sich dicke dunkle Halbmonde ab. Sein maßgeschneidertes Jackett hing wie ein nasses Handtuch schräg über seinen Schultern. Das weiße Hemd darunter war um den Kragen herum von Regen getränkt. Und so wie er roch, auch noch von etwas anderem.

Er stank nach Alkohol. Starkem Alkohol. Maike roch es sofort.

Zwei Wellen von Emotionen überkamen sie gleichzeitig. Eine davon war die rote Welle des Zorns, weil Maike sofort begriff, dass Kurt nicht allein aus geschäftlichen oder gesundheitlichen Gründen so spät nach Hause kam.

Die zweite Welle, die an die Küste ihrer Gefühle brandete, war größer und stärker als die erste. Sorge. Sie überschattete den Zorn noch um ein Vielfaches. Nur war es nicht die Sorge um Kurt, sondern um das Baby. Es mochte sich dabei um eine mütterliche, instinktive oder gar hormonell bedingte Reaktion handeln. Was es auch war, ein stiller Alarm begann in ihr zu läuten.

Sie verzichtete auf den Kuss, den sie ihm sonst bei seiner Heimkehr gab, und auch auf eine Umarmung. Stattdessen verschränkte sie die Arme vor der Brust, als wäre er derjenige, der ihr fremdgegangen war.

Ihr Zorn währte jedoch nicht lange. Schon wenige Sekunden später musste sie an ihren toten Nachbarn denken, sah ihn vor sich auf dem Rasen liegen, hörte Brittas Schluchzen und ließ erschöpft von all den Eindrücken die Arme sinken.

»Du kommst spät«, sagte sie und hörte dabei, wie niedergeschlagen ihre eigene Stimme klang.

Kurt saß auf der dritten Treppenstufe und war gerade dabei, die durchfeuchteten schwarzen Socken von den Füßen abzuziehen. Kraftlos warf er sie von sich. Sie landeten mit einem dumpfen Schmatzen auf dem Fliesenboden.

»Musste mir etwas die Beine vertreten«, sagte er. Er lallte nicht wirklich, was sie etwas beruhigte.

»Dann hat mich noch einer dieser Polizisten da draußen aufgehalten.«

Er stellte die nackten Füße auf die Fliesen und blickte sie mit einem Ausdruck an, den sie nicht ganz deuten konnte. Als hätten sich mehrere Gefühle miteinander vermischt. Besorgnis. Beklommenheit. Unsicherheit. Angst? Sie wusste es nicht, glaubte allerdings zu ahnen, woher dieses Gefühl rührte.

»Hat er es dir erzählt?«, fragte sie.

»Was?«

»Uwe ... Dass er tot ist.« Ihre Stimme zitterte ein wenig, als sie das kommende Wort aussprach. »Ermordet.«

Einen Augenblick lang reagierte Kurt nicht. Dann nickte er einmal nachdrücklich.

Ein Moment der Stille verging. Maike bemerkte, dass sie sich am Unterarm kratzte wie ein verlegenes Schulmädchen. Als sie wieder zu Kurt aufblickte, fiel ihr seine gerunzelte Stirn auf. Er starrte sie so unverhohlen an, dass es ihr eine Gänsehaut bereitete.

»Hast du ihn ... gesehen? Uwe, meine ich.«

Als er das fragte, war es um all ihre Mühen, ihre Gefühle im Zaum zu halten, geschehen. Sie brach in Tränen aus. Sie konnte nicht anders. Der Druck, der auf ihr lastete, die auf ewig einprägenden Erinnerungen an den Leichnam, die sie durch das Kochen des Abendessens versucht hatte zu verdrängen – all das platzte in einem Schwung aus ihr heraus. Tränen schossen ihr in die Augen. Ihr Unterkiefer bebte. Ihre Knie fühlten sich mit einem Mal weich an. Schwäche durchflutete jede Faser ihres Körpers.

Als hätte er es geahnt, stand Kurt auf. In ebenjenem Moment, in dem sie glaubte, sie würde fallen, umfing Kurt sie mit seinen Armen, stützte sie, hielt sie fest.

Maike spürte den nassen Stoff seines Jacketts an ihrer Wange. Feuchtigkeit presste sich durch den dicken Pullover, den sie sich in der Zwischenzeit angezogen hatte, presste sich gegen ihren Bauch; presste sich gegen das Baby.

Pressen!, schrie eine Stimme in ihrer halben Bewusstlosigkeit. *Pressen Sie! Ja! Ja! Da ist das Köpfchen! Noch ein kleines Stück! Noch mal! Pressen! PRESSEN!*

Zitternd ging der Moment vorüber. Sie klammerte sich an Kurt, schlang ihre Arme um ihren Ehemann, mit dem sie schon so viele Jahre zusammenlebte, mit dem sie so viele Male durch den trägen Sumpf tiefer Täler gewatet war. Dies hier war auch ein tiefes Tal. Aber in Kurts Armen, seine Wärme spürend, glaubte Maike, dass sie auch dieses meistern konnten.

Irgendwie werden wir es schon schaffen, dachte sie. Dann wurde ihr bewusst, dass sie sich dessen keineswegs sicher sein konnte. Weil Kurt nichts von seinem Glück wusste. Und weil sie nicht wusste, wie er darauf reagieren würde.

Den Kopf an seine Schulter gepresst, öffnete sie die Lippen. Und schloss sie wieder.

Nicht jetzt, dachte sie. *Nicht jetzt.* Der Moment war zu friedlich. Zu angenehm. Zu schön.

Sie wollte gerade die Augen schließen, sich der Stille und dem Frieden vollkommen hingeben, da stellte er eine Frage. Sie überraschte Maike. Und sie rief alles wach, was sie soeben – wenigstens für den Moment – vergessen geglaubt hatte.

»Wie wurde er umgebracht, Maike?«

Sie schniefte, schluckte Tränen. »Warum fragst du?«

»Sag's mir einfach.«

»Mit einer Spitzhacke. Sie ... Sie steckte in seinem ... in seinem Kopf. Seinem ... Gesicht.«

Wieder entfaltete sich Stille zwischen ihnen. Und Maike bemerkte, wie fest die Umarmung ihrerseits und wie locker sie seinerseits war. Der Druck seiner Arme um sie war vergangen. Seine Hände lagen nur formell auf ihrer Taille. Und da war noch etwas; etwas, was Maike sich daran erinnern ließ, dass Kurt eine Explosion auf einer Baustelle miterlebt hatte, über die er noch keinen Ton gesprochen hatte – Seine Hände zitterten spürbar.

Wie soll er auch darüber reden, wenn du dich ihm mit deinen Problemen geradezu aufdrängst, dachte sie, und irgendwie verursachte dieser Gedanke, dass sie sich nur umso fester an ihn klammerte. Sie liebte ihn. Sie liebte diesen Mann aus vollem Herzen. Der Krankenpfleger hatte am Telefon angedeutet, Kurt brauche etwas Zeit, um sich von dem Schock zu erholen. Ein paar Tage, vielleicht eine Woche.

Er wird darüber sprechen. Das wird er. Ich muss ihm nur Zeit lassen und ihm zeigen, dass ich nach wie vor an seiner Seite bin, dass ich für ihn da bin, dass ich ihn liebe. Und dann reden wir über die andere Sache.

Nur fragte sie sich, ob er sie auch noch so sehr lieben würde, wusste er erst die Wahrheit. Oder wie er sonst darauf reagieren würde.

20

Die Stille beim Abendessen war nicht bloß bedrückend, sondern beängstigend. Niemand sprach auch nur ein Wort. Nur das Schweigen schrie aus voller Kehle.

Das war etwas, was wider die größte Regel im Hause Kramer ging – Schweigen.

Es war in erster Linie Kurt, der für gewöhnlich etwas dagegen unternahm. Er fragte David und Sandra nacheinander, wie es in der Schule gewesen war, ob sie ihre Aufgaben – sowohl im Haus als auch die für die Schule – erledigt hatten, und jeden einzelnen Abend stellte er die Frage aller Fragen, die jeder der drei am Tisch Sitzenden in- und auswendig kannte: »Was ist heute so los gewesen?«

Damit meinte er, wie ebenfalls jeder wusste, ob etwas Absonderliches vorgefallen war, über das man als Familie miteinander sprechen und eventuell sogar debattieren sollte, um ein sich eventuell anbahnendes Unglück zu vermeiden.

Doch er stellte die Frage nicht. Nicht heute. Kurt war mit seinen eigenen Gedanken beschäftigt. Jeder von ihnen war mit seinen eigenen Gedanken beschäftigt. Man konnte es ihnen allen an den Gesichtern ablesen.

Da war David, der den Blick auf die Pasta in seinem Teller gesenkt hielt und die Gabel wie in Trance an den Mund führte. Dabei eckte er mehrfach mit einem der Zinken an seinem Mundwinkel an. Die eine oder andere Penne fiel herab. Eine, die von vorn bis hinten mit Tomatensoße zugekleistert war, fiel bis auf seinen Schoß. Der Junge bemerkte es nicht einmal.

Niemand bemerkte es.

Sandra, die zu seiner Linken saß, war viel zu sehr damit beschäftigt, in ihrem Teller herumzustochern, als dass es ihr hätte auffallen können. Sie schob die Nudeln von einem Tellerrand zum anderen, den linken Arm zwischen Stirn und Tischoberfläche verkeilt, als könnte ihr Hals die Last ihres Kopfes nicht länger allein stemmen.

Maike, die den Kindern gegenüber an der langen Seite des Tisches saß, blickte zwischen ihrem Teller und Kurt hin und her. Wie ein ängstliches, im Gebüsch kauerndes Kaninchen, das befürchtete, jederzeit von einem ihm auflauernden Jagdhund entdeckt zu werden. Sie dachte nicht darüber nach, ob ihr merkwürdiges, ja, regelrecht eingeschüchtertes Verhalten auffallen würde. Ihr fiel es ja selbst nicht auf. Was ihr ins Auge fiel, war Kurt, der, statt zu essen, die Zinken seiner Gabel betrachtete. Er drehte sie in der Hand, begutachtete sie wie einen Schatz. Doch sein leerer Blick offenbarte, dass es nicht die Gabel war, die seine Aufmerksamkeit auf sich zog, sondern etwas in seinen Gedanken; etwas, was ihm keine Ruhe ließ. Denn die Gabel zitterte.

Buddy beobachtete das alles aufmerksam von seinem Körbchen in der Ecke aus, den Kopf auf die übereinandergeschlagenen Pfoten gesenkt. Der Golden Retriever sah und hörte den Unterschied zu sonst. Allerdings empfand er die Ruhe als angenehme Abwechslung. Aufgrund dessen, dass Hunde Menschenlaute erheblich lauter und sensibler wahrnahmen, konnte man zumindest davon ausgehen. Er beschwerte sich nicht.

Allerdings konnte niemand wissen, dass Buddy noch sehr viel mehr wahrnahm als die bloße Stille und das Geklapper von Besteck auf Geschirr. Er war ein Hund. Ein träger Hund, und ein in die Jahre gekommener noch dazu, wohl wahr. Mit zehn Jahren gehörte Buddy schon zum alten Eisen seiner Rasse. Auf einem Auge sah er nicht mehr ganz so gut wie auf dem anderen, und inzwischen schmerzten ihm die Gelenke, wenn er zu lange Gassi ging. Aber Buddy verfügte über eine äußerst feine Sensorik, was die Menschen anging. Vor allem, was *seine* Menschen betraf. Und diese Sensoren sagten ihm, da war etwas faul im Staate Dänemark. Irgendetwas stimmte nicht. Irgendetwas stimmte ganz und gar nicht.

21

Als sich Britta Paulsen dem Haus näherte, in dem sie bis heute Morgen noch gemeinsam mit ihrem Mann gelebt hatte und nun nur noch allein leben würde – wenn man es denn leben nennen konnte –, stand sie vollkommen neben sich. Nichts war mehr so, wie es war.

Ein großer, schmal gebauter Polizist begleitete sie. Von dem, was sich in ihr abspielte, bekam er nichts mit. Neugierig wie ein junger Fuchs blickte er in den im Licht des Bewegungsmelders liegenden Garten, wo Wachteln gackerten, als wäre nie etwas geschehen. Und so wirkte es tatsächlich. Da es nicht sehr viele Spuren zu sichern gegeben hatte, hatten die Kriminaltechniker ihr Handwerk binnen weniger Stunden vollbracht. Außer dem weiß-roten Absperrband, das den Garten umspannte, und einem vorsichtshalber aufgerichteten weißen Zelt erinnerte nichts an den Mord.

Mein Uwe. Du wirst mir schrecklich, schrecklich fehlen, dachte Britta, als sie selbst zu der Stelle sah, wo ihr Mann zuvor gelegen hatte.

»Wenn Sie Hilfe beim Tragen brauchen, sagen Sie gern Bescheid«, sagte der Polizeibeamte.

Auf der Fahrt hierher hatte er von nichts anderem als von seiner Freundin und ihrem ersten Nachwuchs gesprochen. Drei Wochen sei das Baby alt. Ein Mädchen. Lilli hatten sie es getauft. Britta war dankbar für seine Begleitung. Er war ein netter, rücksichtsvoller junger Mann, der ganz sicher ein guter Vater werden würde.

»Danke.« Sie schenkte ihm ein Lächeln, das sie den Tränen nahebrachte.

Sie kramte den Haustürschlüssel aus ihrer Handtasche, schob ihn ins Schloss und drückte die Tür nach innen auf. Ein Vorgang, den sie schon Tausende Male durchgeführt hatte, in steter Erwartung, ihren Mann vorzufinden. Jetzt war er nicht mehr da. Das Haus war leer. Niemand würde sie begrüßen oder in die Arme nehmen.

Sie knipste das Flurlicht an und runzelte die Stirn, als sie ein Kabel auf den grauen Fliesen liegen sah. Dann erinnerte sie sich daran, dass sie den Kriminalbeamten gestattet hatte, Uwes Computertechnik und alles, was sie sonst noch für ihre Ermittlungen brauchen konnten, mitzunehmen, wodurch die Beamten nicht erst auf einen Sicherungsbefehl oder Durchsuchungsbeschluss für das Haus warten mussten. Was den Ermittlungen wichtige Zeit rauben würde; Zeit, in der man den Mörder ihres Mannes würde fassen können; Zeit, in der sie womöglich selbst in Gefahr schwebte.

Wer hat dir das bloß angetan, mein lieber Schatz? Wer? Und warum?

Mit der dumpfen Benommenheit einer Frau, die erst vor Kurzem ihren geliebten Ehemann auf unvorstellbar brutale Weise verloren hatte, stieg sie über das Kabel hinweg und ging die ersten Stufen nach oben, wo sich sowohl Bade- als auch Schlafzimmer befanden. Der Saum ihres Mantels verfing sich dabei unter ihrem Schuh. Das Reißen der Naht nahm sie kaum wahr. Erst zwei Schritte weiter drehte sie sich danach um. In der kommenden Zeit, so glaubte sie, würden viele Dinge, die um sie herum passierten, an ihr vorbeirauschen. Wie damals, als sie im Alter von gerade einmal siebzehn Jahren ihre Mutter an einem Balken hängend in der Scheune gefunden hatte.

»Frau Paulsen? Alles in Ordnung?«

Sie blickte auf, erinnerte sich an den eigentlichen Grund, warum sie hier war. Sie wollte ein paar Kleidungsstücke und die nötigsten Pflegeartikel einpacken. In den kommenden Tagen würde sie in einem Hotelzimmer unterkommen. Obwohl das Haus selbst nicht als Tatort zählte und daher nicht versiegelt worden war, wollte sie ihre nähere Zukunft auf keinen Fall hier verbringen. Jedes Foto an den Wänden, ja, selbst jede einzelne von Uwe persönlich verlegte Fliese trug einen bitteren Beigeschmack in sich.

»Ich muss ins Badezimmer und dann ins Schlafzimmer. Dort liegen meine Sachen«, ließ sie den Polizisten wissen. Sie erwartete, dass er ihr folgen würde, um sicherzugehen, dass sie keine Beweismittel oder Ähnliches verschwinden lassen würde. Schließlich gehörte sie zum Kreis der Verdächtigen. Zumindest ging Britta davon aus. In Filmen war das so.

Aber in Filmen wendet sich meistens auch alles zum Guten. Und das wird nicht passieren, dachte sie.

»Ich bleibe hier unten und warte auf Sie«, sagte der Polizist. »Mein Vorgesetzter meinte zwar, ich solle Sie am besten direkt ins Hotel fahren, aber das hier ist schließlich nicht der Tatort. Und es ist Ihr Haus. Um ehrlich zu sein ... Ich glaube nicht, dass Sie das getan haben. Das würde einfach nicht zu Ihnen passen.«

Verwundert blickte sie ihn an. Der Schein der Deckenlampe lag schwach auf seinem jungen Gesicht. Wie alt mochte er sein? Mitte zwanzig? Dreißig? Britta stellte fest, dass das unerheblich war. Er war sehr naiv, doch auch nett und freundlich. Und Nettigkeit konnte sie jetzt gut gebrauchen.

»Wie heißen Sie?«, fragte sie.

»Tobi Maslowski.«

»Sie sind ein guter Mensch, Tobi. Sie, Ihre Tochter und Ihre Freundin werden sicher noch ein schönes Leben gemeinsam haben.«

»Das hoffe ich.« Er lächelte verschmitzt, wodurch sein Gesicht noch jünger wirkte.

»Schön«, sagte sie und dachte wieder an ihren Uwe, mit dem sie so viele tolle Jahre hatte verbringen dürfen. Ihr Herz blutete schweigend und schmerzend. »Das ist schön.«

Sie ging nach oben, schaltete das Licht im Obergeschoss an, doch nur eine der Lampen leuchtete auf. Sie hatte die defekte Glühbirne schon lange wechseln wollen.

Im Schlafzimmer angelangt, strömten weitere Erinnerungen auf sie ein. Zahlreiche. Jeder einzelne Gegenstand brachte welche aus den Tiefen ihres Gedächtnisses hervor. Selbst die Urlaubsbilder an den Wänden, auf denen man nur die Landschaft und das Meer sah, schmerzten zu sehen.

Sie machte sich daran, Unterwäsche und andere Kleidungsstücke einzupacken, wobei ihr wieder Tränen die Wangen hinabliefen. Jede Bewegung kostete sie Überwindung. Das veranlasste sie, für einen weiteren kurzen Moment an ihre Mutter zu denken; daran, es ihr gleichzutun. Und seltsamerweise war das eine verführerische Vorstellung. Denn so wäre sie wieder bei Uwe. Sie wäre wieder bei ihm, könnte sich in seine Arme fallen lassen und …

Uwe hätte das nicht gewollt.

Britta ließ sich auf das Bett nieder und schlug sich die Hände vors Gesicht, als plötzlich ein lautes Scheppern von unten ertönte. Es klang, als würden Töpfe zu Boden fallen. Große Töpfe.

Ein beklemmendes Gefühl überkam sie, als würde etwas in ihrem Brustkorb zusammengepresst. Das Halbdunkel um sie verdichtete sich.

»Tobi? Ist alles in Ordnung?«

Keine Antwort. Von unten herauf drang nur ein Keuchen. Eines von der Sorte Atemnot.

Panik durchfuhr sie, als vermutlich einer der Töpfe kratzend über den Fliesenboden im Erdgeschoss schlitterte wie die Kufen von Schlittschuhen. Wieder dieses Keuchen. Es folgte ein dumpfer Knall, als fiele ein Sandsack zu Boden. Dann nichts mehr. Stille. Stille, die zu laut und zu leblos war.

Das einzige Geräusch, das blieb, war frisch einsetzender Regen, der aufs Dach trommelte. Und ihr Atem.

Hilfe, rief eine Stimme in Brittas Innerem. Und eine zweite Stimme versuchte ihr weiszumachen, dass Tobi überhaupt nichts geschehen war, dass er nur an irgendetwas hängen geblieben und es zu Boden gefallen war. Ja, das war die einzige logische Erklärung.

Nur war es das nicht. Es gab noch eine andere. Und diese lautete, die Person, die ihren Mann umgebracht hatte, war zurückgekommen.

»Tobi?«, rief sie mit zitternder Stimme.

Keine Antwort.

Doch etwas anderes war zu hören. Das leise Auftreten von Schuhsohlen auf hartem Untergrund. Es kam näher.

Ohne es zu bemerken, verkrampfte sie ihre Finger in der Bettdecke. Starr vor Angst saß sie auf der Kante des Bettes.

»To-bi? Lassen Sie den Quatsch. Sie machen mir Angst.«

Ihre Stimme drang viel zu schnell, viel zu panisch zwischen ihren Lippen hervor. Sie saß im Schlafzimmer im Obergeschoss, drei Meter oberhalb des Gartens. Es gab ein Fenster, doch Britta Paulsen dachte nicht einmal daran, dort hinauszuflüchten. Wer da auch war, er musste jetzt ganz nahe sein.

»To-bi?« Ein Hauchen, beinahe tonlos.

Dann sah sie den Mann. Ein hoher, kurzer Schrei entfuhr ihrer Kehle. Als sie ihn erkannte, überkam sie …

22

… Eine schreckliche Ungewissheit. Das war es, was Kurt empfand, als er sich an diesem Abend ins Bett legte. *Sie* gingen ihm nicht mehr aus dem Kopf. *Sie* und die Spitzhacke.

Er lag allein im Bett. Von unten herauf drang leise das Murmeln des Fernsehers. Obwohl er bereits die vergangene Nacht nicht zu Hause verbracht hatte, musste sich Maike dazu entschlossen haben, den Abend lieber mit sich selbst als mit ihm verbringen zu wollen. Es stimmte ihn nicht wehmütig, es war ihm sogar ganz recht. Wäre sie bei ihm, würde sie ihn ganz sicher mit Fragen bombardieren; zum Unfall, zu Victors Tod, Fragen zu seinem Befinden.

Kurt spürte einen Stich in seiner Brust, als er an Maikes Erzählung zurückdachte, wie sie in den Garten der Paulsens hinübergegangen war und wie sie dort Uwe in einer Lache aus Blut vorgefunden hatte, die Spitzhacke im Kopf. *Seine* Spitzhacke. Da war er sich ganz sicher.

Vor rund einer Woche hatte Uwe gefragt, ob er sie ausleihen könne, um damit ein Planschbecken oder etwas Ähnliches für seine Wachteln auszuheben, und Kurt hatte sie ihm gegeben. Er hatte Uwe gesagt, er benötige sie vorerst eh nicht, weshalb er sich mit dem Badeparadies für seine Wachteln durchaus Zeit lassen könne. Nur …

Nur steckte sie jetzt in Uwes Kopf. Korrektur: hatte gesteckt. Inzwischen untersuchte man sie garantiert auf etwaige Spuren.

Die zum Täter führen sollten, dachte Kurt. Fragte sich nur: Wessen Hautschuppen oder DNA würden sie auf dem Griff wohl finden?

Nun, wenn der Kerl, der das angestellt hat, klug genug war, Handschuhe überzuziehen, dann ganz sicher nur die von Uwe. Und meine.

Kurt legte sich auf den Rücken und ließ die Fingergelenke knacken. Schweißperlen standen ihm auf der Stirn. Sein Herzschlag war hart und unruhig.

Was würde geschehen, wenn man tatsächlich feststellte, dass die Hacke ihm gehörte? Würde man ihn verhören? Würde man es dabei belassen? Würde man ihn für unschuldig erklären, wie er es selbst getan hatte, nachdem ihn die Erschütterung der Explosion aus dem Gleichgewicht gebracht hatte und er …

Ich habe ihn nicht umgebracht. Ich habe Victor – nicht – umgebracht!

Nur hatte er es doch getan. Nicht absichtlich. Nicht in dem Bestreben, Victor das Leben zu nehmen. Nicht einmal mit dem Gedanken daran, Victor aus der Balance zu bringen, um ihm einen Schreck einzujagen. Und doch war es geschehen.

Ich wollte mich nur festhalten!

Nun, das hatte genügt, nicht wahr? Er hatte sich irgendwo festhalten wollen, hatte sich selbst vor einem Sturz die Treppe hinab sichern wollen, und dabei hatte er Victor die Leiter unter den Füßen weggezogen. Und ihn umgebracht.

Ich wollte das nicht! Victor … Victor …

Tränen rannen aus seinen Augenwinkeln über seine Wangen. Er wischte sie mit dem Handrücken beiseite, doch sie kamen wieder. Der Augenblick, in dem es geschehen war, verfolgte ihn. Von der ersten Sekunde an, in der Victor ins Funkgerät sprach, bis zu seinem Genickbruch, spielten sich die Sequenzen wie ein Film vor Kurts innerem Auge ab. Er ballte die Hände zu Fäusten und ließ sie auf die Matratze krachen. Das dumpfe Geräusch wiederholte sich, wiederholte sich, wurde schneller. Wie ein Wahnsinniger schlug er auf die Matratze ein. Er wand sich dabei in seinem eigenen Schmerz.

Der Anfall endete mit einem Schluchzen. Und dem Bedürfnis nach einem Drink. Es war eine Schande, unter Stress an ein alkoholisches Getränk zu denken, weil Kurt ganz genau wusste, dass sein Vater dasselbe getan hatte, wenn er unter größerer Belastung gestanden hatte. Und Kurt wusste natürlich auch, worin das geendet hatte.

Gleichzeitig wusste Kurt auch um die Beruhigung, die ihm die Biere, der Whiskey und die Shots, die die Jungs der Folkband ihm spendiert hatten, im *Taverns* verschafft hatten. Und dennoch war er *nicht* wie sein Vater geworden. Er war nicht ausfällig geworden, hatte niemandem den Arm gebrochen.

Ja, ein Drink wird mir guttun, dachte er überzeugt. Und trotz der Lethargie, die er empfand, stand er aus dem Bett auf.

Ich werde runtergehen, mir ein kleines – nur ein kleines *– Glas Rum oder Brandy oder Cognac eingießen, und danach werde ich in Seelenruhe schlafen. Morgen werde ich nichts trinken, weil ich nicht mein Vater bin und weil ich es nicht brauche. Morgen werde ich auch nicht mehr an* sie *denken, weil morgen ein neuer Tag ist. Stattdessen werde ich mich um die Angelegenheiten in der Firma kümmern. Wenigstens anrufen werde ich dort. Man kann auch übers Telefon Dinge klären.*

Kurt zog sich den Bund seiner Schlafhose enger. Dann fiel sein Blick zufällig auf das Fenster.

Draußen auf dem Parkplatz stand ein Polizeifahrzeug. Es war unbeleuchtet. Im Innenraum brannte kein Licht und auch die Scheinwerfer waren ausgeschaltet. Dennoch überkam Kurt das Gefühl, dass es damit etwas auf sich haben musste. Vor einer Stunde, oder etwas mehr – die Zeit schien seit gestern seltsame Kurven zu beschreiben –, waren sämtliche Polizeifahrzeuge weggefahren. Sämtliche. Er hatte es durchs Küchenfenster beobachten können. Er hatte es sogar beobachten wollen. Im Auge behalten. Nur um auf Nummer sicher zu gehen, dass *sie* nicht doch irgendwo lauerten.

Und jetzt dieser Wagen. Einsam wie eine in der Dunkelheit abwartende Katze lauerte er, die Mäuselöcher (*Fenster!*) nicht aus den Augen lassend.

Kurt ballte die Hände zu Fäusten, öffnete sie, ballte sie. Er brauchte einen Drink. Er *brauchte* einen ... dringend ... er ...

23

... war die Treppe heraufgekommen. Dann stand er vor ihr. Er war nicht mehr als ein vager Schatten im Halbdunkel, bis er in das fahle Licht der einzigen funktionierenden Glühbirne trat.

»Ich kenne Sie!«, stieß Britta aus. »Sie sind ... der Restaurator ...«

Auf dem Gesicht des Mannes zeigte sich keine Regung. Seine Mimik war starr wie die einer Statue.

»Was ... wollen Sie ... von mir?«

Er unterbrach sie. Seine Stimme ließ sie frösteln. Sie war kalt, monoton.

»Nichts«, sagte er. »Manche Menschen sind nur wie Verkehrsstaus.«

»Was?«

»Sie stehen einem im Weg, wenn man es eilig hat.«

Ab da geschah alles ganz schnell. Schon als sie die Eisenstange in seiner Hand sah, war es zu spät.

Britta Paulsen dachte nicht mehr an ihren Mann. Sie dachte an überhaupt nichts mehr.

Teil III

Der Damm bricht

1

Als sich am darauffolgenden Morgen kurz vor Schulbeginn die Schülerinnen und Schüler des Duringer Ganztagsgymnasiums auf dem Vorhof versammelten, befand sich auch ein Junge mit abgehärmten Gesicht und fahler Haut unter ihnen. David hatte in dieser Nacht kaum geschlafen, und das spürte er jetzt in den Knochen.

Das Buch war schuld. Die Seiten waren nur so dahingeflogen. Weil er sich mit dem Protagonisten zu sehr identifizierte. Denn Todd Downey fühlte sich wie er. Unsichtbar.

Todd war ein Junge von zehn Jahren, der von seinen Mitschülern sowie von seinen Eltern schlicht ignoriert wurde. Als wäre er überhaupt nicht da. Obwohl David erst etwa ein Drittel des Buches gelesen hatte, wusste er schon jetzt, dass Todd nicht nur immensen Hass gegen seine Eltern entwickeln, sondern dass er sich, Zitat: »wenigstens ein allerletztes Mal Gehör verschaffen würde.« Dazu brachte er Mutter und Vater mit einem Messer um. Langsam. Qualvoll. Ihre Aufmerksamkeit voll und ganz auf ihm beruhend.

Natürlich würde David seinen Eltern so etwas nie antun, doch die Vorstellung, einmal im Mittelpunkt zu stehen, faszinierte ihn. Er wollte unbedingt weiterlesen. Deshalb hatte er das Buch sogar dabei. Es steckte in seinem Rucksack. Genau wie das Messer, das er sich heimlich aus der Küche stibitzt hatte. Nicht um seine Eltern zu verletzen, o nein, so was würde niemals, wirklich niemals über ihn kommen. Er wollte sich nur gegen die vier verteidigen können, falls es notwendig würde.

Fünft- und Sechstklässler sprangen und rannten wild über den Schulhof, spielten Fangen und Verstecken zwischen Bäumen und den vom Regen verbliebenen Pfützen. Ihre schrillen, energiegeladenen Rufe schallten bis zu ihm auf die andere Seite des Pausenhofs herüber. Seine Kopfschmerzen meldeten sich zurück. Am liebsten wäre er nach Hause gegangen, hätte sich in seinen Sitzsack fallen lassen und gelesen. Das würde ihm jetzt guttun, ja.

Statt vom Schulgebäude wegzulaufen, ging er jedoch darauf zu. Er hatte Sebastian entdeckt, der mit ein paar anderen zusammen unweit des Haupteingangs stand und sich unterhielt. Mit seiner Größe von mindestens einem Meter achtzig und seinen langen blonden, zu einem Pferdeschwanz gebundenen Haaren war Sebastian kaum zu übersehen. Er stand zusammen mit ein paar anderen Jungs aus der Klasse vor dem Eingang. Und mit Lisa Seitz, der Traum Davids schlafloser Nächte.

David wich den spielenden Kindern aus und ging auf die Gruppe zu. Dabei ließ er Lisas braune Mähne nicht aus den Augen, die schwungvoll über ihre Schultern fiel. Er wünschte sich, dass sie sich umdrehen und ihn mit ihren wunderschönen meerblauen Augen taxieren würde.

Ein kurzer Tagtraum erhaschte ihn, in dem er sich vorstellte, er wäre heute zu Hause geblieben und sie würde bei ihm vorbeikommen, um ihm die Hausaufgaben zu bringen. Doch sie kam nicht bloß vorbei. In seiner Vorstellung trat sie auch in sein Zimmer, wo er mit einem großen weißen Pflaster auf der Stirn in seinem Bett lag. »Was ist mit dir geschehen?«, fragte sie großäugig, setzte sich auf den Rand seines Bettes und ... Und sie legte ihre zarten dünnen Finger auf die Wunde an seinem Kopf. Ihre Berührung war atemberaubend, warm, eindringend. »Nichts«, sagte er im Ton eines Westernhelden, dem nicht einmal der Tod selbst Angst bereitete. »Nur ein Kratzer.« Sie lehnte sich nach vorn, beäugte das Pflaster. Und plötzlich glitt ihr Blick nach unten, traf sich mit dem seinen. Ein Moment tiefsinniger Stille entstand. »Du armer Junge«, sagte sie, und ihre weiche Hand rutschte langsam herab auf seine Wange. »Du armer, armer Junge.« Und dann beugte sie sich nach vorn. Tiefer. Ihre Lippen kamen den seinen näher. Sein Herz pochte. Nicht schnell. Ganz ruhig, gleichmäßig. »Lass mich dir helfen«, flüsterte Lisa. »Lass mich ...«

»... in Ruhe!«, blökte ein Sechstklässler einen anderen an und riss David aus seinem Traum. Lisa saß nicht mehr auf seiner Bettkante, sie stand nur wenige Meter von ihm entfernt, leibhaftig und schön.

David wusste nicht, was er ihr sagen würde, wenn er ihr gegenüberstand, weil er es nie wusste. »Hallo« vielleicht. Oder »Guten Morgen, Lisa«. Oder »Du siehst toll aus«.

David blieb unvermittelt stehen. Ein entsetzlicher Stich fuhr ihm in die Brust. Etwas hatte seine Aufmerksamkeit erregt. Die beiden sahen sich an. Sebastian und Lisa. Es war kein simpler Blick, wie man ihn sich gegenseitig zuwarf, wenn man aneinander vorüberging oder wenn man sich zufällig beim Shoppen in der Stadt begegnete. Er war innig, als spannte sich zwischen ihren Augenpaaren ein dicker Faden aus gegenseitiger Zuneigung.

David spürte, wie sein Herz ins Stocken geriet. Eine Welle von schmerzlicher Eifersucht überkam ihn, als er sah, wie die beiden sich auch noch anlächelten. Sie himmelten einander an.

Jetzt küssen sie sich gleich, dachte David erschauernd. Sein Mund fühlte sich mit einem Mal staubtrocken an. Weil er es kommen sah. Weil er wusste, dass es gleich geschehen würde. Ja. Sie würden sich ...

In diesem Augenblick traten Mirko und die anderen drei um eine Ecke des Schulgebäudes. Und wie es das Schicksal wollte, entdeckte ihn die *dreckige* Susi. Sie zeigte mit dem Finger auf ihn.

»Mirko! Da!«

Der Größte der vier drehte sich nach ihm um. Auf seinem Gesicht stand Verwunderung. Dann ging sie in boshafte Freude über.

Adam flüsterte Mirko etwas zu. Womöglich etwas wie: »Sollen wir ihn uns schnappen?«

Doch David ließ ihm dazu keine Chance. Eine Sekunde lang – vielleicht weniger – dachte er wie steif gefroren an das Messer in seinem Rucksack und daran, wie er sich am Morgen vorgenommen hatte, sich zur Wehr zu setzen, falls es nötig sein würde. Dann rannte er, so schnell ihn seine Beine trugen, davon.

Hinter sich hörte er Gelächter.

2

Den ganzen Morgen über fühlte Maike sich nicht gut. Sie war als Erste aufgestanden und hatte sich um das Frühstück für David und Sandra und ihre Vesperbrote für die Schule gekümmert. Danach war sie in ihr ausgeblichenes *AC/DC*-T-Shirt gehüllt ins Badezimmer gegangen und hatte sich in die Toilettenschüssel übergeben. Ihre Füße fühlten sich leicht geschwollen an und ihr Blutdruck pulsierte oberhalb der Normalwerte. Der Stress und die Schwangerschaft zeigten erste Auswirkungen.

Das beunruhigte sie. Weil Stress nicht gesund war. Weder für sie noch für das Baby.

Als sie aus dem Bad kam, öffnete sie sachte die Tür zum Schlafzimmer. Sie hatte die Nacht auf der Couch verbracht, weshalb sie nicht wusste, ob Kurt bereits wach war oder noch schlief.

Wie sich herausstellte, lag er mit geschlossenen Augen in einen rot karierten Pyjama gekleidet im Bett und schnarchte leise vor sich hin. Er bot einen friedlichen Eindruck, wobei Maike die halb volle beziehungsweise halb leere Flasche *Don Papa* nicht entging, die neben dem Bett auf dem Boden lag wie das gestürzte steinerne Symbol einer vergangenen Ära. Aufgrund der halb geschlossenen Jalousien hätte sie sie beinahe übersehen. Doch der Gestank von starkem Alkohol hatte sie auf sie aufmerksam gemacht. Er brannte in ihrer Nase und sorgte sofort für ein neuerliches Übelkeitsgefühl.

Sie dachte an die Empfehlung des Krankenpflegers, sie solle ihn sanftmütig behandeln, und das, was sie ihm sagen wolle, falls möglich, noch ein wenig hinauszuschieben. Sie fragte sich, wie sie das anstellen solle. Schon bald würde sie Kurt nicht mehr auf die Schwangerschaft aufmerksam machen müssen. Er würde sie ohne Zweifel selbst entdecken.

Er braucht Ruhe. Komm damit klar, Maike. Lass ihm seine Zeit. Du hast gesehen, wie er sich gestern verhalten hat, nachdem du ihm von der Sache mit Uwe erzählt hast; wie er in sich zusammengesunken ist.

Sie wollte bereits die Tür schließen, da kam ihr ein merkwürdiger Gedanke. Eine Idee. Sie war schrecklich und fürchterlich unvernünftig, und sie würde so etwas nie tun, aber ...

Aber was wäre, wenn du ihm vorgaukelst, das Kind wäre von ihm selbst? Was wäre, wenn du dich jetzt zu ihm legst, dich vielleicht unter seine Bettdecke schleichst und ihn mit einem kleinen Blowjob weckst? Wenn er dann aufwacht, kannst du dich auf ihn setzen, ihn in dir kommen lassen und später dann so tun, als wäre das Kind von ihm. Und wenn ihm auffällt, dass der Tag der Tage schon viel länger zurückliegen muss – fünfzehn Wochen, um genau zu sein –, dann kannst du ihm einreden, ihr hättet es damals auch getan, *er würde sich nur nicht mehr daran erinnern können. Der Stress und das alles.*

Nur war das eine ausgezeichnet bescheuerte Idee. Und eine egoistische noch dazu. Was würde es bedeuten, wenn sie ihm weismachen würde, das Baby sei von ihm? Was würde das im Hinblick auf sie selbst bedeuten? Würde es nicht heißen, dass ihr ihre Haut wichtiger war als die ihres Mannes? Und würde das nicht gleichzeitig bedeuten, dass sie ihren Mann ausnutzte?

Du würdest es für das Baby tun.

Nein. Das konnte sie nicht. Sie war Kurt gegenüber unehrlich und untreu gewesen, und ihn dann auch noch auszuspielen würde zu weit gehen. Viel zu weit.

Allerdings hatte der Gedanke, alles würde weiter in geordneten Bahnen laufen, auch etwas sehr Ansprechendes. Ja.

Sie könnten weiterhin ein normales Leben führen. Zu fünft statt zu viert. Und wer wusste schon, ob das ihr familiäres Dasein nicht sogar bereichern würde?

Nein! Auf gar keinen Fall. Ich war ein Hasenfuß, Kurt nicht zu sagen, dass ich ein Verhältnis hatte. Aber diese Schwäche werde ich nicht wiederholen. Wer bin ich denn! Ich lasse ihm ein paar Tage Ruhe gewähren, wie es der Krankenpfleger empfohlen hat, und dann sage ich es ihm. Nur noch ein paar Tage! Keinen Monat. Keine Wochen. Tage!

Mit diesem Vorsatz schloss sie die Tür zum Schlafzimmer und ging nach unten. Auf halbem Weg jedoch, mitten auf der Treppe, überkam sie ein Flattern, das bis in ihren Brustkorb reichte. Ihr Herz schlug unregelmäßig und heftig.

Sie klammerte sich am Geländer fest, hielt sich mit einer Hand die Brust und atmete tief durch.

»Der Stress«, sagte sie sich. »Das ist der Stress. Noch ein paar Tage, dann hast du es hinter dir.«

Und das stimmte. Sie würde es hinter sich haben. Nur würde nicht sie es sein, die alles ins Rollen bringen würde. Und es würde nicht friedlich enden.

3

Ein heimlicher Beobachter hätte meinen können, Kurt habe von der Anwesenheit seiner Frau nichts mitbekommen. Doch das Gegenteil war der Fall. Er hatte die ganze Nacht wach gelegen, hatte sich bloß nicht imstande gefühlt aufzustehen. Und er hatte sich nichts anmerken lassen wollen. Sein Schädel brummte, und auf seiner Zunge lag der Geschmack einer verendenden Ratte. Der Rum war schuld. Der Rum, die schlechten Wachträume, die ihn des Nachts heimgesucht hatten, und der ganze Mist, der in den vergangenen zwei Tagen um ihn herum geschehen war. Und *sie*. Natürlich *sie*.

Sie waren ihm trotz der Flasche Rum, die er sich gestern Abend aus dem Keller geholt hatte – eine ganze Flasche war ihm plötzlich besser vorgekommen als nur ein Glas –, nicht mehr aus dem Kopf gegangen. Egal wie oft er seine Lippen an den Flaschenhals gelegt hatte, egal wie betäubt ihm seine Wahrnehmung erschienen war, *sie* wollten einfach nicht mehr verschwinden. Und das aus gutem Grund. Weil *sie* doch nicht bloß Einbildung waren. *Sie* waren real. *Sie* waren hier und beobachteten ihn. Er wusste es ganz genau. Weil Victor ihm die Augen geöffnet hatte. Victor, der in dieser Nacht wieder erschienen war, tot und von Frakturen gezeichnet, und der seither nicht wieder verschwunden war. Kurt brauchte nur den Kopf zu heben, um ihn in der Ecke auf der anderen Seite des Bettes zu sehen. Dort stand er, die Haut ein bläuliches Grau von der langsam eintretenden Verwesung, das Gesicht und das Hemd mit rostbraunem Blut beschmiert, die Augen trübe wie die eines Blinden.

Maike hatte ihn nicht gesehen. Natürlich nicht. Sie hatte sich im Gegensatz zu ihm nichts vorzuwerfen. Sie hatte Victor nicht das Leben genommen, ihn umgebracht. Das war seine Bürde, sein Schmerz, den er mit niemandem teilen konnte, weil ...

Ich niemandem vertrauen kann.

Das war etwas, was ihm Victor klargemacht hatte, genauso wie er ihm veranschaulicht hatte, dass *sie* wirklich existierten.

»Es ist doch nur logisch, Kurti«, hatte er gesagt. *»Dein Vater wusste es, und du lernst es gerade.* Sie *sind da draußen.* Sie *beobachten dich und alle anderen.* Sie *sehen, was wirklich abläuft. Man braucht nur die Zeitung aufzuschlagen oder den Fernseher einzuschalten, und schon werden einem die ganzen Typen vor Augen gehalten, die auf Demonstrationen mit Aluhüten umherwandeln oder lauthals behaupten, es gebe eine Übermacht, die uns alle beeinflusst und die wir nur stoppen können, indem wir auch unsere Regierung stoppen, weil sie ein Teil von* ihnen *ist. Jeden Tag sehen wir diese Leute und bezeichnen sie als Spinner. Nur sind sie das wirklich? Denk doch mal nach. Du gehst deinem Job nach, überprüfst jeden Bauplan bis aufs Letzte, und plötzlich, nachdem man schon an der Tiefgarage arbeitet, findest du eine Gasleitung, die niemandem bisher ins Auge gefallen ist. Weder dir, deinen Kollegen noch der Bauaufsichtsbehörde. Zufall? Hm, vielleicht. Lassen wir es einmal so stehen. Aber was ist mit der Ermordung deines Nachbarn mit der Spitzhacke?* Deiner *Spitzhacke? Auch bloß ein Zufall?«*

»Nein«, keuchte Kurt. »Das kann kein Zufall sein.«

»Sehe ich auch so. Wäre schon verwunderlich, zwei so eindringliche Geschehnisse in so rascher Folge. Die Frage ist jetzt allerdings – Warum?«

»Warum«, hatte Kurt wiederholt. Schweiß war ihm ausgebrochen. Er ließ die Knöchel seiner Finger knacken. Sein Herz hämmerte.

»*Ja. Warum? Warum* du?«

»Ich weiß es nicht.«

Victor trat aus dem Schatten hervor. Seine Augen blitzten vor unwiderlegbarer Härte. »*Weil du* sie *sehen kannst. Weil du sie* sehen *kannst. Genau wie dein Vater sie sehen konnte.*«

»Sie sehen ...«

»*Ja. Deine Augen sind offen, dein Verstand wach. Und deshalb fürchten sie dich, wollen dir ans Leder, wollen, dass du dich für verrückt hältst, wahnsinnig, plemplem. Bei Leuten, die mit Alufolie auf dem Kopf rumrennen, brauchen sie nichts zu unternehmen, weil diese Typen so oder so wie geistesgestört wirken. Aber bei dir ist das anders. Du bist ein angesehener Geschäftsmann. Genau wie dein Vater einer war. Und wollten sie ihn nicht auch aus dem Verkehr ziehen? Erinnerst du dich?*«

Kurt dachte an den Unfall, den sein Vater rund zwei Jahre vor seiner Einlieferung in die Psychiatrie gehabt hatte; eine Erinnerung, die viele Jahre hinter dem Wall des Alltags versteckt gelegen hatte und nun, dank Victor, zum Vorschein trat.

Arno war mit einem alten Pritschenwagen von VW unterwegs gewesen, der schon Rost an den Flanken angesetzt hatte, und wollte eine Ladung Altpapier und Kartonagen zur Deponie bringen, wie er es zur Aufbesserung seiner Rente regelmäßig getan hatte, als er plötzlich im Rückspiegel Flammen zwischen den Kartonagen emporzüngeln sah. Um sie zu löschen, hielt er am Straßenrand und versuchte die Flammen mit den Sohlen seiner Arbeitsschuhe auszutreten, als aus dem Nichts ein anderes Fahrzeug angerast kam und dem Volkswagen ins Heck krachte. Es war, als würde ein Keil zwischen Straße und Pritsche getrieben. Der Aufprall schleuderte Arno gegen die Rückseite der Fahrerkabine.

Mehrere seiner Wirbel brachen, zwei zertrümmerten. Über ein halbes Jahr lang musste Arno in einem Korsett zubringen und Physiotherapie über sich ergehen lassen. Damals hatte Kurt das Ganze als Unfall abgetan. Jetzt sah er es jedoch mit anderen, offenen Augen.

Er dachte an Vorsatz.

Er dachte an einen Anschlag.

Doch vor allem dachte er an *sie.*

Mein Vater wusste es, wusste über sie *Bescheid. Und ich weiß es jetzt auch. Ich muss mich vorsehen!* Sie *wollen mir ans Leder. Vielleicht wollen* sie *sogar …*

Er riss die Augen auf, als eine neuerliche Erkenntnis sein Bewusstsein erweiterte.

»Vielleicht wollen *sie* sogar meine Firma! Womöglich sind *sie* schon in meiner Firma. Im Vorstand!«

Eine weitere Erinnerung. Ein weiterer Stein gegen seine Brust. Diesmal hatte sie nichts mit seinem Vater zu tun, sondern mit Dieter Leibfried, dem zweiten Vorstandsvorsitzenden, der täglich in der Robe eines Bestatters durch das Büro marschierte, als stünde jeden Augenblick die nächste Beerdigung an. Womöglich Kurts eigene.

Vor etwa einem halben Jahr, als klar wurde, Friedhelm Busch würde die *C & R GmbH* zugunsten seines Ruhestands verlassen, hatte Dieter sich für die oberste Stelle beworben. Er hatte es nicht im Geheimen getan, sondern im Tagungsraum vor versammelter Mannschaft. Niemand wurde von seiner Kandidatur für Buschs Posten überrascht, auch Kurt nicht. Dieter hatte sein halbes Leben für die Firma gearbeitet, da war seine eigens an ihn selbst gerichtete Empfehlung nur logisch.

Doch Busch entschied sich nicht für ihn. Busch entschied sich für Kurt. Und das sorgte für böses Blut und Spannungen, die deutlich spürbar wurden, wenn die beiden miteinander arbeiten mussten; Spannungen, die irgendwann in einer …

»In einer Explosion enden könnten«, sagte Kurt zu sich selbst und blickte zu Victor auf, der nicht mehr in der Zimmerecke stand. Er war verschwunden, wie auch die Frage, ob *sie* sich nicht vielleicht bereits so nah an ihn herangepirscht hatten, dass sie sogar in der Firma zu finden waren; in der Firma, wo es natürlich mindestens einen Neider gab. Dieter Leibfried.

Ganz plötzlich überkam ihn der Drang, telefonieren zu müssen. Mit der Firma. Er musste sichergehen, dass ...

Dass Dieter der einzige Involvierte war. Denn war es nicht möglich, dass Dieter mit den anderen unter einer Decke steckte?

»Ach Quatsch! Es kann doch nicht die ganze Welt gegen mich sein«, murmelte er vor sich hin. Und dennoch ... Er musste telefonieren, sich vergewissern!

Kurt rutschte von der Matratze. Bevor er sich jedoch auf den Weg zum Telefon machte, hielt er noch einmal inne und blickte zwischen den Lamellen der Jalousie hindurch. Aus reiner Vorsicht.

Draußen war nichts zu sehen, nur der leere Parkplatz und das verlassene Haus der Nachbarn. Nur stimmte das nicht. *Sie* waren da draußen. Kurt wusste es ganz genau. Er konnte es spüren.

Etwas stieß gegen seinen Fußknöchel und er zuckte zusammen. Sein Herz pochte nicht mehr nur, es hämmerte mit der Gewalt eines Bohrhammers. Dann bemerkte er die Flasche. Sie war gegen seinen Fuß gerollt. Hinter ihrem braunen Glas schwappte der Rum hin und her; ganz ähnlich den Gedanken in seinem Kopf.

Er bückte sich nach ihr und stierte sie einen langen Augenblick lang an. Das Zeug hatte ihn am Vortag beruhigt, glaubte er. Und er überlegte weiter, dass es vielleicht nicht das Schlechteste wäre, sich ein weiteres Mal ein wenig auszubalancieren. Ein kleines Schlückchen vor dem Anruf. Nicht mehr.

Es war sieben Uhr siebenundfünfzig. Kurt nahm einen langen Zug.

4

»Pass doch auf, Kind! Du hättest mir beinahe das einzig gute Stück meines Körpers verbrüht, das mir Gott noch übrig gelassen hat.« Der alte Mann strafte Sandra mit einem verachtenden Blick.

Den ganzen Morgen stürmte sie bereits wie eine Verrückte durch das Seniorenheim. Nicht aus Eile, sondern weil sie nicht anders konnte. Jede noch so kurze Wegstrecke nahm sie zum Anlass, zu trainieren, ihren Körper in Form zu bringen. Sie schwitzte unter ihrer Uniform. Ihr Körper zitterte von der Anstrengung. Und genau das wurde ihr zum Verhängnis, als sie versuchte, den Senioren Kaffee einzugießen.

Sandra entschuldigte sich bei dem Mann. Ihr Ton war allerdings einer, den man von ihr so nicht kannte; abgehetzt, übellaunig, barsch.

»Tut mir ja leid. Hätten Sie Ihre Flossen nicht an der Tasse gehabt, wäre das nicht passiert!«

Der alte Mann starrte sie mit unverhohlener Verwunderung an. Sein Mund stand offen. Bis er allerdings eine passende Antwort finden konnte, war Sandra bereits weitergegangen. Sie eilte, als befände sie sich auf der Flucht.

Und irgendwie war sie das auch. Sie war auf der Flucht vor sich selbst, ihrem eigenen Spiegelbild, das wie in einer Art Dauerschleife vor ihrem geistigen Auge flimmerte.

Auf dem Weg zum Büfett trat Cornelia ihr in den Weg, die beleibte Pflegerin, die ihr vor zwei Tagen den Auftrag gegeben hatte, sich um Richard Frey zu kümmern. »Was ist los mit dir? Fühlst du dich nicht wohl?«

»Alles in Ordnung«, sagte Sandra kurz angebunden. Dabei war nichts in Ordnung. Der Verzicht auf Essen zerrte an ihren Kräften und ihrer Laune. In den letzten Stunden hatte sie ausschließlich Leitungswasser zu sich genommen, um das Grummeln ihres Magens wenigstens einigermaßen unter Kontrolle zu bringen.

»Sieht nicht so aus. Wenn du mich fragst, wirkst du fahl und übermüdet. Das hat doch nichts mit deiner Begegnung mit dem Professor zu tun, oder?«

»Warum sollte es?«

Cornelias Stimme klang ruhig und sogar ein wenig mitfühlend. »Es ist wegen Frey. Ich weiß es. Hat er dich auf Gewichtsprobleme angesprochen?«

Sandra sagte nichts.

»Bei mir hat er das. Und bei allen anderen. Viele haben sich deshalb ein paar Tage lang mies gefühlt. Manche haben sogar versucht, spontan abzunehmen.« Sie beugte sich etwas zu Sandra herüber, sprach leise, als wollte sie ihr ein Geheimnis verraten. »Mich hat er fettes Schwein genannt. Hatte er für dich auch einen Kosenamen?«

Sandra wusste nicht, wie sie darauf reagieren sollte. Versuchte die Pflegerin sie in eine Falle tappen zu lassen, wie sie es auch getan hatte, als sie sie in Zimmer 217 geschickt hatte?

Sandra spürte Trotz in sich aufkeimen und gab ihm nach. »Er hatte keinen Spitznamen für mich. Cornelia, ich weiß nicht, was du von mir willst. Ich bin zu ihm reingegangen, habe ihm sein Essen gebracht und bin wieder raus. Mehr ist nicht passiert.«

»Ach, wirklich? Soweit ich mich erinnere, bist du fluchtartig davongerannt. Elvis hat das Gebäude verlassen, Ladys and Gentlemen. Du kannst versuchen, mir was vom Pferd zu erzählen, aber glauben kann ich es nicht. Hör zu.« Sie atmete tief durch, als versuchte sie sich selbst Mut zu machen. »Das war nichts weiter als ein Scherz, den wir uns gelegentlich mit PraktikantInnen erlauben. Nur ein Witz, verstehst du? Jeder weiß, wie Frey auf das Personal reagiert, und daher laufen gelegentlich Wetten ab. So ist das eben. Nimm dir kein einziges Wort von dem, was Frey sagt, zu Herzen. Jeder von uns ist in seinen Augen fett. Warum weiß keiner. Wahrscheinlich irgendein Symptom seiner Demenzerkrankung oder ein wiederaufgekeimtes Trauma seiner Nachkriegstage, in denen er unter ärmlichen Bedingungen hatte leben müssen. Keine Ahnung.«

Sandra starrte die Pflegerin ungläubig mit großen Augen an. *Nur ein Scherz*, tönte es in ihren Gedanken. *Nur ... ein ... Scherz.*

Cornelia hob den Arm und ließ ihre flache Hand auf Sandras Schulter sinken. Sie wog schwer. »Ich hoffe, du bist mir nicht böse. Aber dein Abgang am Mittwoch hat mir zwanzig Mäuse eingebracht. Und das sind drei Schachteln Zigaretten. Fast.« Sie verdrehte die Augen und schüttelte wehmütig den Kopf. »Man hat zu wenig, um zu leben, und zu viel, um zu sterben. Wie auch immer. Die Wette war niemals irgendwie persönlich gemeint. Ich denke sogar, du bist schwer in Ordnung.«

Sie ließ von Sandras Schulter ab und lächelte. »Mach dir auf jeden Fall keinen Kopf wegen Frey. Der ist schon sehr bald Schnee von gestern.«

Damit ließ sie Sandra stehen.

Während des Tages und weiteren Aufgaben – bei denen sie mehrfach an Richard Freys Zimmer vorbeikam – fragte sich Sandra, ob das alles wirklich bloß ein dummer Scherz gewesen sein sollte. Glauben konnte sie es jedoch nicht. Weil sie dieser Cornelia nicht vertraute. Sie vertraute ihr kein bisschen.

Als es Zeit für die Mittagspause war, versammelten sich mehrere ihrer derzeitigen Kollegen in einem abgetrennten Bereich, um etwas zu sich zu nehmen und Kraft zu tanken. Sandra aß nichts. Sie konnte nicht. Sie starrte lange auf die

Salami-Käse-Brote, die ihr ihre Mutter gerichtet hatte, und konnte keinen Bissen zu sich nehmen. In ihrem Kopf herrschte Chaos. In ihrem Magen eine grollende Leere.

5

Etwa um dieselbe Uhrzeit, zu der Sandra beim Anblick ihres Vespers der Appetit verging, kam ein Polizeifahrzeug die Kronenstraße herabgefahren und hielt unmittelbar vor dem Haus der Kramers. Nur interessierten sich Michael Lauer und Ulrich Knabben nicht für die Familie des Bauunternehmers. Sie wollten nachforschen, wo ihr Kollege abgeblieben war. Und dessen Dienstfahrzeug.

Seit Tobi Maslowski nicht zum Dienst erschienen war, war auf der Duringer Wache die Hölle los. Keiner wusste, wo er steckte. Auch seine Freundin nicht. Auf der Privatnummer war er ebenso wenig zu erreichen wie auf seinem Diensthandy. Und fast schlimmer noch war, dasselbe galt für die Frau des Mordopfers. Auch Britta Paulsen war wie vom Erdboden verschluckt. Was die Sache nicht nur verwunderlich machte, sondern äußerst ernst. Denn die Frau war keineswegs über den Tatverdacht, ihren Mann eigenhändig umgebracht zu haben, erhaben. Die Angelegenheit musste von der Kriminalpolizei erst noch genau geprüft werden.

»Sie sind nicht hier«, sagte Ulrich Knabben, der Ältere von beiden. Mit seinen zweiundsechzig Jahren stand er kurz vor der Pension und verließ nur noch selten seinen Schreibtischstuhl, den er sich über die Jahre hart erkämpft hatte. Ihm war anzumerken, dass er keine sonderliche Lust hatte, Streife zu fahren. »Kein Dienstfahrzeug, kein Tobi«, murmelte er in seinen grauen Vollbart.

Michael, der um einiges jünger und dazu hoch motiviert war, selbst irgendwann auf einem Schreibtischstuhl zu sitzen – und zwar auf dem seines Chefs –, fuhr sich mit der Hand durch das dunkle Haar und seufzte. »Lass uns am Haus selbst nachsehen. Da es nicht als Tatort betrachtet wird, könnte sie einfach heimgekehrt sein. Womöglich war sie kurz hier, um Blumen aufzustellen. Wer weiß. Dadurch wüssten wir wenigstens, dass sie sich heute zu Hause aufgehalten hat.« Er seufzte. »Irgendetwas sagt mir, dass hier was faul ist.«

Ulrich grunzte spöttisch. »Du hast zu viele amerikanische Filme gesehen. Wenn ich so was schon höre ... ›Irgendetwas sagt mir‹ ... Dass ich nicht lache. In meinen vierzig Jahren im Dienst gab es keinen einzigen Augenblick, in dem mir ein leerer Parkplatz mehr sagte, als dass er leer ist.«

Dennoch hielt er an. Allerdings mit laufendem Motor und einem Ausdruck auf dem Gesicht, der besagte: *Du steigst aus und tust, was du glaubst, tun zu müssen, und ich warte hier. Dann fahren wir ab und beenden diese sinnlose Angelegenheit.*

Also machte sich Michael Lauer, der zweiunddreißig Jahre alt war, sportlich, und tatsächlich gern Hollywood Blockbuster mit Jason Statham in der Hauptrolle guckte, auf den Weg zur Hausnummer 18 – dem Gebäude, in dem in dieser Nacht ein Doppelmord geschehen war.

Irgendwie spürte Michael genau das. Das heißt, er glaubte, *etwas* zu spüren. Es war ein unbestimmtes Gefühl, das seine Alarmglocken laut schrillen ließ.

Nur gab es dafür keinen ersichtlichen Grund. Die Tür war weder aufgebrochen noch gab es andere auffällige Spuren wie Blumen im Garten; nur das weiße Zelt der Spurensicherung und das Absperrband waren zu sehen. Auch als er klingelte, regte sich im Haus nichts. Alles wirkte ruhig und normal. Fast so, wie es sein sollte.

Wäre da nicht dieses Gefühl.

6

Es klingelte. Vor dem Milchglas der Eingangstür zeichnete sich ein dunkler Schemen ab. Und als Ralph zum Fenster hinaussah und den Polizeiwagen entdeckte, stockte sein Herz für einen Moment. Unbehagen erwachte in ihm.

Unweigerlich fragte er sich, was er tun sollte, würde der Polizist zu ihm hereinkommen. Ralph hatte keine Ahnung, dass die Polizei ohne Durchsuchungsbeschluss keinerlei Befugnis hatte, das Haus eigenmächtig zu betreten. Und so weit dachte er auch nicht. Ihm geisterten nur zwei Dinge durch den Kopf, zwei Optionen. Verstecken oder Angriff.

Er durfte sich nicht erwischen lassen. Nicht jetzt, wo er seinem Ziel so nahe war. Seinem Baby. Für ihn drehte sich alles nur noch um das Baby.

Es klingelte erneut. Geistesabwesend umklammerte er die Eisenstange. Sein Puls war ruhig und gleichmäßig.

7

Der Flur wies keine Fenster auf, und so wäre Kurt die Ankunft der Polizisten beinahe entgangen. Doch die Tür des Gäste-WCs stand offen. Durch das kleine Fenster darin konnte er den Parkplatz vor seinem Haus sehen. Und die Polizisten. Im Telefonhörer, den er sich bereits ans Ohr hielt, tutete es.

Was wollen die schon wieder hier?, fragte er sich und bemerkte schlagartig, wie ihm ein innerer Schutzinstinkt sagte, er solle sich in Acht nehmen. Weil er nicht wusste, ob die Männer in Uniform nicht auch zu *ihnen* gehörten.

Über die Rationalität dieser Frage nachzudenken, fiel ihm nicht ein. Sein Geist war wie benebelt. Der Rum in seinem ansonsten leeren Magen tat bereits Wirkung. Das Tuten am anderen Ende der Leitung kam ihm ungeheuer laut vor.

»*C und R GmbH*, Flammer, was kann ich für Sie tun?«

Sofort regte sich in Kurt ein alter Groll. Tausendmal hatte er Natalie schon gebeten, den Namen der Firma komplett auszusprechen.

Bevor er sie jedoch darauf aufmerksam machen konnte, stach ihm einer der Polizisten ins Auge. Er war aus dem Wagen gestiegen, zündete sich eine Zigarette an und sah hier herüber. Er beäugte das Haus.

Kurt verbarg sich hinter einem Türrahmen, blickte jedoch über seine Schulter weiter durch das kleine Fenster hinaus.

»Hallo?«, fragte eine freundliche Stimme. Er hatte das Telefonat fast vergessen.

»Äh, ja, Natalie, Kurt hier.«

»Kurt!« Sie wirkte überrascht. Und erfreut. »Endlich meldest du dich. Wir haben uns schon Sorgen gemacht. *Ich* habe mir Sorgen gemacht! Wie geht es dir? Wo steckst du?«

»Mir geht es so weit gut. Ich bin ...« Er wollte bereits sagen, er sei zu Hause. Doch angesichts der Lage empfand er das als äußerst schlechte Idee. Weil *sie* mithören konnten. Und wenn sie nicht bereits wussten, wo er sich befand, so war es besser, sie würden es auch nicht erfahren. Womöglich waren die Polizisten ja genau aus diesem Grund vorgefahren. Um die Lage zu sondieren. Um herauszufinden, wo er steckte.

Nein, das war Humbug. Am vorigen Abend hatte einer der Beamten ihn heimkommen sehen. Sie mussten also längst Bescheid wissen, wo er sich aufhielt.

Nur, fragte er sich, *aus welchem Grund schleichen sie sonst ums Haus?*

Darauf, dass es sich wenigstens in diesem Fall nicht um ihn drehte, kam er nicht. Sein mentaler Zustand, kombiniert mit einem leeren Magen, in dem philippinischer Rum schwappte, ließen diesen Schluss nicht zu.

»Kurt?«

»Ich ... Ich bin in Ordnung«, sagte er und blickte sich um. Der Polizist zog genussvoll an der Zigarette.

»Das ist schön. Du weißt ja nicht, was hier los ist. Seit der Explosion geht es hier zu wie in einem Irrenhaus. Die Polizei war hier, die Versicherung der Firma, die Presse. Alle wollen sie dich, um zu klären, wie man weiter vorgeht. Es haben schon mehrere Sitzungen stattgefunden. Auch das Telefon glüht. Der blanke Horror ist ausgebrochen! Du musst unbedingt schnell wieder in die Firma kommen, sonst laufen hier noch alle Amok, ich auch, das schwöre ich bei Gott, wenn heute noch einmal das Telefon klingelt und ein Versicherungsvertreter ...«

Kurt hörte nur die Hälfte von dem, was die Sekretärin in aller Hast von sich gab. Aber eine Sache drang doch bis in seinen Verstand vor. *Alle wollen sie dich.*

Er spürte, wie Wut ihn überkam. Der kurze Schlaf – wenn man es überhaupt Schlaf nennen konnte, wenn einem die Lider im Minutentakt wieder aufgingen –; die Polizisten, die ums Haus schlichen wie Hyänen um ein Stück Aas; das Gefühl, beobachtet zu werden; die Vorstellung, man könnte sich in der Firma gegen ihn gestellt haben – Dieter könnte sich gegen ihn gestellt haben, um an seinen Posten zu gelangen –, all das war zu viel für seine ohnehin strapazierten Nerven. Er ballte die linke Hand um den dünnen Flaschenhals zur Faust. Der Druck war so stark, dass sich seine inzwischen viel zu langen Fingernägel in das weiche Fleisch seiner Handfläche gruben. Kurt spürte es nicht. Er spürte nur seinen rasenden Puls und das Gefühl, die Situation endlich beim Schopf packen zu müssen, um sich bezüglich Dieter Leibfried Gewissheit zu verschaffen.

»Natalie!«, brüllte er fast.

Am anderen Ende der Leitung ertönte ein erschrockenes Glucksen. »Ja?«

»Gib mir Dieter. Ich *muss* mit ihm sprechen. Jetzt!«

8

David saß keine zwanzig Meter von der alten Mühle entfernt auf einem Holzgeländer, ließ die Füße über der Wasseroberfläche des Baches baumeln und versuchte in seinem Roman zu lesen. Er war gerade an einer Stelle, an der der Protagonist Todd Downey zum ersten Mal darüber nachdachte, wie es sich wohl anfühlen müsse, jemandem oder etwas das Leben zu nehmen.

Doch so interessant die Stelle auch sein mochte, es gelang ihm nicht, über diesen Absatz hinwegzukommen. Der Film, der sich sonst in der Qualität eines HD-Fernsehers vor seinem inneren Auge abspielte, ruckelte tonlos vor sich hin. Und zusätzlich mischten sich Bilder von außerhalb hinzu. David sah Todd Downey, der in seinem Zimmer saß und konzentriert ein Taschenmesser an einem Stein schliff. Dann plötzlich wechselte das Bild zu Lisa und Sebastian, und gerade als sich die beiden einander näherten, tauchte wieder Todd Downey auf, der das Messer zusammenklappte und es mit dem Gedanken, heute das erste Mal *etwas* zu schneiden, in die Hosentasche steckte, nur damit im Anschluss wieder Lisa und Sebastian erschienen, die sich in die Arme nahmen ... die sich küssten.

Allein die Vorstellung ließ zweierlei Gefühlsregungen in David hochkochen. Kummer und Hass.

Wäre er doch nur wie Todd Downey, der schon mit zehn ganz genau wusste, was er wollte. Und was nicht. Das Leben, so kam es ihm wenigstens vor, würde so viel einfacher sein.

Er verfiel in einen Tagtraum. Einen, in dem er tatsächlich Todd war. Er stellte sich vor, ein frisch geschärftes Taschenmesser in der Hosentasche stecken zu haben, um sich damit auf den Weg zu machen, um ...

Es schüttelte ihn.

»Um was damit zu tun, David? Willst du sie etwa umbringen? Lisa und Sebastian? Dass ich nicht lache!«

David schloss den Mund und blickte sich verwundert um. War er das gewesen? Hatte er gerade laut mit sich selbst gesprochen? Es musste wohl so gewesen sein. Außer ihm war niemand hier. Da war nur die Mühle, auf deren schwarzes, gebrochenes Haupt die Sonne herabschien, das im seichten Wind wehende hohe Gras und der Bach, der nahezu geräuschlos vor sich hin floss. Kein Mensch weit und breit.

»Gott sei Dank«, sagte er mit einem leichten Lächeln auf den Lippen. »Würden mich die Leute mit mir selbst quasseln hören, würden sie mich für verrückt halten.«

Kaum hatte er den Mund geschlossen, stellte David fest, dass er es schon wieder getan hatte. Er hatte erneut mit sich selbst gesprochen. Und irgendwie war das gar nicht so schlimm. Irgendwie fühlte es sich sogar ganz gut an, die eigene Stimme zu hören. Sie vertrieb die Stille. Und sogar ein wenig die Einsamkeit.

Ihm fiel sein Vater ein, der ihm einmal bei den Hausaufgaben gegenübergesessen und ihn ermahnt hatte, er solle nicht laut denken. Würde ihn jemand hören, würde derjenige glauben, David hätte nicht alle Tassen im Schrank.

»Aber hier ist niemand«, sagte er jetzt mit einem unbestimmten Gefühl von Trotz in der Brust. »Also kann ich so laut denken, wie ich will. Ich kann sogar so laut brüllen, wie ich will! *Habt ihr mich gehört?*«

Ein leises Echo verklang in der Ferne zwischen Wald und Wiesen. Dieses Geräusch gefiel David so sehr, dass er erneut die Stimme erhob.

»*Ich kann so laut denken, wie ich will!*« Und nach einer kurzen Pause: »*Ihr könnt mich alle mal!*«

Als das Echo seiner Stimme verklang, stellte David fest, dass er nicht ganz wie er selbst geklungen hatte. Zumindest nicht, als er den letzten Satz in die Ferne gebrüllt hatte. Seine Stimme hatte höher, kindlicher geklungen. Doch auch irgendwie ernsthafter. Es war, als hätte nicht er gebrüllt, wurde ihm klar. Es war, als hätte Todd die Stimme erhoben. Als wäre er wirklich da gewesen. Natürlich war das Irrsinn. Blanker Unfug. Doch genau so hatte es sich angefühlt. Als hätte Todd für einen kurzen Moment die Kontrolle übernommen und die Einsamkeit in ihm vertrieben. Wie ein wahrlich guter Freund.

9

Maike bekam vom Besuch der Polizisten nichts mit. Sie stand im Garten hinterm Haus und tat so, als würde sie darauf warten, dass Buddy sein Geschäft erledigte. In Wahrheit wollte sie nur ein wenig frische Luft schnappen, um nachdenken zu können.

Die Luft war jedoch alles andere als frisch. Der gestrige Regen hatte sie mit Feuchtigkeit geschwängert, und die Wärme der Morgensonne sorgte dafür, dass sie auf ihrer Haut klebte. Dennoch tat sie ihr gut. Vor allem ihrem Magen, der bereits seit Stunden rebellierte. Nicht zuletzt wegen dem, was sie gerade aus den Regionalnachrichten erfahren hatte.

Victor Brenners Tod. Der Bauherr und Multimillionär, so hieß es im Fernsehen, sei am Tag der Explosion bei einem Sturz ums Leben gekommen.

Diese Hiobsbotschaft hatte ein komplett anderes Licht auf Kurts derzeitiges Verhalten geworfen. Sogar die Flasche Rum, die Maike neben dem Bett gesehen hatte, ergab nun einen tiefgründigeren Sinn. Weil Victor und Kurt sich seit Jahren gut kannten. Gekannt hatten, korrigierte sie sich.

Victors Tod muss ihn wirklich gebeutelt haben, dachte Maike jetzt und glaubte zu spüren, wie sich die Kluft zwischen ihrem Vorhaben, Kurt zu gestehen, dass sie von einem anderen Mann schwanger war, und ihrem Mut weiter ausdehnte. Es wirkte fast so, als triebe das Schicksal einen Keil zwischen sie und ihren Mann. Und das alles seit ...

Maike betrachtete das Haus und fragte sich, ob das alles mit ihrem Umzug hierher zu tun haben mochte. Sie war nicht abergläubisch. Nie gewesen. Doch sie konnte nicht umhin, an die Familie zu denken, die hier gelebt und andernorts ein tragisches Ende gefunden hatte.

Jetzt atmen wir dieselbe Luft wie die Hansens, dachte Maike und ein Schauder überfiel sie.

Natürlich war dieser Gedanke reiner Mumpitz, regelrechter Kinderkram. Die Vorstellung einer übersensiblen Frau, die nicht wusste, wie sie mit der Situation umgehen sollte und nach einem Grund suchte. Die Hansens hatten ganz andere Probleme gehabt als sie.

Ein vorsichtiges Lächeln versuchte sich daran, die Schatten in ihrem Bewusstsein zu überdecken. Dann erscholl von drinnen ein wutentbrannter Schrei. Keine Sekunde darauf zerbarst etwas mit einem lauten Knall. Die Schatten verdichteten sich.

10

Michael Lauer war gerade dabei, um das Haus der Paulsens herumzugehen und, seinem Instinkt folgend, den einen oder anderen Blick zu den Fenstern reinzuwerfen. Dabei entdeckte er jedoch nichts Außergewöhnliches. Nichts Verdächtiges. Nur ein paar Reinigungsutensilien. Einen Schrubber und einen Besen, die an eine Wand gelehnt standen, als hätte man sie kürzlich benützt. Dazu ein paar schwarze Müllsäcke mit rot-weißem Zugband, die auf einer Küchenplatte neben dem Spülbecken lagen. Sonst nichts.

Er wollte sich gerade zum Gehen abwenden, als ein lauter männlicher Wutschrei an ihn brandete. Aus reinem Reflex griff er nach seiner Waffe. Dann wurde ihm klar, dass der Schrei nicht aus diesem, sondern aus dem Nachbargebäude gedrungen war. Über eine Hecke hinweg sah er zu seinem Kollegen, der hinter dem Polizeiwagen stand und verwundert den Kopf hob. Keine Sekunde später trafen sich ihre Blicke. Ein Nicken zeugte von gegenseitigem Verständnis.

Michael Lauer und Ulrich Knabben trafen sich auf dem kleinen gepflasterten Weg vor dem Eingang zum Haus der Kramers.

»Du hast das auch gehört, nicht wahr?«, fragte Michael, während sie beide auf das Haus zuliefen.

»Ja. Mal sehen, was da los ist.«

11

Folgendes war los: Kurt wollte mit Dieter Leibfried telefonieren, doch egal, wie lange die Sekretärin ihn auch in der Leitung warten ließ, der zweite Vorstandsvorsitzende meldete sich nicht. Jede Sekunde, in der Kurt der gesanglosen Warteschleifenmusik lauschte, spürte er seinen Puls intensiver. Und dann war da noch die Bandansage. Eine weibliche Stimme, die ständig wiederholte: »Bitte haben Sie noch ein wenig Geduld, wir sind gleich für Sie da.«

Kurt biss die Zähne zusammen.

Nach einer Weile meldete sich die Sekretärin wieder. »Kurt? Dieter ist derzeit in einem Telefonat. Kann er dich zurückru…«

»Dann soll er das beschissene Telefonat abbrechen! Ich bin sein verfluchter Chef, und da hat er ranzugehen!«

»O-okay«, sagte sie hörbar nervös. »Ich versuche es noch einmal. Bitte bleib in der Leitung.«

Allein der Satz ließ die Schweißperlen auf seiner Stirn kochen. Und kaum hatte sie ihn vollendet, meldete sich die Frau vom Band wieder. »Bitte haben Sie noch ein wenig Geduld, wir sind gleich für Sie da.«

Was trieb dieses Arschloch bloß? Hatte man ihm nie beigebracht, dass der Kunde zwar der König, der Chef jedoch der Kaiser war? Oder …

Oder wollte Dieter überhaupt nicht mit Kurt telefonieren? Vielleicht gehörte das ja zu seiner Taktik. Na klar. Das war es. Er wollte Kurt mürbe machen. Ihm klarmachen, dass er nicht mehr alle Stricke in den Händen hielt. Die ganze Zeit schon wollte Dieter die Firma übernehmen. Das war seine Chance. Natürlich.

Meuterei, dachte Kurt und spürte, wie sein Herzschlag an Geschwindigkeit zunahm. Er blickte auf die Flasche *Don Papa* in seiner anderen Hand. Der Rum schwappte hörbar umher. Sein ganzer Körper bebte vor Erregung. Und das war alles die Schuld dieses Arschlochs, das nicht ans Telefon ging. Hätte Kurt jetzt die Möglichkeit, Dieter in die Finger zu bekommen, dann ...

»Der gewünschte Gesprächsteilnehmer kann Ihren Anruf derzeit nicht persönlich entgegennehmen. Wir bitten Sie, zu einem späteren Zeitpunkt noch einmal anzurufen. Vielen Dank. *Tut.*«

Das war der Moment, in dem Kurts letzter Geduldsfaden riss. Er fädelte nicht lautlos auseinander, er barst mit einem lauten *RATSCH*. Der Flur, die Wände, die Fliesen – alles um ihn herum verschwand. Was er jetzt noch sah, war Rot. Tiefes dunkles Rot.

Vollkommen von Sinnen schmiss er das Telefon von sich. Es zerplatzte an der Wand wie eine überreife Frucht. Das Plastik zersprang in Tausende Teile, verteilte sich quer durch den Raum. Platinenscherben klapperten über den Fußboden. Dünne weiße Kabel wanden sich auf den Fliesen wie gequälte Würmer.

Kurt sah es nicht. Trotz seiner weit aufgerissenen Augen. Trotz seines beißenden Blicks. Vor ihm und in ihm gab es nichts als reines, wahrhaftiges, schmerzendes Rot. Und es schrie. Es donnerte aus seiner Kehle in die Welt.

12

In seinen frühen Jahren hatte Buddy eine Hundeschule besucht und an Sandras und Maikes Seite gelernt, nicht an Menschen hochzuspringen; eine Regel, an die sich der Rüde später stets gehalten hatte.

Bis heute.

Als jagte er einem Kaninchen hinterher, rannte der Rüde ins Haus, durchs Wohnzimmer, überholte Maike, sodass sie fast zu Boden stürzte, und sprang sein Herrchen an. Die noch vom Rasen feuchten Vorderpfoten klatschten auf Kurts Seite und Rücken. Er bellte. Laut und kraftvoll.

Kurt gab einen weiteren Schrei von sich. Keinen Schrei der Überraschung, sondern ein Grollen, das aus seinem Innersten hervorzudringen schien. Erschrockenheit, Rage und Angriffslust hallten zeitgleich durchs Treppenhaus. Kurt klang selbst wie ein Tier; eines, mit dem man sich besser nicht anlegte.

O mein Gott, er wird Buddy wehtun, schoss es Maike schlagartig durch den Kopf.

»*GEH RUNTER VON MIR!*« Kurts Stimme war ein hohes bestialisches Kreischen. Er holte mit der Flasche aus. *Don Papa* drohte auf dem haarigen Kopf des Hundes zu zerschmettern. Und anhand der getriebenen Wut in Kurts Gesichtsausdruck wusste Maike, dass der Hund das nicht überleben würde. Die Flasche würde auf seinem Haupt zerschlagen, der Aufprall würde die dünne Haut zwischen seinen Schlappohren zerbersten lassen, Blut würde fließen, und

Buddy würde zu Boden fallen wie ein Sack Reis. Von Entsetzen und Furcht wie gelähmt, sah Maike es kommen.

»*GEEEEH RUNTER VON MIIIIR!*«, kreischte Kurt, die Hand um den Flaschenhals gekrümmt.

Buddy bellte. Einmal. Zweimal. Und tat erneut etwas Verbotenes. Er fuhr die Zunge aus und leckte Kurt mitten über das von Schweißtropfen übersäte Gesicht. Das gab den finalen Ausschlag. Jetzt würde es passieren. Jetzt war Buddy verloren.

Völlig unvermittelt veränderte sich alles. Die schier greifbare Spannung in der Luft, die Feindseligkeit in Kurts Haltung, das flammende Feuer in seinen Augen – all das verflüchtigte sich mit einem Mal. Zurück blieb ein perplex und vollkommen verwirrt dreinblickender einundfünfzigjähriger Mann mit dunklen Schatten unter den Augen und ungekämmten Haaren.

Der Golden Retriever leckte ihm erneut übers Gesicht.

»Buddy«, sagte Kurt mit belegter Stimme.

Wie um ihm zu antworten, bellte der Hund, hechelte.

»Was ... Was ist ...« Kurt wandte sich Maike zu, die ihn vor Entrüstung zitternd anstarrte, als wäre er nicht von dieser Welt.

Er setzte gerade zum Sprechen an, als eine neue Stimme ertönte. Zeitgleich zeichnete sich eine Silhouette vor der verglasten Tür ab.

»Polizei! Öffnen Sie die Tür!«

13

Helmuth Dreher hatte das Glück, an diesem Vormittag von keiner überhetzten Praktikantin mehr brühend heißen Kaffee über die Hose gekippt zu bekommen. Er bekam einen Herzinfarkt. Der Neunundsiebzigjährige war gerade mit seinem Rollator auf dem Weg in den Gemeinschaftsraum, wo er wie jeden Donnerstag die Kriminalserie *CSI Miami* ansehen wollte, als es auf einmal in seinem linken Arm zu kribbeln begann. Wenige Sekunden später durchfuhr ein jäher Schmerz seine Brust. Er wusste, dass es mit ihm an diesem Tag zu Ende gehen würde, noch ehe er auf dem grauen Teppichboden aufschlug.

Bevor Drehers Gehirn die Arbeit jedoch einstellte, wurde er im *Haus auf der Höhe* zur Hauptattraktion. Freunde, die er dort gefunden hatte, versammelten sich um ihn. Ebenso mehrere Pflegerinnen und Pfleger. Und Sandra. Sie beobachtete das Geschehen um den alten Mann, beäugte fasziniert und erschrocken zugleich, wie ein dunkelhäutiger Pfleger, dessen Namen sie nicht kannte, horchte, ob der Mann noch atmete, und dann sofort eine Herz-Lungen-Massage begann. Ein hässliches Knacken ertönte, als unter dem Druck seiner Hände zuerst eine und dann eine zweite Rippe brach. Und noch schlimmer wurde es, als jemand einen Defibrillator herbeischaffte.

Der Pfleger riss dem Alten das Hemd auf, wodurch seine knochige weiß behaarte Brust zum Vorschein kam, brachte eine der selbstklebenden Elektroden knapp unter dem rechten Schlüsselbein und eine unterhalb der linken Achselhöhle an, rief »Abstand! Nehmt Abstand!« und drückte dann auf einen der Knöpfe am Hauptgerät.

Als der Impuls kam, fuhr Sandra beinahe ebenso sehr zusammen, wie es der alte Mann am Boden tat. Sie schwitzte, hörte sich selbst atmen, und eine bedrückende Benommenheit überkam sie. Die Welt wirkte plötzlich wie hinter Milchglas. Dann versagten ihr die Knie.

Als sie wieder zu sich kam, war der alte Mann bereits abtransportiert worden. Irgendjemand hatte ihre Füße auf die Sitzfläche eines Stuhls gelegt.

»W-Was ...«, nuschelte sie. Ihre Lippen fühlten sich taub an. Die Benommenheit griff noch immer nach ihr.

Ein junger Mann mit kurzen rötlichen Haaren beugte sich über sie und lächelte ihr zu. Sie glaubte ihn zu kennen. Woher wusste sie nicht.

»Hi«, sagte er. »Geht's dir besser?« Ohne eine Antwort abzuwarten, deutete er auf ihren Arm und erklärte: »Du bist ohnmächtig geworden. Deshalb haben wir dir eine Infusion mit Kochsalzlösung gelegt.«

Sandra entdeckte den dünnen Schlauch und den Zugang an ihrem Arm. Dann blickte sie verdattert auf.

Der junge Mann in dem weißen Hemd und der gelb-roten Weste hatte ein hübsches Lächeln, seine Haare waren mit Gel oder etwas Ähnlichem frisiert. Seine Augen waren dunkel, fast schwarz und so einnehmend wie die Ohnmacht, aus der sie gerade erwacht war. Das alles zusammen führte dazu, dass Sandra plötzlich sehr heiß wurde. Ihre Wangen glühten regelrecht. Verschämt blickte sie zur Seite.

»Ich heiße Tom. Darf ich auch deinen Namen erfahren?«

»Sandra.« Ihre Stimme war nicht mehr als ein Hauchen.

»Wie bitte?«

»Sandra. Sandra Kramer.«

»Wie alt bist du, Sandra?«

Sie öffnete den Mund, um ihm eine Antwort zu geben, überlegte kurz sogar, sich älter zu machen, als sie tatsächlich war, entschied sich jedoch dagegen. »Siebzehn.«

»Cool. Erinnerst du dich auch daran, wo du wohnst?«

Als Nächstes fragt er mich nach meiner Körbchengröße, dachte sie und errötete noch heftiger.

»In der Kronenstraße. Hausnummer sechzehn.«

»Alles klar.«

Er blickte auf, und erst jetzt bemerkte Sandra, dass dort noch andere Personen standen. Cornelia und Frau Grießhaber, die Leiterin des Seniorenheims. Sie war eine große Frau mit langen schwarzen Haaren, die sie an diesem Tag zu einem strengen Dutt hochgesteckt hatte. Über den Rand ihrer Brille hinweg blickte sie zu Sandra hinab.

»Es geht ihr so weit gut. Ich kümmere mich um alles Weitere«, sagte der junge Mann, der Tom hieß und den sie – davon war Sandra mehr und mehr überzeugt – irgendwoher kannte.

Frau Grießhaber nickte. »Vielen Dank.« Sie wandte sich Cornelia zu, deren Blick nicht von Sandra wich. Nervös kaute sie an der Nagelhaut ihres Zeigefingers.

»Kommen Sie. Wir haben noch andere Dinge zu erledigen.«

Cornelia gehorchte und folgte ihrer Chefin, sah jedoch noch ein paarmal zurück zu Sandra.

»Du gehst aufs Ganztagsgymnasium, nicht wahr?«

Wie aus einer anderen Welt in diese zurückgerissen, wandte Sandra sich wieder Tom zu. Ihr Ausdruck musste komisch wirken, denn er lachte ein wenig.

»Woher weißt du das?«

»Hab dort vor zwei Jahren mein Abi gemacht. Derzeit mache ich eine Ausbildung beim Roten Kreuz. Als Notfallsanitäter.«

Letzteres sprach er mit keiner sonderlichen Betonung aus. Doch auf Sandra wirkte es, als hätte er ihr gerade erklärt, er wolle auf die Suche nach dem Heiligen Gral in ferne gefährliche Länder ziehen. Ihr Herz machte einen zusätzlichen Schlag. Ihr Thermostat kochte um weitere Grade hoch.

»Ich meine mich erinnern zu können, dich ein paarmal auf dem Pausenhof oder in der Mensa gesehen zu haben. Allerdings warst du da noch etwas jünger und nicht so ...« Er beäugte ihren Busen, wandte den Blick allerdings sofort wieder ab. »Nicht so erwachsen.«

Sie hätte beschämt oder gar angewidert reagieren können. Nicht nur, weil sie es nicht mochte, wenn Jungs oder Männer auf ihren Busen sahen, als handle es sich dabei um zwei im Museum ausgestellte Fabergé-Eier. Sondern weil sie es derzeit überhaupt nicht leiden konnte, angeglotzt zu werden. Doch sie tat es nicht. Stattdessen fühlte sie etwas anderes. Ein Kribbeln in ihrem Bauch. Der Notfallsanitäter gefiel ihr nicht nur, sie hatte sich schlagartig in ihn verschossen. Das war natürlich etwas, was sie sich selbst nicht eingestanden hätte – jedenfalls noch nicht –, doch es war so. Amors Pfeil traf sie auf der Stelle. Und er fuhr tief in sie hinein. So tief, dass sie das Seniorenheim und alles andere um sich herum vergaß.

Zumindest für eine halbe Stunde. Denn so lange unterhielten sich die beiden. Angenehme dreißig Minuten, in denen Tropfen für Tropfen der Kochsalzlösung in Sandras Arm überging; in denen Tom ihr erzählte, dass er in Duringen eine eigene Wohnung habe, etwas außerhalb der Stadt; dass er plane, eine Einweihungsparty zu geben; und dass er sie – insofern sie kommen mochte – gern einladen würde. Er redete von ein paar Freunden, die ebenfalls kommen würden. Manche davon gingen ebenfalls aufs Ganztagsgymnasium.

Eingeladen. Ich?, dachte Sandra mit wachsendem Staunen.

Sie antwortete, dass sie sehr gern käme, und lauschte verträumt seinen Worten. Sie verfing sich in seiner warmen freundlichen Stimme und seinen dunklen Augen und merkte erst, was sie da gesagt hatte, als er sich nach einer abschließenden Untersuchung, bei der er ihr sehr nahe kam, von ihr verabschiedete.

Als sich ihr rationales Denken wieder einschaltete und sie erkannte, dass sie im Begriff war, auf eine Party zu gehen, stürzte der Himmel über ihr ein. Sie brauchte nur an sich herabzublicken, um zu sehen warum. So konnte sie nicht gehen. Nicht so … so …

(*Miss Piggyyy*)

… fett.

14

Als die Schulglocke des Ganztagsgymnasiums läutete, stand David hinter einer Hausecke versteckt, von wo aus er den Haupteingang und den vorderen Pausenhof beobachten konnte. Er wusste nicht genau, weshalb er hier stand. Er war schlicht einer inneren Stimme gefolgt. Todds Stimme.

Den ganzen Morgen hatte David am Bachufer zugebracht und Seite um Seite des Buches verschlungen. Dabei war ihm eine Stelle der Geschichte besonders nahe gegangen. Eine Szene, in der Todd das Schulgebäude verließ und plötzlich von einem seiner Mitschüler am Schulranzen gepackt und gestoßen wurde. Todd versuchte das Gleichgewicht zu halten, sich zu fangen. Doch da spürte er den nächsten Stoß. Und den nächsten. Und den nächsten. Mehrere Schüler hatten sich um ihn versammelt und schubsten ihn im Kreis wie eine außer Kontrolle geratene Flipperkugel. Bis er zu Boden ging.

Der Lehrer, der aus dem Gebäude kam und Todd schluchzend auf dem Boden vorfand, unternahm nichts. Überhaupt nichts. Er rügte die anderen Jungs nicht einmal. Und das kam David äußerst bekannt vor. Ähnliches, sehr Ähnliches hatte er selbst schon oft genug erlebt. Er wusste um Todds inneren Schmerz.

Das und noch viele weitere Seiten, auf denen das Leid eines zehnjährigen Jungen und dessen anschwellender Hass auf seine Eltern, seine Mitschüler und die gesamte Gesellschaft geschildert wurde, hatten dafür gesorgt, dass David nun auf der anderen Seite der Straße stand und beobachtete, wie die Schülerinnen und Schüler des Ganztagsgymnasiums aus dem Eingang in den Schulfeierabend stürmten. Er sah die Freude auf ihren Gesichtern und spürte, wie sich ein enger Knoten in seiner Brust bildete. Er biss die Zähne zusammen, dachte an die vielen Male, in denen man ihm Schubser verpasst, ihn auf der Schultoilette eingesperrt oder ihn mit Worten so lange malträtiert hatte, bis er fast zu weinen begonnen hatte. Nicht zuletzt dachte er an die Steinjagd auf ihn und an Sebastian, von dem er geglaubt hatte, er wäre ein Freund.

Ein schlaksiger Junge mit schwarzen fettigen Haaren, die seine Augen fast vollkommen verdeckten, verließ das Schulgebäude. Er trottete mit hochgezogenen Schultern vor sich hin, streckte unvermittelt eine Hand aus und gab einem Fünftklässler einen Stoß. Hätte ein anderer Junge im selben Alter ihn nicht aus Reflex festgehalten, wäre er die Treppe, auf der er stand, hinabgestürzt. Der Junge mit den schwarzen Haaren sagte laut »Steh mir nicht im Weg rum!« und ging weiter.

Es war Adam Merkel, Mirkos treuester Hund.

Davids Wut verfestigte sich. Der Knoten in seiner Brust wurde enger. Unwillkürlich betastete er seinen Rucksack und die sich durch den Stoff hart abzeichnende Klinge.

Adam kam über den Schulhof in seine Richtung.

Was hast du vor?, fragte eine unstete Stimme. Womöglich die Stimme seiner Vernunft. David nahm sie kaum wahr. Sein Herzklopfen übertönte sie. Und das Knirschen seiner aufeinander mahlenden Zähne.

Wäre ich jetzt Todd Downey, würde ich einfach auf ihn zustürmen und … und … kurzen Prozess machen!

David hatte noch nie in seinem Leben solchen Hass verspürt. Hätte man ihn gefragt, wäre er sich nicht einmal sicher gewesen, ob er überhaupt jemals etwas Derartiges empfunden hatte. Weil Hass ein sehr großes Wort war, ein verbotenes Wort, ein Wort, mit dem Jungs in seinem Alter –

wenn man seinem Vater Glauben schenken wollte – noch nicht richtig umzugehen wussten. »Es bedeutet nicht nur einfach ›nicht mögen‹. Es bedeutet, jemandem den Tod zu wünschen«, hörte David die Stimme seines Vaters erklären.

Adam machte sich davon. Er ging über den Schulhof auf die Straße zu und schwang den Kopf, um die fettigen Strähnen aus dem Gesicht zu schleudern. Auf seinen Lippen lag wieder ein schmieriges, überlegenes Grinsen.

David befühlte das Messer in seinem Rucksack und spürte den leibhaftigen Hass in seiner Brust grollen. Dann tat er, was die Stimme Todd Downeys ihm zuflüsterte. Er folgte Adam.

15

Ralph stand an einem Fenster im ersten Stockwerk hinter einem Vorhang und beobachtete über die Zypressenhecke hinweg, was sich auf dem Grundstück des Nachbargebäudes abspielte. Was er dort sah, ergab keinen Sinn.

Der Polizist, der bis eben noch um dieses Haus geschlichen war, war wie aus heiterem Himmel auf das Haus der Kramers zugestürmt. Auch sein Kollege hatte sich auf den Weg dorthin gemacht. Geduckt. Die Hand an der Waffe. Aber warum? Gerade hatte er noch geglaubt, die Polizisten wären auf der Suche nach ihm oder der Frau, die dieses Haus bis gestern noch besessen hatte. Doch das jetzt konnte er sich beim besten Willen nicht erklären.

»Polizei! Öffnen Sie die Tür!« Das Fenster war gekippt. Ralph konnte die Stimmen draußen hören. Wenige Sekunden später öffnete sich die Tür.

Ein Mann stand darin. Der Kerl sah aus wie ein unrasierter Landstreicher, der sich verlaufen hatte. Sein bescheuerter karierter Pyjama war zerknautscht, die Schatten unter seinen Augen dunkel. Selbst aus der Entfernung waren sie gut zu erkennen. Außerdem zitterte er leicht.

Ralph erkannte ihn, wusste, wer das war. Kurt. Kurt Kramer. Maikes impotenter Ehemann, der in Maikes Beisein vor wenigen Wochen eine Kommode bei ihm abgeholt hatte. Damals in Anzug und Krawatte. Jetzt sah er eher aus, als hätte er die letzte Nacht auf einer Parkbank zugebracht. Woran mochte das liegen? Hatte er sich eine Grippe eingefangen? Oder hatte ihm dieses Miststück von einer Frau doch verraten, was vorgefallen war? Ewig konnte sie ihre Schwangerschaft ja nicht verbergen. Es sei denn …

Es sei denn, sie treibt das Baby ab, dachte Ralph, und ein schmerzlicher Groll schrie in ihm auf. Weiter dachte er: *Wenn sie das tut, dann wird sie mich kennenlernen. Und zwar nicht von meiner netten Seite.*

Die Situation vor dem Haus beruhigte sich rasch wieder. Ralph erkannte es daran, dass die Polizisten ihre Hände von den Holstern nahmen. Eigentlich schade. Hätten sie Kurt erschossen oder wenigstens abgeführt, so hätte er es wesentlich einfacher gehabt, an Maike heranzukommen. Allerdings wusste er nun wenigstens, dass Kurt zu Hause war.

»Also warten wir. Wir warten, bis er geht. Und dann …« Er schlug die rechte Faust in die linke offene Hand. »Dann schlagen wir zu. Dann hole ich mir, was mir gehört.«

Einen Augenblick nachdem er dies ausgesprochen hatte, entdeckte Ralph den Golden Retriever. Er stand hinter Kurt, von seinen Beinen verdeckt. Seine Zunge hing heraus, als hätte er gerade einen raschen Sprint zurückgelegt. Sein goldenes Fell glänzte selbst im Halbdunkel des Flurs.

Ralphs Augen leuchteten auf. Nicht golden. In ihnen stand nichts als aufblitzende Finsterkeit.

»Hallo. Wen haben wir denn da?«

16

Mit brummendem Kopf wandte Kurt sich an die Beamten. »Mir ist nur das Telefon aus der Hand gefallen, weil der Hund mich angesprungen hat. Dabei hat es sich um ein wichtiges Telefonat gehandelt. Nur deshalb bin ich so laut geworden.« Er deutete auf das Chaos an Platinen und Plastikscherben auf dem Boden. »Sehen Sie?«

Er sagte das alles voller Überzeugung. Weil er tatsächlich der Meinung war, es wäre so geschehen. Anders konnte er sich selbst nicht erklären. Die Erinnerung daran war wie ausgelöscht.

Buddy stand neben ihm und blickte mit großen Knopfaugen zu ihm auf. Doch in diesem Moment hasste Kurt den verdammten Köter. Er hatte das Telefon zerstört, gerade als er im Begriff war, mit Dieter Leibfried zu telefonieren.

Der Polizist musterte ihn mit dunklen Augen. »Herr …« Er sah auf das Klingelschild neben der Tür. »Herr Kramer. Geht es Ihnen nicht gut? Wenn ich mir das erlauben darf, Sie sehen blass aus. Regelrecht fiebrig.«

»I-Ich fühle mich nicht besonders. Hatte ein paar harte Tage«, sagte Kurt mit schleppender, schwacher Stimme. Und das stimmte. Er fühlte sich tatsächlich nicht besonders. Sein Herz pochte streng. Sein eigener Schweiß roch sauer und beißend.

Glücklicherweise, so dachte er, *habe ich den Rum hinter der Tür abgestellt. Würden sie ihn sehen, würden sie sicherlich noch ganz andere Fragen stellen.*

Maike trat an seine Seite. »Mein Mann musste vor wenigen Tagen eine Explosion auf einer seiner Baustellen miterleben. Dabei ist ein guter Bekannter von ihm tödlich verunglückt.«

Sie sagte das, ohne mit der Wimper zu zucken. Doch Kurt konnte etwas in ihrem Gesicht ausmachen, das der Ruhe in ihrer Stimme nicht entsprach. Als würde sie für ihn lügen. Um ihn in Schutz zu nehmen? Weshalb sollte sie so etwas tun? Es gab doch gar keinen Grund dazu.

»Die Explosion in Stuttgart?«, meldete sich nun Ulrich Knabben zu Wort. Er hatte beide Daumen in zwei Hemdfalten um seine schmale Brust gesteckt, als würde er sie unter die Riemen eines Hosenträgers schieben. Sein Vollbart verdeckte jede Mimik.

»Genau die, ja«, sagte Maike.

»Davon haben wir gehört. Schlimme Sache.« Er wandte sich an Kurt. »Mein Beileid.«

Kurt nickte matt und dachte an Victor zurück. Und den Unfall.

Der jüngere Polizist lehnte sich zu seinem Partner und flüsterte ihm etwas ins Ohr, worauf der Mann – dessen Namensschild an der Brust den Namen *Knabben* verkündete – den Kopf schüttelte. Kurt meinte, ein leises »Nicht jetzt. Das bringt nichts« vernehmen zu können; ein Satz, dem Kurt im Normalfall nicht sonderlich viel Bedeutung beigemessen hätte. Doch obwohl er sich im Kopf trübe fühlte, waren seine Sinne mit einem Mal wieder rasiermesserscharf. Argwohn entzündete eine rot leuchtende Fackel in seinem Denken.

Da standen zwei Polizisten vor seiner Tür. Zwei Polizisten, die ihn neugierig musterten, tuschelten, irgendetwas Geheimes austauschten. Warum waren sie hier? Warum standen sie ausgerechnet in seinem Vorgarten?

Sie *beobachten mich nicht nur*, dachte er. Sie *klopfen sogar schon an meiner Haustür. Wer weiß, wie weit* sie *noch gehen werden.*

»Wissen Sie, wie es Britta Paulsen geht?«

Die Stimme seiner Frau riss Kurt ins Hier und Jetzt zurück. Das war eine Frage, mit der er überhaupt nichts anfangen konnte. Dennoch wurde er hellhörig.

Die Polizisten blickten einander an. Eine stumme Konversation.

»Ein Kollege von uns ist mit ihr betraut. Ich denke, es geht ihr gut«, sagte Knabben schließlich.

Allerdings stimmte diese Aussage nicht. Kurt sah es ganz genau am Gesichtsausdruck des Polizisten. Außerdem hörte er es in seiner Stimme. Sie klang nicht so ruhig wie zuvor. Wusste er es nicht? Log er? Wenn ja, was bedeutete das? Ging es Britta nicht gut?

Sie *haben ihr etwas angetan*, schoss es Kurt plötzlich mit wachsender Gewissheit durch den Kopf. Sie *haben ihr etwas angetan!*

Ergab das Sinn?

Ein Bild trat ihm vor Augen, in dem ein auf einem Dach liegender Scharfschütze die Zielperson nicht genau genug anvisieren konnte, weil ein Zivilist im Weg stand. Um die Zielperson trotzdem zu treffen, gab es nur zwei Möglichkeiten. Entweder man trennte die beiden voneinander. Oder man schoss sich den Weg frei. Und genau das geschah hier. Zumindest würde es so manches erklären. *Sie* räumten sich den Weg frei, um an ihn – den Sehenden – zu gelangen, um ein freies Schussfeld zu schaffen.

Kurt betrachtete die zwei Polizisten. Seine Kehle fühlte sich mit einem Mal sehr trocken an. Er ballte die Hände zu Fäusten. Wut und Hass glommen in ihm auf. Er wusste, er durfte es nicht so weit kommen lassen. *Sie*, diese beiden vor seiner Tür, würden ihn nicht erledigen. So wahr er Kurt Kramer hieß, niemand würde das!

Mit starrem Blick fixierte Kurt das Holster am Gürtel des älteren Polizisten, und er dachte: *Ich werde sie ausschalten. Ich werde* Ihnen *zeigen, dass mit mir nicht gut Kirschen essen ist. Gleich hier und jetzt.*

Er rieb sich die feuchten Hände an der Pyjamahose ab, glaubte den Takt, den er benötigte, um *ihnen* eine Lektion zu erteilen, gefunden zu haben, und machte einen ersten Schritt auf den Polizisten zu, als ...

17

... Maike plötzlich einen großen Schritt auf Kurt zuging und Buddy am Halsband packte.

Der Hund knurrte, fletschte die Zähne, und kaum hatte sie das Band ergriffen, sprang er auf die Hinterläufe. Maike stolperte nach vorn, als Buddy mit den Vorderläufen vom Boden abhob. Sein Bellen scholl ohrenbetäubend durch den Flur. Speicheltropfen schossen aus seinem Maul.

Die Polizisten nahmen augenblicklich Abstand von der Tür. Der jüngere von beiden legte seine Hand auf seine am Gürtel sitzende Waffe, und Maike befürchtete schon, er würde die Pistole ziehen, sie auf Buddy richten. Dabei war er ein braver Hund, ein ruhiger, friedliebender Hund, der in seinen zehn Lebensjahren kaum mehr Leute angebellt hatte, als sie an einer Hand abzählen konnte. Nur wirkte er jetzt, als wollte er jemanden zerfleischen. Als wollte er jemandem an den Hals springen und ihm den Kopf abreißen. Seine spitzen Zähne ragten hervor wie tödliche Dolche. Wieder und wieder bellte er.

»Buddy!«, herrschte Maike ihn an.

»Halten Sie Ihren Hund zurück«, sagte Lauer, dem plötzlich Schweißperlen auf der Stirn standen. Angespannt öffnete er den Sicherheitsverschluss seines Holsters.

Kurt tat keinen Schritt. Wie aus einem Traum geweckt stand er da, fixierte den Hund, sah ihm direkt ins offene Maul. Emotionslos.

»Buddy!«, schrie Maike. Und als wäre nie etwas vorgefallen, beruhigte sich der Hund wieder. Wie vor wenigen Minuten, nachdem er Kurt übers Gesicht geleckt hatte, kehrte er auf seine vier Pfoten zurück. Seine eben noch hochgezogenen Lefzen senkten sich. Das Knurren verebbte. Und mit einem Mal erkannte Maike etwas, was ihr einen weiteren Schock versetzte. Buddy hatte nicht die zwei Unbekannten vor der Tür angreifen wollen. Sondern sein eigenes Herrchen. Ja. Es war unglaublich. Es war … bestürzend.

18

Etwa eine halbe Stunde nachdem der Köter seiner derzeitigen Nachbarn aus unerfindlichen Gründen fast sein eigenes Herrchen angegriffen hatte, beobachtete Ralph, wie Maike ihn in den Garten hinterm Haus verbannte. In einem weißen T-Shirt und einer eng anliegenden Jeans trat sie aus der Kellertür heraus, den Hund mit gesenktem Kopf im Schlepptau.

Maike maßregelte ihn und wippte dabei mit erhobenem Zeigefinger. Ein Anblick, der Ralph gefiel. Denn auch ihre Brüste wippten. Er erinnerte sich, wie er sie vor wenigen Tagen in den Händen gehalten hatte, wie er sie massiert und an den Brustwarzen gesaugt hatte. Die Vorstellung verschaffte ihm einen Ständer. Wie gern würde er jetzt dort hinauseilen und sie auf dem Rasen ummähen, ihr die Kleider vom Leib reißen und sie nehmen, wie er sie noch nie zuvor genommen hatte, bevor er sie anschließend fortschleppte. Zu sich nach Hause. In seinen Keller.

Stattdessen verweilte er in dieser nach alten Leuten stinkenden Bude, in der er nichts tun konnte, als den Vorratsschrank zu plündern und abzuwarten.

Draußen leinte Maike den Hund an ein über den Rasen verlaufendes langes Metallseil an. Es reichte gerade so weit, dass der Köter entweder in seine knallrote Hundehütte gehen oder sich auf dem Rasen erleichtern konnte.

Das gefiel Ralph. Wenn der Hund draußen bleiben musste, würde ihm das einen gehörigen Vorteil verschaffen.

»Ich sagte doch, meine Zeit wird kommen. Und ihr macht es mir damit nur noch einfacher«, sagte er in das leere Zimmer. »Sehr viel einfacher.«

Seine Laune hellte sich erheblich auf. Weitere zwei Minuten brachte er am Fenster zu, beobachtete. Als Maike wieder ins Haus verschwand, machte er sich auf den Weg in die Küche. Er fragte sich, ob die Frau, die hier gewohnt hatte, bei ihrem letzten Einkauf auch an Fleisch gedacht hatte.

19

Noch niemals in seinem Leben hatte sich David so groß, so stark gefühlt. Und so überlegen.

Eine ganze Weile schon folgte er diesem schmierigen, fetthaarigen Scheißkerl. Keine Sekunde ließ er ihn aus den Augen. Sein Herz klopfte in seiner Brust. Vor Aufregung wie vor Erregung. Es juckte ihn in den Fingern. Die Stimme Todd Downeys, jung und beharrlich, surrte in seinem Kopf wie ein aufgehetzter Bienenschwarm.

»Los doch. Ihm nach. Nähere dich ihm von hinten. Er hat nicht bemerkt, dass du ihm auf der Spur bist. Mach los. Los, los!«

Die Frage, was David vorhatte, stellte sich ihm nicht. Der Hass, der in jeder Zelle seines Körpers brannte, sprach für sich. Und je länger er diesem Kerl folgte, desto lauter knisterte dieses in ihm lodernde Feuer.

»Heute darf er über das Feld stolpern, das er selbst mit Minen gespickt hat«, sagte die Stimme Todd Downeys in seinem Kopf. Und dieses Bild gefiel David. Es wirkte auf ihn fair und gerecht.

Ohne Eile steuerte Adam auf die Innenstadt zu. Er schlenderte vor sich hin, den schwarzen *Nike*-Rucksack schräg über eine Schulter geworfen, die rechte Hand den Träger haltend, die linke Hand tief in der Hosentasche vergraben. Und er pfiff vor sich hin, laut und schief.

»Es wäre ein Leichtes, ihn jetzt von hinten abzustechen. Die Klinge würde in seinem Körper stecken, noch ehe er ›Aua!‹

denken kann. Du musst dich nur von deinen Moralvorstellungen verabschieden. Du musst dich nur trauen.«

David spürte, wie ihn Todds Worte weiter aufstachelten. Er griff nach der Beule, die das Küchenmesser in die Seite seines Rucksacks drückte. Es war ein fast schon instinktives Manöver. David dachte nicht darüber nach. Man konnte sagen, er war bereits über das Denken hinaus.

Ihm fielen auch die vielen Leute nicht auf, die in der Innenstadt interessiert Schaufenster beäugten, mit Einkaufstüten bepackt zum nächsten Bus eilten oder schlicht spazieren gingen. Sie waren für ihn so unsichtbar und nebensächlich wie der leichte Wind, der durch die Straßen wehte; die Kulisse einer Bühne, auf der *er* der Hauptdarsteller war. Genau wie Todd Downey in Hawkings Roman.

Der Gedanke zauberte ein Lächeln auf sein Gesicht. Ein kleiner Junge, der mit seiner Mutter an der Hand an ihm vorbeiging, sah es und wurde blass. Es fiel David nicht auf. Er konzentrierte sich, beobachtete Adam, der auf den Marktplatz zuhielt, ließ den Rucksack von den Schultern gleiten, öffnete den Reißverschluss und griff tief hinein.

Der Griff des Messers war kühl und hart und schwer. Und er fühlte sich gut an. Mächtig. Geradezu übermächtig. So musste sich Thor gefühlt haben, als er zum ersten Mal den Stiel des *Mjölnir* ergriffen hatte.

Du siehst mich nicht kommen. Aber ich bin schon ganz nah, dachte David und legte einen Zahn zu. Adam überquerte eine Straße, doch David holte mit großen Schritten auf.

Gleich hab ich dich. Gleich hab ich …

»Vorsicht, Junge!«

Etwas packte ihn an der Schulter, riss ihn zurück. David stolperte zwei, drei Schritte nach hinten. Fast zeitgleich schoss ein schwarzer Golf GTI keinen Meter vor seinen Füßen vorbei. Der Fahrer – ein junger Kerl mit Schildkappe, dem die innerörtliche Begrenzung von fünfzig Stundenkilometern nicht allzu wichtig war – würdigte ihn keines Blickes. David bemerkte ihn ebenso wenig wie das rote Männchen, das aufgeleuchtet war, kurz bevor er die Straße hatte überqueren wollen.

Mit einem Mal in die Realität zurückgerissen, begriff er, was soeben beinahe geschehen wäre, wie knapp er daran vorbeigeschrammt war, vor ein fahrendes Auto zu laufen. Die Erkenntnis ließ ihn frösteln.

»Meine Güte. Das wäre fast schiefgegangen. Alles in Ordnung, Junge?«

Mit Beinen, die sich wie taub anfühlten, und einem rasenden Pochen in der Brust drehte David sich um. Ungläubig und völlig neben sich stehend betrachtete er einen alten Mann. Seine dürren Finger lagen auf Davids Schultern. Die Nägel daran waren beinahe schwarz. Unter ihnen musste der Schmutz von Generationen liegen.

Der Mann war so groß, dass David zu ihm aufsehen musste. Sein hageres Gesicht war von einem grauen Rauschebart ummantelt. Von seinen Schultern hing ein lumpiges T-Shirt, auf dem eine verblichene bunte Aufschrift verkündete: *Sag einfach Prinzessin zu mir.* Er betrachtete David mit einem Ausdruck großer Erleichterung.

»Ich ... Ich denke schon«, antwortete er dem Fremden mit matter, tonloser Stimme. Gleichzeitig fragte er sich, ob er gerade wirklich so blind gewesen war, das rote Männchen zu übersehen. David glaubte von sich selbst, ein sehr umsichtiger Mensch zu sein. Etwas derartig Geistloses und Unvorsichtiges sah ihm überhaupt nicht ähnlich.

Er kniff die Augen zusammen. Das Sonnenlicht verursachte ihm Kopfschmerzen. Und die Beule an seinem Kopf. Sie pochte so sehr, dass er es hören konnte.

»Hast mir einen Heidenschreck einjagt«, sagte der Mann. Seine Stimme klang verbraucht und rau. Dennoch steckte ein fürsorglicher Unterton in ihr.

»Hast du dich verlaufen oder so was?«, fragte er. »Du wirkst fast so, als wüsstest du nicht genau, wo du bist. Oder warum.«

Als David die Augen wieder ganz öffnete, stellte er fest, dass der Alte nicht ganz falschlag. Zwar begriff David recht schnell, wo er sich aufhielt, doch weshalb er sich hier befand, das wollte ihm partout nicht einfallen. Die Gedanken an Adam, sein Hass, seine Wut – all das war wie erloschen.

»He? Noch anwesend? Soll ich jemanden rufen?«, fragte der Alte und schnippte mit den schmutzverkrusteten Fingern vor Davids Augen.

»Ja, alles …«

»Du meine Güte! Wie hast du das denn geschafft?«

David verstand nicht sofort, was der Alte meinte. Erst als er nach unten blickte, begriff er.

Es war seine Hand. Er hatte sie unbewusst aus seinem Rucksack gezogen. Über seine Finger schlängelte sich ein breiter Blutfaden.

David fehlten die Worte, um dem Alten eine Antwort zu geben. Denn der Anblick der Schnittwunde brachte sämtliche Erinnerungen zurück. Sie überrannten ihn wie eine Horde wild gewordener Pferde. Und als das geschah, konnte er nicht anders, als selbst die Flucht zu ergreifen. Er ließ den Mann einfach stehen und rannte davon.

20

Zum ersten Mal in ihrem Leben bekam Cornelia Kraus beim Anblick eines hübschen Mädels ein schlechtes Gewissen. Obwohl weder Sandra noch Cornelia selbst es wussten, hatten beide eine ähnliche Vergangenheit bewältigen müssen. Der einzige Unterschied war, dass Sandra mit der Zeit stark abgenommen hatte, während Cornelia immer voluminös geblieben war. Und voll mit Rachegelüsten. Bis heute jedenfalls. Denn sie hatte es mit ihrem Spaß zu weit getrieben. Viel zu weit, wie ihr beim Anblick der Praktikantin nur allzu klar wurde.

Sandra saß inzwischen auf einem Stuhl in der Cafeteria. Ihre Gesichtshaut war blass. Unter ihren Augen trollten sich tiefe dunkle Schatten, ihr Blick war auf den Boden gesenkt. Die Bewusstlosigkeit stand ihr regelrecht ins Gesicht geschrieben.

Und das alles wegen mir, dachte Cornelia. Einem Impuls folgend schnappte sie sich von einem Rollwagen einen mit transparenter Frischhaltefolie überspannten und vorgerichteten Teller und marschierte auf Sandra zu.

»Hier«, sagte sie. »Du solltest etwas essen.«

Sandra regte sich zuerst nicht, dann sah sie verwundert auf. »Was?«

Ihre Augenränder waren noch viel dunkler, als Cornelia sie zuerst wahrgenommen hatte. Die blauen Augen darüber wirkten matt und kraftlos.

»Du solltest essen, deinen Kreislauf aufputschen.« Sie stellte den Teller auf den Tisch neben das Mädchen. Als

Sandra die aufgereihten Scheiben Käse und Wurst und die nebendran liegenden Scheiben Brot betrachtete, konnte Cornelia nicht umhin, festzustellen, was sich auf ihrem Gesicht widerspiegelte. Eine Mischung aus Verachtung und inniges Begehren zugleich. Sie kannte diesen Mischmasch an Gefühlen nur allzu gut.

»Ich möchte nichts, danke.«

»Sandra«, sagte Cornelia. »Du kannst mir nichts vormachen. Ich war selbst schon oft genug in deiner Situation.«

Sandra sagte nichts, stierte nur auf den Boden vor ihren Füßen.

Cornelia spürte, wie leichter Groll in ihr aufstieg. So ungefähr fühlte es sich an, wenn sie sich mit ihrer dreizehnjährigen Nichte unterhielt; ein pubertäres Wesen, dessen Herkunft ihr manchmal schleierhaft war.

»Hör mir jetzt mal zu. Ich weiß, was in dir vorgeht. Weil ich gesehen habe, wie du aus Freys Zimmer gestürmt bist. Und weil ich es selbst schon durchlebt habe. Die Beleidigungen, sein giftiger Blick und das alles. Ich weiß, wie du leidest.«

Jetzt horchte Sandra auf. In ihren Augen schwammen Tränen.

»Ich leide nicht.« Sandras Stimme klang tonlos.

Cornelia achtete nicht darauf. »Und ich glaube, dass du genauso handelst, wie ich es nach meinem ersten Mal bei ihm getan habe. Du hast aufgehört zu essen. Deswegen der Ohnmachtsanfall. Deswegen die Ruhelosigkeit. Sieh dich doch einmal im Spiegel an. Du siehst aus, als hättest du binnen kürzester Zeit drei Kilo verloren.«

Ein kurzer Moment der Stille entstand zwischen ihnen. Cornelia atmete schwer. Sie nahm allen Mut zusammen.

»Es hat nie eine Wette gegeben.«

»Was?«

»Du hast mich schon richtig verstanden. Es hat keine Wette gegeben. Der einzige Grund, weshalb ich dich zu Frey reingeschickt habe, ist … Ich beneide dich. Nein, ich bin eifersüchtig auf dich. Auf deine Figur. Auf alles an dir. Es ist meine Schuld, wenn es dir nicht gut geht. Deshalb möchte ich, dass du etwas isst. Bitte! Tu mir den Gefallen.« Sie flehte beinahe.

»Lässt du mich dann in Frieden?«

Cornelia spürte einen Stich in ihrer Brust. Ihr wurde klar, dass sie von Sandra mehr erwartet hatte als weiterer Trotz. Entgegenkommen vielleicht?

»Ja. Iss etwas, dann lasse ich dich in Ruhe.«

Sandra wandte sich dem Teller zu. Mit langsamen Bewegungen, die der Pflegerin nur noch mehr einschärften, wie schlecht es dem Mädchen tatsächlich gehen musste, riss sie die Folie vom Teller. Dann legte sie eine Scheibe Käse auf eine der Brotscheiben und biss davon ab. Als sie das Brot wieder vom Mund wegführte, hob sie die Augenbrauen. Eine unmissverständliche Geste. *Glücklich? Dann mach, dass du wegkommst und lass mich in Frieden.*

Und das tat Cornelia. Sie bedankte sich bei Sandra und ging davon.

Es war das letzte Gehen. Bei ihrer nächsten Begegnung würde eine von ihnen nicht mehr leben.

21

Ihr Mund fühlte sich an, als fände darin eine Geschmacksexplosion statt. Sie schmeckte den Käse und das Brot nicht nur, ihre Sinne sprudelten regelrecht vor Ekstase. Da war das Aroma von frisch gebackenem Getreide, ein Hauch von Nüssen, die cremige Konsistenz des Käses und der Butter … *Meine Güte, wie gut Butter schmecken kann!*

Sie hatte sich vorgenommen, die Pflegerin zufriedenzustellen, indem sie ein einziges Mal von der Brotscheibe abbiss und den Rest dann heimlich irgendwo entsorgen würde. Doch sie konnte nicht. Es war unmöglich. Dieser Geschmack! Sosehr sie sich auch zurückzuhalten versuchte, sie konnte nicht gegen den Impuls ankämpfen, wieder und wieder von der Brotscheibe abzubeißen. Und als sie sie ganz verschlungen hatte, konnte sie nicht widerstehen, auch die zweite Brotscheibe an sich zu nehmen.

Mahnend dachte sie: *Nur noch einmal beißen, dann ist es gut.*

Doch aus einmal wurden zweimal und fünfmal, und dann war auch die zweite belegte Brotscheibe verschwunden. Und auch der ganze Rest auf dem Teller. Selbst das Salatblatt, das jemand zur vermeintlichen Dekoration darauf drapiert hatte, beförderte sie mit nur wenigen Bissen ihre Speiseröhre hinunter.

Ebenso schnell, wie der beißende Hunger nachließ, brach Verzweiflung über sie herein. Sie betrachtete den leeren Teller, gewillt, selbst die letzten Krümel aufzusaugen. Gleichzeitig sammelten sich Tränen der Bitterkeit in ihren Augen.

Jetzt fühlte sie sich noch schlechter. So lange hatte sie ausgeharrt, so viele Stunden hatte sie die Wolke von Kopfschmerzen durchwatet, so viele Male hatte sie auf Essen verzichtet, nur um jetzt rückfällig geworden zu sein.

»Fetti«, dröhnte eine Stimme in ihren Gedanken. *»Fettiiiiii.«*

Ihr Weinen ging in ein leises bedauerndes Schluchzen über. Vor ihrem inneren Auge sah sie, wie sich das Fett an ihren Hüften absetzte, an ihren Oberschenkeln. Sie sah, wie sie auseinanderging wie ein Hefekloß.

Sie konnte nicht anders. Wie von einer Hornisse gestochen, sprang sie von ihrem Stuhl auf und rannte aus dem Gemeinschaftsraum zur nächstgelegenen Toilette. In einer der Kabinen angelangt, hielt sie noch einmal inne. Eine Gewissheit überkam sie.

Wenn ich das jetzt anfange, werde ich es nicht wieder stoppen können.

Das war ihr letzter Gedanke, bevor sie sich hinkniete und die Finger in den Hals schob.

22

Ralph hatte Glück. Im untersten Kühlschrankfach fand er, wonach er gesucht hatte – zwei eingeschweißte 250-Gramm-Stücke Rindfleisch. Filet. Bio. Einundachtzig Euro das Kilo. Das Beste vom Besten. Die Hausbesitzer hatten es sich auf ihre alten Tage wohl noch einmal richtig gut gehen lassen. Zu schade, dass sie nicht mehr daran teilhaben konnten, wenn er das Fleisch in der Pfanne braten und sich einverleiben würde, eventuell mit einem guten Schluck Rotwein, sofern er denn welchen im Keller der Paulsens fand. Er war sich ziemlich sicher, er würde welchen finden.

Natürlich war das nicht alles, was er mit dem Fleisch vorhatte. Einen kleinen und nichtsdestotrotz bedeutungsvollen Teil würde er für einen anderen Zweck nutzen. Dazu brauchte er noch etwas anderes, was er voraussichtlich im Badezimmer finden würde. Dessen war er sich noch gewisser als mit der Sache mit dem Wein. Und wie er schließlich feststellte, hatte er auch diesbezüglich Glück. Im Medizinschränkchen über dem Waschbecken lag, wonach er Ausschau gehalten hatte.

Als er die Spiegeltür des Schränkchens schloss und sich selbst sah, lächelte er. Der Tag war schon jetzt reich gesegnet, und er würde schon bald noch besser werden. Denn ihm war eine Idee gekommen; eine, mit der er im Nachbarhaus ein wenig für Tumult sorgen konnte. Dazu benötigte er nicht mehr als einen Stift und Papier.

Auch das fand Ralph nach kurzer Suche. Und er machte sich sofort ans Werk.

23

Die Verletzung in Davids Handfläche war nicht mehr als ein Kratzer. Noch auf dem Heimweg trocknete die Wunde ein.

Unbedeutend war der rote Streifen auf der Innenseite seiner rechten Hand jedoch nicht. Ganz im Gegenteil. Denn schon jetzt, wo er wieder am Bach saß und die Mittagssonne ihm brennend heiß in den Nacken schien, konnte er dessen Gewichtigkeit spüren. Als wäre die restliche Welt um ihn nicht mehr als ein Beiwerk des Lebens, ließ er den Schnitt nicht mehr aus den Augen. Und je länger er auf ihn starrte, desto mehr wurde ihm bewusst, dass er beinahe etwas Schlimmes getan hätte. Etwas sehr, sehr Schlimmes.

Ich hätte Adam angegriffen, dachte David. Nur war *angegriffen* nicht das richtige Wort. Es war zu schwach, zu vage. Richtiger wäre ...

»Ich wollte Adam ganz sicher nicht töten!«, sagte David laut. »Das ist doch Wahnsinn!«

Nur hatte er es doch vorgehabt. Und er wusste es. Weil Todd es ihm zugeflüstert, ihn dazu angestachelt hatte.

Dabei war er nicht wie Todd. Überhaupt nicht. Auch seine Eltern waren nicht wie die Downeys. Sein Vater war kein Alkoholiker und seine Mutter nicht schizophren. Und sie schlugen ihn nie!

David betrachtete den roten Streifen auf seiner Handfläche. Die getrockneten Bluttränen schimmerten im Schein der Sonne. Plötzlich raunte Todds Stimme in Davids Kopf.

»Du sagst, deine Eltern sind nicht wie meine. Aber wie wird dein Papa wohl reagieren, wenn du ihm die Wunde zeigst?

Wird er dich fragen, was du angestellt hast? Wird er nicht sagen, du sollst dich nicht so anstellen?«

»Mein Papa ist kein Monster«, widersprach David.

»Wir sind alle Monster.«

»Nein! Mein Papa tut mir nichts. Er hat wenig Zeit, aber das ist auch alles!«

Seine Stimme verklang über dem dahinsiechenden Bach. Helle Sonnenflecken reflektierten unberührt auf der Oberfläche. Und irgendwie wünschte sich David, sein Papa wäre jetzt hier. Einfach, um da zu sein. Wie früher, wenn sie Schlauchbootfahren waren oder Radtouren gemacht hatten. Sie hatten bei diesen Aktivitäten nur wenig miteinander gesprochen, doch das hatte David nicht gestört. Es war das Gefühl, seinen Vater an seiner Seite zu haben, das wichtig gewesen war.

Nur war das schon lange her. Sehr lange. Jahre.

Weil sein Vater arbeiten musste. Das war der Grund. Weil seine Karriere vorangebracht werden musste. So etwas nahm Zeit in Anspruch.

»Meine Zeit«, wisperte David und spürte ein allzu bekanntes Gefühl in seiner Magengegend. Keinen Hass. Groll. Tief sitzender, bohrender Groll.

»Genau!«, bestätigte Todd. *»Und was heißt das?«*

»Wie? Was soll das heißen?«

»Du weißt, was ich meine.«

David verstand, worauf Todd abzielte. Natürlich. Weil Todd niemand anderes als er selbst war. Deshalb war er es auch selbst, der sich diese Fragen stellte. Und diese letzte zielte auf nichts anderes ab, als auf die weiterführende Frage: Was bedeutete es, wenn Eltern keine Zeit für ihre Kinder hatten? Welchen Schluss konnte er – David – daraus ziehen?

»Meine Eltern lieben mich. Das weiß ich.«

»Ist das so?«

»Ja!«

Zum tausendsten Mal betrachtete David die Wunde an seiner Hand. Sie zitterte. Vor Ungewissheit. Denn was war, wenn seine Eltern ihn tatsächlich nicht liebten? Was war, wenn Todd mit all dem, was er sagte, recht hatte?

David sog tief Luft ein. Es gab nur einen Weg, das herauszufinden. Er musste zu ihnen gehen und ihnen seine Wunde zeigen. Und dann würde Todd schon sehen, dass er mit seiner Behauptung falschlag. Eltern waren eben nicht alle gleich!

24

»Was war das eben?«

Maike fühlte sich, als sie diese Frage stellte, alles andere als wohl. Mit einer Tasse heißen Pfefferminztees vor sich saß sie am Esstisch. Es war ihr Magen, der ihr zu schaffen machte. Nicht allein wegen der Schwangerschaft. Die Situation sorgte sie. Sie ängstigte sie sogar. Noch nie hatte sie ihren Mann derart ausrasten sehen. Oh, er hatte sich das eine oder andere Mal aufgeregt, aber noch nie so sehr, dass sie befürchtete, er würde vollkommen die Fassung verlieren.

»Was soll los gewesen sein?«, fragte Kurt. Dabei stand er dicht am Küchenfenster und blickte auf eine Art hinaus, die Maike einen Schauder bereitete. So als beobachtete er ein am Horizont aufziehendes nahendes Gewitter. Seine Bewegungen wirkten gehetzt, regelrecht paranoid.

»Du weißt, was ich meine. Buddy hat dich nicht angesprungen und dann ist das Telefon runtergefallen. Das hat er erst danach getan. Warum hast du die Polizisten belogen?«

Kurt drehte sich nicht zu ihr um. Stattdessen legte er den Kopf in den Nacken und blickte großäugig zum Himmel hinauf.

Er knurrte: »Polizisten. So ein Witz!«

»Wie?«

»Das waren keine Bullen.«

Maike runzelte die Stirn. »Was redest du da?«

»Das *waren* keine Bullen!«

Der plötzliche Lautstärkewechsel ließ sie zusammenfahren. Ohne es zu beabsichtigen, krampfte sie die Hände um die Tasse. Heißer Tee schwappte über den Rand und ergoss sich über ihre Finger. Pfefferminzgeruch stieg ihr in die Nase.

Als Kurt sich zu ihr herumdrehte, überkam sie ein weiterer Schreck. Der Ausdruck in seinen Augen ... Nein, es war seine ganze Erscheinung ... Nichts davon stimmte mit dem Mann, den sie geheiratet hatte, überein. Da war keine Freundlichkeit in seinem Gesicht, keine Sympathie. Nur ein entschlossenes Starren. Sein sonst so besengerader Rücken war einer gekrümmten Haltung gewichen. Sein Bart war ungepflegt. Auf seiner Stirn sammelte sich Schweiß. Der Mann, der nur wenige Meter von ihr entfernt stand, wirkte wie ein Tier. Ein aufgehetztes Tier. Bereit zum Angriff.

Angriff, wiederholte Maike im Geiste. Sie spürte, wie es sie dazu drängte, aufzustehen und die Flucht zu ergreifen. Sie wollte aus diesem Zimmer. Jetzt. Irgendetwas stimmte nicht mit Kurt. Irgendetwas stimmte ganz und gar nicht mit ihm. Der Krankenpfleger hatte ihr prophezeit, dass Kurt sich womöglich einige Tage zurückziehen würde, als hätte er eine Depression. Doch das hier war keine Depression. Das hier war ...

Ihr fiel nur ein Begriff dazu ein: *außer Kontrolle.*

Sie zwang sich dazu, sitzen zu bleiben. Ihr Mund war staubtrocken. »W-Wer sollen die Männer denn sonst gewesen sein?«

»Das verstehst du nicht.«

»Was verstehe ich nicht?«

»*Sie.*« Er sprach dieses eine Wort aus, als hätte es die Tragweite einer Kriegserklärung. »*Sie* waren es.«

»Sie? Wer sie?«

»*Sie.*« Das war das Einzige, was er hervorbrachte. Ein einzelnes geknurrtes Wort.

Eine hitzige Spannung lag in der Luft. Maike konnte sie spüren.

»Kurt, ich weiß nicht, wovon du redest. Aber …« Sie stand auf und tat etwas, was sie sogleich bereuen sollte. Sie ging um den Tisch herum auf ihn zu. Was ihr dabei nicht entging, war, dass Kurt die Hände zu Fäusten ballte, sie öffnete und ballte.

Er ist mein Mann. Was auch immer gerade in ihm vorgeht, was er auch gerade durchmacht und egal, was ich ihm zugefügt habe, ich liebe ihn. Das dachte Maike, als sie sich ihm näherte, ihre Hand ausstreckte und seinen Unterarm berührte. Er war heiß wie von Fieber.

Dieser kleine Schritt, der zwischen ihnen schon so oft abgelaufen war, kostete sie allen Mut. Weil sie sich schuldig fühlte. Nein. Weil sie schuldig war.

Womöglich habe ich mein Recht, ihn so zu berühren, durch mein Verhalten verwirkt.

Dieser Gedanke brachte Kummer mit sich. Doch sie durfte nicht weinen. Nicht jetzt. Jetzt musste sie für ihn, für ihren Mann da sein. Und dazu benötigte sie alle Kraft, die sie aufbringen konnte.

»Kurt«, sagte sie mit sanfter Stimme. »Was ist nur los mit dir? Sag mir bitte, was ich tun kann, damit es dir besser geht.«

Er sah sie nicht an. Seine Augen blickten ins Leere. Sein Brustkorb hob und senkte sich in langen Schüben. Die grauen Barthaare unter seiner Nase flirrten bei jedem Atemzug.

»Kurt?«

Nicht schauend, sondern starrend blickte er ihr in die Augen. Speichel glänzte auf seiner Unterlippe. »Bist du auf meiner Seite, Maike?«

Sie wollte schon fragen, was das bedeuten solle, entschied sich jedoch dagegen. »Ja. Ja, natürlich bin ich auf deiner Seite.«

Sie meinte es ernst. Doch eine innere beißende Stimme – die Stimme ihres Gewissens – fragte fast zeitgleich: *Warst du das auch, als du Ralph Miller den Schwanz gelutscht hast?*

Kurt beäugte sie eine ganze Weile, bevor er wieder zu ihr sprach. Sie wusste nicht, welche Antwort sie sich von ihm erhofft hatte, doch was er sagte, traf sie mitten ins Herz.

»Ich kann dir nicht trauen.«

Mit diesen Worten löste er sich von ihrer Berührung und ging davon. Nach oben. Ins Schlafzimmer. Sie hörte seine Schritte.

Mit einem Mal war ihr kalt. Eiskalt.

25

»Hast du nicht auch manchmal das Gefühl, etwas liegt in der Luft? Irgendeine Spannung?«, fragte Michael Lauer seinen Kollegen wie aus dem Nichts. Sie waren auf dem Rückweg ins Polizeirevier, wo der zu schreibende Bericht über ihren Stopp und ihre Beobachtungen am Haus des toten Uwe und der verschollenen Britta Paulsen auf ihn wartete. Eine Arbeit, die keinem Polizisten der Welt Freude bereitete, sah man einmal von Ulrich Knabben ab.

»Meinst du, dass es bald Gewitter geben wird?«, fragte Ulrich Knabben und blickte über das Lenkrad gebeugt in den Himmel. »Ich seh bisher zwar nur ein paar Schleierwolken. Doch ich bin mir ziemlich sicher, dass es bald wieder wie aus Kübeln gießt. Würde mich jedenfalls nicht wundern. Bis auf ein paar gute Tage wird das ein verregneter Sommer. Das sagen sie zumindest in den Nachrichten. «

Michael blickte ebenfalls in den Himmel, dachte aber nicht an das Wetter.

»Das meinte ich nicht. Ich meinte diesen Kramer.«

»Der Bauunternehmer? Was ist mit ihm?«

»Kam er dir nicht auch irgendwie seltsam vor?«

»Was meinst du?«

»Na, beispielsweise die Art und Weise, wie er uns die ganze Zeit gemustert hat. Richtig angestarrt hat er uns.«

Knabben strich sich über den Bart. »Ist mir schon aufgefallen. Aber ich empfand ihn jetzt nicht als sonderbar. Zumindest nicht mehr, nachdem seine Frau uns erklärt hat, was mit ihm los ist. Die Explosion und das alles.« Er blähte die Wangen auf und pustete dann lautstark aus. »Hätte ich so etwas miterlebt, ginge es mir garantiert auch nicht einwandfrei. Bei dem Unglück sind ziemlich viele Leute gestorben.«

»Klar«, bestätigte Michael. Allerdings mehr als unbefriedigt. Seitdem sie bei den Kramers an der Haustür geklingelt hatten, juckte es ihn. Es war kein Jucken, wie wenn er einem Raser ein Bußgeld ausstellte oder wenn man jemanden dabei erwischte, wie er unbefugt über den Zaun eines Grundstücks kletterte, sondern das Jucken seiner Spürnase. Das mochte klingen wie aus einem Comic entnommen, doch genau so war es. Seine innere Alarmsirene heulte. Irgendetwas war im Busch.

Wie aufs Stichwort sagte Ulrich Knabben: »Merkwürdig fand ich bloß, dass dieser Kramer nach Alkohol gestunken hat. Und das um die Uhrzeit. Wenn ich am Morgen hartes Zeug trinken würde, würde mich meine Frau vor die Tür ...«

Stimmt. Der Alkohol, unterbrach ihn Michael in Gedanken. Der war ihm auch aufgefallen. Kurt Kramer hatte gerochen, als wäre er gerade von einem ausgiebigen Kneipenbesuch heimgekehrt.

»Michael? Hörst du mir überhaupt zu?«

»Ja. Klar.«

Doch Michael hörte nicht zu. Seine Spürnase juckte. Sein Instinkt zwickte. Er überlegte weiter und fragte sich dabei, wie sehr sie den Aussagen eines Mannes, der einen solch merkwürdigen Eindruck auf sie hinterlassen hatte, vertrauen konnten. Vor allem, wenn man bedachte, dass gleich nebenan ein Mensch getötet worden war.

Michael beschloss, Kurt Kramers Alibi zu überprüfen. Das bedurfte nur eines Anrufs bei einem Freund von ihm, der bei der Kripo arbeitete. Und wenn der keine Auskunft für ihn parat hatte, so würde er sich selbst auf den Weg machen, um herauszufinden, wo Kramer während der Tatzeit gesteckt hatte. Streifenpolizist hin oder her. Da ging etwas vor sich. Und wenn Michael sich nicht täuschte, war es nichts Gutes.

26

Als David ins Haus trat, erwartete ihn ein ungewohntes Bild. Auf dem Fußboden im Hausflur lagen ein Haufen Scherben. Schwarzes Plastik. Platinen. Dünne gebogene Kabel. Irgendetwas war heruntergefallen und zerbrochen. Nun, das war nicht das Seltsame an der Sache. Viel ungewöhnlicher war, dass niemand den Schlamassel weggeräumt hatte. Denn wenn es in diesem Haus eine Sache nicht gab, dann war es Unordnung. Dank seiner Mutter.

Die in den letzten Tagen nicht wie sie selbst gewirkt hatte, fiel David ein. Und als er sie auf der Couch vorfand, wusste er, dass sich das in der Zwischenzeit nicht verändert hatte. Sie starrte auf den Fernseher, der nichts anderes zeigte als bloßes Schwarz. Mit einer Hand streichelte sie unentwegt über ihren Bauch, was ebenso seltsam wirkte wie die Scherben auf dem Boden. Beides wollte nicht recht in das Bild passen, das sie ihm über Jahre vermittelt hatte.

Wenn ich ihr meine Wunde zeige, wird sie wieder ganz die Alte sein. Sie wird hysterisch aufspringen und nach Desinfektionsmittel und Verbandszeug suchen, nur um anschließend, der reinen Sicherheit wegen, mit mir zum Arzt zu fahren. Ja, so wird es laufen. Und das wird beweisen, dass meine Eltern nicht wie die von Todd sind!

»Mama?«

Sie reagierte nicht. Nicht einmal ein Augenzucken.

»Siehst du, wie sehr sie sich für dich interessiert?«, reizte Todd. David verbannte seine Stimme aus seinem Bewusstsein. Jedenfalls für den Moment.

»Mama? Hallo?« Er winkte ihr vor den Augen.

»Was?« Sie blinzelte verwirrt. Dann wandte sie sich ihm zu. Trägheit haftete auf ihrem Gesicht wie eine Maske. Ein schwaches Lächeln huschte über ihre Lippen, so schwach, dass es kaum zu sehen war.

»Oh. Hallo, David.«

David. So hatte sie ihn zur Begrüßung selten genannt. Für gewöhnlich lautete ihre Anrede für ihn »Schatz« oder »Süßer«, aber niemals nur »David«.

»Mama, ich habe mich verletzt«, sagte David. »Kannst du mal danach sehen?«

Der müde Ausdruck seiner Mutter blieb. Ihre Mimik zeigte keine Regung. Und plötzlich sagte sie etwas, was David glauben ließ, seine Mutter könnte unter Drogen oder Medikamenteneinfluss stehen. Zwar hatte er selbst keinerlei Erfahrungen mit dem Konsum von Rauschmitteln, doch anhand der Geschichten, die er gelesen hatte, und verschiedenster Filme stellte er sich deren Einwirkung genau so vor. Sie sagte: »Mach ruhig. Das Wetter ist schön.«

Unwissend, was er sonst tun sollte, um ihre Aufmerksamkeit für sich zu gewinnen, wiederholte er sich. »Mama, ich habe mich verletzt.«

»Ja. Genau.«

David fror. In ihm tobte mit einem Mal ein Schneesturm. Er konnte nicht glauben, was gerade geschah.

»Sagte ich es nicht?«, kommentierte Todd Downey. *»Alle Eltern sind gleich. Sie ficken, haben Spaß, und dann lassen sie die Frucht, die sie gezeugt haben, so lange hängen, bis sie auf die Erde fällt und zerplatzt.«*

»Mama! Sieh mich an. Sieh dir meine Hand an!«

Sie sah sie an. Doch sie schenkte ihr keine Beachtung. Auch der Wunde nicht.

»Ma-ma ...« Seine Stimme war nur noch ein Flüstern. Er bettelte sie an.

»Ich habe recht, David. Ich hatte von Anfang an recht.«

Nein!

»Gib's auf. Gib's auf!«

»Mama«, versuchte es noch einmal und sah sie dabei direkt und unmissverständlich an. Tränen bildeten sich in seinen Augenwinkeln. Sein Unterkiefer bebte. Seine Nasenflügel bewegten sich bei jedem Atemzug. In seiner Brust quetschte eine eiserne Zange sein Herz zusammen. Gleich würde er zu weinen anfangen. Aus Kummer wie aus Angst.

Sie betrachtete ihn nicht. Sie sah nur auf ihren Bauch hinab. Unablässig streichelte sie ihn in kreisförmigen Bewegungen.

»Ich wollte schon immer ein drittes haben«, sagte sie mit beinahe tonloser Stimme. »Kurt wollte nicht, aber ich wollte. Ich habe es nie jemandem gesagt. Ein drittes. Ein drittes.«

Eine Träne rann über Davids Wange. Eine zweite folgte. Er hörte ihre Worte, doch was sie sagte, ergab für ihn nur einen einzigen Sinn – *er* war ihr vollkommen gleichgültig. In welchem Universum sie auch geistig feststecken mochte, er war kein Teil davon. Kein Planet. Kein Stern. Nicht einmal ein winzig kleiner Lichtfleck im allumfassenden Dunkel der Galaxie.

»Siehst du? Eltern sind alle gleich. Meine. Deine. Alle.«

Nein. Nein, meine Eltern lieben mich, versuchte sich David gegen diese innere Tyrannei zu wehren. Doch seine eigene Gedankenstimme klang abgehärmt und verloren.

Er betrachtete seine Mutter noch einen Moment, sah ihr zu, wie sie sich den Bauch rieb. Mit zarter Geste. Gefühlvoll. Und er wünschte sich nichts sehnlicher, als dass ihm dieses Streicheln gebührte.

Mit gesenktem Kopf und einem Gefühl, als reiße die Welt – seine Welt – allmählich entzwei, wandte David sich ab. Es gab noch einen letzten Hoffnungsschimmer, der die Einsamkeit und die Nichtbeachtung vertreiben konnte.

»Du brauchst es gar nicht erst zu versuchen«, sagte Todd. *»Verschwendete Liebesmühe.«*

Doch David musste es tun. Denn was passieren würde, wenn die Stricke zwischen den Welten – der Welt seiner Eltern zu ihm, von ihm zu seinen Eltern, zwischen ihm und jedweder Vernunft – rissen, war eindeutig. Und genau deshalb musste er seinen Vater aufsuchen. Er musste ihm seine Handfläche unter die Nase halten. Ansonsten ...

»Alle Eltern sind gleich. Deine. Meine. ALLE. Du weißt, warum ich getan habe, was ich getan habe. Und du weißt, was auch du tun wirst.«

Stumm trottete David ins erste Stockwerk hinauf.

Ein irrationaler Gedanke kam ihm. Eine Frage, die der Hutmacher Alice stellte, als er glaubte, den Verstand zu verlieren. *Warum ist ein Rabe wie ein Schreibtisch?*

Er ging hinauf.

Und doch hinab.

Ja, hinab.

So fühlte es sich an.

Hinab ins Dunkel des Kellers der alten Mühle, wo Albträume auf ihn warteten. Und Einsamkeit. Wahrhaftige, lebendige Einsamkeit.

Papa. Hilf mir, dachte er, während von hinter ihm, von über ihm und von in ihm drinnen Todd Downey ein Auge auf ihn hatte.

»Alle Eltern sind gleich. Meine. Deine. Alle. Aber vor allem deine, David. Deine Eltern sind gleicher! Hast du gehört? Hast du gehört? Sie sind gleicher! Und deswegen weißt du, was du zu tun hast. Du weißt es! Du musst es bloß noch akzeptieren.«

Mit zittriger Hand klopfte David an die Schlafzimmertür.

27

Kurt befand sich nicht im Schlafzimmer, wie sein Sohn angenommen hatte. Er stand in Maikes Arbeitszimmer, einem kleinen, hübsch möblierten Raum unterm Dach. In seiner Hand hielt er das zweite von zwei Haustelefonen.

Er wollte schon die Nummer der Firma eingeben, da kam ihm eine These in den Sinn; eine, die in seinem von Rum und Wahnvorstellungen vernebelten Denken ganz logisch und vernünftig klang.

Was ist, wenn ich Dieter nicht erreichen konnte, weil sie *es vereitelt haben?*

Konnte das so gewesen sein? Ja, es musste so gewesen sein. Dieter war um diese Uhrzeit immer in der Firma. Und da Kurt sein Chef war, hätte er ans Telefon rangehen müssen!

»*Sie* beobachten mich nicht nur, *sie* kontrollieren auch die Telefone«, sagte er mit wachsendem Entsetzen. »Ja. Ja! *Sie* wollen, dass ich weiß, dass *sie* die Kontrolle haben. *Sie* wollen mich bedrängen, mich in die Enge treiben wie ein beschissenes Tier. Aber nicht mit mir. Nicht mit mir!«

Hektisch schritt Kurt zwischen den grün gestrichenen Wänden hin und her. Die Wandfarbe war Maikes Wunsch gewesen. Sie sollte beruhigend wirken, wenn Maike an ihren Gedichten arbeitete. Auf Kurt wirkte das nicht. Im Gegenteil. Er fühlte sich hier oben geradezu eingeengt, fast wie in einem Käfig. Das wenige Licht, das durch ein einzelnes kleines Fenster hereinfiel, verstärkte dieses Gefühl noch. Und die Stille um ihn herum machte die Sache nicht besser. Sein Puls jagte förmlich.

»Papa?«

Kurt zuckte zusammen. Die Stimme kam von unten. Einen Augenblick lang wusste er nicht, wer da nach ihm rief. Dann erkannte er die Stimme. David. Es war ein merkwürdiges Gefühl, an ihn zu denken. Es fühlte sich beinahe so an, als wäre es Jahre her. Jetzt fragte sich Kurt, was der Junge von ihm wollte. Jedenfalls tat er das für einen Moment. Als sein Blick wieder auf das Telefon fiel, erlosch der Gedanke jedoch sofort und die inzwischen vertraute Gehetztheit ummantelte seinen Verstand erneut.

Ich muss es ausprobieren. Ich muss wissen, ob ich Dieter erreichen kann.

Aus dem Kopf heraus tippte Kurt die Nummer ein. Dabei drückte er die Tasten nicht, er hackte regelrecht auf sie ein. Wenige Sekunden später stand die Verbindung. Er hob das Telefon ans Ohr und lauschte dem Tuten.

»Geh ran, du Scheißkerl. Nimm ab. Nimm ab!«

Doch der zweite Vorstandsvorsitzende nahm nicht ab. Nicht einmal Natalie, die Sekretärin, meldete sich. Es war wie verhext. Oder wie manipuliert.

»Ihr Bastarde«, grollte Kurt in das tutende Telefon. »Ihr beschissenen Bastarde! Also doch. Ihr habt es doch unter Kontrolle.«

»Papa?«, rief es von unten.

»Ich wusste es. Ich wusste es die ganze Zeit. Selbst mein Vater wusste es bereits.«

»Papa?« Jetzt lauter.

»Aber wartet's nur ab. So leicht kriegt ihr mich nicht. O nein. Nicht mich.«

Kurt hörte Schritte, die heraufkamen. Leise Schritte, als schliche ihm jemand nach.

»Bist du hier oben? Papa?«

Kurt wusste, was er zu tun hatte. Wenn *sie* tatsächlich die Kontrolle über die Telefonleitungen hatten, dann ... dann ...

»Dann haben *sie* die Telefone auch ganz sicher verwanzt. Ja ... Ja ...«

Ob das alles Sinn ergab oder nicht, spielte für Kurt Kramer keine Rolle mehr. Er öffnete das einzige Fenster im Raum und warf das Telefon hinaus.

»Da bist du ja«, sagte David hinter ihm.

Kurt nahm es kaum wahr. Er beobachtete den Fall des Telefons. In einem hohen Bogen drehte es sich um sich selbst. Dann landete es im Gebüsch unterhalb des Hangs, wo das Grundstück endete. Die Zweige und Sträucher und hohen Gräser nahmen es in sich auf wie einen Freund. Ein befreiendes Gefühl überkam Kurt. Auf seinem Gesicht zeichnete sich sogar ein seichtes Lächeln ab.

Irrational dachte er: *Dies nun war der erste Streich.*

Als er sich umdrehte, stand sein Sohn bereits vor ihm. Der Junge betrachtete ihn aus traurigen, flehentlichen Augen und hob ihm die leere Hand entgegen.

»Papa«, winselte er beinahe.

Doch das fiel Kurt kaum auf. Es interessierte ihn auch nicht. Wie ein Schachspieler grübelte er bereits über seinen nächsten Zug nach. Und ihm wurde klar, dass er nicht einen Bauern vom Feld seines Gegners kicken musste, sondern alle. *Alle!*

»Ich hab mir wehgetan, Papa«, sagte David. »Sieh mal.«

Kurt sah hin und dachte: *Und der zweite folgte zugleich.*

28

Michael Lauer fand an diesem Mittag zwei Dinge ziemlich rasch heraus: Zum einen, dass Kurt Kramer während des Mordes an Uwe Paulsen in einer Kneipe namens *Taverns* gewesen sein soll, und zum anderen, dass er sich längst wegen einer Befragung bei den Stuttgarter Kollegen hätte melden sollen. Was Kurt Kramer allerdings nicht getan hatte.

»Vielleicht sollten Ulrich und ich noch mal zu ihm rauffahren und ihn diesbezüglich befragen«, schlug er deshalb seinem Vorgesetzten vor.

Der Leiter des Duringer Polizeireviers, Erik Schulz, ein Mann von einem Meter siebzig mit Halbglatze, schüttelte den Kopf. Konzentriert lehnte er über seinen Schreibtisch, der mit Unterlagen überschwemmt war. Unter seinen Augen klebten die dunklen Halbmonde einer schlaflosen Nacht. »Unerheblich. Unsere Priorität liegt darin, unseren Kollegen und Frau Paulsen zu finden. Die beiden können ja nicht spurlos vom Erdboden verschwunden sein.«

»Haben Sie versucht, den Wagen per GPS zu orten?«

Schulz starrte ihn über den Rand seiner Brille hinweg an. Grollend sagte er: »Es funktioniert nicht. Es ist schon vor einer Woche ausgefallen.«

Und niemand hatte daran gedacht, ihn rechtzeitig zur Reparatur zu bringen, dachte Michael, sagte es jedoch nicht. Einem wütenden Mann einen Ball an den Kopf zu werfen, war grundlegend nicht die beste Idee. Erst recht nicht, wenn es sich dabei um den eigenen Chef handelte.

»Dann befragen wir Kramer also nicht?«

»Wir nicht. Wir haben auch mit dem Mord an diesem Paulsen nichts zu schaffen. Befragungen sind Angelegenheiten der Kripo. Also konzentrieren Sie sich darauf, Ihren Kollegen zu finden.«

»Wo soll ich denn anfangen?«

»*Im Arsch Ihrer Großmutter!* Setzen Sie sich in Ihren Streifenwagen und tun Sie Ihre Arbeit. Halten Sie Ausschau!«

Der Revierleiter hieb mit der Faust auf den Tisch. Ein Teelöffel sprang auf und klapperte neben einer Kaffeetasse. Er nahm die Brille ab, presste Daumen und Zeigefinger gegen seine Nasenwurzel und ließ sich seufzend auf seinen Bürostuhl nieder. Das durchs Fenster hereinfallende Sonnenlicht glänzte auf seinem kahlen Scheitel. »Weder Maslowskis Freundin noch seine Eltern haben etwas von ihm gehört. Er könnte also überall und nirgends sein. Wir können nur hoffen, dass ihm nichts ...«

»Chef«, unterbrach plötzlich Ulrich Knabben. Er stand mit einem Mal in der Tür. Seine Gesichtsfarbe deutete nichts Gutes an. Sie war weiß wie die einer Leiche.

»Soeben kam ein Anruf rein. Unser Wagen wurde gefunden.« Seine Stimme brach, als er hinzufügte, dass der Innenraum voller Blut sei.

29

Als Sandra an diesem Abend nach Hause ging, hatten sich die Schleierwolken zu einem dicken Teppich verwoben. Das Abendrot war kaum mehr zu erkennen. Lediglich am Horizont blitzte es noch ein wenig durch das hereinbrechende Wolkengrau hindurch.

Sie ging von der Straße über den schmalen Weg auf die Haustür zu, als sie plötzlich ein Bellen aus dem Garten hörte.

»Buddy?«, fragte sie mit müder, klangloser Stimme. Sie fühlte sich schwach und ausgelaugt. »Was machst du denn hier draußen? Wer hat dich denn angeleint?«

Buddy bellte zweimal, wie um ihr eine Antwort bieten zu wollen.

Sandra ging die Treppe hinab auf ihn zu. Der Hund wedelte freundlich mit dem Schwanz. Hechelnd lief er auf sie zu. Jedenfalls so weit, wie es die Leine an seinem Hals zuließ. Als sie nahe genug war, steckte er sehnsuchtsvoll den Kopf zwischen ihre Beine.

»He!« Sie lachte und begann ihn hinterm Ohr zu kraulen. Eine seiner liebsten Stellen. Sichtlich genoss er jede Sekunde ihrer Berührungen.

Als er den Kopf zwischen ihren Beinen hervorzog, gab er ein weiteres kurzes Bellen von sich. Ungewöhnlich. Buddy gehörte eher zu der Sorte Hund, die nur selten Laut von sich gaben. Er wirkte auf Sandra aufgebracht, beinahe so, als habe er ihr etwas mitzuteilen. Nur verstand sie ihn nicht. Natürlich nicht. In ihren Augen wollte Buddy nur einfach von der Leine losgemacht werden und zurück ins Haus, wo er sich normalerweise die ganze Nacht aufhielt. Dass der Hund etwas witterte, was ihm Angst bereitete, konnte sie nicht ahnen.

»Ich werde dich ja gleich losmachen. Warum bist du überhaupt hier draußen? Die anderen sind doch da. Hast du etwas angestellt?«

Weiteres mehrfaches Bellen, das Sandra nicht zu deuten wusste. Und sie bemühte sich auch nicht darum. Der Tag war anstrengend gewesen. Aufreibend. Verwirrend.

Sie ließ sich neben Buddy auf dem Rasen nieder. Der Hund tat es ihr nach, legte ihr den Kopf auf den Schoß. Nach einer Weile sagte sie: »Findest du mich zu ... Findest du mich zu fett, Buddy?«

Der Hund gab keine Antwort.

Minuten vergingen, in denen sie so dasaßen und sie ihm übers Fell strich. Über ihnen zogen sich die Wolken weiter zusammen. Ohne es zu merken, begann Sandra zu weinen.

»Dieser alte Mann ... Er ist schuld, dass ich mich so schlecht fühle, dieser Richard Frey.« Sie spie den Namen aus wie einen Kirschkern beim Weitspucken. »Aber viel schlimmer ist, er hat recht. Dieser dumme alte Geier hat recht! Ich *bin* zu fett.« Sie wischte sich die Tränen von den Wangen. »Und dann ist da noch dieser Typ. Er heißt Tom. Seinen Nachnamen kenne ich nicht. Er hat mich auf seine Einweihungsparty eingeladen.« Sie blickte Buddy direkt in die Augen. »Seine Einweihungsparty! Weißt du, was das heißt?«

Buddy hatte keine Ahnung. Wie sollte er auch? Er war nur ein Hund.

»Es bedeutet, dass ich bis dahin gut aussehen sollte. Es bedeutet, ich muss mich noch viel mehr ins Zeug legen als bisher. Sport treiben. Und ...« Ihre Stimme brach. »Nichts mehr essen. Gar nichts mehr. Sonst schaffe ich das nie.« Sie schluchzte, holte tief Luft. »Mama wird mich dazu zwingen, zu essen. Ganz sicher. Sie macht sich ohnehin immer Sorgen, ich wäre zu dünn.«

Sie stand auf, klopfte sich die Hände an ihrer Hose ab und wischte sich zum letzten Mal die Tränen aus dem Gesicht. »Deshalb muss ich zu anderen Mitteln greifen. Etwas, das Mama und Papa nicht mitbekommen dürfen. Weil ich auf diese Party gehen will! Unbedingt!«

Sie beugte sich nach vorn und gab Buddy einen Kuss auf die Stirn. »Ich frag, warum du hier draußen bist, und dann hole ich dich rein. Die...«, sie deutete mit dem Daumen auf das Haus, »... haben bestimmt nur vergessen, dich reinzuholen.«

Buddy bellte, als könnte er es kaum abwarten, wieder ins Haus zu kommen.

»Ja, ich vergesse es schon nicht. Ich gehe kurz duschen und dann kümmere ich mich darum. Versprochen.« Sie hob zwei Finger, dann verschwand sie ins Haus.

Buddy tat das, wozu er bestimmt war. Er wartete, ob sich noch etwas tat. Und es tat sich tatsächlich etwas. Keine zwei Minuten nachdem Sandra im Hauseingang verschwunden war, landete vor seinen Pfoten ein köstlich duftender Fetzen Rindfleisch.

30

Michael Lauer und Ulrich Knabben, der sich hier, seinem kreideweißen Gesicht nach zu urteilen, alles andere als wohlfühlte, waren – abgesehen vom Entdecker – die ersten Polizisten am Auffindungsort des Streifenwagens, von dem nicht bloß der Kofferraum voller Blut war, sondern auch die gesamte Rückbank.

Auch Michael ging es nicht sonderlich blendend. In seinen sieben Jahren bei der Polizei hatte er schon zahlreiche Verkehrsunfälle gesehen und dokumentieren müssen, und ja, auch da gab es Fälle, in denen der Innenraum eines Fahrzeugs voll Blut war. Allerdings konzentrierte man sich bei einem Verkehrsunfall in erster Linie auf das Opfer und weniger auf das Chaos außen herum.

Hier war das jedoch anders. Weil man hier davon ausgehen konnte, dass etwas Schlimmes geschehen war. Etwas sehr Schlimmes. Mord.

»Das ist wirklich ein Haufen Hundescheiße«, sagte Ulrich Knabben und kratzte sich den Bart. »Es kann nur eines bedeuten, richtig?«

Michael nickte schwermütig. »Ich denke schon.«

»O Scheiße! Mann, wieso musstest du mich ausgerechnet heute von meinem Schreibtischstuhl ziehen. Jahrelang hatte ich dort meine Ruhe. Ich konnte Berichte abtippen und Kaffee trinken und die Pflanzen auf der Fensterbank gießen. Jetzt muss ich mir diesen Mist antun!«

Michael hörte seinem Kollegen nur mit halbem Ohr zu.

»Lass uns auf die Kripo warten, bevor wir Weiteres unternehmen, ja? Bitte, Michael. Ich kann das nicht.«

»Geht nicht. Ich brauche dich. Als Rückendeckung.«

»Was? Von was redest du?«

Er deutete auf die alte Wassermühle. »Wir müssen da rein. Denn ich glaube nicht, dass sich derjenige, der das hier fabriziert hat, viel Mühe mit dem Entsorgen der Leichen gegeben hat.«

»Leichen?«, fragte Ulrich entsetzt. »Woher willst du wissen, dass sie tot sind?«

Michael betrachtete den Wagen, dann wieder seinen Kollegen. Diese Frage klärte sich von allein.

Also machten sie sich auf den Weg. Den Mann, der den Wagen entdeckt hatte, ein vierzigjähriger Spaziergänger, verwiesen sie an die inzwischen weiter eintreffenden Beamten. Sie selbst wateten durchs hohe Gras und betraten das verfallene Gebäude. Ab da war die Auffindung von Britta Paulsen und Tobi Maslowski nur eine Affäre von wenigen Minuten.

Wie zwei in der Sonne eingetrocknete Maden lagen sie im Keller der alten Mühle, knapp unterhalb einer maroden Treppe, eingehüllt in schwarze Müllsäcke. Blut, jede Menge Blut war aus den durch Aufreißen verursachten Öffnungen gedrungen. Eine ganze Lache trocknete bereits auf dem Boden ein. Als Michael und Ulrich Knabben den Keller betraten und mit ihren Taschenlampen auf die Leichen hielten, stieg eine schwarze Wolke aus Fliegen empor. Das Surren ihrer Flügel klang wie eine überspannte elektrische Leitung. Und der Geruch ... süßlich, widerwärtig und atemberaubend.

»Scheiße!«, fluchte Knabben. Eine Sekunde später übergab er sich auf seine Schuhe.

Michael wusste, dass sie nichts anfassen durften. Und das tat er auch nicht. Aber er erinnerte sich, dass er erst kürzlich solche schwarzen Säcke gesehen hatte. Schwarze Säcke mit einem rot-weißen Band zum Zuschnüren. Er wusste nur nicht mehr wo.

31

Zur selben Zeit, in der Buddy beklommen am Fleisch schnupperte, aus dem merkwürdig schimmernde spitze Ecken ragten, die der Hund nicht zu deuten wusste, hörte Kurt, wie im ersten Obergeschoss die Dusche anging. Er stieg gerade die schmale Treppe zwischen Dachgeschoss und Obergeschoss hinab und wollte sich eigentlich auf den Weg ins Wohnzimmer machen, wo garantiert Maikes Handtasche herumlag, in der wiederum mit Sicherheit ihr Handy steckte. Er wollte es entsorgen. Es loswerden. Sich von *ihren* großen Ohren befreien.

Doch jetzt fiel ihm ein, dass auch seine siebzehnjährige Tochter ein Handy besaß, das *sie* natürlich ebenso abhören würden wie das von Maike oder jedes andere im Haus. Irgendwo musste es herumliegen. Und solange Sandra unter der Dusche stand, konnte er ja mal nachsehen, wo genau.

Das Zimmer war schlicht und in seinen Augen untypisch für ein Mädchen in Sandras Alter eingerichtet. Lediglich eine blassrosa Wand und eine mit Blumen verzierte Bettdecke zeugten davon, dass hier ein Mädchen hauste.

»Das Handy muss hier irgendwo sein«, wisperte er in das leere Zimmer hinein. Dann begab er sich auf die Suche.

Er begann Dinge zu tun, die er noch vor wenigen Tagen scharf verurteilt hätte. Er besah sich ihre Kommode, durchforstete die auf der Matratze liegende zerknautschte Bettdecke, ja, er öffnete sogar jede einzelne von Sandras Schubladen. Das Handy fand er nicht.

Ein unbestimmtes Geräusch auf dem Gang ließ ihn aufhorchen. Er wusste, Sandra könnte jeden Augenblick wieder zurückkommen. Und wenn sie sah, was er hier veranstaltete, da war er sich gewiss, würde sie es nicht verstehen. Niemand würde das tun. Niemand außer ihm erkannte, dass *sie* hinter allem steckten, der Explosion und den Toten.

Das gab ihm weiteren Anschub, Sandras Handy zu finden. Mit dem Eifer eines Wahnsinnigen durchstöberte er ihre Schulunterlagen, ihre Regale, ihre Unterwäscheschublade. Sogar vor ihrem Nachttisch machte er nicht halt, wo ihm ein kleiner rosa Vibrator in die Hände fiel, den Sandra von ein paar experimentierfreudigen Mitschülerinnen zum siebzehnten Geburtstag geschenkt bekommen hatte. Kurt beachtete ihn nicht einmal. Seine Augen, physische wie psychische, waren auf ein ganz anderes Ziel gerichtet.

»Mist!«, sagte er atemlos. Seine Brust hob und senkte sich. Der Schweiß lief ihm jetzt sogar den Hals hinab. Sein Pyjama, den er den ganzen Tag über nicht ausgezogen hatte, klebte ihm am Rücken.

Nach weiteren fünf Minuten hörte er, wie ein Föhn zu blasen begann, und er wusste, was das hieß. Ihm blieb keine Zeit mehr. Sandra würde jeden Augenblick in ihr Zimmer kommen.

Er war bereits kurz davor aufzugeben, da entdeckte er es. Eine Ecke ragte unter einem aufgeschlagenen Schulbuch hervor.

Kurt zog das Handy hervor und betrachtete es einen Augenblick. Ein schmales Grinsen spannte sich über seine Lippen. Er war einen Schritt weiter, die Kontrolle zurückzugewinnen. Eine Wanze weniger, jawohl!

Kurt zog leise die Tür hinter sich zu und machte sich auf den Weg ins Erdgeschoss, ins Wohnzimmer. Maike war weit und breit nicht zu sehen. Ihr Handy lag jedoch genau dort, wo er es vermutet hatte.

Kurt nutzte seine Chance. Kurz darauf wackelte das hohe Gras unterhalb des Hangs. Ein leises Klappern ertönte, als eines der Smartphones auf einem Stein zersprang.

32

Beim heutigen Abendessen war das Schweigen am Tisch so tief und dunkel wie ein alter, lange ungenutzter Brunnen in einem finsteren Keller. Keiner gab auch nur einen Laut von sich. Nicht einmal der Golden Retriever der Familie war da, um wenigstens ein leises Säuseln abzusondern. Jeder war in seinen eigenen Gedanken versunken. Abgetaucht. Wie in jenem Brunnen der Stille.

33

Draußen vor dem Haus tat sich etwas. Die Dunkelheit war hereingebrochen und man konnte weder die graue Wolkendecke noch die am Hang in die Höhe ragenden Bäume erkennen. Lediglich die Lichter hinter den Fenstern in der Kronenstraße Nummer 16 fraßen sich in die Finsternis. Und genau dieses Licht genügte Ralph Miller, um seinen Giftbrief auf die Schwelle vor der Haustür zu platzieren. Kein Vogel zwitscherte. Kein Rascheln einer Katze, die durchs Geäst kroch, ertönte. Ja, nicht einmal ein Hund bellte. Auch die Nacht schwieg. Es gab nur zwei kurze Unterbrechungen dieser Friedlichkeit. Einmal, als der erste Donner am Horizont grollte. Und einmal, als Ralph Miller voller Gehässigkeit auf die Klingel drückte.

34

Eine Tür öffnete sich und verband das Dunkel des Draußen und das des Inneren miteinander. Ein irritiertes männliches »Hallo?« ertönte. Dann das Rascheln von Papier. Die Tür schloss sich.

Aus einer Hundehütte drang leise ein gequältes Fiepen.

35

Nach dem Abendessen, bei dem keiner wirklichen Appetit verspürt hatte, saß Kurt allein am Tisch und ließ grübelnd die Finger knacken. Maike war auf den Dachboden gegangen, wo sie vermutlich wieder mal an einem ihrer Gedichte schreiben würde. Sandra hatte sich in ihr Zimmer zurückgezogen. Nur David war noch im Erdgeschoss. Kurt hörte, wie er an der Haustür stand und ein »Hallo?« in die frühe Nacht hinausrief. Er bekam es nur beiläufig mit.

Er war zufrieden mit seiner Aktion, die Handys und Telefone zu entsorgen. Zumindest weitestgehend. Es brachte ein – wenn auch geringes – Gefühl von Sicherheit zurück. Der Präsentierteller, auf dem er in seinen Augen saß, wies die ersten Risse auf.

Siehst du, Papa, dachte er. Sie *kriegen mich doch nicht so leicht. Ich bin schlauer als* sie.

David kam auf ihn zu, langsam, steif. Auf dem Gesicht des Jungen lag ein Ausdruck unverhohlener Wut. Und wenn man genau hinsah, hätte man auch den Hass des Todd Downey in seinen Augen entdecken können. Kurt fiel es nicht auf.

»Für dich, lag vor der Tür«, sagte David emotionslos und ließ den Briefumschlag auf den Tisch segeln.

36

Keine zwanzig Meter Luftlinie entfernt rieb sich Ralph Miller die Hände. Jetzt, das ahnte er, würde der Spaß erst so richtig losgehen.

Was Ralph jedoch nicht wissen konnte, war der Gemütszustand dessen, dem er den Brief hinterlegt hatte. Und die Folgen, die daraus resultieren würden.

Später würde er an einen Sinnspruch denken, den er einmal irgendwo gelesen hatte. Er lautete: *Der Wahnsinn einer Person ist die Realität einer anderen Person.*

Aber das war später, als es zu spät war, etwas rückgängig zu machen.

Jetzt hoffte er darauf, dass das Öl, das er ins Feuer gegossen hatte, Wirkung tat.

Er lächelte erwartungsschwanger. Dann stieg er durch ein Fenster zurück ins Haus des toten Ehepaars.

Am Horizont grollte weiterer Donner.

Teil IV

Sie sind da

1

Das Duringer Polizeirevier bestand aus einem einzelnen Stockwerk mit einem Großraumbüro und zwei Einzelbüros. Michaels Schreibtisch stand wie die meisten anderen im *großen Raum*, wie man ihn intern nannte. Dort saß er an diesem Morgen in seinem Schreibtischstuhl zurückgelehnt, ließ gedankenverloren einen Bleistift zwischen den einzelnen Fingern hin und her wandern, wie Zauberer das mit Münzen taten, und lauschte den Worten des Leiters einer frisch aufgestellten Sonderkommission, der der gesamten Belegschaft neue Instruktionen erteilte. Auch den Streifenpolizisten.

So verschlafen die Duringer Polizeidienststelle für gewöhnlich auch sein mochte, die Morde hatten sämtliche Beamten wachgerüttelt. Genau wie vor wenigen Jahren, als die Sache mit Peter Hansen geschehen war, dem Versicherungsvertreter, der fast seine ganze Familie ermordet hatte. Damals hatte man nicht rechtzeitig reagieren können, weil Hansens schreckliche Taten bereits geschehen waren, als man davon erfuhr – draußen am See. Ein Missstand, den man unbedingt vermeiden wollte.

Wie Michael erfuhr, durchforstete man zurzeit die Vergangenheiten des verstorbenen Ehepaars, ebenso wie die Unterlagen und den Computer von Uwe Paulsen. Bisher allerdings ohne weitreichende Erkenntnisse. Weder Uwe Paulsen noch seine Frau waren polizeilich erfasst. Keiner von beiden hatte je eine Straftat begangen. Es gab nicht einmal unbezahlte Strafzettel.

Dann war da noch Tobi Maslowski, der Jungpolizist. Natürlich suchte man auch in seiner Vergangenheit nach Kaffeeflecken. Nicht weil man glaubte, er habe etwas Unrechtes getan, sondern weil es einfach dazugehörte. Auch eine Verbindung zwischen dem Polizisten und dem Ehepaar hatte man bisher nicht finden können. Die Polizei tappte so tief im Dunkeln, dass sie ihre eigenen Hände vor Augen nicht erkennen konnten. Nur Michael Lauer gingen die schwarzen Müllsäcke mit den rot-weißen Zugbändern nicht aus dem Kopf. Es mochte sich dabei um eine Belanglosigkeit handeln. Aber das Bild ließ ihn nicht los. Es hatte sich in seinen Verstand eingebrannt. Die ganze Nacht über hatte er davon geträumt und war wieder und wieder die knarrenden Treppenstufen in den finsteren Keller der alten Mühle hinuntergegangen, wo ihn der Geruch von Moder und verwesendem Fleisch und eine Wolke aus summenden Fliegen in Empfang genommen hatte. Michael war mehrfach aus diesem scheußlichen Albtraum erwacht, und wenngleich er sich nichts sehnlicher wünschte, als irgendwann seine eigene kleine Familie zu gründen, so war er heute doch froh gewesen, Junggeselle zu sein. Seine Schreie hätten selbst einen Bären aus dem Winterschlaf geweckt.

Die Müllsäcke, dachte er und ließ den Bleistift einen weiteren Spurt zwischen kleinem und Zeigefinger zurücklegen. *Wo habe ich sie schon einmal gesehen?*

Natürlich konnte diese Überlegung vollkommener Nonsens sein. Mülltüten oder -säcke fand man schließlich in jedem Haushalt. Auch er besaß mehrere Rollen dieser schwarzen Lebensgefährten. Sie lagen in einer Schublade gleich neben dem Kühlschrank in seiner Küche. Allerdings besaßen sie ein gelbes Band zum Zuschnüren. Und da er als Streifenpolizist nicht selten auch an Tagen unterwegs war, an denen der Müll abgeholt wurde, wusste er, dass auch die meisten anderen Einwohner Duringens Müllsäcke mit gelbem oder weißem Zugband nutzten. Das lag schlicht und ergreifend daran, dass der hiesige *Edeka*, der größte und meistfrequentierteste Supermarkt Duringens, genau wie *Lidl* oder *Aldi* nur derlei Säcke in ihrem Sortiment hatten. Welche mit rotweißem Zugband hatte Michael noch nie zuvor gesehen. Jedenfalls in keinem Laden.

Ich sollte einmal zu Gärtner's Baumarkt *draußen im Industriegebiet fahren. Vielleicht stammen sie ja von dort.*

Solche investigativen Arbeiten gehörten normalerweise nicht zu seinem Aufgabengebiet. Außerdem konnten solcherlei eigenständige Recherchen im Dienst Ärger bringen. Doch wenn Michael Lauer einmal einen Narren an etwas gefressen hatte, dann fiel es ihm äußerst schwer, davon abzulassen. Er beschloss, dass ein wenig Herumfragen auf keinen Fall schaden konnte.

2

Der Hunger war schlimm, schier übermächtig.

Sandra lag in ihrem Bett, die Decke trotz der schwülen Hitze bis zum Kinn hochgezogen, und lauschte den grollenden Beschwerden ihres Magens. Gleichzeitig dachte sie an die Party, zu der sie der hübsche Notfallsanitäter eingeladen hatte. Und an ihr Äußeres.

Sie war spät dran. Sehr spät. Genau genommen hätte sie längst aufstehen müssen. Doch ihr war nicht danach. Tausende Fragen schossen ihr durch den Kopf. Ein Gerüst aus Unsicherheit und Selbstzweifeln.

Soll ich wirklich hingehen? Wenn ja, was soll ich anziehen? Werden mich die anderen anstarren, wenn ich nur in einer Jeans und einem Shirt auftauche? Ist ein Shirt wirklich das Richtige? Die anderen werden meine schwabbeligen Arme sehen. Tom wird meine Arme sehen! Also doch besser ein Pullover? Aber was mache ich, wenn es zu warm wird und ich schwitze? Was mache ich, wenn er mich zum Tanzen auffordert? Nein sagen? O Gott, ich bin so schlecht darin, Nein zu sagen. Soll ich wirklich hingehen?

Wo Sandra heute auf keinen Fall hingehen würde, stand jedenfalls fest – zum *Haus auf der Höhe.* Es gab nichts, was sie jetzt weniger wollte, als alte Menschen zu versorgen.

Ihr Magen sonderte ein erneutes langes Knurren ab. Eine weitere Beschwerde. *Iss!*, rief er mit jeder verfügbaren restlichen Energie. Sandra sträubte sich dagegen, ignorierte es, so gut sie konnte.

Die hellgelben Ziffern ihres Weckers zeigten 8:16 Uhr an, was eine zusätzliche Frage aufwarf. Wieso hatte ihre Mutter sie nicht längst geweckt? Fürsorglich und achtsam, wie sie war, hätte sie das längst tun müssen. Allerdings spielte das in ihrem Denken eine eher untergeordnete Rolle. Es gab andere Dinge, wesentlich wichtigere Dinge, die ihr im Kopf herumspukten. Wie die Party. Und ihr Unwohlsein.

Wie um vor allem auf Letzteres aufmerksam machen zu wollen, meldete sich ihr Magen. Ihr ganzer Bauch bebte in mehrfachen kurzen Schüben.

Sandra hielt es nicht mehr aus. Sie musste etwas essen. Nur eine Kleinigkeit, um dieses elende Wehklagen ihres Körpers loszuwerden. Ein Knäckebrot mit Frischkäse sollte genügen. *Wenig Kalorien, große Wirkung*, dachte sie. Außerdem sollte sie sich noch im *Haus auf der Höhe* melden, bevor die Leiterin ihr Fehlen der Schule meldete, was man dort ohne Zweifel als Schwänzen deuten würde. Schließlich wusste niemand davon, wie es ihr ging.

Also schlich Sandra in die Küche. Der Fernseher im Wohnzimmer lief. Sandra konnte das Geplapper von Stimmen hören, konnte von ihrem Standpunkt jedoch niemanden auf der Couch sitzen sehen. Weder ihre Mutter noch sonst jemand schien in der Nähe zu sein.

Sandra war das gerade recht. Sie wollte jetzt mit niemandem reden, und erst recht nicht wollte sie sich rechtfertigen müssen, weshalb sie nicht ihrem Praktikum nachging.

Sie öffnete den Kühlschrank, betrachtete die in Frischhalteboxen eingekerkerten Wurst- und Käsewaren, die Joghurtbecher, den abgepackten Speck und biss die Zähne zusammen. *Nur eine Kleinigkeit*, ermahnte sie sich. Und so griff sie zu der Packung Frischkäse, wie sie es sich vorgenommen hatte, strich etwas davon auf eine Scheibe Brot – Knäckebrot gab es keines – und biss hinein. Kaum erreichte der erste Bissen ihre Speiseröhre, gab ihr Bauch ein Heulen von sich.

Es klang wie ein Hund, der den Mond anpries. Er schrie nach mehr.

Nein, dachte sie. *Ich habe mir geschworen, mich zurückzuhalten. Und dabei werde ich es belassen.*

Das meinte sie ernst; so ernst, wie ein Mönch das Gebot des Schweigens nahm. Allerdings währte ihr Vorhaben nicht lange. Denn als der Geschmack nicht nur ihre Zunge, sondern auch ihren Geist erreichte, verringerte sich ihr Hunger nicht, er steigerte sich noch. Heißhunger erfasste sie und walzte jeden Abwehrmechanismus in ihr nieder. Sandra begann zu schlingen. Brot, Wurst, Käse. Und als ihr Blick auf ein Glas *Nutella* fiel, machte sie auch davor nicht halt. Sie grabschte sich das Glas, öffnete es in einer Hast, die an Manie grenzte, und aß. Sie benutzte kein Brot. Nicht einmal einen Löffel. Mit den Fingern schaufelte sie sich mit der Passion einer Heroinabhängigen Happen für Happen in den Mund. Ihre Lippen waren braun verschmiert, an ihren Wangen und sogar an ihrer Stirn klebte Schokoladencreme. Ihre Zähne sahen aus, als hätte sie Jahrzehnte damit verbracht, Kautabak zu lutschen. Sandra bemerkte es nicht. Erst nach einigen Minuten gab es einen Moment des Innehaltens; einen Moment, in dem sie ihre verschmutzten Finger und das restliche Chaos von Brotkrumen, aufgerissenen Packungen und anderen Essensresten um sich herum betrachtete.

Die Gewissensbisse waren heiß und fluteten ihren Verstand mit der Vehemenz einer Splittergranate. Das Glas fiel ihr aus den Händen und landete auf der Küchentheke. Den Knall nahm sie kaum wahr.

Erschrocken und angewidert von sich selbst, machte sie zwei Schritte rückwärts. Ihre Unterlippe zitterte. Ihr Magen grollte. Jedoch nicht vor Hunger.

Was habe ich getan?, dachte sie. Ohne einen weiteren Gedanken darüber zu verlieren, rannte sie los. Der Ort, den sie im Sinn hatte, schrie nach ihr, rief sie herbei. Dort angelangt, schnappte sie sich ihre Zahnbürste, rammte sich den

Griff regelrecht in den Hals und tat, was sie glaubte, tun zu müssen. Sich im *Haus auf der Höhe* krankzumelden vergaß sie völlig.

3

Maike war bereits seit einer Stunde auf den Beinen. Der Grund dafür war David, der in seine Faust hustend ins Wohnzimmer geschlichen war.

»Mama, mir geht es nicht gut«, hatte er geklagt, woraufhin Maike ihm sagte, er solle sich wieder ins Bett verkriechen. David gehörte nicht zu der Sorte Jungs, die gern mal ein oder zwei Tage faulenzten und sich dafür krank stellten, weswegen sie ihm in solchen Angelegenheiten ohne Weiteres vertraute.

Danach hatte sie den Fernseher angeschaltet und wie jeden Morgen die Regionalnachrichten angesehen. Was da gesendet wurde, entfachte blankes Entsetzen in ihr.

Hinter einem braunhaarigen korpulenten Reporter mit einem großen Leberfleck auf der teigigen Wange flatterte im Wind ein rot-weißes Absperrband. Dahinter tummelten sich jede Menge Polizeikräfte vor einem schwarz verkohlten Gebäude, das Maike nur allzu gut kannte.

Sie schnappte sich die Fernbedienung und erhöhte die Lautstärke. Der Reporter hatte eine tiefe sonore Stimme. Er sprach, als wäre er selbst tief betroffen.

»... uns in der Kleinstadt Duringen. Vor zwei Tagen berichteten wir bereits über einen Mord, der sich nur wenige Hundert Meter von hier zugetragen hat. Uwe P., ein ortsansässiger Rentner, war in seinem eigenen Garten auf brutale Weise ermordet worden. Jetzt stehe ich an einer alten Wassermühle, wo ein Passant am gestrigen Abend einen verlassenen Dienstwagen der Polizei ...«, er deutete auf eine verwucherte Fläche nahe der alten Mühle, »... hinter diesen Brombeersträuchern gefunden hat. Die anschließenden Untersuchungen brachten zwei weitere Mordopfer zutage. Dabei handelt es sich unseren Informationen nach um die Frau von Uwe P., Britta P., und einen jungen Polizisten. Beide fand man im Keller des Gebäudes hinter mir, einer alten Wassermühle, die einmal das Aushängeschild der Kleinstadt gewesen war, bevor sie in den 2000er-Jahren bei einem Brand zum größten Teil zerstört wurde.«

Eine blonde Nachrichtensprecherin in rotem Sakko wurde eingeblendet. Aus dem Studio fragte sie: »Gibt es denn schon Einzelheiten zum Tathergang, Thomas? Kannst du uns schon Genaueres mitteilen?«

»Derzeit noch nicht. Man hält sich der Presse gegenüber aus ermittlungstaktischen Gründen bedeckt. Einzelheiten werden wir erst in den kommenden Tagen erfahren, schätze ich.«

»Vielen Dank, Thomas Ostendorff. Kommen wir nun zu ...«

Wie unter Schockstarre blickte Maike in den Fernseher. Dass sich in der Küche hinter ihr ihre Tochter über den halben Kühlschrank hermachte, bekam sie nicht mit. Sie war vollkommen in Gedanken versunken, dachte an Britta, an Uwe. An ihre Herzlichkeit. Die beiden waren nicht direkt Freunde von ihnen gewesen. Dennoch mochte Maike die beiden. Hatte sie gemocht, korrigierte sie sich in Gedanken. Jetzt waren sie tot. Nicht einfach gestorben. Ermordet.

Ein eisiger Schauer lief ihr den Rücken hinab, als ihr in den Sinn kam, wie nahe sie einem Mörder oder gar mehreren gewesen sein mussten. Etwas, was ihr reichlich spät auffiel, wie sie nun begriff.

Wer tut so etwas? Und warum?

Verspannt und mit einem dumpfen Gefühl hinter der Stirn lehnte sie sich auf der Couch zurück, betrachtete die Decke, ohne sie wirklich anzusehen, streichelte ihren Bauch. Ein

Teil von ihr verabscheute sie genau für dieses Tun. Dieser Teil behauptete, es wäre faul und dumm, nur dazusitzen und nichts zu unternehmen. Aber was sollte sie schon machen? Über die Paulsens wusste sie nicht viel, was sie der Polizei mitteilen konnte. Und nichts von diesem wenigen würde den Beamten bei ihren Ermittlungen weiterhelfen, da war sie sich sicher. Bis ihr etwas einfiel.

Mit einem Ruck setzte Maike sich auf. In ihrem Verstand leuchtete etwas, rot und warnend. Hinter ihr klapperte ein Messer auf der Küchenplatte, doch sie bekam es nicht mit. Sie war mit ihren Gedanken ganz woanders. Ihr Bewusstsein war einen Tag in die Vergangenheit gereist, zu dem Moment, als die Polizisten vor ihrer Tür gestanden und gefragt hatten, ob ihr oder Kurt in letzter Zeit etwas Merkwürdiges aufgefallen sei. Und das brachte sie wiederum zu Ralph, den sie den Beamten gegenüber verschwiegen hatte.

Maike sah nur allzu deutlich vor sich, wie er auf dem Parkplatz vor dem Haus gestanden und aus der Dunkelheit der Nacht ihr Haus beäugt hatte. Beinahe so, als hätte er etwas geplant.

Nein. Jetzt gehst du definitiv einen Schritt zu weit. Mit meinem Brief habe ich Ralph garantiert vor den Kopf gestoßen, da wird er Frust geschoben haben, ist hierhergefahren und hat einen langen Moment darüber gegrübelt, wie es für ihn weitergehen soll. Dann hat er erkannt, dass ich recht habe, dass es zwischen uns nicht so weitergehen kann, und ist davongefahren.

Das war eine einigermaßen angenehme Vorstellung. Leider auch ziemlich unrealistisch. Wer lässt so eine Sache schon einfach auf sich sitzen, vor allem, wenn ein Baby im Spiel ist?

Ich hätte mit ihm reden sollen, statt ihm diesen Brief zu schreiben. Es war ohnehin dumm von mir, ihn von David übergeben zu lassen. Feige war das von mir. Ja, feige!

Aus einem Impuls heraus schaltete Maike den Fernseher ab. Die sie umfangende Stille war tief und schneidend zugleich. Sie spürte am ganzen Leib, wie ihr alles über den Kopf wuchs.

Sekunden verstrichen; Sekunden, in denen ihr ihr Verstand eine Sache wieder und wieder einbläute: *Du bist feige. Du bist feige, und du weißt es.*

»Ich muss mit ihm reden«, hörte sie sich sagen. »Die Sache klären. Das bin ich ihm vermutlich sogar schuldig. Nein, ich *bin* es ihm schuldig.«

Maike griff nach ihrer Handtasche. Was sie nicht darin fand, war ihr Handy.

4

David lag in seinem Bett und klappte das Buch zu. *Ende* war das letzte Wort, das er gelesen hatte, und als solches konnte man den Schluss der Geschichte auch bezeichnen – als das Ende von allem.

Es war ein gutes Gefühl, endlich zu wissen, wie Todd Downeys Geschichte endete. Allerdings fühlte David noch etwas ganz anderes. Es knurrte tief in ihm drinnen.

Woher dieses Gefühl stammte, wusste er nur allzu gut. Dazu brauchte er nur den verbliebenen roten Streifen an seiner Hand zu betrachten; den Schnitt, den er sich mit dem Messer zugezogen und den seine Eltern mit keinem Auge betrachtet hatten. Geschweige denn mit Interesse. Oder Mitgefühl.

Genau wie heute Morgen, als er zu seiner Mutter ins Wohnzimmer gegangen war und ihr vorgegaukelt hatte, es ginge ihm nicht gut, damit er – aus offensichtlichen Gründen – von der Schule wegbleiben konnte. Ihre Reaktion auf sein gekünsteltes Husten hatte er sich folgendermaßen vorgestellt: Entweder sie reagierte überhaupt nicht und würde ihn nur wieder mit diesem in die Ferne schweifenden Blick anstarren, oder sie würde zwischenzeitlich wieder zu sich selbst gefunden haben und ihn mit ihrem Mitgefühl und ihrer Bemutterung überschwemmen. Letzteres hatte er sich erhofft. Selbst wenn er dabei aufgeflogen wäre, nichts wäre für ihn schöner gewesen, als dass sie sich um ihn gekümmert hätte. Fieber messen, Bettruhe, Tee, den sie für ihn kochte, und so weiter. Er hätte mit Freuden das volle Programm mitgemacht.

Nichts davon war geschehen. Überhaupt nichts. Seine Mutter hatte nicht einmal nach ihm gesehen. Es war, als wäre er ihr schnurzpiepegal. Oder in Todds Worten: scheißegal. Genau so fühlte es sich an.

Jetzt, nachdem er eine Stunde mit Lesen zugebracht hatte, hätte dieses Gefühl verschwunden sein können. Doch das Gegenteil war der Fall. Der Hund in seinem Innern knurrte nicht bloß, er fletschte die Zähne wie ein lebendig Begrabener, der versuchte, sich seinen Weg ans Tageslicht zu erobern. Zurück ins Leben. Um zu leben. Um zu agieren. Rache zu nehmen. Wie Todd Downey.

Als steuerte ihn eine unsichtbare Macht, blätterte David noch einmal zurück und las erneut die letzten Seiten des Buches.

Meine Eltern sind tot. Und ich bin tot. Ich bin schon vor langer Zeit gestorben. Damals, als meine Mutter mir meinen Schnuller weggenommen hatte, weil ich angeblich zu alt dafür gewesen sei. Ich bin auch gestorben, als ich meine Eltern dabei erwischte, wie sie auf ihrem Bett übereinander herfielen. Sie küssten sich dabei nicht. In ihren Augen glühte keine Leidenschaft. Nur der reine Trieb. Der Wahnsinn des Drangs, sich gegenseitig zu besteigen. Ich beobachtete sie. Ich beobachtete sie lange. In meiner Hand hatte ich das Messer. Spitz, glänzend und frisch geschliffen. Ich wusste, ich würde es tun. Nur tat ich es nicht sofort. Ich wartete ab, bis sie wieder voneinander abließen, Mama mit einem Bademantel bekleidet in die Küche ging, um sich ein Glas Wodka einzugießen, und Dad vor Erleichterung, endlich abgespritzt zu haben, einschlief. Ihn erledigte ich als Erstes. Es war kurz und schmerzlos. Ich rammte ihm das Messer direkt in die Seite seines Halses. Er riss die Augen auf, gurgelte irgendetwas Unverständliches, während Blut zwischen seinen Lippen hervorquoll, und

versuchte ein oder zwei Sekunden lang nach dem Messergriff zu grabschen. Allerdings bekam er ihn nicht zu fassen. Und so starb er nur wenige Sekunden später.
Mit *schmerzlos* meinte ich, dass es für mich schmerzlos gewesen war. Denn ich empfand nichts. Ich saß auf seiner Brust, spürte jeden seiner letzten Atemzüge und fühlte mich nicht anders, als würde ich *Tom und Jerry* ansehen. Eigentlich fühle ich mich, wenn ich *Tom und Jerry* ansehe, sogar besser.
Bei Mama war es anders. Ich zögerte bei ihr. Bei ihr wollte ich es nicht so schnell hinter mir haben. Ihr Versagen mir gegenüber schmerzte mich. Nicht auf die Art, wie es einem wehtut, wenn man sich mit einem Messer ritzt, sondern eher auf die Art, wie wenn man sich jahrelang für einen Wettbewerb vorbereitet hatte und letztlich doch nur Fünfter oder gar Letzter wurde. Ja, Letzter trifft es besser. Denn ich war nicht bloß der Letzte, wenn es darum ging, Aufmerksamkeit zu bekommen, sondern ich war in den Augen meiner Eltern das *Letzte*. Wieso sonst hatten sie sich nie mit den Dingen befasst, die mich interessierten? Wieso sonst waren sie nie zu einem meiner Fußballspiele gekommen, wenn wir gegen eine andere Mannschaft aus der Umgebung gespielt hatten? Wieso sonst haben meine Eltern sich beim Essen stets als Erste bedient, haben sich selbst als Erste geduscht, sodass der Boiler leer war und mir nur noch kaltes Wasser blieb? Wieso haben sie mich nie in den Arm genommen, wenn ich es einmal wirklich gebraucht hätte?
Diese Fragen und noch viele weitere habe ich mir in meinem zehnjährigen Leben – also damals – ständig gestellt. Und ich stellte sie mir auch jetzt, als ich vor meiner Mutter stand, die eingenickt auf der Couch saß und den Kopf so weit in den Nacken gelegt hatte, dass es mir ein Leichtes gewesen wäre, hineinzubeißen und ihre Kehle mit den Zähnen aufzureißen. Einen kurzen Augenblick dachte ich sogar darüber nach.
Dann wurde mir allerdings klar, dass das nicht genügte. Mir wurde bewusst, dass sie den gleichen Schmerz erdulden soll-

te, wie ich es jeden Tag musste. Vor allem, seitdem sie schwanger war.
Ich holte nicht tief Luft, um mich auf meine Tat vorzubereiten. Wie bei meinem Vater, überlegte ich nicht lange. Ich holte aus und rammte ihr das Messer in den aufgedunsenen Bauch.

Als David das zum ersten Mal gelesen hatte, war ihm nicht übel geworden. Und das wurde es ihm auch beim zweiten Mal nicht. Zwei andere Gefühle überschatten seine Instinkte. Neugierde und Wut. Die Wut auf seine eigenen Eltern. Als habe er das Ende bereits vergessen, blätterte er um und versank abermals in der Tiefe hinter Todds Worten.

Meine Mama riss die Augen auf. Sie schrie nicht. Jedenfalls nicht sofort. Stattdessen starrte sie an sich hinab, beäugte den aus ihr herausragenden Messergriff, als wäre er etwas, das sie noch nie zuvor gesehen hatte. Blut schoss aus ihrem Unterleib und tränkte ihren rosa Frotteebademantel. Dann sah sie zitternd zu mir auf, betrachtete mich mit einem Blick, der so schmerzerfüllt und leidend war, dass ich beinahe lachen musste. Ich habe in meinem Leben noch nie aus tiefem Herzen gelacht, sagte ich das bereits?
»Was … Was hast du getan? Was … hast … du … getan?«, fragte sie mich.
Ich beschloss es ihr zu erklären. Zu veranschaulichen. »Das, Mama«, sagte ich, grabschte nach dem Messergriff, riss ihn heraus und bohrte ihn wenige Zentimeter daneben wieder in sie hinein.
Jetzt schrie sie auf. Laut. Voller Entsetzen. Schmerzerfüllt.
Als sie Anstalten machte, aufstehen zu wollen, um vor ihrem Schicksal zu fliehen, packte ich das Messer erneut und stach abermals zu. Diesmal beließ ich es jedoch nicht bei einem einzelnen Stich. Ich zog und stach und zog und stach in wilder Raserei. Wie oft ich das tat, weiß ich nicht.

Sie lebte noch lange. Sehr lange. Und das brachte mich dann tatsächlich zum Lachen.

Was ich getan habe, das muss ich noch hinzufügen, hat mich nie von meinem Schmerz befreit. Nur von dessen Verursacher. Die Ärzte – wie ich schon sagte, lebe ich seither in einer Einrichtung, in der man mir nach langem Überlegen letztlich doch erlaubt hat, diese Geschichte zu Papier zu bringen – sagen, ich sei unheilbar krank. Auch sie wissen mir nicht zu zeigen, wie man liebt. Ich bin jetzt achtzehn, habe einen Kinnbart und bin erheblich größer, als ich es damals gewesen bin, als ich meinen Eltern die Lektion ihres Lebens beibrachte. Zu lieben habe ich immer noch nicht gelernt.

Ich denke, es ist an der Zeit, meinen Ärzten das klarzumachen. Vielleicht heute, vielleicht morgen. Ich habe Zeit. Und ich habe wieder ein Messer. Es stammt aus der Cafeteria. Ich habe viele Stunden damit zugebracht, es zu schärfen. Viele, viele Stunden.

David legte das Buch beiseite und griff unter sein Kopfkissen. In seiner Brust pochte es stetig und hart. Und als er den Griff des Messers berührte, das er dort versteckt hielt, schlug sein Herz mit einem Mal schneller.

5

Gärtner's Baumarkt war einer dieser Läden, in denen es alles und nichts gab. Wenn man zur sich automatisch öffnenden Schiebetür hereinkam, begrüßte einen ein Sammelsurium unterschiedlichster und kreuz und quer zusammengehorteter Gegenstände. In einem einzelnen Regal konnten sich Haushaltsartikel wie Bügeleisen und Töpfe zusammen mit Schleifmaschinen oder Akkuschraubern stapeln, während sich im hinteren Bereich Bilderrahmen, billige Pop-Art-Drucke von Marilyn Monroe und Bügelbretter einen regelrechten Kampf um Aufmerksamkeit lieferten. Genau genommen, so erschien es Michael Lauer beim Eintreten, konnte man diesen Laden überhaupt nicht als Baumarkt bezeichnen. Dennoch mochte er ihn irgendwie. Und damit war er nicht allein. In den Gängen kramten jede Menge Leute nach Dingen, die sie entweder von vornherein gesucht hatten oder die ihnen erst beim Betrachten in den Sinn gekommen waren. Das Geschäftsprinzip hätte lauten können: *Komm herein und lass dich von unserem Bestand inspirieren.*

Leider brachte diese organisierte Unordnung mit sich, dass Michael nicht sofort fand, wonach er suchte. Er spazierte eine ganze Weile zwischen den Regalen umher und hielt Ausschau nach den Müllsäcken mit den rot-weißen Zugbändern, konnte sie jedoch nicht finden. Auch eine Verkäuferin, die ihm zufällig über den Weg lief, konnte ihm nicht wirklich weiterhelfen. Sie führte ihn zwar zu einem Regal, in dem mehrere Kartons voll mit verschiedenen Müllsäcken lagerten, doch die gesuchten waren nicht dabei.

»Wir haben alle möglichen Müllsacksorten. Müssen es unbedingt welche mit rot-weißen Bändern sein? Sie können doch genauso gut die da nehmen«, sagte die blonde Verkäuferin, ohne dabei das Kauen auf ihrem Kaugummi zu unterbrechen.

Michael seufzte und fragte sich mittlerweile, ob er sich nicht bloß etwas vormachte. Wie wichtig konnten schon ein paar Müllsäcke sein?

Er blickte auf seine Armbanduhr und stellte fest, dass er schon viel zu lange hier drinnen war. Draußen im Streifenwagen wartete Ulrich auf ihn, in der Annahme, Michael wolle nur die Toilette benutzen. Ihm zu erklären, dass er ein weiteres Mal einem Gefühl folgte, hätte ohnehin keinen Sinn gehabt.

Allerdings sorgte sich Michael weniger um Ulrichs Reaktion bezüglich der Dauer seines vermeintlichen Toilettenbesuchs, sondern um das Verstreichen von Zeit an sich. Jede Minute, die der oder die Täter auf freiem Fuß waren, konnte weitere Todesopfer fordern.

Michael spürte, wie ihn diese Vorstellung aufrieb.

Er wollte gerade wieder den Laden verlassen, als ihm Herr Gärtner über den Weg lief. Gärtner war ein kleiner schlaksiger Mann um die siebzig mit vollem weißem Haar und gepflegtem Äußeren.

»Guten Tag«, grüßte er in glattem Hochdeutsch, wodurch er beinahe wie ein englischer Gentleman in einem *Miss-Marple*-Krimi klang. »Kann ich Ihnen weiterhelfen?«

»Danke, mir wurde bereits versucht zu helfen. Allerdings ohne Erfolg.«

»Was suchen Sie denn?«

Michael seufzte. Die Hoffnung, in diesem Geschäft fündig zu werden, hatte ihn jäh verlassen.

»Müllsäcke mit rot-weißem Zugband.«

»Mit rot-weißem Zugband? Gibt es einen Grund, weshalb Sie es ausgerechnet auf diese Sorte Säcke abgesehen haben, Herr ... Herr Lauer?«

Michael bemerkte, wie der Blick des Alten auf sein Namensschild fiel.

»Ich soll danach Ausschau halten. Aus beruflichen Gründen«, antwortete er schlicht.

Gärtner hob fragend die Brauen. »Nun, ähm, wir hatten einmal solche Müllsäcke in unserem Sortiment.«

»Tatsächlich?« Mit einem Mal wurde Michael hellhörig. Es war, als würde er aus einem Halbschlaf gerissen.

»Ja, ähm, ich glaube, bis vor zwei Wochen. Womöglich auch drei. Allerdings waren sie relativ zügig ausverkauft. Wissen Sie, seit einigen Jahren verkaufen wir nur noch Restposten. Traurig, aber wahr. Die Säcke, die Sie suchen, stammen von einer hiesigen Firma. *KüPo*, mit großem P in der Mitte.«

»*KüPo*?« Michael wusste sofort Bescheid, um welche Firma es sich dabei handelte. Die riesigen Firmenschilder waren nachts im ganzen Industriegebiet Duringens deutlich zu erkennen.

»Ja«, sagte Gärtner. »Ein Vertreter sprach mich vor ein paar Monaten darauf an. Es habe in der Firma eine Fehlproduktion gegeben und ob ich mir vorstellen könne, die Säcke zu veräußern. Natürlich bekäme ich sie zu einem Sonderpreis, wenngleich man mir versicherte, das Material der Säcke sei hervorragend, bestens geeignet für schwere Lasten. Man habe bei der Produktion lediglich das falsche Band verwendet. Deshalb wolle die Firmenleitung die Säcke nicht unter dem gewöhnlichen Produktnamen auf den Markt bringen, weil das die Kunden sonst irritieren würde. Außerdem gab es von diesen Sondersäcken – so nenne ich sie jetzt einmal – nur eine geringe Stückzahl. Als man den Fehler bemerkt hat, wurde die Produktion sofort gestoppt.«

Michael konnte sein Glück kaum fassen. Jetzt wusste er, woher die Säcke stammten. Allerdings gab es da ein weiteres Problem. Er konnte sich beim besten Willen nicht mehr daran erinnern, wo er die Säcke vor der Auffindung der Leichen gesehen hatte, bei der sie ihm überhaupt erst aufgefallen waren.

»Sie können mir nicht zufällig sagen, wer …«

»Wer die Säcke gekauft hat? Wollen Sie darauf hinaus, Herr Lauer? Handelt es sich bei diesen Säcken womöglich um einen Gegenstand, der mit den Morden an der Frau und dem Polizisten zu tun hat? Man hört von dem Vorfall in allen Nachrichten. Schreckliche Sache.«

Michael war nicht willig, dem Mann mehr zu offenbaren, als ihm zustand. Dennoch kam hier definitiv eine altbekannte Faustregel zum Tragen: Um etwas zu bekommen, muss man auch etwas geben.

Also gab Michael etwas. Er erzählte, dass man da eventuell auf einer Spur sei, sich deren Wichtigkeit jedoch noch nicht gewiss sein konnte. Er als Streifenpolizist sei ohnehin nur bedingt in den Fall involviert.

»Tatsächlich kann ich Ihnen das nicht genau sagen«, sagte Gärtner. Michael spürte, wie ihn die Hoffnung verließ, mehr herauszufinden.

»Aber …«, wandte Gärtner ein und hob dabei den Zeigefinger, »… ein Kunde ist mir durchaus bekannt.«

»Wer? *Wer?*«, fragte Michael und spürte, wie es ihn beinahe vor Neugierde zerriss. Wenn es nur eine geringe Auflage dieser bestimmten Säcke gegeben hatte und sie ausschließlich hier in diesem Geschäft verkauft worden waren, so war jeder Name eine Spur; zumindest eine heißere als jede bisherige. »Sagen Sie mir bitte den Namen, wenn Sie ihn wissen.«

Der Ladenbesitzer lächelte schief. »Ist das tatsächlich so wichtig? Also schön. Es war Herr Paulsen.«

»Was?«

»Uwe Paulsen. Der Mann, der ermordet wurde.«

»Sind Sie sich sicher?«

»Absolut. Uwe und ich kennen uns noch von früher, sind regelmäßig im *Krug* ein und aus gegangen. Das war, bevor ich dem Alkohol abgeschworen habe. Uwe, nebenbei bemerkt, auch. Außerdem ist er ... er war hier Stammkunde. Vor allem in den letzten Monaten war er häufig da. Wegen seinen Hühnern. Oder Wachteln. Ich kann mich nicht mehr ganz genau erinnern. Jedenfalls kam er oft hierher, kaufte dies und das. Stroh, Heu, Futter, Gartengeräte und solches Zeug. Sie wissen schon. Unter anderem kaufte er auch mehrere Rollen Müllsäcke. Auch die von *KüPo.* Wegen ihrer Belastbarkeit, denke ich. Hühner machen nicht gerade wenig Mist.«

Michael hörte dem Mann nicht mehr zu. Er erinnerte sich wieder, wo er die Müllsäcke gesehen hatte. Er erinnerte sich ganz genau. Auf der Ablage in der Küche. Ja. Dort hatten sie gelegen, gleich neben einem an die Wand gestellten Besen oder Schrubber. Ihm stellte sich eine Frage: Wie waren die Körper von Britta Paulsen und Tobi Maslowski in diese Säcke gelangt?

Michael glaubte die Antwort darauf zu kennen. Er glaubte zu wissen, wo die beiden ermordet worden waren.

Als er den Baumarkt verließ, spürte er wieder dieses Jucken. Seine Spürnase. Sie prophezeite nichts Gutes.

6

An diesem Morgen verstand Kurt seinen Vater um einiges besser. Früher hatte er dessen Trunkenheit mit Verachtung gestraft, doch jetzt wusste er um ihren trostreichen Segen. Er stand im Keller, eine neue Flasche Rum in der Hand und gönnte sich die ersten Schlucke des Tages. Durch die Fenster auf der Südseite fiel der trübe Schein eines grauen Tages in den Raum.

Der Rum schmeckte scheußlich, brannte ihm im Hals. Aber das spürte er kaum. Kurt gierte nach der Ruhe, die ihm der Alkohol bringen würde. Die ganze Nacht über hatte er kein Auge zubringen können.

Schuld war der Brief. Und das, obwohl Kurt ihn noch nicht einmal geöffnet hatte. Das brauchte er auch nicht. Es war eindeutig, von wem er stammte.

»*Sie* haben mitbekommen, dass ich die Telefone aus dem Fenster geschmissen habe, und deshalb auf anderem Weg Kontakt zu mir aufgenommen«, murmelte er zähneknirschend den Flaschenregalen zu. »Das tun *sie* nur, um mich mürbe zu machen. Um mir zu zeigen, wie nahe sie mir bereits sind.«

Wie um sich zu vergewissern, blickte er zu einem der Kellerfenster hinaus in den Garten, suchte nach ihnen, hielt Ausschau.

Da das Haus auf einem Hang stand, reichte nur etwa die Hälfte des Kellers bis unters Erdreich. Die andere Hälfte erstreckte sich oberirdisch bis zum hinteren Rasen, wo Buddy zumeist sein Geschäft erledigte. Dort stand auch die Hundehütte. Ein taillenhoher, rot gestrichener Kasten mit spitz zulaufendem Dach, der aussah, als wäre er einem *Snoopy*-Comic entsprungen. Oder als hätte jemand einen Eimer Schweineblut darüber ausgekippt.

Allerdings sprang Kurt etwas vollkommen anderes ins Auge; etwas, das ihm merkwürdig vorkam. Aus dem dunkeln Schlund des Eingangs ragte auf Bodenhöhe eine haarige Pfote hervor. Das Seltsame daran war, dass sie sich nicht rührte. Keinen Millimeter bewegte sie sich. Etwas, das Buddy kein bisschen ähnlichsah. Trotz seines Alters gehörte Buddy nicht zu der Sorte Hund, die den lieben langen Tag bloß in einer Ecke rumlagen und vor sich hin dösten.

Kurt nahm einen Schluck aus der Flasche und legte den Kopf schief, behielt die Hundepfote im Auge. Donner grollte plötzlich. In der Ferne führte ein weißer Lichtfaden Himmel und Erde zusammen. Die Pfote regte sich nicht.

Spätestens jetzt wusste Kurt mit hundertprozentiger Sicherheit, dass etwas nicht mit rechten Dingen zuging. Weil der Golden Retriever fürchterliche Angst vor Gewittern hatte; weil er sich beim leisesten Himmelsgrollen normalerweise in blanker Panik in die Duschwanne verkroch, die Ohren angelegt, den Schwanz zwischen den Hinterläufen eingezogen.

»Was is' los, Kumpel?«, fragte Kurt den leeren Keller. Nach ein paar Sekunden, in denen er beobachtete, wie weitere Blitze sich durch das Wolkendickicht bohrten, ging er zur Kellertür und hinaus.

Die Luft, die ihn draußen empfing, war schwer und wie aufgeladen. Eine klebrige Feuchte legte sich auf die nackte Haut seiner Unterarme. Abseits der Stadt beugten sich Baumkronen den aufziehenden Böen. Über Duringen braute sich etwas zusammen.

Barfuß und den Rum fest umklammernd, näherte Kurt sich der Hundehütte. Die Pfote blieb regungslos.

»Buddy«, rief Kurt mit alkoholverhangener Stimme. Dann pfiff er durch die Zähne. Er versuchte sich wenigstens daran. Ein Speichelfaden troff ihm über die Unterlippe. Beiläufig wischte er ihn mit dem Handrücken ab. »Buddyyy. Hee. Hörs'u mich, mein Junge?«

Keine Reaktion.

»He. Geht's dir nich' gut? Was los mit dir?«

Nichts.

Ein einsamer Regentropfen landete auf Kurts Handrücken. Er spürte ihn nicht. Sein Herz schlug schnell. Denn mit einem Mal begriff er, dass er hier draußen vollkommen ungeschützt war; vor *ihnen*, ihren Strahlen, Abhörgeräten und sonst was.

Der Teil seines Bewusstseins, der dies dachte, riet ihm, ja, forderte von ihm, er solle sich rasch ins Haus begeben, weil es drinnen sicherer sei. Drinnen hatte er die Kontrolle, und Kontrolle war ihm in diesen Tagen das Wichtigste überhaupt.

Allerdings war da noch ein anderer Teil in ihm, eine Stimme, die einst laut und selbstsicher gewesen war, doch nun vorsichtig und verwundbar klang. Es war die Stimme des aufmerksamen Mitgefühls, die der Nächstenliebe und der Väterlichkeit. Sie war es, die ihm zuflüsterte, dass er unbedingt nach Buddy sehen müsse, weil Buddy nicht nur ein Etwas war, für das man Geld bezahlt hatte, sondern ein Familienmitglied; eines, das einem die Schnauze auf den Oberschenkel legte, wenn man sich einmal schlecht fühlte; eines, das einen verregneten Tag mit Sonnenschein erfüllen konnte.

Kurt ging auf ein Knie, sah der Hundehütte mitten ins finstere Auge, beugte sich nach vorn. Ein Blitz warf einen diffusen Schein ins Innere. Und auf den toten Hund.

»Buddy …«, keuchte Kurt, erstarrt vor Schreck. Zwei Fliegen kamen auf ihn zu. Eine setzte sich ihm mitten auf die Wange. Kurt registrierte sie nicht.

Da lag Buddy. Mit offenem Maul und heraushängender Zunge. Eine dunkle Pfütze rahmte seinen Kopf. Schmeißfliegen tummelten sich darauf. Ihre grünen Chitinpanzer schimmerten durchs Dunkel. Es wirkte beinahe, als würde Buddy die Augen bewegen.

Jetzt bereits näher, wesentlich näher, ließ Donner den Himmel erzittern. Kurt fuhr erschrocken zurück. Auf allen vieren schob er sich ungelenk vom Eingang der Hundehütte fort, als plötzlich ein jäher Schmerz durch seine rechte Hand zog.

Er schrie auf, zuckte zusammen, betrachtete seine Hand. Etwas hatte sich darin verbissen. Es haftete an seiner Handfläche. Blut sickerte aus einer Wunde hervor.

Instinktiv griff Kurt danach und riss es von sich los. Erst dann kapierte er, worum es sich dabei handelte. Fleisch. Ein roher Brocken Fleisch.

Noch mehr Blut quoll hervor, schlängelte sich zäh seinen erhobenen Unterarm hinab zum Ellbogen.

Mit vor Entsetzen geweiteten Augen glotzte Kurt zuerst die Wunde, dann das Stück Rindfleisch an. Etwas Glänzendes, Spitzes ragte daraus hervor. Ein Bruchstück einer Rasierklinge.

Die Frage, woran Buddy gestorben war, stellte sich ihm jetzt nicht mehr. Ebenso wenig musste er sich fragen, wer das getan hatte. Für Kurt war das eindeutig. *Sie* waren das gewesen, *Sie!* Natürlich! Um an ihn heranzukommen. *Sie* schafften sich ihren Weg zu ihm frei.

Kurt blickte wild um sich, versuchte *sie* auszumachen. Gleichzeitig erhob er sich, taumelte einen Moment. Dann rannte er zurück in den Keller. Blut tropfte von seiner Hand auf den Boden.

Ein kurzer lichter Augenblick erhaschte ihn. Er genügte genau so lange, sich daran zu entsinnen, die Wunde verbinden zu müssen. Und genau das tat er. Jedenfalls provisorisch. Wie er es schon Dutzende Male auf Baustellen getan hatte, schnappte Kurt sich eine Rolle graues Gaffertape, riss ein Stück davon ab und wickelte es mit der Vorsicht eines an Wahnsinn Leidenden um die rechte Hand.

Keuchend grabschte er nach einer Flasche. Mehrere Schlucke Rum stürzten seine Kehle hinab. Das Brennen in seinem Hals fühlte sich gut an, befreiend. Langsam klarte alles auf.

»*Sie* wollen mir zeigen, wie nahe sie mir schon jetzt kommen können. *Sie* demonstrieren mir ihre Macht, glauben, ich könnte *ihnen* nicht das Wasser reichen«, sagte Kurt knurrend zu *Don Papa* in seiner Hand. Und sowie er einen weiteren Schluck nahm, erinnerte er sich plötzlich an etwas, das schon seit Jahren in einer Schatulle in seinem Schrank verstaubte.

Ein eisiges Grinsen durchschnitt sein unrasiertes Gesicht.

7

Ralph Miller brach in schallendes Gelächter aus. Die Show, die ihm der Bauheini bot, war zum Schreien komisch. Da kam der Kerl doch tatsächlich in einem liederlichen Pyjama in den Garten getorkelt, um nach dem toten Köter zu sehen, und schnitt sich ausgerechnet mit einem *seiner* Köder in die offene Handfläche. Wenn das kein Brüller war!

Während Ralph sein unerwartetes Amüsement genoss, streichelte er über die HK P2000, die Pistole des jungen Polizisten, die er ihm abgenommen hatte, kurz bevor er die Leichen in zwei Müllsäcke verpackt hatte. Dicke, reißfeste Müllsäcke, musste man sagen. Gute Qualität.

Die Waffe wog schwer in seiner Hand. Und sie erinnerte ihn daran, wie er früher mit seinem Vater auf einen nahe gelegenen Schießstand gegangen war. Quentin Miller war ein ehemaliger US-Soldat gewesen, der Waffen mehr liebte als seine eigene Frau Regina, Ralphs Mutter. Sie hatte seine Affinität zu Schusswaffen nie leiden können. Das hatte sie Quentin eines regnerischen Abends kundgetan. Ein einziges Mal. Ralph erinnerte sich noch sehr genau daran.

Er war damals siebzehn gewesen und sah sich mit seinem Vater gerade *Rambo – First Blood* an. Seine Mutter mochte derlei Filme nicht, weshalb sie die beiden Männer normalerweise in Ruhe ließ. Doch an diesem Abend begann Regina plötzlich untypischerweise mit einer ihrer Tiraden, in der sie Gott und die Welt und vor allem Quentin Miller verteufelte.

»Warum kannst du nicht auch mal die Wäsche aufhängen? Warum muss ich immer den Abwasch machen? Kannst du nicht wenigstens mal den Boden wischen?«, blökte sie aus der Küche, so laut, dass Ralph und sein Vater kaum ein Wort von dem verstanden, was Sylvester Stallone von sich gab. Und das war ohnehin nicht viel.

Ralph beobachtete, wie der Ausdruck auf dem Gesicht seines Vaters sich von verärgert über erregt bis hin zu stocksauer entwickelte. Irgendwann hatte er die Nase voll.

»Halt endlich dein verfluchtes Maul!«

Das hätte etwas bringen können. Ja. Wäre die Frau in der Küche nicht Regina Miller gewesen, die nur darauf wartete, einen Grund geliefert zu bekommen, selbst die Stimme zu erheben.

Mit einem Teller in der einen und einem bunten Geschirrtuch in der anderen Hand kam sie aus der Küche auf Quentin zugelaufen. Ihr brünetter Pony, der bis über die Augenbrauen reichte, wippte bei jedem Schritt. Ihre Wangen glühten so leuchtend rot wie der weite Pullover, den sie am Leib trug. Sie war vierundvierzig und kleidete sich fast so leger, wie es die Mädels auf Ralphs Schule taten. Zudem war sie hübsch. Jedenfalls noch.

»Was hast du gesagt?«, fauchte sie mehr, als dass sie sprach. »Ich soll *was* halten?«

Quentin, der damals nicht viel anders aussah, als Ralph es heute tat, wandte den Kopf nach ihr um. »Ich will das sehen. Und gottverdammt, ich will es auch hören. Also sei verflixt noch mal endlich still!«

Danach flachte die Intensität in seiner Stimme abrupt ab. Vermutlich war ihm aufgefallen, welchen Fehler er begangen hatte, als er sich die eine Sekunde nicht unter Kontrolle gehabt hatte.

»Wie kann ich ruhig bleiben, wenn du mich die ganze Hausarbeit allein bewältigen lässt? Nichts tust du, außer rumzusitzen und Bier zu trinken und deine bescheuerten Waffen zu reinigen, die ich ohnehin nie im Haus haben wollte! Wenn du ein Fünkchen so wärst wie mein Vater, dann …«

Jetzt fängt die Leier wieder an, dachte Ralph. *Ihr geliebter Vater …*

»Wenn du mich noch einmal mit deinem Alten vergleichst, dann …«

Quentin krampfte seine Finger um die Armlehne des Sessels. Ralph sah, wie seine Knöchel weiß anliefen.

»Was machst du dann? Willst du mich schlagen? Komm doch! Schlag mich! *Schlag mich*! Dann lasse ich mich von dir scheiden. Und das Sorgerecht für den Jungen klage ich auch ein. Was für eine Sorte Vater bist du bloß, deine eigene Frau zu bedrohen. Na los doch! Trau dich!«

Quentin hatte seine Frau nie geschlagen. Nicht ein einziges Mal. Und Ralph war sich sicher, er würde es auch heute nicht tun. Er hätte sogar sein bestes Hemd darauf verwettet.

Und er hätte verloren. Quentin Miller sprang auf und schlug seiner Frau mitten ins Gesicht. Er holte nicht wirklich aus, doch sein Schlag war so hart, dass Regina nach hinten zu Boden stürzte.

Einen Augenblick war es still im Haus. Mucksmäuschenstill.

Regina hielt sich die Wange und starrte ihren Mann mit einem Blick an, der Entsetzen, Verwirrung und Zorn zugleich spiegelte.

Auch Ralph gab keinen Ton von sich. Er war wie vom Donner gerührt.

Es war sein Vater, der das Schweigen brach. »Du verfluchte Gewitterziege. Das alles nur, weil ich den verdammten Müll nicht rausgebracht oder die verfluchten Pfannen nicht sauber gemacht habe. Dein beschissener Vater hätte dir Ohrfeigen statt Küsse geben sollen. Richtig erziehen hätte er dich sollen. Du bist keine Ehefrau, du bist ein Moor, in dem man versinkt und aus dem man nie wieder rauskommt. Ich wünschte, ich hätte dich nie geheiratet. Ich wünschte, ich hätte dich verflucht noch mal nie kennengelernt!«

Seine Worte kamen sorgsam und ruhig aus seinem Mund. Und im Nachhinein betrachtet glaubte Ralph, dass das seine Mutter noch rasender gemacht hatte.

Ohne die Hand von der glühend roten Wange zu nehmen, rappelte sie sich auf. Schweigend ging sie zurück in die Küche.

Sein Vater blickte ihr nach, dann wandte er sich Ralph zu, der ihn mit großen Augen ansah. »Das habe ich nicht ...«, begann er. Weiter kam er nicht. Denn genau in diesem Augenblick stürmte Regina aus der Küche. Über ihren Kopf schwenkte sie eine gusseiserne Pfanne. Der Ton, als das Eisen den Scheitel seines Vaters traf, klang wie aus einem Comic entnommen. *Doing!*

Quentin taumelte einen Schritt rückwärts, hielt sich mit der Hand den Kopf, schrie vor Schmerzen auf.

»Du Scheißkerl!«, brüllte seine Mutter. »Du mieser, mieser *Scheißkerl*!« Sie rannte erneut auf ihn los, kreischend wie eine Verrückte, und Ralph begriff, dass die Situation eskalierte.

Er erhob sich gerade von der Couch, um dazwischenzugehen, da beobachtete er im Augenwinkel, wie sein Vater etwas aus dem hinteren Hosenbund seiner Jeans zog. Im nächsten Augenblick hörte er einen Knall. Einen Sekundenbruchteil später explodierte die linke Schädelhälfte seiner Mutter. Ihr Bewusstsein, ihre Liebe, ihre Zukunft verteilte sich über die Wände. Der Holzofen in der Ecke gab ein leises Zischen von sich. Es war ein Teil des Gehirns von Regina Miller. Es klebte an der Scheibe, kochte.

Ralph wollte schreien. Doch seine Kehle war wie zugeschnürt. Ungläubig und verwirrt sah er seinen Vater an.

Quentin erwiderte den Blick. Auch in seinen Augen stand Unglaube geschrieben. Und Reue. Und Verzweiflung.

Nur war es zu diesem Zeitpunkt bereits zu spät für derlei Gefühlsregungen. Und das registrierte nicht bloß Ralph, sondern auch sein Vater. Er musste es mit einer Eindringlichkeit erfassen, die keinen Zweifel an seiner daraus folgenden Entscheidung zuließ.

»Wenn du selbst mal Kinder haben solltest …«, sagte sein Vater mit so tonloser Stimme, dass sie kaum dem ehemaligen Soldaten zuzuordnen war, »… dann mach's besser.« Seine Lippen zitterten. »Ich liebe dich … mein Sohn.«

Das waren seine letzten an ihn gerichteten Worte. Seine letzten überhaupt. Quentin Miller schob sich den Revolver zwischen die Zähne und drückte ab.

Die Erinnerung verblich, als Ralph beobachtete, wie Kurt Kramer panisch ins Haus gegenüber zurückstolperte. Und dabei vergaß, die Kellertür zu schließen.

»Das werde ich, Paps«, sagte er leise vor sich hin. »Ich werde es besser machen.«

8

Sandra stützte sich auf das Waschbecken im Badezimmer, betrachtete sich selbst im Spiegel, sah in ihre dunkel umrandeten, tränennassen Augen. Ihr ganzer Körper zitterte wie bei Schüttelfrost.

Eine ganze Weile lang stand sie nur so da, lauschte ihrem Innern; dem Kummer, dem Frust, dem Gelächter der Mädchen von einst, Freys brüchiger, aufstachelnder Altmännerstimme. Sie hatte Angst. So sehr wie noch nie zuvor in ihrem Leben. Davor, dass dies niemals enden würde. Dass die Normalität gestern war und ihre Zukunft aus nichts anderem bestehen würde als einem Kreislauf, dem Hunger zu widerstehen, ihm zu verfallen und sich anschließend zu übergeben.

Ein einsames Wort huschte ihr über die Lippen, kraftlos, voller Angst. »Hilfe.«

Und wie früher, als sie noch sehr klein und hilflos gewesen war, fügte sie einen Namen hinzu, der im Verständnis jeden Kindes Halt bedeutete und Unterstützung versprach. »Mama.«

Es war ein Moment der Selbstreflexion, wie ihn Sandra noch nicht erlebt hatte. Ihr wurde bewusst, dass sie sich, egal wie sehr sie sich auch bemühen würde, nicht selbst aus dieser Lage befreien konnte. Sie brauchte tatsächlich Hilfe. Und welcher Hafen bot mehr Sicherheit als die Arme der eigenen Mutter?

Sandra atmete tief durch und nahm allen Mut zusammen. Sie wusste, sie würde ihn brauchen.

Auf wackligen Beinen machte sie sich auf den Weg ins Erdgeschoss, wo sie ihre Mutter vermutete. Kaum war sie zwei Stufen hinabgestiegen, da kam ihr ihr Vater entgegen. Es hätte eine Begegnung wie eh und je werden können. Sie hätte »Hallo, Papa« sagen und er hätte »Hey, mein Schatz« erwidern können. Doch so kam es nicht. Keiner von beiden sagte auch nur ein Wort. Kurt, weil er gar nicht auf sie achtete, und sie aus Sprachlosigkeit. Der Mann, der stets gut gekleidet in Anzug und Krawatte aus dem Haus gegangen war, trug denselben rot karierten Pyjama wie vor Tagen. Seine Haare standen ihm fettig und steif vom Kopf. Sein Bart war struppig und zu lang. Seine Augen waren blutunterlaufen, als hätte er viel zu lange nicht geschlafen. Und da war noch mehr. Seine rechte Hand war mit etwas umwickelt, das wie Klebeband aussah. Sein Ärmel und seine Finger waren blutverkrustet. Und er stank. Nach Schweiß und ... Sandra erblickte die Flasche in seiner linken Hand. Eine bernsteinfarbene Flüssigkeit schwappte darin. Alkohol.

Entsetzt starrte sie ihn an. Er bemerkte es nicht. Wie ein Schlafwandler schritt er Stufe für Stufe an ihr vorbei. Erst als er oben vor der Schlafzimmertür angelangte, drehte er den Kopf nach ihr um. Was dann geschah, verwirrte Sandra noch mehr als sein Outfit, das Klebeband an seiner Hand und das Blut an seiner Kleidung zusammen. Ihr Vater spannte die Lippen zu einem wissenden Grinsen, so breit, dass seine Zähne zum Vorschein kamen. Dann hob er eine Hand und legte den ausgestreckten Zeigefinger vor die Lippen, als wollte er, dass sie ein Geheimnis für sich behielt. Oder als wollte er, dass sie ihn nicht verriet. Beides ergab für Sandra keinen Sinn. Was ihr aber nur wenig später klar werden würde, war, dass diese Geste ihres Vaters nichts anderes als ein Symbol des Schweigens und der Verschwiegenheit war, und dass diese zwei Dinge an allem, was noch geschehen würde, schuld waren.

9

Maike war nicht im Wohnzimmer, wie ihre Tochter es vermutete. Sie durchstöberte ihr Arbeitszimmer nach dem Festnetztelefon und ihrem Handy. Beide Geräte waren wie vom Erdboden verschluckt. Dabei musste sie unbedingt nachsehen, ob Ralph sich bei ihr gemeldet hatte. Ja, dieser Gedanke war ihr zwischenzeitlich gekommen. Nachdem er den Brief gelesen hatte, hatte er garantiert versucht, sie anzurufen, oder er hatte ihr wenigstens eine Nachricht geschickt. Was war, wenn er schon seit Tagen auf eine Antwort von ihr wartete? Und was war, wenn er das Warten nicht mehr aushielt und sich auf den Weg zu ihr machte, so wie an jenem Abend?

Eine Schreckenszene erblühte in ihrem Geist. Ralph, der vor der Tür stand, und Kurt, der sie öffnete. Und eine darauffolgende ernste Unterhaltung.

»Kurt soll es nicht von ihm erfahren müssen. Er darf es nicht von ihm erfahren!«, sagte Maike. »Hätte ich ihm doch nur nie diese Botschaft zukommen lassen!«

Sie musste eines der Telefone finden. Sofort. Denn ansonsten blieb nur noch eine Lösung übrig – Mit Ralph zu sprechen. Persönlich. Denn ein Gespräch war im Grunde nicht zu vermeiden, auch wenn sie sich das noch so sehr wünschte. Die Frage war nur: Wie würde Ralph reagieren, wenn sie vor ihm stand?

Ein plötzlicher Schmerz durchzog ihren Bauch. Maike hielt sich an einer Kommode fest und versuchte ihn wegzuatmen wie eine verfrühte Wehe.

Dieser Stress ... Er machte sie ganz verrückt. Zudem tat er ihr nicht gut. Auch dem Baby nicht.

Eine plötzliche Angst durchflutete sie. Was war, wenn das alles dazu führte, dass sie das Baby verlor? Was würde das mit ihr selbst anrichten?

Mit aller Willenskraft schob sie diese Horrorvorstellung beiseite und begann, weitere Schubladen nach den Telefonen zu durchforsten. Keines der beiden Geräte zu finden, machte sie schier rasend. Und blind. Sie registrierte das Chaos nicht, das sie um sich herum veranstaltete. Sie sah nicht, wie sie Dinge aus den Schubladen auf den Boden hinter sich warf, sie bemerkte auch nicht, wie sie Bücher aus den Regalen zog und auf den Boden fallen ließ. Sie spürte nicht einmal, wie sie über ebenjene trampelte, die Seiten zerknitterte und die Einbände malträtierte. Ihr rationales Denken hatte ausgesetzt. Jeden Winkel suchte sie nach den Telefonen ab, ob sinnvoll oder nicht.

»Mama?«

Die Stimme tauchte wie aus dem Nichts auf. Maike schnellte erschrocken aus ihrer gebückten Haltung nach oben. Im nächsten Augenblick spürte sie die harte Kante der Tischplatte ihres Schreibtischs. Ein weißer Blitz durchzuckte ihren Schädel. Die Barrikade, die ihren Zorn bisher im Zaum gehalten hatte, brach in sich zusammen.

»*Was ist?*«, brüllte sie. Automatisch griff sie sich an den Kopf. Ein dünnes Rinnsal Blut schlängelte zwischen ihren blonden Locken hervor. Maike war der blanken Verzweiflung sehr nahe. Sie beachtete ihre Tochter mit keinem Auge.

»Kann ich mit dir reden?«, fragte Sandra leise, fast scheu.

»Muss das jetzt sein?« Maike widmete sich ihrer Wunde. Zuerst tupfte sie mit den Fingern gegen ihre Kopfseite. Als sie dann das Blut bemerkte, zog sie ihr T-Shirt aus und presste es sich gegen die Wunde. Bei der Berührung zog sie Luft zwischen den Zähnen hindurch. Der Schmerz war nicht sonderlich schlimm. Die Wut war das allerdings.

»Mama ...« Nicht mehr als ein Wispern.

»Kannst du damit nicht zu deinem Vater gehen? Seit dem Unfall auf der Baustelle ist er ohnehin die ganze Zeit nur zu Hause. Da kann er sich auch gern mal um seine eigenen Kinder kümmern. Vielleicht würde ihn das mal wieder auf die richtige Bahn bringen. In letzter Zeit verhält er sich nicht nur furchtbar, er rennt auch herum wie der letzte Penner!«

Es waren Worte des Zorns, die da aus ihr sprachen; Worte, die sie nie vorsätzlich in den Mund genommen hätte. Doch das war Maike in diesem Augenblick egal. Sie betrachtete die Blutstropfen auf ihrem zusammengeknüllten T-Shirt und biss die Zähne zusammen. Ihr Herz schlug ihr bis zum Hals.

»Wenn es eine Frauensache ist, Sandra, dann musst du eben warten, bis ich runterkomme. Jetzt habe ich wirklich zu tun. Ich muss mein verfluchtes Handy finden. Oder das Telefon. Menschenskinder, wo kann es nur sein?«

Sie fauchte beinahe und machte sich wieder daran, die Geräte zu suchen. Dass ihre Tochter längst gegangen war, bekam sie nicht mit. Ebenso wenig wie die Tränen auf Sandras Gesicht.

10

Michael Lauer saß auf dem Beifahrersitz des Streifenwagens und grübelte vor sich hin, während Ulrich Knabben mit verkniffenen Augen und beiden Händen starr am Steuer den Wagen in Richtung Stadtmitte lenkte. Die Himmelsschleusen hatten sich geöffnet. Dicke Tropfen trommelten auf die Windschutzscheibe. Über der Stadt krachte wütender Donner.

»Habe ich nicht gesagt, es würde aus Kübeln gießen? Hab ich's nicht gesagt?«, fragte Ulrich Knabben. »Wenn es weiter so schüttet, wird die Kessach wieder Hochwasser führen und zahlreiche Keller in den angrenzenden Wohngebieten werden volllaufen. Die Feuerwehr wird wieder allerhand zu tun haben, und wir auch. Der Wind ist so stark, dass ich mich redlich bemühen muss, geradeaus zu fahren. He! Hörst du mir überhaupt zu?«

Michael hörte zu, wenn auch nur mit einem Ohr.

»Ich denke nach.«

»Aha. Und worüber, wenn ich fragen darf?«

»Nichts Besonderes.«

Das war eine Lüge, das wusste er selbst. Allerdings wusste er nicht, ob er Ulrich tatsächlich in seine Gedankengänge einweihen sollte. Sein Kollege würde seine Schlussfolgerungen gewiss als Spinnerei abtun; der Wahn eines Streifenbullen, der davon träumte, bei der Mordkommission zu arbeiten.

»Michael ...«, sagte Ulrich Knabben gedehnt. »Du klingst ja schon wie meine Frau. Sag schon. Was beschäftigt dich?«

Michael sah aus dem Fenster in den Regen. »Die Müllsäcke.«

Ulrich sah fragend zu ihm hinüber. »Müllsäcke?«

»Ja. Die, in denen die Leichen von Frau Paulsen und Tobi verpackt waren.«

»Was ist damit?«

Michael ignorierte seine Zweifel darüber, was sein Kollege von seiner These halten würde. Ihm war ein Gedanke gekommen, den er nicht länger für sich behalten konnte.

»Sie hatten ein Zugband, ein rot-weißes Zugband. Zuerst dachte ich mir nicht viel dabei, doch gestern Nacht konnte ich deswegen kein Auge zutun. Weil ich wusste, dass ich solche Säcke schon einmal gesehen habe, bevor wir die Leichen entdeckt haben. Ich wusste allerdings nicht wo. Das klingt total bescheuert, ich weiß ...«

»Allerdings. Mir haben schon allerhand Dinge schlaflose Nächte bereitet, aber Müllsäcke haben es noch nicht in meine Top zwanzig geschafft. Nicht einmal in meine Top einhundert.«

»Ich sagte ja, es klingt bescheuert.«

»Ja, und nun? Was hat es nun mit diesem Zugband auf sich?«

»Als ich gerade in *Gärtner's Baumarkt* gewesen bin, habe ich ein wenig rumgefragt. Herr Gärtner selbst hat mir erklärt, genau diese Säcke entstammten einer Fehlproduktion der Firma *KüPo*, und es gab vor allem einen Kunden, der fast alle Rollen davon erworben hat. Und dreimal darfst du raten, wer dieser Kunde war.«

Ulrich zuckte die Achseln. »Moses? Woher soll ich das wissen?«

»Es war Uwe Paulsen, unser erstes Opfer.«

»Und was soll das heißen?«

»Verstehst du denn nicht? Paulsens Frau ... Sie hat ihren Mann entdeckt. Danach ist sie ins Duringer Hospital abtransportiert worden, weil man sich um sie gekümmert hat. Am Abend hat Tobi sie von dort abgeholt.«

»Woraufhin sie beide verschwunden sind. Ich kenne die Geschichte, Michael. Worauf willst du hinaus?«

»Nun, gehen wir einmal davon aus, Britta Paulsen und Tobi wurden wirklich in Müllsäcke gehüllt, die Uwe Paulsen erworben hat. Dann bedeutet das doch, dass sie ...«

»Doch noch mal in der Kronenstraße waren. Was Tobi ziemlichen Ärger bereitet hätte, weil er den Auftrag hatte, Frau Paulsen ins Hotel zu bringen und nicht nach Hause. Ist es das, worauf du hinauswillst?«

»Ja und nein.«

»Was soll das heißen? Glaubst du etwa nicht, dass sie noch einmal am Haus waren?«

»Doch. Genau das glaube ich. Allerdings gibt etwas viel Wichtigeres als den Ärger, den sich Tobi eingefahren hätte. Und zwar die Müllsäcke.«

»Das verstehe ich nicht.«

»Es ist doch ganz einfach. Wenn der Täter wirklich die Säcke von Herrn Paulsen verwendet hat, ist das Haus nicht nur der Ort, an den Tobi und Frau Paulsen hingefahren sind. Es ist auch ein Tatort. Der Täter muss dort gewesen sein, sie dort umgebracht haben und ihre Leichen anschließend in den Säcken, die er vor Ort gefunden hat, aus dem Haus geschafft haben.«

Ulrich seufzte. »Findest du das nicht etwas zu sehr an den Haaren herbeigezogen? Für mich klingt diese Schlussfolgerung wie aus einem schlechten *Miss-Marple*-Krimi entnommen. Wenngleich ich die alten Streifen mag, weil sie im Gegensatz zu *Alarm für Cobra fünfunddreißig* und dem ganzen neumodischen *CSI*-Scheiß noch Charme haben.«

»Mag sein. Aber wäre es nicht auch logisch?«

»Für mich nicht. Gehen wir einmal von einem Täter aus. Wie hätte er denn wissen sollen, dass Frau Paulsen, auf die er es ja offensichtlich abgesehen hatte, am gleichen Abend wiederkommen würde?«

»Das kann er nicht gewusst haben. Es sei denn, Frau Paulsen und der Täter kannten sich, und sie hat es ihn per Nachricht oder Anruf wissen lassen.«

»Möglich. Stellt sich mir immer noch die Frage: Warum das alles? Und warum das Risiko? Der Täter hätte Frau Paulsen auch später erwischen können, nach ihrem Aufenthalt im Hotel, wenn kein Polizist an ihrer Seite ist. Für mich ergibt das wenig Sinn.«

»Geht mit nicht anders«, sagte Michael und spürte, wie ihn eine träge Taubheit überkam.

Ein Moment der Stille verging zwischen ihnen. Dann sagte Ulrich Knabben: »Wenn du also recht hättest, müssten sich Spuren der Tat im Haus befinden.«

»Ja.«

»Das heißt, du meldest deinen Verdacht den Kollegen der Mordkommission.«

»Das sollte ich wohl. Allerdings würde ich gern erst noch einmal selbst in die Kronenstraße fahren.«

»Wieso?«

»Weil ich mich vergewissern will.«

»Wovon?«

»Dass es wirklich diese Müllsäcke waren, die ich durchs Fenster gesehen habe. Wenn das nämlich nicht der Fall ist und ich mich getäuscht habe ...«

»Dann wäre jeder Anruf hinfällig. Der Täter könnte die Frau und Tobi überall umgebracht haben ... Gott, weißt du eigentlich, wie bekloppt das klingt? Müllsäcke?«

»Was erwartest du? Sagtest du nicht selbst, ich sei nur ein gewöhnlicher Streifenbulle?« Er zwinkerte seinem Kollegen zu.

Ulrich Knabben gab einen langen Seufzer von sich. Dann wendete er den Wagen mit den Worten: »Ich hoffe wirklich, du behältst recht. Nicht um einer Peinlichkeit vor den Kollegen zu entgehen. Sondern um diesem Arschloch, das das alles angerichtet hat, das Handwerk zu legen. Wer drei Personen ermordet, schreckt auch nicht davor zurück, weiter zu töten. So viel ist sicher.«

11

»Du bist Luft für sie.
Nicht mehr als Luft.
Luft.
Luft!«

Die Stimme des Jungen war wieder da; eines Jungen, der nur in schwarzen Lettern auf weißen Seiten existierte und doch eine Prämisse so klar und deutlich vermittelte wie eine Sirene das Herannahen einer Katastrophe: Hass.

Was David nicht wusste, war, dass man viele, viele Kilometer von Duringen entfernt, auf der anderen Seite des Großen Teichs, wo Bücher amerikanischer Autoren meist einige Wochen vorher erschienen, den Schriftsteller Bennett Hawking für eine Reihe schrecklicher Ereignisse anklagte, die sich im Zusammenhang mit dem Lesen von *Hass* ereignet hatten. Natürlich wehrte sich Hawking gegen die Behauptungen, indem er selbst vorbrachte, ein Buch könne niemals Auslöser für etwas sein, das nicht schon vorher Wurzeln geschlagen habe. Ob das stimmte oder nicht, es interessierte kaum jemanden. Denn inzwischen schlachtete die Presse die Debatte aus. Ein Titel in der *New York Times* lautete beispielsweise:

SECHZEHN TOTE DURCH »HASS«. Wie viel muss noch passieren, damit man dieses Buch endlich vom Markt nimmt?

Darunter fand man eine Kurzform der Historien der einzelnen Opfer. Dabei ging es beispielsweise um ein fünfzehnjähriges Mädchen in Boston, Massachusetts, das mit einem Schlachtermesser aus der Kantine auf eine ihrer Mitschülerinnen losgegangen war und ihr mitten auf dem Pausenhof ohne Vorwarnung die Klinge in den Hals rammte. Das Opfer verblutete an Ort und Stelle. Später fand man *Hass* im Spind der jungen Täterin. In einem Verhör gab Christine Ramirez zur Antwort, dass sie die Hänseleien ihrer Mitschülerin einfach nicht mehr ertragen konnte und *Hass* ihr den Mut gegeben habe, endlich etwas an der Situation zu ändern.

Ein zweiundzwanzigjähriger Mann aus Tulsa, Oklahoma, der seit seiner Kindheit bei seiner Großmutter lebte, tötete am 05. Mai gegen 18:30 Uhr Ortszeit zuerst seine Großmutter Roberta und beging im Anschluss Suizid, indem er sich in seinem Zimmer mit einem Strick erhängte. Auch bei ihm fand man *Hass*. Es lag aufgeklappt auf dem Boden, unmittelbar vor seinem hängenden toten Körper. Die Polizei vermutete, er habe noch kurz vor seinem Selbstmord darin gelesen.

Es gab noch weitere zwei Fälle, die der Journalist Kirk Winner im Artikel aufzählte. Ein Mord und ein weiterer Suizid. Der mit Abstand schlimmste Fall war jedoch das Massaker, das sich am 07. Juni an der *Bangor High* zutrug. Wie aus den Angaben der Polizei hervorging, waren beide Schüler an diesem Tag mit der traurigen Absicht, ihrem Leben ein Ende zu bereiten, jedoch zuvor ein Exempel an der Gesellschaft zu statuieren, in die Schule gestürmt, wo sie zuerst wild um sich schossen und dann mit Messern auf zwanzig Mitschüler und zwei Lehrkräfte losgegangen waren. Neun der Schülerinnen und Schüler starben sofort, zwei erlagen ihren Verletzungen im *Eastern Maine Medical Center*. Die Lehrkräfte, die versucht hatten, das Blutbad zu vereiteln, erlitten glücklicherweise nur mäßig schlimme Schnittwunden. Die Täter selbst überlebten und konnten von der Polizei in Gewahrsam genommen werden. Derzeit drohe ihnen eine lange Haftstrafe, so der Kolumnist, wenngleich viele Leute bereits kurz danach auf die Straßen gingen und für die Wiedereinführung der Todesstrafe demonstrierten.

Von alldem wusste David nicht das Geringste. Und es wäre auch fraglich gewesen, ob das etwas geändert hätte. Weil David erst zwölf war, und zwölfjährige Jungen, so wohlerzogen sie auch sein mochten, vor allem eines im Blick hatten – sich selbst. Bei David war das nicht anders. Die Zeit der Wiege war vorüber. Jetzt war die Zeit der Emanzipierung gekommen, der Abnabelung, die Zeit der eigenen Wege. David musste nur die Nabelschnur durchtrennen, und endlich würde sich der Knoten in seinem Kopf lösen, von dem er einst geglaubt hatte, dass es Liebe gewesen war, die ihn und seine Eltern miteinander verband. Ja, das hatte er geglaubt. Bis Todd ihm die Augen geöffnet hatte.

Gestern war David zu seinen Eltern gegangen, um ihnen seine Schnittwunde an der Hand zu zeigen. Doch weder seine Mutter noch sein Vater hatten sich dafür interessiert. Keiner von beiden hatte die Wunde auch nur ernstlich betrachtet. Sein Vater hatte ihn sogar davongescheucht, hatte ihm gesagt, er solle ihn in Frieden lassen, weil er *sie* im Blick habe und *sie* nicht aus den Augen verlieren dürfe. Von wem er da auch gesprochen haben mochte – *sie* waren ihm wichtiger als er, David. Und das hatte geschmerzt. Es schmerzte ihn auch jetzt.

»Luft«, wiederholte Todd. *»Du bist für sie nicht mehr als Luft.«*

David stand aus seinem Bett auf und zog dabei das Küchenmesser unter seinem Kopfkissen hervor. Er betrachtete es einen Augenblick lang, wog es in seinen Händen, spürte die Gewichtigkeit, die davon ausging. Noch war es nur glänzendes totes Metall. Bald schon würde es sehr viel mehr sein.

»Du musst es tun. Wenn du dich von ihnen loslösen willst, musst du die Nabelschnur durchtrennen. Sie haben dir wehge-

tan, haben dir Schmerzen zugefügt, haben dich wie unwichtiges Vieh in einem Stall behandelt.«

Das sagte Todd. Durch seinen Mund. Ein kurzer Blick in den Spiegel verriet es David. Denn es waren seine eigenen Lippen, die sich bewegten.

Das da im Spiegel war nicht länger David Kramer, der gern Bücher las und niemandem gegenüber je auch nur ausfällig geworden war. Der Junge, dem David in die Augen sah, war Todd Downey.

Und Todd war bis obenhin voll von Hass. Das war der Zunder seiner inneren Maschinerie, die seine Gänge zum Schalten und seine Räder ins Rollen brachte. Abgrundtiefer, boshafter Hass.

»Zeit, dem Ganzen ein Ende zu bereiten«, sagte David mit einer Stimme, die nicht seine eigene war. »Zeit, es zu beenden.«

12

Über Duringen braute sich ein Sturm zusammen, wie ihn nur die ältesten Bürger kannten. Damals, im Jahr 1951, als man noch in chromglänzenden Metallpanzern durch die Gegend fuhr, Männer ihre Haare mit Pomade bändigten, Heinz Erhardt noch in den oberen Reihen der Schlagercharts mitspielte und die ersten Modegeschäfte nach dem Krieg wieder Kunden einließen, hatten sich nämlich schon einmal sämtliche Himmelsschleusen über Duringen geöffnet. Und genau wie heute hatte ein dämonisches Grollen die Erde erzittern lassen.

Im *Haus auf der Höhe* erinnerten sich viele Zeitzeugen noch sehr gut daran. Und manchmal – an Tagen wie heute, wo der Himmel wirkte wie eine Verbildlichung des Buches Genesis – schwadronierte man lebhaft über jene Tage. Beispielsweise darüber, wie heftige Böen Ziegel von den Dächern hoben, sie wie Gewehrkugeln durch die Luft schossen und Fensterscheiben und die Schaufenster der Läden in der Stadt einschlugen. Oder darüber, wie Blitze Scheunen in Brand setzten und das darin befindliche Vieh. Auch der unaufhörliche Regenguss wurde zu einem Teil des Geplänkels. Wie er die Kessach ansteigen ließ, Straßen und Äcker überflutete und die Strömung ganze Autos, Schlamm und so manches Menschenleben mit sich riss. Viele verloren alles, was sie besaßen.

Heute braute sich ein ähnlicher Sturm zusammen. Er verdunkelte den Himmel so sehr, dass Kurt, als er ins Schlafzimmer eintrat, nichts sah, abgesehen von einem im Blitzlicht aufflackernden weißen Rechteck auf dem Bett. Es war der ungeöffnete Brief.

Kurt betrachtete ihn nachdenklich, dachte jedoch nicht darüber nach, ihn zu öffnen. Er war von *ihnen*. Eine weitere Botschaft. Ein weiterer Hinweis, ihn wissen zu lassen, dass sie existierten. Und dass sie sich ganz nahe befanden. Nahe genug, um seinen Hund umzubringen. Es ließ ihn erschauern, sich auch nur ein Bild darüber zu machen, was drinstehen mochte. Die ganze Nacht hatte er damit zugebracht, sich den Kopf zu zermartern.

Das Bild Buddys vor Augen, schaltete Kurt das Licht an, schob die linke Schranktür auf und ließ sich auf ein Knie nieder. Dann packte er die im untersten Fach zusammengefalteten Hosen und zog sie ungestüm heraus. Was für ein Chaos er dabei auf dem Teppich hinterließ, kümmerte ihn nicht. Er wusste, was er tun musste, um sich endlich wieder ein wenig sicherer zu fühlen, um die Kontrolle über seine Situation wiederzuerlangen.

Im untersten Boden verbarg sich eine Klappe, die er schon in der ehemaligen Wohnung aus dem Schrank herausgesägt hatte. Er nahm sie heraus. Eine Schatulle aus dunklem Holz kam zum Vorschein. Kurt nahm sie an sich und setzte sich damit auf die Kante des Bettes. Sehr lange schon hatte er sie nicht mehr geöffnet. Genau genommen, seitdem sein Vater sie ihm vermacht hatte. Der darin befindliche Gegenstand war gewissermaßen das einzig Materielle, das er von Arno Kramer geerbt hatte. Heute war Kurt mehr als froh darüber.

In der Schatulle lag eine Schweizer SIG, Modell P210-4, eine von vorn bis hinten schwarze Pistole. Aus einer maßgenauen Vertiefung daneben ragte ein gefülltes Magazin. Ein stiller Augenblick verging, in dem nichts weiter zu hören war als das Donnern am Himmel und das Prasseln von Starkregen auf dem Dach. Kurt fuhr mit den Fingerspitzen über die Waffe. Der metallene Lauf war kühl. Genau wie er sein sollte. Ein äußerst befriedigendes Gefühl überkam ihn.

Und – wie er sich es erhofft hatte – auch ein Gefühl wiedergewonnener Sicherheit. Es verstärkte sich noch, als er die Waffe aus der Schatulle nahm und durchlud. Das *Ratsch-Klack*, das dabei erscholl, bestätigte sein Empfinden.

Sollen sie doch kommen, dachte er. *Sollen sie es wagen! Ich weiß, wie man schießt. Mein Vater hat es mir beigebracht. Und davon wissen* sie *sicher nichts!*

Kurt stand auf, betrachtete den Brief, und obwohl ihm eine innere Stimme dringlichst davon abriet, ihn überhaupt auch nur zu beachten, nahm er ihn an sich. Der Grund dafür war die Kontrolle, die er glaubte wiedererlangt zu haben. Ja. Was sollte ihm jetzt, da er sich vor *ihnen* schützen konnte, ein simpler Brief schon anhaben können?

Kurts Herz schlug ruhig und gleichmäßig. Bis er den Brief las.

Danach sah er die Welt mit anderen Augen. Er sah sogar *sie* mit anderen Augen. Und plötzlich begriff er etwas, was für niemanden sonst zu begreifen war.

13

Sandra stand im Wohnzimmer und starrte auf ein gerahmtes Foto auf einer Kommode. Es war dasselbe Foto, das ihre Mutter vor nur wenigen Tagen mit ähnlichem Kummer im Herzen betrachtet hatte. Der Besuchstag im *Europa-Park*. Ein Familienporträt.

Stumme Tränen liefen ihr in langen Rinnsalen über die Wangen. Sie fühlte sich, als wäre sie durch ein Loch in Zeit und Raum gefallen und in irgendeiner fremden Dimension gelandet, in der alles aussah, wie sie es kannte, doch nichts so richtig zueinanderpassen wollte.

Da war ihr Vater auf dem Bild, der ein sonniges Lächeln im Gesicht trug und kein bisschen wie der heruntergekommene, nach Alkohol stinkende Mann aussah, dem sie vor gerade einmal einer halben Stunde auf der Treppe begegnet war. Da war ihre Mutter, die gütig und fröhlich wirkte und die damals, vor gerade einmal fünf Jahren, die hilfsbereiteste Person war, die Sandra sich hatte vorstellen können, und die heute noch nicht einmal mehr ein offenes Ohr für ihre eigene Tochter übrighatte, die ihre Hilfe jetzt mehr benötigte denn je.

Im Gegensatz zu David, über den Sandra sich in diesem Augenblick keinerlei Gedanken machte, reagierte Sandra auf ihren Schmerz nicht mit Wut oder gar Hass. Sie fühlte Kummer. Und eine tiefgreifende Leere, die sich mit gnadenloser Fresslust in ihr ausbreitete. Alles hatte sich verändert. Nur wann und weshalb dies geschehen war, wusste Sandra nicht. Ihr fiel lediglich auf, wie sehr sie sich in den vergangenen

Tagen nur mit sich selbst beschäftigt hatte. Kein Wort hatte sie ihrer Familie über ihre Probleme und Sorgen erzählt, kein einziger Klagelaut war ihr über die Lippen gekommen.

Sie wollte gerade das Foto auf seinen Platz zurückstellen, als ein grollender Donnerschlag ertönte. Ein gleißendes Licht erhellte die sich im Wind biegenden Baumwipfel unterhalb des Hangs. Sandra fuhr unwillkürlich zusammen und stieß dabei mit den Fingerspitzen an den Rahmen des Fotos. Das Familienporträt wackelte noch eine Sekunde an der Kante der Holzkommode, dann fiel es zu Boden. Glas splitterte und Scherben klirrten.

Als ihr Blick darauf fiel, erkannte sie wie unter Schockstarre, dass eine der Scherben es geschafft hatte, eine Drehung zu vollführen und mit der Spitze nach unten zu fallen. Jetzt ragte sie mitten aus ihrer damals zwölfjährigen Brust.

Sandra war kein abergläubischer Mensch. Doch dieser Anblick versetzte ihr einen Schauder, wie sie ihn noch nie zuvor verspürt hatte. Es war, als würde dieses Bild zu ihr sprechen. Als würde es ihr mitteilen wollen, dass etwas nicht stimmte; dass das Fundament ihrer Familie ebenso zerbrochen war wie das Glas; und dass etwas Schlimmes im Gange war.

Wie um das zu bestätigen, krachte etwas gegen die Scheibe. Der Schlag war so heftig, dass Sandra glaubte, ein Stein wäre gegen das Fenster geflogen. Doch es war kein Stein. Draußen vor der gläsernen Terrassentür lag ein kleiner grauer Vogel auf dem Boden. Ein Spatz. Ein Spatz mit sichtlich verdrehtem Hals.

Sandra hätte heulen können. Doch bevor es dazu kam, glitt ihr Augenmerk hinunter zum Rasen. Und zu der grellroten Hundehütte.

Buddy!, schoss es ihr schlagartig durch den Kopf.

Mit einem Mal waren sämtliche Gedanken über ihre Probleme erloschen. Weil da draußen Buddy war; Buddy, der sich vor Gewittern fürchtete, schrecklich fürchtete.

»O Gott, Buddy, ich hab dich total vergessen!«

Wie von einem Insekt gestochen, rannte Sandra in den Keller hinab, stürzte durch die offen stehende Gartentür – wobei sie nicht bemerkte, dass jemand vergessen haben musste, sie zu schließen – und hechtete durch den Starkregen auf die Hundehütte zu. Dort angekommen, fiel sie mit den Knien aufs nasse Gras. Es kümmerte sie nicht. Sie dachte nicht einmal darüber nach.

»O Buddy! Es tut mir so leid! Nicht ängstigen. Ich werde dich reinbringen. Ich werde dir Fressen geben. Dein Lieblingsfressen. Rindfleisch mit Kartoffeln und Erbsen. Das hast du doch so gern. Oder Leckerlis. Du bekommst einen ganzen Haufen Leckerlis von mir. Es tut mir ja so leid, dass ich dich vergessen ...«

Ihr Geplapper endete abrupt, als sie den Kadaver sah. Krachender Donner und das Brechen von Ästen übertönten ihren Schrei.

»Buddy!«

Mehr kam nicht über ihre Lippen. Mehr gab es nicht zu sagen. Dieses eine Wort bildete ein Konvolut all ihrer Empfindungen, die sie nicht in Worte hätte fassen können.

Wie in Trance streichelte Sandra über das weiche goldene Fell, das so viele Tränen getrocknet hatte. Das Knacken von Schuhsohlen auf dem harten Metall von Rasierklingen hinter ihr hörte sie nicht. Lediglich den Schuss, der folgte, nahm sie wahr. Und den schrecklichen Schmerz, der sich in ihre Seite bohrte.

14

Howdy, las Kurt zum inzwischen vierten Mal.

So lautete die oberste Zeile. Nicht etwa *Hallo* oder *Guten Abend,* sondern *Howdy.* Als hätte ein verdammter Cowboy den Brief geschrieben; ein Cowboy, der mit Kurts Emotionen Rodeo spielte.

Der Brief war zwei Seiten lang und in einer krakeligen Männerhandschrift verfasst. Die Buchstaben gruben sich regelrecht ins Papier, als habe sich der Verfasser daran geübt, jedes einzelne Wort hinein zu gravieren. Oder in Kurts Verstand.

Doch nicht die Worte selbst waren es, die Kurt zu schaffen machten, sondern der Platz dazwischen. Er interpretierte den Text mit einem Ernst, den er für keines von Maikes Gedichten je hatte aufbringen können. Und diese Lesart entflammte ein höllisches Licht in der Dunkelkammer seiner Vernunft.

Wiederholt ließ er ihr Gift in sich eindringen.

Howdy,
wunderbar, dass du das liest. Nicht bloß, weil ich es extra für dich verfasst habe, sondern weil du so endlich einmal Einblick in das große Ganze erhältst. Am besten, du setzt dich. Es könnte wehtun.
Du kennst mich nicht. Aber ich kenne dich. Ich kenne dich sogar besser, als dir lieb ist. Um dir das zu beweisen, hier ein paar Beispiele:

Du bindest dir die Schuhe mit zwei Schlaufen, die du miteinander verknotest, wie man es im Kindergarten lernt. Die zweite Variante mit nur einer Schlaufe hast du nie gekonnt, worüber sich deine Kinder bis heute köstlich amüsieren.
Na? Liege ich richtig? Das war noch nicht alles. Ich habe da noch ein paar Schuss Munition übrig.
Da wäre zum Beispiel noch, dass du Höhenangst hast, weshalb du auf Baustellen niemals auf Gerüste kletterst. Da wäre, dass du deine Mutter nach ihrem Tod niemals auf dem Friedhof besucht hast. Da wäre, dass du vor Jahren bei einem Psychologen gewesen bist, weil du glaubtest, dir Dinge einzubilden, wenn du unter Stress stehst.
Immer noch nicht überzeugt? Wie wäre es dann damit: Du hast einen kleinen Schwanz! Und du bist beschnitten. Nicht weil du Jude bist oder so, nein, weil du als Kind eine Vorhautverengung gehabt hast, wegen der deine Eltern dich ins Krankenhaus schleppen mussten, weil dir sonst dein mickriges Pimmelchen abgefault wäre. Stimmt's oder hab ich recht? Ich kann mir richtig vorstellen, wie du panisch dreinblickst, wenn du das hier liest. Woher weiß er das?, fragst du dich ganz sicher. Aber keine Sorge. Ich erzähle es dir.
Bereit?
Deine Frau hat es mir erzählt. Nachdem ich sie gebumst habe. Ja. Gebumst. Von hinten, wie sie es am liebsten mag. Wusstest du das etwa nicht? Oh, das tut mir aber leid.

Kurt blätterte um. Der Wahnsinn ging auf der Rückseite weiter.

Weißt du, warum ich dir diesen Brief schreibe? Weil ich will, dass du weißt, dass ich deine Frau nicht nur gebumst, sondern auch gleich geschwängert habe. O ja, sie ist

schwanger. Von mir. WIR erwarten ein Kind. WIR werden Eltern, so wahr mir Gott helfe. Wobei ich nicht wirklich an Gott glaube. Du etwa? Er hat nichts unternommen, als ich deinen Nachbarn umgebracht habe. Oder dessen Frau. Und ich wette mit dir, er wird auch nichts unternehmen, wenn ich deine ganze Familie auslösche. Du, deine Tochter und dein Sohn. Ihr alle werdet sterben, damit WIR leben können.
Warum ich dir das alles verrate? Warum ich dich vorwarne? Nun, ganz einfach. Es wird dir nichts nutzen, mich bei der Polizei oder sonst wem zu melden. Weil ich schon ganz nah bin. Das wirst du schon bald am eigenen Leib erfahren. Vertrau mir.
Mach's gut. Solange du noch kannst.

Herzlichst, der Fickpartner deiner Frau

Eisiges Unbehagen hatte Kurt ergriffen, als er den Brief geöffnet und die ersten Zeilen inhaliert hatte. Jetzt, als er den Brief zum vierten Mal gelesen hatte, wurde es nicht besser. Im Gegenteil. Der Schauder steigerte sich noch. Zudem fühlte sich sein Kopf an, als würde er jeden Augenblick explodieren. So viele Informationen. So vieles, was sich durch seine Hirnwindungen fraß.

Da waren Verweise auf seine Vergangenheit, auf seine Gegenwart, auf seine Frau. Dinge, die nur sie beide wissen konnten. Dinge, die man ihrer gemeinsamen Intimität entrissen hatte.

Vereinzelte Worte glühten vor seinem inneren Auge auf wie Leuchtreklamen. *Kaufen Sie ein bisschen hiervon und ein bisschen davon. Wie wäre es mit einer Anleitung zum Schuhebinden? Oder einem Busticket zum Duringer Friedhof? Ficken Sie noch oder sind Sie schon schwanger?* O Gott, seine Gedanken ... sie überschlugen sich ... fielen übereinander her ... rissen sich gegenseitig die Eingeweide aus den Leibern ...

spielten ein Spiel mit ihm. Und dieses Spiel trug einen Namen. Es hieß: Ich sehe was, was du nicht siehst.

Also, Kurti, was siehst du?

»Ich sehe, dass jemand viel zu viel über mich weiß. Ich sehe, dass jemand droht, meine Familie zu ermorden. Ich sehe, dass ich meiner Frau nicht trauen kann«, sagte er bangend zu sich selbst.

Gut, gut, weiter so. Was siehst du noch?

»Meine Frau ist mir fremdgegangen. Sie hat das Band unserer Ehe durchschnitten und ist mit jemand anderem ... Sie hat jemanden in sich hineingelassen. Und sie ist schwanger! Mein Gott! *Schwanger!*«

Tragisch! Ja. Ja! Aber da ist noch etwas. Grab tiefer. Lass den Spaten fallen und nimm den verdammten Bagger. Was steckt gleichzeitig unter und über alledem? Was ist es?

Kurt blickte auf den Brief, durchforstete Absatz für Absatz, Zeile für Zeile. Irgendetwas übersah er. Irgendetwas steckte da noch drin. Er wusste, er musste es bloß finden!

Komm schon. Komm schon. Komm schon!

Das Papier zappelte in seinen Händen. Der Schweiß auf seinen Fingern drückte sich in die Oberfläche des Papiers. Draußen züngelten gleißende Lichtzacken durch die Finsternis. Das Prasseln des Regens war zu einem monotonen Surren verkommen, das nur vom Krachen hintereinander folgender Donnerschläge durchbrochen wurde.

»*Was ist da noch?*«, kreischte Kurt in einer Tonart, die nicht zu seinem gewöhnlichem Sprachspektrum gehörte. »*Was ... ist ... da ... no...*«

Dann sah er es. Plötzlich, mit einem Mal stach es ganz deutlich aus dem Text hervor. So prägnant wie die schwarze Rauchsäule einer Explosion über einer Baustelle.

Kurt fuhr mit dem Daumen über das Wort, wie um sich vergewissern zu wollen, dass es wirklich vorhanden war. Es war da. Und es besaß immaterielle Zähne, mit denen es nun zubiss.

WIR. Dieses eine Wort nur. Doch für Kurts benebelten Verstand bedeutete es die Welt. Drei Buchstaben. Großgeschrieben. Und mit dem Kugelschreiber, den der Verfasser benutzt hatte, so oft nachgefahren, überlagert, verdickt, dass man es nicht übersehen konnte – *WIR.*

WIR erwarten ein Kind.
WIR werden Eltern.

Das hier war nicht bloß eine Morddrohung, begriff Kurt. Dass hier war der endgültige Beweis. *Sie* existierten! Und *Sie* würden ihn holen kommen. Ihn, Sandra, David. Seine Familie.

Nur ist ein Name nicht aufgeführt, nicht wahr? Wer fehlt in der Aufzählung, Kurti? Denk nach.

»Maike«, murmelte er.

Gewonnen! Du erhältst hundert Punkte und so viele Waschmaschinen, wie du tragen kannst. Kommen wir also zur nächsten Wundertür in unserem Quiz. Dreimal darfst du raten. Wer ist hier nicht aufgeführt und *hatte gleichzeitig über all die Jahre hinweg die Möglichkeit, dich zu beobachten? Wer hatte jahrelang Einblick in dein Leben? Und* wer *hat sich – auch körperlich – mit ihnen verbündet?*

»Maike!«, wiederholte er.

Irgendwo tief in sich drinnen glaubte er eine Stimme flüstern zu hören, dass er sich das alles nur einbildete; dass das alles nicht sein könne, weil Maike – die immer gut zu ihm und den Kindern gewesen war – ihn liebte. Doch sie war sehr, sehr leise. Und schwach. Die Überzeugung, sie gehöre zu *ihnen,* hingegen war mächtig und laut.

Kurt betrachtete die SIG. Dann fasste er einen grimmigen Entschluss. Irgendwo im Keller musste noch mehr Munition gebunkert sein.

15

Der Schuss bohrte sich durch die Luft wie ein weiterer Donner, und obwohl Maike diejenige war, die sich im Dachgeschoss und somit am weitesten vom Garten hinterm Haus entfernt aufhielt, war sie doch die Einzige, die den berstenden Knall als den erkannte, der er war.

Vielleicht war es ihr mütterlicher Instinkt, womöglich ihre Anspannung. Im Endeffekt war das einerlei. Sie erschrak und drehte sich sofort nach dem kleinen Fenster um, von dem aus man an sonnigen Tagen bis ins Tal, und an besonders schönen bis hinab zur alten Mühle blicken konnte. Nur war dies kein schöner Tag. Und es würde auch keiner werden.

Zuerst erkannte sie nichts. Überhaupt nichts. Eine höllische Finsternis überschattete die Stadt wie ein zugezogener Leichensack. Dann zuckte ein Blitz über den Wald vor dem Haus hinweg und Maike nahm einen weißen Fleck im unteren Rand ihres Sehfelds wahr. Keine Sekunde später war er wieder verschwunden. Die Dunkelheit war zurück.

Maike hatte nicht erkennen können, um was es sich bei diesem weißen Fleck handelte. Dennoch überlief sie ein Schauer, so kalt und eisig wie beim Ansehen eines wirklich guten Horrorfilms, wenngleich Maike nicht wusste, dass dieser Horrorfilm ihr selbst galt. Sie beugte sich vor, sodass ihre Stirn fast das Glas berührte, und wartete darauf, dass ein neuerlicher Blitz über den Himmel züngelte. Doch der Himmel blieb schwarz.

Maike fror. Nicht weil sie nur ihren Büstenhalter trug – das T-Shirt hatte sie, nachdem die Wunde an ihrem Kopf aufgehört hatte zu bluten, auf das schmale Sofa in der Ecke geschmissen –, sondern wegen ihres Unbehagens. Und dem …

Schuss, dachte sie, die in ihrem ganzen Leben bisher nur an einem einzigen Abend das Knallen von Pistolen und Gewehren vernommen hatte. Ihr erster Boyfriend – ein Typ namens Alex Busch mit zottigen langen Haaren, dessen bestes Kleidungsstück eine abgewetzte Lederjacke gewesen war – hatte tatsächlich geglaubt, Maike würde sich so sehr für Schusswaffen begeistern können wie er selbst, worauf er sie zu ihrem ersten Date in ein Schützenhaus ausführte. Maike zeigte keinerlei Begeisterung und trennte sich nur zwei Wochen später von dem Angeber. Den Klang einer Waffe hatte sie allerdings nie wieder vergessen können. Und deshalb wusste sie, dass das, was sie gehört hatte, kein Donner war.

Ihr Herz galoppierte und sie spürte, wie etwas ihre Kehle verengte. Weil sie an Uwe und Britta Paulsen denken musste. Vor allem an Uwe. An seinen toten Körper auf dem Gras, an das Mahnmal, das jemand in seinem Kopf zurückgelassen hatte.

Panik stieg in ihr auf. Da draußen war jemand mit einer Schusswaffe. Und er hatte sie benutzt. Er hatte geschossen. Auf wen?

Ich muss zu Kurt. Ich muss mit ihm reden. Ich muss ihm sagen, was ich gehört habe. Egal was zwischen uns momentan nicht stimmt, ich muss ihm sagen, dass da draußen jemand ist.

Sie wollte sich gerade vom Fenster entfernen, als eine weitere gleißend helle Himmelszunge Licht auf den Rasen hinterm Haus warf. Und diesmal erblickte Maike mehr als nur einen weißen Fleck in ihrem Augenwinkel. Diesmal sah sie, was dort unten hinterm Haus lag.

Ein Stich des Entsetzens durchfuhr sie. Kein Stich wie von einem glatten Dolch, sondern wie der eines Jagdmessers mit

Zähnen an der Rückseite, die eine Wunde beim Herausziehen reißend erweiterte.

Sandra!

Noch ehe die Dunkelheit wieder Herr über das Draußen werden konnte, wusste Maike Bescheid. Da lag ihre Tochter auf dem Rasen. Diese schlanke Figur und diese blonden Haare hätte sie unter Tausenden blind herausfiltern können. Weil sie Mutter war. Weil sie *Sandras* Mutter war. Und weil eine Mutter fühlte, wenn es einem ihrer Babys an etwas fehlte.

»Nein. Nein, nein!«, keuchte sie nahezu ohne Stimme. Zeitgleich machte sich bange Ungläubigkeit in ihr breit.

Ich halluziniere. Ja. Ja. Das kann nur eine Wahnvorstellung gewesen sein. Ein Fantasiebild. Natürlich! Der Stress! Das ist es! Es ist der Stress. Und die Hormone. Was sonst?

So musste es sein. Ihre Tochter konnte nicht da draußen auf dem Rasen liegen. Sandra war ganz sicher auf ihrem Zimmer und beschäftigte sich mit etwas, womit Teenager sich nun einmal beschäftigten. Chatten, Frisieren, Schminken. Das da war nicht Sandra, weil Maike sich nicht vorstellen konnte, dass es Sandra sein konnte. Was sie gesehen hatte, musste ein Trugbild gewesen sein.

Nur war es das nicht. Die nächsten zwei oder drei Blitze offenbarten es mit der Gnadenlosigkeit eines kriegslüsternen Gottes.

Ihre Tochter lag bäuchlings auf dem Boden, die Gliedmaßen von sich gestreckt, als wollte sie einen Schneeengel malen. Ihr weißes T-Shirt war von Regen durchtränkt, sodass ihre Haut hindurchschimmerte. Ebenso ihr blondes Haar. Es klebte an Sandras Kopf, verdeckte ihr Gesicht. Und da war noch mehr. Es entging Maike nicht. Und es jagte ihr von allem, was sie sah, den größten Schreck ein. Sandras linke Körperhälfte war rot von Blut.

Ohne weiter nachzudenken – noch nicht einmal darüber, wo derjenige sein mochte, der den Schuss abgegeben hatte

–, rannte Maike los. Sie stürmte zur Zimmertür hinaus, hastete den Flur entlang und die Treppe hinab ins Erdgeschoss. Auf halber Höhe verhakte sich ihr rechter Fuß mit ihrer linken Wade und sie kippte vornüber. Ihr Gleichgewicht verabschiedete sich im selben Augenblick wie der Boden unter ihren Füßen. Eine Schrecksekunde lang sah sie ein Bild vor Augen, wie sie die restlichen sieben oder acht Stufen hinunterpolterte, wie sie sich den Kopf anschlug und die Dunkelheit in der Küche vor ihr und die ihrer eigenen Bewusstlosigkeit miteinander verschmolzen. Ein panischer Gedanke attackierte sie. *Wenn ich stürze, wer hilft dann Sandra?*

In diesem Augenblick spürte sie die schützende Stabilität des Treppengeländers in ihrer Hand, und ohne einen weiteren Gedanken an irgendwelche hinderlichen Geschehnisse zu verschwenden, erreichte sie den zweiten Treppenabsatz, der in den Keller führte.

Nur rannte sie ihn nicht hinunter. Sie konnte nicht. Der Grund dafür war der Mann, der ihr aus dem Keller herauf entgegenkam; ein Mann, den sie früher einmal, vor einer gefühlten Ewigkeit, als besonders und attraktiv betrachtet hatte, dem sie ihre Vergangenheit anvertraut und dem sie sich mehr als einmal in mehrdeutiger Hinsicht geöffnet hatte.

Aus einer entfernten Galaxie glaubte Maike erneut den Schuss zu vernehmen. Draußen auf dem Rasen lag ihre Tochter, die ihre Hilfe brauchte, die ihre Mama brauchte, ihre sie liebende Mutter, daran dachte Maike und fühlte, wie sich in ihr Kummer und Entsetzen zu einem Gewirr des Grauens paarten. In seiner Hand hielt der Mann eine Schusswaffe.

Stufe für Stufe kam er auf sie zu. Sein Gesicht war blass, seine Augen blutunterlaufen und finster.

»Da bist du ja«, sagte er. Und in seiner Stimme schwang tatsächlich Freude mit. Manische Freude. »Hab dich schon gesucht.«

Jetzt, als er ihr näher war als in den letzten Tagen und sie ihm zum ersten Mal mit klarem Verstand ins Gesicht blickte, erkannte sie deutlich und unabdingbar den Wahnsinn in seinen Augen. Er verursachte ihr eine Gänsehaut. Und furchtbare Angst. Ihr Instinkt riet ihr, ja, forderte regelrecht von ihr, die Flucht zu ergreifen, wegzurennen, bevor es zu spät sein würde. Doch dazu kam es nicht. Der Schock seines Anblicks lähmte sie. Und der, den die auf sie gerichtete Waffe verursachte.

Irrational fragte sie sich, ob dieser Wahnsinn in Stücken schon immer in ihm geschlummert hatte. Aber das war ein beiläufiger Gedanke, ohne jede Bedeutung. Jedenfalls jetzt nicht mehr. Denn der Lauf der Waffe zielte nun unmittelbar auf ihre Brust.

»Ins Wohnzimmer«, sagte er.

»Kurt …«

Das war alles, was sie von sich geben konnte, bevor er sie am Arm packte und davonzerrte.

16

Maike hatte zuvor David nicht in seinem Zimmer finden können, weil dieser sich bereits im Wohnzimmer aufhielt. Wie aus einem Marmorblock geschlagen, stand er steinern da, den Rücken gegen ebenjene Wand gepresst, die ihn und seine Eltern voneinander trennte. Sie brauchten nur vom Flur durch die Tür hereinzukommen, und schon würden sie sich in seiner unmittelbaren Nähe befinden, nahe genug, um sie anzugreifen. Um sie zu töten.

Denn genau das war es, was Todd von ihm verlangte. Die Ermordung seiner Eltern; der Personen, die sich zwölf Jahre lang um ihn gekümmert, ihn erzogen, ihn geliebt hatten. David spürte das. Und er konnte nichts dagegen unternehmen. Sein Kummer und seine Wut hatten Todd die vollkommene Kontrolle über seinen Verstand sowie seinen Körper überlassen.

»Das wird ein Spaß, das garantiere ich dir. Eine regelrechte Party wird das. Du wirst schon sehen. Nachher ist alles anders. Keine Wut. Kein Zorn. Kein Hass. Der Frieden, unser Frieden wird von göttlicher Klarheit sein.«

Göttliche Klarheit. Bei klarem Verstand wäre David aufgefallen, dass solch große Worte nur von einem Zehnjährigen benutzt wurden, der sie von einem Schriftsteller eingepflanzt bekam. Nur war er nicht bei klarem Verstand. Sein Geist war dabei, komplett abzuschalten. Noch war er minimal vorhanden. Noch brannte das Licht seines Verstandes wie ein Stern in weiter Ferne. Doch schon bald würde es vollkommen erloschen sein. Jetzt war er – David Kramer –

der Junge, der sich gern in sein Zimmer zurückzog und Bücher las, um aus dieser Welt in eine größere, fantastischere zu flüchten, nur noch anwesend, um mitzuerleben, was Todd anstellte. Es war, als würde er durch ein Loch in einem geschlossenen Sarg in eine Welt blicken, aus der er langsam fortgetragen wurde.

»Kurt …« Die Stimme seiner Mutter. Fassungslos. Angstvoll.

David ließ sich gleiten. Immer weiter fort. Die Dunkelheit um sein Bewusstsein verdichtete sich mit jeder Sekunde. Bald schon würde er überhaupt nicht mehr sein. Bald würde nur noch Todd existieren.

Leise, fast unhörbar nahm er den Befehl seines Vaters wahr – »Ab ins Wohnzimmer!« –, genau wie das anschließende Grinsen auf Todds Gesicht.

Seine Eltern würden reinkommen. Ja, das würden sie. Und dann würde alles ein Ende finden. David wehrte sich nicht dagegen.

Sein Körper bewegte sich, ohne dass er ihn dazu aufforderte. Durch das Loch in seinem eigenen Sarg sah David, wie Todd an der Wand entlangschlich und hinter der Couch abtauchte. Er versteckte sich.

»Wir müssen uns die Zeit nehmen. Einer nach dem anderen. So wie ich es bei meinen Eltern gemacht habe.«

Schritte. Seine Eltern betraten den Raum. Das grimmige Lächeln auf Davids Lippen verbreiterte sich. Er spürte es ebenso deutlich wie die Kühle, die durch das Fenster in seinem Rücken hereindrang. Und wie er wie ferngesteuert mit seiner Hand den Griff des Messers enger umfasste.

17

»Kannst du den Kerl nicht überholen?«, fragte Michael Lauer seinen Kollegen in genervtem Tonfall.

Sie fuhren nun schon mindestens einen Kilometer hinter einem Lastwagen mit Anhänger hinterher, auf dessen grauer Heckplane in großen schwungvollen Lettern die Aufschrift *C & R – Construction and Rebuilding GmbH* geschrieben stand. Die Scheibenwischer des BMW kämpften mit aller Gewalt gegen den strömenden Regen und die von den hinteren Rädern des Lkw aufspritzende Brühe an. Mit nur mäßigem Erfolg.

»Warum hast du es denn plötzlich so eilig? Die Müllsäcke, wenn denn wirklich genau diese im Haus liegen sollten, werden schon nicht davonlaufen.«

Das stimmte natürlich. Michael konnte es sich auch nicht erklären, weshalb er das Gefühl hatte, sie müssten sich beeilen. Da war nur wieder diese eindringliche Intuition, der er schon die ganze Zeit folgte. Seine Spürnase. Sie war es, die ihn dazu anhielt, keine Zeit zu verschwenden. Weil etwas im Argen war. Weil irgendetwas nicht stimmte. Da war er sich ganz sicher.

Wenn der Täter nicht wusste, dass Frau Paulsen und Tobi auf der Bildfläche erscheinen würden, überlegte er, *dann muss es einen anderen Grund geben, weshalb er im Haus gewesen ist.*

Diesem Gedanken folgte ein kleiner, aber nichtsdestotrotz gewaltiger Sprung.

Was ist, wenn er sich dort eingenistet hat – wenn er sich noch dort befindet?

»So, wurde auch Zeit«, sagte Ulrich Knabben.

Michael sah auf. Der Lastwagen war gerade dabei, in die Einfahrt einer Firma abzubiegen. Er tat es langsam, und Michael spürte, wie ihn diese Trägheit aufregte.

Mach schon. Mach schon.

Dann war der Weg frei. Ulrich Knabben trat aufs Gas. Die Tachonadel schwenkte von dreißig Stundenkilometern auf fünfzig. Das Ortsschild hatten sie noch lange nicht passiert.

Michael sah zu seinem Kollegen hinüber und biss die Zähne zusammen. Sein Herz pochte vor Aufregung.

Neben ihm begann Ulrich Knabben fröhlich zu pfeifen.

18

Kurt brauchte nicht mit der Waffe auf sie zu zielen, allein sein Blick ließ sie zurückweichen, so finster sah er drein. Mit den Augen wich er keinen Millimeter von ihr. Scine Haltung war nach vorn gebeugt, angriffslustig und offen für Konfrontation. Wenn Maike geglaubt hatte, jemals in ihrem Leben Angst vor etwas oder jemandem empfunden zu haben, so wurde dieser Glaube nun über den Haufen geworfen. Denn Kurt kam in einer Art auf sie zu, die ihr nicht bloß Angst bereitete, sondern höllische Panik in ihr losriss. Der Anblick der Waffe in seiner Hand steigerte dieses Empfinden noch.

»Was hast du getan?«, fragte sie ohne Stimme. »Was hast du nur getan?«

Kurt gab keine Antwort. Und was er sagte, ergab in ihren Ohren keinen Sinn. Dabei kam er weiter auf sie zu.

»Ich hätt's längst wissen müssen«, murmelte er. Seine Stimme klang heiser, tief, fast guttural. Er hatte getrunken. Das war nicht zu überhören.

»Ich hätt wissen müssen, was'u im Schilde führst. Die ganze Zeit über has'u mich hintergangen ... Die ganze Zeit. War dir wohl nich' mehr gut genug. Hast'n größeren Schwanz gebraucht, hä? Oder isses, weil ich jetzt *sehen* kann?«

Ein herber Schlag in die Magengrube. Kurt wusste es also tatsächlich. Die ganzen letzten Tage, seitdem sie – *Herzlichen Glückwunsch!* – es selbst herausgefunden hatte, hatte sie sich gescheut, es ihm zu beichten. Und jetzt hatte er es doch irgendwie herausgefunden.

Ein Sturm unterschiedlichster Gefühle begann in ihr zu toben. Sie fühlte Kummer, Selbstmitleid, Angst, Wut und Zorn. Letzteres sowohl auf Kurt als auch auf sich selbst. Ein Teil von ihr wollte davonrennen. Ein anderer wollte ihn anbrüllen. »*DU HAST UNSERE TOCHTER ANGESCHOSSEN!*« Wiederum ein anderer wollte sich in einer Ecke verkriechen und weinen. Weil dieser Teil ahnte, dass es zu spät war, Sandra zu helfen.

In ihrem ganzen Leben war Maike nie in solch eine verzwickte Situation geraten. Und das Schlimmste war, sie glaubte, sie habe sie selbst provoziert.

»Es tut mir leid«, sagte sie mit bebender Stimme und trat einen Schritt vor Kurt zurück. Ihre Beine fühlten sich an, als bestünden sie aus Wachs.

Im Wohnzimmer brannte Licht. Die Lampe über dem Couchtisch warf einen gelblich warmen Schein auf das große Sofa, die Wände und sämtliche weiteren Möbel. Über dieses Licht war Maike froh. Die Vorstellung, mit Kurt im Dunkeln zu stehen, wäre unerträglich gewesen.

»Es tut mir leid!«, kreischte sie ihn plötzlich aus voller Kehle an. »Ich habe einen Fehler gemacht. Einen großen Fehler. Aber bitte, Kurt, lass uns reden. Tu das nicht. Tu das ... nicht.«

»Ein' Fehler«, wiederholte er und bellte ein höhnisches, Furcht einflößendes Lachen. »Du glaubst tatsächlich, dass es damit getan is'? Du glaubst, du könnt'st damit alles ungescheh'n machen?«

»Bitte, Kurt. Es war nur ...«

Weil du nie da gewesen bist, wollte sie sagen. Doch dann besann sie sich eines Besseren. Zwar stimmte es, dass Kurt stets geschäftlich unterwegs gewesen war und sie sich deshalb einsam gefühlt hatte – einsam genug, sich auf ein Techtelmechtel einzulassen –, allerdings würde sie so die Schuld

Kurt zuschieben, frei nach dem Motto: Hättest du dich mal mehr um mich gekümmert, wäre es nie so weit gekommen.

»Es war dumm«, beendete sie ihren Satz.

Ein Augenblick des Schweigens trat zwischen sie, so vertraut wie nur wenige andere Dinge in der letzten Zeit. Es wirkte, als würde Kurt über ihre Worte nachdenken. Ein undefinierbarer Ausdruck der Ruhe lag auf seinem Gesicht. Das Licht kalter Blitze zuckte über seine finster wirkende Gestalt.

»Wie lang? Wie lang geht das schon so?«, fragte er. Eine Frage, wie nur ein Mann sie stellen konnte. Gleich würde er fragen, ob der andere Mann besser im Bett sei als er. Ein Schwanzlängenvergleich, nichts weiter. Und das machte sie zornig.

Sie senkte beschämt den Kopf. Sie wollte ihm nicht antworten, sah ihn jedoch gleichzeitig im Recht nachzufragen. Natürlich. Er war ihr Ehemann.

Schmerz erfüllte ihren Verstand, als sie wieder an Sandra dachte und daran, wie viel Zeit sie hier mit Kurt verschwendete, unfähig, ihrer verletzten Tochter zu helfen.

»Spielt das jetzt eine Rolle?« Ihre Stimme bebte mehr denn zuvor. »Lass mich zu Sandra. Lass mich nach ihr sehen, und danach klären wir alles. Ich weiß, du wirst mich verlassen. Ich weiß, unsere Ehe wird diese Krise nicht überstehen. Und das ist meine Schuld. Aber bitte, bitte lass mich zu …«

»Ich lass dich nirgendwohin!«

Alles ging so schnell, dass Maike zu keiner Reaktion fähig war. Aus dem Nichts machte Kurt mehrere schnelle Schritte auf sie zu, packte sie im Genick wie einen ungehorsamen Hund, der auf den Teppich gemacht hatte. Schraubstockartig klammerte er seine Finger um ihren Nacken. Schmerz durchzuckte ihren Hals. Ein heiser erstickter Schrei entrann sich ihr. Im nächsten Augenblick war sein Gesicht keine zwei Zentimeter von dem ihren entfernt. Heißer, unangenehmer Atem landete auf ihren Wangen.

»Du gehst nich'!«, hauchte er ihr entgegen.

Ohne es zu wollen, schrie sie auf. Der Druck seiner Hand um ihren Nacken schmerzte ihr bis in die Brust. Sie ahnte, was jetzt kommen würde. Sie erwartete angeschrien zu werden, bestraft zu werden, ja, womöglich sogar geschlagen zu werden. Doch was folgte, war wesentlich schlimmer als jede Vorstellung, die sie sich machen konnte. Denn nur ein Wimpernschlag nachdem er den Druck auf ihren Nacken erhöhte, zeigte der Pistolenlauf nicht mehr auf den Boden, sondern auf ihren Unterleib. Das kühle Metall wanderte langsam von ihrem Schambein hinauf bis zu ihrem Bauchnabel.

Mit weichen Knien beobachtete Maike diesen Vorgang. Sie betete. Zum ersten Mal seit vielen, vielen Jahren betete Maike Kramer zu Gott. Und um sein Eingreifen. Drückte Kurt ab, würde er nicht nur sie töten, sondern auch ihr Baby. Dazu benötigte es, wie sie aus ihrer Erfahrung vom Schießstand her wusste, nur einer winzigen Bewegung mit dem Zeigefinger.

Nicht schießen, flehte sie im Geiste. *Bitte, Gott ... Oh, bitte ... Bitte ...*

»Ich könnt dich einfach abknallen«, sagte Kurt mit rauer, ruhiger Stimme. »Es wär so einfach. Es würd' so vieles so schnell ändern.« Er gackerte. »'ne Scheidung würd uns auf jeden Fall erspart bleiben.«

»Was hast du vor?«, fragte sie. Kalter Angstschweiß sammelte sich auf ihrer Stirn. Ein vereinzelter Tropfen rollte an der Rundung ihres rechten Auges entlang ihren Wangenknochen hinab.

Seine Antwort war nicht mehr als ein Hauchen. »Ich will, dass du mich zu ihnen bringst. Ich will wissen, wer *sie* sind.«

»Was?«

»Du hast mich verstanden. Bring mich zu ihnen.«

»Wen meinst du?«

»Tu nicht so dumm! Du weißt ganz genau, wen ich meine. *Sie. Sie*, die mich beobachten. Ich weiß, dass du eine von ihnen bist. Ich weiß es! Es stand in dem Brief, den mir dein Stecher geschickt hat. Da steht alles drin. Alles. Ich weiß Bescheid!«

Maike hatte nicht den leisesten Schimmer, wovon Kurt da sprach, bis ihr plötzlich einfiel, wovor sie der Krankenpfleger am Telefon gewarnt hatte.

»Erlebnisse wie dieses lösen oftmals einen Schock aus, der ein paar Tage anhalten kann. Dabei kommt es nicht selten vor, dass die Betroffenen sich zurückziehen, sich sogar anders als gewöhnlich verhalten.«

Kein Grund zur Beunruhigung, dachte Maike zynisch, *dass ich nicht lache!*

Gleichzeitig musste sie ohne offensichtlichen Grund an die Schwarz-Weiß-Aufnahmen einer Dokumentation denken, die sie vor einer gefühlten Ewigkeit gesehen hatte. Darin war es um Soldaten gegangen, die, nachdem sie von der Front heimkehrten, nicht mehr dieselben waren, weil sie unter ... unter irgendwas litten ... irgendetwas, das einen Namen trägt wie ... wie ...

Der Begriff, den Maike suchte, war *Posttraumatische Belastungsstörung*. Er kam ihr nicht in den Sinn, doch sie konnte sich vorstellen, dass das, was der Pfleger zu ihr gesagt hatte, einer solchen Erkrankung entsprechen konnte. Kurt hatte eine Explosion erlebt. Er hatte mit ansehen müssen, wie ein alter Bekannter unmittelbar in seiner Nähe gestorben war. Und seither ...

Die Erleuchtung traf sie wie ein Schlag. Mehrere Puzzlestücke fügten sich zusammen wie die Zahnräder einer Maschine. Weitere Erinnerungsfetzen stießen an die Oberfläche ihres Bewusstseins vor. Gedanken an Arno, Kurts Vater, der in einer Psychiatrie lebte, weil er an Wahnvorstellungen litt. Maike hatte ihn kennengelernt. Als sie damals in seine tiefdunklen Augen gesehen hatte, da hatte sie nicht begreifen können, wie ein Mensch die Realität so sehr beiseiteschieben konnte, dass er das wahre Leben bestenfalls noch als Schemen wahrnahm.

Jetzt, da sie in die Augen ihres eigenen Mannes blickte, konnte sie das. Sie erkannte in ihnen die Düsternis, die Arno ein Leben unter Bewachung eingebracht hatte.

Kurt strich mit der Pistole über ihren Bauch. Die Kimme der SIG verhakte sich in ihrem Bauchnabel. Ein Gefühl, als würde man mit einem langen rasiermesserscharfen Fingernagel nach Fusseln pulen.

»Wenn du glaubst, ich würde mich zurückhalten, weil du meine Frau bist, täuschst du dich«, hauchte er ihr ins Ohr. »Du bringst mich jetzt zu *ihnen.* Ansonsten …«

Ein Klicken durchschnitt die Stille im Raum. Maike blickte zitternd an sich hinab und stellte fest, dass Kurt einen winzigen Hebel betätigt hatte. Auch diesen kannte sie von ihrem Abend im Schützenhaus. Kurt hatte die Waffe entsichert. Jetzt brauchte es wirklich nur noch ein Zucken seines Zeigefingers, um ihr ein Loch in den Bauch zu schießen.

Und mein Baby zu töten, dachte sie.

19

»Das ist unsere Chance!«, wisperte Todds Stimme in Davids Kopf. *»Jetzt oder nie. Das wird ein Spaß! Zuerst erstechen wir ihn. Von hinten. Der Alte hat eine Waffe bei sich, also muss er zuerst dran glauben. Dann widmen wir uns Mami. Sie steht so sehr neben sich, dass sie den plötzlichen Situationsumschwung kaum begreifen wird. Sieh sie dir nur an – wie sie sich zusammenkrampft, wie sie schlottert. Herrlich! Was meinst du, David? Sollen wir? Sollen wir?«*

David meinte überhaupt nichts. Er wusste nicht, was er vom Spektakel im Wohnzimmer halten sollte. Der Funken Existenz seines eigenen Bewusstseins, der noch irgendwo tief unter Todds Willen schwach leuchtete, konnte das Szenario nicht einordnen. Wo zuvor noch Wut und Zorn Herr über seinen Verstand gewesen waren, schlich sich Verwirrung ein. All die Jahre seines Daseins hatte er einem Kammerspiel zugesehen, deren Statisten stets dieselben Rollen gespielt hatten. Sein Vater war der Brötchenbringer, der für die Familie sorgte, während seine Mutter den Haushalt und alle anderen Tätigkeiten übernahm, die anfielen. Trotz ihrer Unterschiedlichkeiten hatten die beiden immer zusammengehalten. In jeder Hinsicht.

Was sich jetzt vor seinen Augen abspielte, ergab überhaupt keinen Sinn.

»Ach, das ist doch alles zweitrangig. Was wirklich zählt, ist, was sie dir angetan haben. Der Schmerz, die Qual, die Ignoranz. Hast du das etwa vergessen?«

Das hatte David nicht. Natürlich nicht. Ein Junge in seinem Alter muss in seinem heranwachsenden Hirn noch nicht die Menge an Erinnerungen mit sich schleppen, wie es Erwachsene tun. Deshalb sind die wenigen Erinnerungen, die Jugendliche haben, auch so einprägend. Jedes noch so kleine Erlebnis wird in das Fundament eines so jungen Verstandes einzementiert. Auch die Momente, in denen David Zuwendung brauchte und Ignoranz bekommen hatte.

»Lass uns loslegen. Das Messer ist scharf und du bist willig. Also komm schon. Komm schon. Komm schon!«

David bewegte sich keinen Millimeter. Hinter der Couch kniend, beobachtete er ungläubig, was da vor sich ging.

»Bring mich zu ihnen«, wiederholte sein Vater zum gefühlt zehnten Mal.

Was sein Vater von sich gab, segelte an Davids Ohren vorbei wie der Regen am Fenster hinter ihm. Es war vielmehr die Waffe, die ihn nicht mehr losließ. Ihr Anblick erzeugte in ihm Verunsicherung. Und das passte nicht zu Todds Drängen. Ganz im Gegenteil. Todd wollte, dass er vorwärtsmarschierte, dass er zur Tat schritt. Nur hielt ihn irgendetwas davon ab. Intuition vielleicht?

»Du solltest loslegen. Jetzt! Sofort! So eine Chance bekommst du nie wieder! Denk an den Schmerz in deinem Herzen. Denk daran, wie sie dich im Stich gelassen haben. Denk daran, wie …«

David biss die Zähne zusammen. So viele Dinge geschahen gleichzeitig, wirkten auf ihn ein. Da war Todds Stimme. Da waren seine Eltern. Da war die Waffe. Da war das Messer. Und …

Warum will Mama zu Sandra? Was ist mit Sandra?, fragte David sich plötzlich.

Lange hatte David nicht mehr an seine Schwester gedacht. Jetzt fiel sie ihm ein. Aber warum? Was hatte es mit ihr auf sich?

David hob die Fäuste vors Gesicht, schlug sich im Anfall eines Wahns die Knöchel gegen die Stirn, trommelte gegen seinen Schädel. Ein dumpfes Pochen drang bis in ihn hinein. Er hörte es mehr, als dass er es spürte.

Werde klar im Kopf, werde klar im Kopf, werde ...

»Lass das!«, schrie Todd. *»Lass das bleiben, du Idiot! Du hättest dich beinahe selbst mit dem Messer erstochen.«*

Verwirrt und wie zu Eis gefroren betrachtete David seine Hände. Aus seiner rechten Hand blitzte die Klinge hervor. Die schiere Größe ließ ihn regelrecht zusammenfahren; lang wie sein Unterarm und fast ebenso breit. Die Schneide war nicht mehr als ein dünner Strich. Ihre Schärfe war sichtbar.

Auf der anderen Seite der Couch rang seine Mutter nach Atem.

»Wenn du glaubst, ich würde mich zurückhalten, weil du meine Frau bist, täuschst du dich gewaltig«, hauchte sein Vater. »Du bringst mich jetzt zu ihnen, ansonsten ...«

Er will ihr etwas antun, schoss es David durch den Kopf. Und plötzlich flutete Entsetzen seinen Verstand. Es war ein kurioses Umdenken, beinahe unwirklich. Und als David auf die Messerklinge zurückblickte, verstand er endlich, dass auch er im Begriff war, seiner Mutter etwas anzutun; seiner Mutter, die sich stets um ihn gesorgt hatte, die ihm die Schulbrote richtete, ihm bei den Hausaufgaben half, ihn bisher – bis auf das eine Mal – immer umsorgt hatte, wenn es ihm einmal nicht gut ging.

»Sie hat dich ignoriert, als du sie brauchtest!«, protestierte Todd. Doch nun klang seine Stimme nicht mehr so laut und einnehmend wie noch vor wenigen Minuten. Ihre Ausdruckskraft war geschwunden.

Sie hat mich nicht ignoriert. Sie ... Sie ...

David blickte hinter der Couch hervor auf seine Eltern, die dastanden, als würden sie Mut ansammeln, um einen letzten Tanz zu vollführen – den Tango ihres eigenen Todes womöglich.

Beim Anblick seiner Mutter kam ihm in den Sinn, wie betäubt sie vor der Rührmaschine gestanden hatte, in sich hineinblickend, als hätte sie über viel nachzudenken. Sehr viel.

Sie hat mich nicht ignoriert, wurde David klar. *Sie war nur abgelenkt. Irgendetwas hat sie so sehr eingenommen, dass ich keine Rolle gespielt habe.*

Das konnte sein. Die Frage war bloß: War ihre Unaufmerksamkeit ein Zustand von Dauer oder nur vorübergehend? Und war das überhaupt wichtig, jetzt, da sein Vater sie mit einer Pistole bedrohte? Drückte er ab, so würde sie sich nie wieder auch nur eine Sekunde lang mit ihm – ihrem Sohn – beschäftigen. Keine Beachtung mehr, für alle Zeiten.

»Lass das!«, forderte Todd. *»Hör auf zu grübeln. Das bringt nichts. Schreite zur Tat!«*

Nur brachte es doch etwas. Vor allem, da David jetzt das Messer in seiner Hand mit ganz anderen Augen betrachtete. Denn auch er war im Begriff, sich selbst die Aufmerksamkeit seiner Eltern zu entziehen. Indem er seinem Vater und seiner Mutter wehtat, sie beide tötete.

Mein Gott, was tue ich hier?

Mit einem Mal schrie die Stimme in ihm auf. Ein krächzendes, fast heulendes Geplärr.

»NEIN! NEIN! LASS DEN SCHEISS! DU KANNST MICH NICHT VERDRÄNGEN! DU KANNST MICH NICHT KÜRZEN WIE EINE VERDAMMTE ZAHL! DU MUSST TUN, WAS ICH DIR SAGE! ICH BEFEHLE ES DIR! TÖTE SIE! TÖTE SIE BEIDE! TÖTE SIEEEEE!«

Das tat David nicht. Die kleine Flamme seines eigenen Bewusstseins erfasste den Zunder klaren Denkens, wuchs, gedieh zu neuem Leben.

»*SEI STILL!*«, schrie David. Und seine Stimme beschränkte sich nicht auf seinen Geist. Sie hallte durch den gesamten Raum, hell und leuchtend und zügellos. »Sei verdammt noch mal still! Meine Eltern ... wir gehören zusammen ... wir sind eins!«

Mit einem Mal fand eine Verlagerung in ihm statt. Das Gewicht von *Hass*, das seine innere Waage ins Ungleichgewicht gebracht hatte, wurde wie mit einem Katapult davongeschleudert. Eine enorme Last verschwand von seinem Herzen.

Davids Atem ging schwer und schnell. In seinem Kopf pulsierte es. Der dichte Nebel in seinem Bewusstsein löste sich auf. Und während sein Körper all diese Phasen der Neuorientierung durchlebte, spürte er nicht, wie ihm das Messer aus der Hand glitt. Klappernd fiel es zu Boden.

Als Todd aus seinem Verstand verschwunden war und sich sein Blick auf die Welt normalisierte, bemerkte David, dass er nicht mehr hinter der Couch kniete. Er stand aufrecht. Sein Oberkörper ragte über die Lehne des Sofas empor. Sein Vater sowie seine Mutter starrten ihn ungläubig an.

»Papa.« Ein Hauchen, das zwischen seinen Lippen hervordrang.

Dann festigte sich der Blick seines Vaters. Er murmelte etwas, was David nicht verstand. Es klang in etwa wie: »Wir gehören zusammen. Wir sind eins.«

Als David begriff, dass sein Vater nur seine eigenen Worte wiederholte, war es bereits zu spät. Kurt zielte auf seinen eigenen Sohn und schoss.

Der schrille Schrei einer leidenden Mutter übertönte den nächsten Donner.

20

Womit die Polizisten nicht gerechnet hatten, war, dass sich nach dem Lastwagen mit der grauen Plane ein weiteres Fahrzeug zwischen sie und ihr Ziel schieben würde. Es war ein lilafarbener Ford Ka, der so langsam fuhr, als wollte der Fahrer die Geschwindigkeit einer Schnecke unterschreiten. Unausweichlich bog er vor dem Streifenwagen in die Kronenstraße ein.

Michael spürte, wie es ihn vor Anspannung fast zerriss. Ob er mit seiner These nun richtiglag oder nicht, er wollte sich endlich vergewissern. Selbst sein Partner echauffierte sich über den Ford.

»Meine Güte. Wenn der noch langsamer wird, fahren wir bald rückwärts.«

»Vermutlich glaubt der Fahrer, wir wollen ihn kontrollieren, und hält sich deshalb zurück. Das tun die Leute doch ständig.«

»Stimmt. Da treten sie zuerst das Gaspedal bis zum Anschlag durch, und kaum fahren wir hinter ihnen her, tun sie so, als wären sie die Unschuld in Person«, sagte Ulrich Knabben und rieb sich wie so oft den langen dunkelgrauen Bart. »Glücklicherweise sind wir gleich da. Noch um die Ecke und die Steilstraße hinab.«

Gerade als er abbog – dem lilafarbenen Ford folgend –, drehte er sich noch einmal zu Michael. Seine Stimme wurde ernst.

»Eines will ich dir noch sagen, bevor wir ankommen. Egal ob du mit deiner Müllsack-Theorie recht haben solltest oder nicht, wir werden nichts tun, bevor Verstärkung eingetroffen ist. Ich bezweifle zwar, dass sich der Täter nach wie vor in der Nähe aufhält, Teufel, ich glaube noch nicht einmal, dass er sich noch in der Stadt rumtreibt, doch wenn wir auf ihn stoßen, soll das für uns keine Rolle spielen. Ich will meine Pension nicht für ein Arschloch aufs Spiel setzen, das meint, einen Mann mit einem Eispickel erschlagen zu müssen.«

»Eine Spitzhacke.«

»Was?«

»Es war eine Spitzhacke.«

»Wie auch immer. Du hast verstanden, was ich dir damit sagen will, oder?«

»Ja. Natürlich«, antwortete Michael. Allerdings war er mit den Gedanken bereits woanders. Die Ansprache seines Kollegen bezüglich des ersten Mordopfers jagte ihm einen Schauer den Rücken hinab. Gleichzeitig ließ sie sein Herz schneller schlagen. Was war, wenn sie dem Täter tatsächlich begegneten? Was sollten sie dann unternehmen? Sie konnten schließlich nicht einfach rumstehen und nichts tun. Und die Kollegen würden bei dem Wetter mindestens eine halbe Stunde brauchen, bis sie vor Ort waren.

Ein Grund, weshalb der oder die Täter nicht längst das Weite gesucht haben sollten, wollte Michael nicht einfallen. Seine Intuition verriet ihm jedoch, dass sie in jedem Fall auf der Hut sein mussten.

Der Ka hielt auf demselben Parkplatz wie sie, nur wenige Meter vor ihnen. Der Fahrer entpuppte sich als stämmige Frau, die verwundert und ein wenig vorsichtig zu ihnen herübersah, als sie aus der Sardinenbüchse ausstieg. Über ihren Kopf spannte sie einen schwarzen Regenschirm auf. Regentropfen zerplatzten auf dem Stoff des Schirms wie winzige explodierende Perlen.

Als auch Ulrich seine Tür öffnete, fragte sie: »Sind sie wegen mir hier?« Dabei deutete sie mit einem wulstigen Zeigefinger auf ihre Brust.

»Nein, nein«, rief Ulrich Knabben gegen den grollenden Donner an und machte eine wegwerfende Handbewegung. Kaum war er auf den Parkplatz getreten, war er von oben bis unten durchfeuchtet. Im Angesicht der Frau schien ihm das jedoch recht wenig auszumachen. Sein Gesicht wurde von einem breiten Strahlen erhellt. »Wir sind aus anderen Gründen hier.«

Michael kam ein plötzlicher Gedanke. Er stieg ebenfalls aus dem Wagen. Den Regen beachtete er nicht.

Gerade als die Frau sich mit einem verhaltenen Lächeln auf den Lippen von ihnen abwenden wollte, sagte er: »Entschuldigen Sie.«

»Ja?«

»Sie sind nicht zufällig hier, um die Familie Paulsen zu besuchen?«

Auch Ulrich Knabben wandte sich jetzt Michael zu. Auf seinem Gesicht lag ein fragender Ausdruck.

»Paulsen?«, fragte die Frau. »Ich kenne niemanden, der so heißt. Ich bin hier wegen einer unserer Praktikantinnen. Ich arbeite im *Haus auf der Höhe*, das Seniorenzentrum am anderen Ende der Stadt. Das Mädchen erschien heute nicht zum Dienst, und da wollte ich nach ihr sehen, weil ich vor ein paar Tagen einen Fehler ...« Cornelia Kraus verstummte und blickte für einen Augenblick betrübt, fast schuldbewusst zu Boden. Dann sammelte sie sich wieder. »Egal. Nicht so wichtig. Ich möchte Sie nicht aufhalten.«

»Schon okay«, sagte Ulrich Knabben.

»Noch einen schönen Tag.« Sie lächelte. Dann ging sie davon.

Unter einem nassen Trommelfeuer auf seinem Scheitel beobachtete Michael, wie sie den schmalen Pfad aus weißen Steinplatten zum Nachbarhaus der Paulsens entlangmarschierte. Ihre immensen Pobacken schaukelten in der weißen Hose bei jedem Schritt wie auf Wellen treibende Bojen. Mitten auf dem Weg bückte sie sich nach einem offenen Schnürsenkel.

Auch Ulrich Knabben sah ihr nach. Als er sich wieder zu seinem Kollegen herumdrehte, lag ein verzücktes Lächeln auf seinem Gesicht. Michael wusste sofort warum.

»Genau dein Typ«, sagte Michael, ohne jede Form von Häme in seine Worte zu mischen.

Ulrich Knabben grinste breit. »Jedem das Seine.«

Cornelia Kraus band sich unter dem Zerren des starken Windes noch immer die Schuhe, als die Polizisten mit Regenschirmen aus dem Polizeiwagen auf das Haus der Mordopfer zuschritten. Nachdem sie die tropfnasse und sich im Wind biegende Zypressenhecke hinter sich gebracht hatten, verschwand die Frau aus ihrem Blickfeld. Und kurz darauf auch aus dem Leben.

21

Ein reißender Donner bohrte sich durch den wolkenverhangenen Himmel, gefolgt vom berstenden Knacken eines Baumstamms. Grelles feuriges Licht blitzte zu den Kellerfenstern herein und züngelte über Ralphs Gesicht, das kaum weniger von Wahnsinn ergriffen wirkte als das des Hausherrn. Nur etwa fünfzig Meter vom Haus entfernt gruben sich Flammen aus dem Geäst einer Eiche empor. Die Wohnzimmerlampe, deren gelblicher Schein über die Stufen hinweg bis in auf den Kellerboden fiel, flackerte. Dieses Gewitter konnte selbst einem gestandenen Erwachsenen Furcht einjagen. Doch noch größere Furcht hatte Ralph davor, dass seinem eigenen Kind ...

(*Mach es besser als ich*)

... etwas zugestoßen sein könnte.

Das Drehbuch hatte sich geändert. Sein Vorhaben, auf den geeigneten Moment zu warten, Maike und ihren dämlichen Ehemann zu überrumpeln und sich zu nehmen, was ihm gehörte – sein Kind –, war hinfällig. Denn Ralph hatte den Schuss gehört. Und Maikes Schrei.

Darüber, woher Kurt so plötzlich eine Schusswaffe herhatte, dachte er nicht nach. Eine ganz andere, äußerst schreckliche Befürchtung hatte sich in ihm breitgemacht. Was war, wenn dieser Dummkopf auf seine eigene Frau geschossen hatte? Was war, wenn er sie und somit auch das Baby verletzt hatte? Das war etwas, was nicht passieren durfte. Auf gar keinen Fall!

»Ich hole dich zu Papa, mein Baby«, knurrte Ralph in die Dunkelheit des Kellers. Dann setzte er entschlossen hinzu: »Ich hole dich. Jetzt!«

22

Kurt ahnte den nächsten Schrei seiner Ehefrau – *noch Ehefrau*, dachte er – voraus und hielt ihr abrupt die flache Hand vor den weit geöffneten Mund. Statt eines schrillen Lauts entkam ihr nurmehr ein dumpfes Grunzen, das gequält und schmerzerfüllt und fast irre klang. Mit aller Kraft wand sie sich in seinen Armen, versuchte sich von ihm loszureißen.

»Halt die Schnauze! *Sei ruhig! Sei verdammt noch mal ruhig!*«, fuhr er sie an und verstärkte seinen Griff noch. Was ihm dabei entging, war, dass er sie auch mit der zweiten Hand enger an sich gepresst hielt; der Hand, in der er die Pistole hielt. Sein Zeigefinger lag starr auf dem Abzug. Der Lauf der Waffe zeigte unmittelbar auf Maikes Bauch.

23

Auch Maike bemerkte die Mündung der Waffe auf ihrem Bauch nicht. In einem Anfall von heißem Kummer und kaltem Wahnsinn versuchte sie sich aus den Fängen ihres Mannes zu befreien. Sie wollte nicht fliehen, wollte Kurt nicht einfach entkommen. Sie wollte zu ihrem Sohn. David!

Wie ein Schachtelteufel war ihr Sohn plötzlich schreiend hinter der Couch aufgesprungen. Und dann ... Kurt ... der Schuss ... Glas, das plötzlich zersplitterte und in großen Scherben hinter ihm und über ihn herabregnete ... Das Fenster.

Sie sah David, der die Augen aufriss ... Blut, das mit einem Mal aus seiner Brust floss ... Verwirrung, die sich plötzlich auf seinem jungen Gesicht spiegelte. Und fast noch schlimmer: Sie sah auf einmal die Kindlichkeit in seinen Augen, die ihr im Alltag so oft entgangen war. Sie sah die Leere, die noch mit vielen, vielen Erfahrungen gefüllt werden wollte. Mit wenigen Worten: Sie sah, wie ihr Sohn starb. Von jetzt auf gleich sank er kraftlos und mit nach oben verdrehten Augen in sich zusammen. Sein schlanker blutender Körper verschwand hinter der Couch.

Regen strömte in nadelartigen Tropfen zu einer großen Öffnung im Fenster herein, sodass sich der Stoff der Couch dunkel färbte. Das Gewitter verweilte nicht länger nur über der Stadt. Mit dem Regen drang es in den Raum hinein, begleitet von tosenden Donnerschlägen und Tod.

»Nein!«, wollte Maike laut schreien. Doch Kurts Hand ließ die Entfaltung ihrer Stimme nicht zu. Er presste seine

Finger so fest gegen ihre Wangen, dass sie seine Fingerspitzen zwischen ihren Zähnen spüren konnte.

»Halt die Schnauze!«, brüllte er sie an. »Sei ruhig! Sei verdammt noch mal still!«

Sie konnte nicht. Selbst wenn sie es gewollt hätte, sie hätte nicht innehalten können.

David ... Sandra ... meine Kinder ...

»Du bringst mich jetzt zu ihnen«, sagte Kurt mit aufeinandergebissenen Zähnen. »Wenn du mich nicht zu ihnen bringst, schieß ich dir dein hübsches Gesicht vom Schädel! Du hast mich zum Narren gehalten. Jahrelang hast du mich an der Nase herumgeführt wie einen verdammten Esel. Aber jetzt ...«

Kurt merkte es nicht. Doch während er sprach, lockerte sich der Griff seiner Hand über ihren Mund.

Maike nutzte ihre Chance, riss den Kopf in den Nacken und biss zu. Noch während Kurt vor Überraschung und Schmerz aufschrie, stieß sie sich von ihm ab wie eine Schwimmerin vom Beckenrand. Taumelnd entfernte sie sich vom ihm. Ihre Schritte waren ungezielt und lahm. Und obwohl sie wusste, Kurt würde jetzt schießen, er würde ihr den Garaus machen, würde sie vernichten, so wie sie sein Ego vernichtet hatte, stolperte sie weiter von ihm fort auf die Couch zu. Und auf David.

»Bleib stehen, du Miststück!«, brüllte Kurt, die Waffe auf sie gerichtet.

Das war's. Das war das Ende, das wusste sie. Und irgendwie war es genau diese Erkenntnis, die sie dazu verleitete, innezuhalten und zu ihm herumzuwirbeln. Aus starren Augen blickte sie ihm mitten ins Gesicht; dem Mann, der ihr zwei Kinder geschenkt und sie heute genommen hatte. Beide.

»Schieß doch!«, schrie sie aus voller Kehle und breitete einladend die Arme aus. »Schieß doch, du elender Scheißkerl! Siehst du nicht, was du getan hast? Siehst du es nicht?

Du hast unsere Kinder erschossen! Du hast sie beide erschossen. Getötet hast du sie! Deine eigenen Kinder.«

Als hätte man einen Film pausiert, starrte Kurt sie aus verworren blickenden hohlen Augen an. Sein Mund stand offen, als hätte er seine eigene Sprache vergessen. In seinem Gesicht stand nichts als totale Leere. Der Lauf der Pistole zeigte auf sie. Sein Finger verweilte auf dem Abzug. Doch kein Schuss ertönte. Für den Augenblick war er wie zur Salzsäule erstarrt.

»Dein Sohn ... Unser Sohn ... David«, keuchte Maike. Tränen rannen in Bächen über ihr Gesicht. Rotz lief ihr aus der Nase. Sie merkte es nicht. Und es wäre ihr auch einerlei gewesen. In ihrem Innern tobte ein Sturm, der viel wütender war, als es ein Gewitter je sein konnte. Schluchzend fuhr sie fort: »Ja ... ich habe dich betrogen, Kurt. Ich bin dir fremdgegangen. Und ja, ich bin schwanger. Aber das, was du glaubst, existiert nicht. Es gibt keine *sie*. *Sie* waren nie echt. *Sie* sind bloß ein Produkt deiner Fantasie. Siehst du das denn nicht? Kannst du es denn nicht sehen?«

Kurts leere Augen blickten aus tiefen Höhlen hervor. Die Pistole in seiner Hand zitterte. »Du hast mich betrogen«, sagte er mit einer Stimme, die ein klein wenig mehr wie er selbst klang.

Für einen Augenblick, so schwer es ihr auch fiel, verdrängte Maike die Sorge um ihren Sohn und schenkte Kurt ihre ungeteilte Aufmerksamkeit.

»Ich wollte es dir sagen. Ich wollte dir alles beichten. Bei Gott, das wollte ich wirklich. Kurt, ich wollte das nie. Es war nur ... Ich fühlte mich so ...«

Beinahe hätte sie wieder »einsam« gesagt. Doch diesmal fand sie die richtigen Worte. »... so alt ... Ich hatte Angst.«

»Angst?«, fragte er.

»Ja, ich hatte Angst. Nicht vor dir. Oder davor, dass du, weil du so viel unterwegs warst, eine andere haben könntest, sondern davor, alt zu werden. Kurt, ich bin siebenundvierzig. Ich habe zwei wundervolle Kinder. Ich habe ... hatte dich.« Sie schniefte. »Die ganzen Jahre über, wenn du bei mir warst, habe ich mir übers Altwerden keine Gedanken gemacht. Doch mit deiner Karriere, deiner Abwesenheit, da ... Da hatte ich plötzlich Zeit, über mein Leben nachzudenken. Ich hatte Zeit, mich zu fragen, ob ich noch attraktiv bin. Ich weiß, das war dumm. Und eitel. Ich kann es nicht ändern. Das Leben zog an mir vorbei. Jeden Tag Haushalt. Jeden Tag Kinderbetreuung. Jeden Tag Essen kochen. Das war nie das, was ich mir früher für mein Leben vorgestellt hatte. Es war ...« Sie merkte, dass sie abschweifte. »Ich war in der Stadt unterwegs. Um die Kommode anzusehen, die wir beim Restaurator abgegeben hatten. Ralph. Ralph Miller.«

Kurt blickte zu Boden, als versuchte er sich an das Gesicht des Mannes zu erinnern, von dem sie redete, senkte die Waffe jedoch nicht.

Maike sprach weiter. Sie hatte begonnen, hatte endlich angefangen, darüber zu sprechen, was sie die ganzen letzten Tage vor sich hergeschoben hatte. Jetzt wollte sie es zu Ende bringen. Um ihrem Sohn endlich helfen zu können. Oder um wenigstens nicht mit dieser Schande im Herzen zu sterben.

»Mit ihm habe ich geschlafen. Ich wollte es dir sagen.« Sie sammelte sich. »Da kam der Anruf aus dem Krankenhaus. Ein Krankenpfleger. Er erzählte mir von der Explosion.« Sie blickte nun selbst beschämt zu Boden. »Ich sollte Rücksicht auf dich nehmen, dir Zeit für dich lassen. Das habe ich getan. Zwischenzeitlich wollte ich es dir dennoch beichten, weil ich es kaum noch aushielt, es für mich zu behalten, aber ... ... Die Angst, du könntest mich verlassen, war noch größer.«

Kurt sagte nichts. Sein Blick verweilte auf dem Boden vor seinen Füßen. Was Maike jedoch nicht entging, war, dass er die Waffe gesenkt hatte.

Instinktiv trat Maike einen Schritt auf ihn zu. Ihr Kiefer bebte vor Angst. Doch ihr Herz schlug langsam, ruhig. Das Gewitter schwieg für den Moment. Zumindest nahm sie es nicht mehr wahr.

»Kurt …« Sie hob eine Hand, um sie auf seine Schulter zu legen, um wieder den vollen Zugang zu seinem Bewusstsein zu erlangen. Es schien möglich. Ja, greifbar.

Dann erklang eine heitere Stimme.

»Wie rührselig.«

Maike traute ihren Augen nicht.

Hinter Kurt erschien Ralph Miller. Auch er hielt eine Pistole, die ganz ähnlich wie die in Kurts eigener Hand aussah. Nur war diese nicht auf den Boden, sondern auf Kurt gerichtet.

Als plötzlich ein ohrenbetäubender Knall ertönte, glaubte Maike für eine Millisekunde, Ralph habe abgedrückt. Doch es war kein Schuss. Nicht diesmal. Es war der Einschlag eines Blitzes.

24

Cornelia Kraus zögerte, die Klingel zu betätigen. Abseits des Hauses, im hinteren Garten hatte sie etwas entdeckt. Eine knallrote Hundehütte. Auch der Rasen unmittelbar davor war rot.

Fast wie eine Blutlache, dachte sie noch, da bohrte sich eine gleißende Himmelszunge in den Dachgiebel über ihr.

»Fuck!« Mehr fiel ihr nicht ein. Starr vor Schreck beobachtete sie, wie gebrochene Dachziegel wie bei einer Sprengung durch die Gegend flogen. Hart klapperten sie auf das gläserne Vordach über ihr und den gepflasterten Weg zum Haus. Risse zogen sich durch den einzigen Schutz, den sie hatte. Bangend sah Cornelia nach oben. Würde es brechen, würde sie die Scherben und Glassplitter mitten ins Gesicht bekommen.

Dann war es vorbei. Cornelia atmete tief ein und aus, fasste sich an die Brust. Ihr Herz raste vor Schreck.

Als sie die Klingel wieder betrachtete, war sie nicht mehr silbern, sondern schwarz verkohlt. Der Blitz musste sämtliche Leitungen erfasst haben. Ihr kam der Gedanke, dass sie, hätte sie die Klingel vor nur wenigen Sekunden berührt, hätte sterben können.

Die Erkenntnis über ihr Glück zauberte ihr ein Lächeln aufs runde Gesicht. Doch schon im nächsten Moment erblasste es. Ihr wurde bewusst, dass Blitzeinschläge in Häuser nicht selten etwas noch Gefährlicheres nach sich zogen. Brände; Brände, die Menschenleben verschlingen konnten.

Cornelia kannte die Familie Kramer nicht, und selbst Sandra war ihr aus privater Sicht fremd. Dennoch überkam sie jene Hilfsbereitschaft, die sie einst dazu veranlasst hatte, einen sozialen Beruf zu lernen. Getrieben vom Gedanken, jemandem im Haus könnte etwas zugestoßen sein, hämmerte sie gegen die Eingangstür.

»Hallo? Hallo? Ist bei Ihnen alles in Ordnung? Hallo?«, rief sie und klopfte erneut. Dabei sprang die Tür einen Spaltbreit auf.

»Hallo?«

Keine Antwort.

Vorsichtig öffnete Cornelia die Tür.

»Ist jemand zu Hause?«

Nichts. Da war niemand. Zumindest nicht im Hausflur.

Das selbstständige Öffnen der Tür rührte daher, dass der Blitz das halb mechanische, halb elektronische Schloss zerstört hatte. Doch für Cornelia, die seit Kindheitstagen abergläubisch war wie ihre eigene Mutter, fühlte es sich an, als hätte eine unsichtbare Hand ihre Finger an der Klinke gehabt. Nichtsdestotrotz trat sie ein.

An die Polizisten, die sich nur unweit von ihr aufhielten, dachte Cornelia Kraus nicht.

25

Natürlich hatten auch Michael Lauer und Ulrich Knabben den Blitzschlag vernommen. Es wäre auch kaum möglich gewesen, ihn zu überhören. Der Knall war laut und von bohrender Intensität. Da sie jedoch auf der anderen Seite des Nachbarhauses standen, sahen sie den Einschlag nicht. Wie choreografiert fuhren sie im absolut selben Augenblick zusammen. Dann betrachteten sie einander mit großen Augen, als überprüften sie, ob bei ihrem Nebenmann noch alles heil war.

»Meine Güte, was für ein Schlag!«, sagte Ulrich Knabben.

»Das kannst du laut sagen«, bestätigte Michael. Dann widmete er sich wieder seiner Arbeit. Es drang ihn förmlich dazu.

»Wo glaubst du diese Säcke denn gesehen zu haben?«

»In der Küche. Soweit ich mich recht erinnere, lag eine ganze Rolle davon auf der Ablage neben dem Spülbecken.«

»Daran erinnerst du dich noch – dass sie neben dem Spülbecken gelegen haben?«

Michael nickte. »Meine Mutter pflegte stets zu sagen, mein Gehirn fasse unglaublich viel unnützes Wissen auf, sodass für das nützliche kein Platz mehr bleibe.« Es sollte ein Scherz sein, dennoch kam es ihm selbst nicht wie einer vor. Er war viel zu angespannt.

»Ich glaube, das denken die meisten Eltern. Weißt du noch, durch welches Fenster du in die Küche sehen konntest?«

»Ich bin mir nicht ganz sicher. Ich glaube, durch das dort vorn.« Er deutete auf ein Fenster auf der Gartenseite, gleich dort, wo man die Leiche des Hausbesitzers gefunden hatte.

Er wollte gerade losgehen, da stach ihm etwas ins Auge. »Sieh doch«, sagte er. »Die Haustür.«

»Was ist damit?« Ulrich Knabben trat einen Schritt vor, dann sah er es selbst.

Die Tür stand offen. Der Wind pfiff ungehindert hinein.

»Scheiße. Du denkst, was ich denke, oder?«

»Er könnte noch da drinnen sein. Oder kürzlich gegangen.«

»Zweiteres wäre mir eindeutig lieber«, sagte Knabben mit plötzlich rauer Stimme. Er strich sich wie so oft über den langen Bart. Keine Geste des Grübelns, vielmehr als wollte er sich vor Furcht an irgendetwas festhalten. In all seinen Dienstjahren hatte es Ulrich Knabben nie mit einem Mörder zu tun gehabt, geschweige denn mit einem Serientäter. Und von einem solchen sprachen sie hier. Eindeutig.

»Mir auch.« Michael wollte schon nach der Klinke greifen, als Ulrich ihn am Arm packte und zurückhielt.

»Nicht so schnell. Wir müssen Verstärkung rufen. Wenn du tatsächlich recht haben solltest, dann ist das hier eine ganz schön gefährliche Scheiße. Der Kerl – falls es sich überhaupt um nur einen handelt – hat drei Menschen ermordet. Drei, von denen wir wissen.«

Michael wusste, dass sein Kollege recht hatte. Begegneten sie tatsächlich dem Täter, konnte das für sie beide lebensgefährlich werden.

Nur, fragte sich Michael, *wieso hat er dann die Tür offen gelassen?*

Mit einem Mal war er sich ziemlich sicher, der Täter würde sich – wenn er sich denn überhaupt in diesem Haus aufgehalten hatte – nicht mehr hier befinden. Niemand ließ die Haustür hinter sich offen stehen, wenn er ein Gebäude betrat. Dennoch wollte er sichergehen.

»Ich will wissen, ob jemand da drinnen ist. Lass uns zu den Fenstern hineinsehen«, flüsterte er seinem Kollegen zu.

»Verstanden. Aber Michael ... Keine Mätzchen! Wenn wir auch nur einen Schatten sehen, rufen wir Verstärkung. Verstanden?«

Das hatte Michael. Dann machte er sich daran, gegen den Wind am Haus entlangzumarschieren, geduckt und die Hand an seiner Waffe.

26

Der Blitz zerstörte nicht allein die Dachziegel, er schraubte sich binnen einer Sekunde auch durch das gesamte elektrische Fundament des Hauses und zerstörte auf seiner Achterbahn ins Erdreich alles, was ihm im Wege stand, wie die Welle eines Tsunami. Die Wucht der plötzlichen Überspannung war so heftig, dass der Putz entlang der Stromleitungen, die mehrere Zentimeter tief in die Wände eingegipst waren, aufriss. An Stellen, an denen mehrere Kabel aufeinandertrafen, sprengte die Überspannung Löcher in die Wand. In Steckdosen eingesteckte Geräte verkohlten, zerbarsten gar. Der Toaster in der Küche machte einen Salto, als tanzte er vor Freude, und sprühte dabei Funken. Auf dem Fernseher im Wohnzimmer wechselte das Bild plötzlich von Schwarz auf Grellweiß und mit einem lauten Zischen zurück zu Schwarz. Sämtliche in Lampen eingeschraubten Glühbirnen explodierten in schimmernden Regen aus Glasscherben.

Obwohl es mitten am Tag war, herrschte im Haus der Familie Kramer, das die Familie selbst bis vor wenigen Tagen als einen Ort der Lebensfreude bezeichnet hätte, tödliche Dunkelheit. Nur die Blitze durchbrachen sie in unregelmäßigen Abständen. Und eine kleine Flamme auf dem Dachstuhl des Hauses. Sie züngelte träge vor sich hin, drohte bereits zu erlöschen und gewann, als sie auf einen trockenen Dachbalken übersprang, rapide an Vitalität.

All diese Geräusche überschatteten das Klopfen einer Altenpflegerin an der Tür. Ebenso ihr Eintreten ins Haus.

27

Maike versuchte zu verstehen, was gerade geschah, und konnte es nicht. So vieles passierte fast gleichzeitig. Und als sie glaubte, der Schrecken könnte sich nicht weiter steigern – *Was ist bitte schlimmer, als wenn das eigene Kind angeschossen wird?* –, da lachte das Schicksal, *ihr* Schicksal einmal laut auf und legte noch eine Schippe nach.

Zuerst ihre am Boden liegende Tochter, dann ihr durchdrehender, gefährlich gewordener Mann, dann ihr Sohn, und jetzt Ralph, der mit einer Waffe in ihr Haus eingedrungen war. Die Frage, wie er das angestellt hatte, stellte sich ihr gar nicht. Gedanken wie dieser verpufften bereits vor ihrer Entstehung. Weil Maike an nichts anderes denken konnte als an den verletzten Jungen hinter der Couch. Ihren Sohn. Jede Faser ihres Körpers befehligte sie, zu ihm zu rennen, sich um ihn zu kümmern, ihn in ein Krankenhaus zu schaffen und sein Leben zu retten. Ein Leben, das womöglich nicht mehr zu retten war.

Kein Laut ging von David aus. Kein schmerzerfülltes Stöhnen oder Keuchen. Noch nicht mal – und das wäre besser gewesen als diese beißende Stille – einen gequälten Schrei gab er von sich.

Er ist ohnmächtig. Das ist es. Er ist nicht tot. Er darf nicht tot sein! David. David!

Der Impuls, zu ihrem Sohn zu eilen, wurde so stark, dass Maike es schließlich einfach in Angriff nahm. Der Wind, der durch das zerschossene Fenster hereinströmte, würde ihr den Weg durch die Dunkelheit zeigen. Doch sie war kaum einen Schritt weit gekommen, als sich Kurts Finger um ihr Handgelenk legten. Er packte sie, griff wieder mit dieser Intensität zu, mit der er auch ihren Nacken umfasst hatte. Dumpfer Schmerz strömte ihren Unterarm hinauf; ein Schmerz, der sie beinahe in die Knie zwang. Seine Fingernägel grub er tief zwischen die starren Sehnen ihres Unterarms.

»David!«, wollte sie schreien. Ohne Erfolg. Der Schmerz und die Panik ließen ihrer Stimme keinen Platz.

Sie versuchte sich loszureißen, sich zu befreien. Doch Kurt ließ nicht von ihr ab. Und bevor sie sich's versah, tat er etwas, was ihr auch jede weitere Chance nahm, sich David zu nähern.

28

Kurts Verstand hatte einen Punkt der Überwindung erreicht gehabt; einen Punkt, an dem alles – oder jedenfalls das Wichtigste – hätte besser laufen können. Er hatte Maike in die Augen geblickt und in ihr wieder seine Frau erkannt. Dann war der Fremde in sein Haus gekommen, gefolgt von dem Blitzschlag und den zerklirrenden Glühbirnen. Die Dunkelheit brach über das Wohnzimmer herein, und die Knoten in seinen Synapsen, die sich eben noch aufzulösen versprachen, verdichteten sich erneut. *Sie* waren wieder in seinem Bewusstsein, präsenter denn jemals zuvor.

Einer von *ihnen* war hier. Im aufflackernden Licht eines Blitzes sah Kurt die Waffe, die der groß gewachsene Mann auf ihn richtete. Ihr Metallgehäuse glänzte im Schein der Himmelszungen. Das Loch der Mündung visierte ihn an wie ein schwarzes, mörderisch dreinblickendes Auge.

Ohne darüber nachzudenken oder auch nur hinzusehen, grabschte Kurt nach Maike und bekam ihr Handgelenk zu fassen. Der Schweiß auf seiner Handfläche hätte sie beinahe entkommen lassen, ebenso ihre Gegenwehr. Doch Kurt verstärkte den Druck seines Griffs. Seine lang gewachsenen Fingernägel gruben sich in ihre Haut. Dann zog er Maike mit einem Mal an sich, presste sie gegen seine Brust. Es sah aus, als wollte er sie rabiat von hinten nehmen, und an anderer Stelle, vor einigen Tagen noch, hätte er das vielleicht sogar getan. Doch jetzt war es keine Wollust, die ihn zu diesem Handeln trieb, sondern reiner Selbstschutz. Der Körper der Frau, die einst mit genau diesem seine Kinder auf die

Welt gebracht hatte, diente ihm als Schild. Über ihre Schulter hinweg zielte er auf den Mann in der Dunkelheit.

»Beweg dich bloß nicht«, hauchte er ihr ins Ohr. »Oder du wirst es bereuen.«

Maike regte sich nicht.

»Ein kleiner Tango, hä? Nicht schlecht. Hab ich nicht kommen sehen.« Die Stimme des Mannes klang spöttisch, fast beleidigend. Auch er bewegte sich. Kurt beobachtete ihn im Schein unregelmäßig aufleuchtender Blitze. Mal stand er weiter rechts. Mal weiter links. Ihn genau anzuvisieren war unmöglich.

»Sie werden mich nicht kriegen. Sie nicht und auch nicht alle anderen«, bellte Kurt.

»Ich habe keine Ahnung, wovon Sie sprechen. Und es ist mir auch einerlei. Ich bin gekommen, um mir zu holen, was mir gehört, was mir zusteht. Und um ein Versprechen einzulösen, das ich vor langer Zeit gegeben habe.«

Wieder tauchte er an anderer Stelle auf, als er zuvor gestanden hatte. Kurt schwenkte mit dem Arm nach rechts. Er versuchte den Schritten des Mannes zu lauschen, ihn so zu erspähen. Seine Sinne waren scharf wie die einer Katze auf Raubzug. Er hörte alles. Das Rauschen des Adrenalins in seinem Kreislauf, das schwere, panische Hauchen des Atmens seiner Frau.

»Wenn ich es nicht bin, den Sie wollen, was dann?«, fragte Kurt.

Wieder kam die Stimme aus einer anderen Richtung. Zuerst klang sie dumpf, im nächsten Augenblick hallte sie von den Wänden der Küche wider. Der Mistkerl bewegte sich so flink wie eine Scheißhausratte. Wenn Kurt nicht wachsam blieb, würde dieser Bastard ihn irgendwann umrunden und ihn schlicht von hinten erschießen.

Dieser Gedanke veranlasste Kurt dazu, kleine Schritte rückwärts zu machen, wobei er Maike mit sich zerrte. Erst als er die Sitzfläche des Sofas in den Kniekehlen spürte, blieb er stehen. Hinter ihn konnte der Kerl nun nicht mehr gelangen.

»Haben Sie vor, aus dem Fenster zu springen, oder warum treten sie den Rückzug an?«, fragte der Mann.

Kurt sah ihn nicht. Die Dunkelheit war zu dicht. Einzig einen an unterschiedlichen Stellen im Raum aufblitzenden Schimmer entdeckte er. Dabei konnte es sich um eine Reflexion der Blitze auf der Waffe handeln. Oder um Einbildung.

Die Schritte, die er hörte, waren allerdings keine Einbildung. Ebenso wenig wie die Stimme, die er plötzlich vernahm.

»Hallo?«, rief jemand. Eine Frau. »Hallo?«

Kurt erstarrte. Das Quietschen nasser Gummischuhsohlen auf Steinfliesen drängte jedes Geräusch, das der Mann von sich gab, in den Hintergrund.

Noch eine von ihnen, dachte Kurt wie automatisch. Die Angst in ihm spannte jeden Muskel seines Körpers mit der Kraft tausend PS-starker Maschinen an. Auch den Zeigefinger über dem Abzug der Waffe.

»Hallo? Ist jemand da? Ihre Tür stand offen. Ich komme, weil ich …« Ein Donnergrollen übertönte ihre Worte. »… suche … nicht … erschienen. Hallo?«

Panik stieg in Kurt auf. Für ihn war die Sache klar. *Sie* hatten nicht bloß einen geschickt, um ihn fertigzumachen. Wahrscheinlich stand draußen vor dem Haus ein ganzes Rudel bösartiger und mordlüsterner Wölfe, die es allesamt auf ihn abgesehen hatten.

Seine Hand zitterte; die Hand mit der SIG.

Als hätte Maike seine Gedanken gehört, sagte sie: »Kurt. Bitte. Ich bin nicht gegen dich. Ich war nie gegen dich. *Sie* existieren nicht. *Sie* sind nur in deinem Kopf. Wir hätten uns unterhalten sollen, wir hätten reden sollen, wir …«

»Halt die Klappe!«

»Bitte, Kurt. Das ist doch Wahnsinn! Ralph … Das hier muss enden! Bitte! Seid vernünftig! Bitte!«

Es war das panische Gebrabbel einer Frau, die erwischt worden war und ihren Fehler zu leugnen versuchte, so dachte sich Kurt. Und irgendwie beruhigte ihn das. Irgendwie gab ihm das die Konzentration zurück, einen klaren Entschluss zu fassen. Die Situation war ausweglos. Um ihr zu entrinnen, gab es nur eine Möglichkeit.

»Hallo? ... Sandra?«, rief die weibliche Stimme. Dann offenbarte ein näherer, noch hellerer Blitz ihre Silhouette.

Kurt richtete seinen Arm aus, zielte und sagte leise: »Es gibt nur eine Möglichkeit, dieser Scheiße zu entkommen.«

»Nein!«, schrie Maike.

Dann bohrte sich der Knall eines Schusses durch den Raum.

29

Erst in dem Augenblick, in dem sich ein heißer Schmerz in ihren Bauch grub, begriff Cornelia Kraus, wie dumm sie gewesen war, ein unbeleuchtetes Gebäude zu betreten, dessen Bewohner sie nicht kannte. Es war nur ein kurzes Aufleuchten ihres Geistes. Der Schmerz in ihrem Unterleib verschlang sämtliches weiteres Denken. Und bevor sie auch nur einen Ton von sich geben konnte, sprengte ein weiterer Schuss ihre Schädeldecke. Ihre Absicht, nach Sandra zu sehen, versank in ewiger Dunkelheit.

30

Michael blickte gerade geduckt zu einem der Fenster hinein, als ihn die zwei aufeinanderfolgenden Knalle hochschrecken ließen. »Hast du das auch gehört?«

Ulrich nickte. Auf seinem Gesicht lag ein ebenso erschrockener wie furchtvoller Ausdruck. »Schüsse.«

»Du weißt, was das heißt.«

»Ein Jäger wird's wohl nicht sein. Nicht hier.«

»Wo kamen sie her? Hier aus dem Haus nicht.«

Schulterzucken. Ulrich sah nicht nur aus, als wüsste er es nicht, sondern als wollte er es am liebsten gar nicht herausfinden. Er war ein Bulle, nur leider keiner von der übereifrigen Sorte. In seinen Augen schimmerte die Sehnsucht nach seinem Schreibtisch. Das glaubte Michael zumindest. Er hingegen wollte diesem Kerl, der es gewagt hatte, eine ganze Kleinstadt in Unruhe zu versetzen, das Handwerk legen. Nicht um befördert zu werden oder um irgendein anderes persönliches Ziel zu verfolgen, sondern weil es schlicht und ergreifend seine Pflicht war. Er war ein Gesetzeshüter. Und ob Streifenbulle oder nicht, er musste etwas unternehmen.

»Ruf Verstärkung.«

Das tat Ulrich Knappen. Hastig und belegter Stimme.

Während sein Kollege den Funkspruch abgab, schlich Michael über den Rasen um das Haus der Paulsens herum. Zuerst fiel ihm der Brand des Giebels auf, dann vernahm er einen weiteren Schuss. Und noch einen. Sie kamen beide aus dem Haus, das schon bald, sehr bald, da war er sich sicher, lichterloh in Flammen stehen würde.

Wenn ich mich dort hineinbegebe, werde ich es vielleicht nicht mehr lebend hinausschaffen, kam es ihm in den Sinn. Dennoch. Da drinnen ging etwas vor sich, das gestoppt werden musste.

Er erinnerte sich an eine der ersten Empfehlungen, die man auf der Polizeischule lernte. *Wenn Sie einen Partner dabeihaben, nähern Sie sich einer Gefahrenquelle am besten nicht allein. Selbiges gilt auch für das Betreten von Wohnungen. Warten Sie auf Ihren Partner, damit er Ihnen Rückendeckung geben kann.*

Er blickte hinter sich. Ulrich Knabben war nicht zu sehen. Zähneknirschend fragte sich Michael, was da nur so lange dauern konnte. Herumzustehen kam ihm wie das Letzte vor, was er jetzt tun sollte.

Schweißperlen sammelten sich auf seiner Stirn und vermischten sich mit dem Regen.

Mach schon, Ulrich. Mach schon! Menschen könnten sterben, dachte er.

Als dieser Gedanke seine scharfen Beißer in seinen Verstand grub, hielt Michael es nicht länger aus. Er zog seine Waffe und stürmte zur bereits offen stehenden Tür hinein.

31

Der erste Schuss, der Cornelia eine tiefe Wunde in den kugelförmigen Bauch gerissen hatte, verwundete gleich zwei Personen. Die Waffe zündete nur gute zehn Zentimeter von Maikes rechtem Ohr entfernt und zerfetzte ihr Trommelfell. Ein scharfer kreischender Schmerz wie vom heftigen Schlag eines Hammers schoss durch ihren Kopf. Ein heller Schrei entfuhr ihr. Unhörbar. Der Schmerz fraß ihre Stimme.

Aus reinem Reflex warf sie sich noch vor dem zweiten Schuss zur Seite, wodurch Kurts Fingernägel noch tiefer in das Fleisch ihres Unterarms schnitten. Ein dünnes Rinnsal Blut quoll zwischen seinen Fingerspitzen hervor. Tropfen fielen zu Boden, im kalten Licht der Blitze wirkten sie schwarz wie Tinte. Maike spürte es nicht. Der Schmerz in ihrem Kopf war zu groß, zu leuchtend, um noch etwas von ihrer Umgebung wahrzunehmen.

So müssen sich Leute im Krieg fühlen, wenn neben ihnen eine Granate explodiert, hätte sie denken können. Doch dazu blieb keine Zeit.

Da sie sich zur Seite geworfen hatte, war Kurt ohne Schutz. Und das bemerkte er jetzt. Ohne zu zögern, schoss er auf den Mann im Schatten. Ob er ihn erwischt hatte, konnte sie nicht sagen.

Lichtstreifen aufleuchtender Blitze flackerten über den Boden vor ihr. Maike lag auf den Knien, beide Hände an die Ohren gepresst. Jeder weitere Schuss ließ das Dröhnen in ihrem Schädel aufheulen.

»Ich krieg euch alle!«, brüllte eine Stimme. Doch Maike konnte nicht ausmachen, ob es sich dabei um die ihres Ehemanns oder um Ralphs handelte. Die ganze Situation und die Gnadenlosigkeit des Schmerzes überforderten ihren Verstand.

»Aufhören!«, schrie sie, ohne sich selbst zu hören. »Aufhören! *Aufhören!*«

Maike nahm wahr, wie Kurt über sie hinwegstieg und den Couchtisch mit einem Ruck auf die Seite schmiss. Eine Vase fiel zu Boden und zerbrach klirrend auf den Fliesen. Glassplitter begruben die orangen Ringelblumen und gelb-roten Dahlien.

Wie ein Cowboyheld in einem Western verbarg Kurt sich hinter dem umgeworfenen Tisch, den Lauf der Waffe über die Kante in den Raum gerichtet, wo Ralph von einer auf die andere Seite sprang, um den durch die Luft zischenden Geschossen auszuweichen.

»Das wird dir nichts nutzen!«, schrie Ralph. »Ich werde dich trotzdem kriegen. Und deine Frau. Das Baby gehört mir! Hast du gehört? Es gehört mir! Das Baby gehört *mir*!«

Obwohl sie Ralphs Worte nur gedämpft wahrnahm, begriff sie nun endlich. Jetzt verstand sie, warum er hier war. Es hätte ihr längst klar sein müssen.

Er will das Baby. Er will mich. O Himmel …

Mit einem Mal wurde es still um sie. Nicht dass die Situation sich geändert hätte. Nicht dass die beiden aufgehört hätten, aufeinander zu schießen. Es war das Gesicht ihres Sohnes, das alles um sie herum verstummen ließ. Blitzlicht flackerte über den Boden. Und über Davids Körper.

Er lag nicht vollständig hinter der Couch. Sein Kopf ragte dahinter hervor, nass vom hereinbrausenden Regen. Seine dunklen Haare klebten ihm an der Stirn. Seine Haut war fahl und weiß wie Kreide. Seine Augen blickten trübe und angstvoll, doch sie waren nicht geschlossen. Der Tod hatte seinen

Anspruch noch nicht geltend gemacht. David lebte, o Gott ja, er lebte! Atmete!

Maike fasste nach ihm, berührte sein nasses Haar, spürte zum ersten Mal seit Tagen die schwache Wärme seiner Existenz.

Seine Augen wandte er ihr zu. Dann bewegte er seine Lippen. Sie waren blau und kraftlos. »Mama«, formte er mit ihnen. »Mama.« Sie sah es ganz genau. Fast zwölf Jahre lang hatte sie ihm dabei zugesehen, wie er genau dieses eine Wort sprach.

Seine feingliedrige Hand kam ihr knapp über dem Boden entgegen. Er schob etwas an sie heran.

Zuerst konnte Maike es nicht erkennen. Dann, mit einem weiteren grellen Aufschrei der Götter, sah sie es, und ein Schauder überkam sie. Sie blickte zuerst zu Kurt hinter dem umgeworfenen Sofatisch, dann hinüber in die Dunkelheit der Küche. Ein Knall drang daraus hervor. Holzsplitter stoben vom Couchtisch auf, flogen durch die Luft wie Schrapnelle. Die Kugel hatte sich mitten in die Tischplatte gebohrt. Hätte sie sie durchdrungen, so hätte Kurt keine Chance gehabt, ihr auszuweichen. Er hätte sterben können.

Das zu sehen machte Maike eine Sache vollkommen klar. Welchen Fehler sie auch begangen hatte, sie konnte nicht weiter tatenlos zusehen, wie ihre Familie ... starb. Ja, das war es, was gerade vor sich ging. Ihre Familie starb. Und an wem lag das?

An mir, dachte sie. *Ich bin die Mutter. Ich bin die, die dafür hätte sorgen müssen, dass das hier niemals geschieht!*

Sie sah zu ihrem Sohn. Seine Augen waren jetzt geschlossen. Regen strömte sein bleiches Gesicht hinab. Seine Hand lag kraftlos auf dem Boden vor ihren Knien.

David. O mein armer David.

Er atmete noch, das sah sie. Sein Brustkorb hob und senkte sich. Schwach. Sehr schwach. Wie lange würde es noch so bleiben?

Ich habe das hier verschuldet. Ich muss etwas unternehmen, es in Ordnung bringen. Und wenn es mich das Leben kostet, dachte sie. Ein Klischee. Natürlich. Aber wenn es einen Moment in ihrem Leben gab, an dem das Leben die Kunst nachahmte, dann war es dieser.

Maike lächelte ihren bewusstlosen Sohn schuldbewusst an und hauchte: »Halt durch, mein Schatz. Es wird alles wieder gut. Mama kümmert sich schon darum. Hast du gehört? Mama bringt das wieder in Ordnung.«

Sie gab ihm einen Kuss auf die Stirn. Dann nahm sie ihren gesamten Mut zusammen und ergriff das Messer.

32

Das Dunkel im Haus war so erdrückend, dass Michael sich fühlte, als würde er in eine tiefe Höhle hinabsteigen. Einzig die offen stehende Eingangstür bot ihm das schwache feurige Licht des brennenden Dachgeschosses. Die sich ansammelnden Wasserlachen reflektierten es bis knapp vor seine Füße. Weiter drinnen würde es ihm nicht weiterhelfen. Im Kern des Gebäudes herrschte Dunkelheit.

Vorsichtig und mit der Waffe in der Hand machte er zwei weitere Schritte, bis er erneut stehen blieb. Unweit vor ihm zeichnete sich die dunkle Silhouette eines auf dem Boden liegenden massigen Körpers ab. Michael wusste sofort, um wen es sich dabei handeln musste.

Ein Augenblick der Hoffnung, sie könne nur verletzt sein, verging, denn als er ein kleines Stück näher an sie herantrat, erblickte er die beinahe schwarze Pfütze, die sich um ihren Kopf gesammelt hatte – ein Kopf, der zur Hälfte nicht mehr existierte.

Sein Herz hämmerte vor Erregung und plötzlich eintretender Angst; ein Gefühl, wie er es seit der Jagd nach Peter Hansen, damals im Wald am See, nicht mehr empfunden hatte. Sein Mund fühlte sich mit einem Mal staubtrocken an. Seine Hände klebten vor Schweiß. Er fuhr erschrocken zusammen, als in einem Raum nur wenige Meter vor ihm zwei aufeinanderfolgende Schüsse ertönten. *Peng! Peng!*

Etwas knackte unter seiner Schuhsohle. Ein hartes Etwas, das durch sein Gewicht zerplatzte wie eine Eierschale. Die tote Pflegerin lag nur noch einen großen Schritt von ihm entfernt. Worauf er getreten war, stammte von ihrem zerschmetterten Schädel. Ein aufflackernder Blitz bestätigte seine Annahme. Wo vor wenigen Minuten noch ein Gesicht gewesen war, klaffte nun ein dunkles Loch aus Knochen und Blut.

Nimm dich zusammen, Michael. Nimm dich zusammen! Da drinnen sind eventuell Leute, die deine Hilfe brauchen. Und wenn nicht, dann ist es dennoch an dir, diese Ballerei zu stoppen. Du bist Polizist, vergiss das nicht!

Er atmete tief durch, versuchte sich zusammenzunehmen. Über ihm knackte Holz. Es klang genau wie ein Scheit in einem brennenden Ofen. Nicht mehr lange, und hier würde es bald niemanden mehr zu retten geben.

Wie um ihm vor Augen zu führen, dass es noch nicht so weit war, drang aus der Mitte des Hauses die angsterfüllte Stimme einer Frau zu ihm.

33

Jetzt oder nie. Entweder du schaffst das oder du gehst drauf. Oder beides. Einerlei. Rette deinen Sohn. Sei endlich die, für die du dich die ganze Zeit gehalten hast.

Mit diesem Gedanken umklammerte Maike das Messer in ihrer Hand fester. Ihre Stimme hallte durch den gesamten Raum.

»*Kurt!*«

Kurt, der nur rund zwei Meter von ihr entfernt auf dem Boden saß und mit dem Rücken an die aufgestellte Tischplatte lehnte, warf ihr einen überraschten Blick zu, dann richtete er die Waffe auf sie, als glaubte er, sie wolle ihn angreifen.

Das hatte Maike keineswegs vor. Sie hatte noch nicht einmal darüber nachgedacht. Sie dachte auch nicht darüber nach, dass er einfach abdrücken und sie wie ihre Kinder erschießen könnte. In ihrem Geist war eine Mission aufgeblüht; der ruhmlose und doch ehrenvolle Dienst einer Mutter an ihren Kindern. Viel zu lange hatte sie sich nur auf sich selbst konzentriert. Viel zu lange hatte sie die Ohren vor den Belangen der sie Liebenden verschlossen. Es war an der Zeit, ihre Schuld zu begleichen. Ihre Stimme kämpfte gegen das hochtönige Rauschen in ihrem rechten Ohr an, ebenso wie gegen den Kummer.

»Hör mir zu, Kurt. Hör mir wenigstens ein letztes Mal zu. Ich habe Fehler gemacht. Das sagte ich dir bereits. Jetzt will ich dir beweisen, dass ich nie auf *ihrer* Seite stand, dass ich auch nie auf *seiner* Seite stand.« Mit dem Kinn deutete sie auf die Küche, wo Ralph sich in den Schatten verbarg. »Ich will dir zeigen, dass du und die Kinder alles für mich sind. *Alles*!«

Bevor er reagieren konnte, hob sie das Messer, verspürte Angst und einen inneren Schmerz, dann richtete sie die Klingenspitze gegen ihren eigenen Bauch.

»Was tust du da?« In seiner Stimme zeigte sich kein Verstehen, lediglich Verwirrung.

»Dir zeigen, was ich meine.«

Ohne zu zögern, presste sie das Messer fester gegen sich. Ein leichter Stich durchfuhr sie, als die Spitze zuerst die Haut nach innen wölbte und sie dann durchstieß. Das kalte Metall drang in sie ein wie ein Parasit.

Maike weinte, schluchzte jedoch nicht. Die Zeit des Selbstmitleids und die der Vorsicht waren für sie vorüber. Ihre Tochter war tot. Ihr Sohn lag im Sterben. Was hatte sie noch zu verlieren? Das Baby? Das Kind, das von einem Mann stammte, den sie nie wahrlich geliebt hatte und der ihre Familie vernichten wollte, um das ungeborene Kind für sich zu beanspruchen? Nein, das war kein Leben, das sie wollte. Sie wollte ihre Familie wiederhaben; eine Familie, die es so nie mehr geben würde.

Gleißendes Licht durchschnitt den Wohnraum.

»Halt!«, ertönte es aus der Küche. »Das kannst du nicht tun! Leg das Messer weg, du Schlampe, oder ...«

Sie wandte sich Ralph zu. Wie ein Schachtelteufel tauchte er hinter der Kochinsel auf. Nur ein Schemen in den Schatten des Raums. Maike erkannte, dass er für sie nie etwas anderes gewesen war.

»Oder was?«, brüllte sie. »Was willst du mir antun, Ralph? Was willst du tun, damit ich dein Kind am Leben lasse? Mich töten?«

Sie lachte. Ein kurzes höhnisches wie verrücktes Aufleuchten ihrer Stimme. Wahnsinn drang daraus hervor. Und doch hatte sie sich noch nie so sehr wie sie selbst gefühlt.

»Erschieß mich, du Scheißkerl. Komm, erschieß mich! *Erschieß mich!*«

Kurt reagierte nicht darauf. Wie paralysiert starrte er sie an.

»Wach auf, Kurt. Es gibt keine *sie.* Es gibt nur dich und mich und diesen Mistkerl. Und unsere Kinder ... *Unsere* Kinder.«

Sie blickte zu ihrem zwölfjährigen Jungen, der regungslos auf dem Boden hinter dem Sofa lag, nass vom hereinströmenden Regen, bleich vom ihn verlassenden Leben.

Kurts Blick folgte dem ihren. Wie gelähmt betrachtete nun auch er seinen Sohn. Und plötzlich stellte Maike eine Veränderung fest. Es war kein kleiner Richtungswechsel, es war eine regelrechte Umgestaltung seines Ausdrucks. Seine harte Mimik wurde weich. Seine Augenlider flackerten wie Jalousien in starkem Sommerwind. Seine Unterlippe begann zu zittern.

»David«, sagte er tonlos. Dann sah er zu ihr. »Maike ... Schatz ...« Verzweiflung machte sich auf seinem Gesicht breit. »Was habe ich getan? Was ... habe ich ... *getan?*«

»Deinen Jungen ermordet!«, brüllte Ralph aus der Küche zu ihnen. »Du hast ihn ermordet, weil er zu *ihnen* gehört.«

Er musste aufgeschnappt haben, was Kurt mehr als einmal offen ausgesprochen hatte. Nun nutzte Ralph seine Worte.

»Hast du gehört? Zu *ihnen.* Zu *ihnen*! *Zu IHNEN*!«

»Nein«, sagte Maike. Sie bangte um den lichten Augenblick, den ihr Mann erlangt hatte, mehr noch als um ihrer beider Leben.

»Ich habe ... David erschoss... Mein Sohn ...«, stammelte Kurt. Seine Augen weiteten sich zur Größe von Golfbällen. Das Weiß darin wirkte, als würde es im Dunkeln leuchten.

»*Ermordet hast du ihn!*«, schrie Ralph vollkommen in Rage. »Ermordet! Genau wie ich deine Nachbarn ermordet habe. Und dein Töchterchen. Hast du gehört? Ermordet habe ich sie! Einen nach dem andern! Und wenn ich dich auch noch erledigt habe, gehören dein Frauchen und das Baby mir! Mir! *Mir!*«

»Ich werde dir niemals gehören!«, sagte Maike. In ihrer Stimme lag eine Wahrhaftigkeit, die sie in ihrem ganzen Leben nur einmal gespürt hatte. Damals, als sie Sandra zum ersten Mal kurz nach der Geburt auf dem Arm gehalten und »Meine Tochter« in ihr winziges Gesichtchen gehaucht hatte.

»Was sagst du da?«

Maike drehte sich zu Ralph um, die Messerspitze nach wie vor gegen ihren nackten Bauch gepresst. Der Blutsfaden schlängelte sich inzwischen über ihren Hosenbund. Im Schein der Blitze schimmerte er rot und bedeutungsschwanger.

»Ich werde niemals dir gehören«, wiederholte sie eisern. »Niemals!«

»Dann ... Dann ...« Seine Stimme wurde tiefer, verwandelte sich in ein kehliges Grollen. »Dann wirst du niemandem mehr gehören.«

Das waren seine letzten Worte, bevor er schreiend und mit gestreckter Waffe auf sie zurannte. Ein Schuss peitschte durch den Raum. Manifester, einnehmender, schwerwiegender als jeder bisherige, so kam es Maike vor. Im nächsten Augenblick durchfuhr ein schmerzhafter Stich ihren Bauch.

Ohne jede Emotion sah sie an sich hinab. Dort, wo eben noch ein Rinnsal aus Blut gewesen war, floss nun ein ganzer Bach.

34

Ulrich Knabben wollte gerade seinem Kollegen ins Gebäude nacheilen, als ein Teil des Dachstuhls nachgab und wie eine Wand aus Feuer herniederbrach. Er landete unmittelbar vor seinen Füßen. Nur ein einziger Schritt hatte ihm gefehlt, um darunter begraben zu werden.

Ein Feuerwerk an Funken stob hoch und eine heftige Hitzewelle türmte sich vor ihm auf. Die Spitzen seines Barts, den er stets zu pflegen wusste, verglühten.

Trotz der Panik, die seine Venen durchströmte, dachte er nur an seinen Kollegen und die Menschen im Gebäude, die schon sehr bald den Tod mittelalterlicher Hexen sterben würden.

»Michael!«, schrie er gegen das Feuer an. »*Michael!*«

35

Der schwere zähe Nebel von Wut, die ölige Angst in seinem Herzen, der dröhnende Wahnsinn in seinem Kopf – all das löste sich mit einem Mal in Luft auf und die Realität, mit all ihrer Wahrhaftigkeit und ihrem Schmerz, brach über ihn herein.

Kurt sah plötzlich seinen schwer verletzten Jungen hinter der Couch liegen. Kurt sah seine Frau, die ein Messer gegen ihr eigenes Baby richtete, um ihm ihre Liebe zu beweisen. Kurt sah das Grauen, das er über seine eigene Familie gebracht hatte. Und vor allem sah er den Mann, der kreischend auf Maike – *Meine Frau* – zustürmte.

»Dann wirst du niemandem mehr gehören!«

Etwas drang tief in Maikes Bauch ein. Blut schoss hervor wie aus einer frisch angezapften Quelle. Sie kreischte, fiel auf die Knie, stürzte, kippte vornüber. Das Messer rutschte klappernd über den Boden.

Das alles spielte sich vor seinen Augen ab, als er die nahenden Schritte des Mannes hörte, den Schrei, der sich mit seinem eigenen vermengte, und den Donner des Schusses einer Waffe. Nur dass Kurt nun bemerkte, dass Maike nicht vornübergekippt war. Sie war auch nicht zu Boden gefallen. Sie blutete, ja, stärker denn zuvor. Aber es war kein Schuss gewesen, der diese Blutung verursachte. Es war das Messer. Der Schreck hatte sie so sehr zusammenfahren lassen, dass sie die Klinge tiefer in ihr eigenes Fleisch getrieben hatte. Die Klinge steckte mindestens eine Fingerbreite tief in ihrem Leib.

Bangend blickte Kurt über die Tischkante in Richtung Küche.

Der Mann, der eben noch gerannt war, der vor einer Sekunde noch auf seine Frau schießen wollte, regte sich nicht. Er stand wie versteinert da, blickte mit weit geöffneten Augen durch ein Loch, das nur er sehen konnte, in eine andere Welt, die ebenfalls nur er sehen konnte.

Blut quoll zwischen seinen Lippen hervor. Und aus seinem Hals. Ein breiter Strahl tränkte T-Shirt und Hose. Das Röcheln ging über in ein Gurgeln. Sein ganzer Körper bebte unter der Mühsal, nach Atem zu suchen. Er hob die linke Hand, wie um die Blutung stoppen zu wollen. Doch auf halber Höhe gab er den Versuch auf. Genau wie sein Körper den Versuch aufgab, dem Leben nachzurennen. Ralph Miller sackte leblos in sich zusammen.

36

Michael zitterte am ganzen Leib, die Waffe zum Schießen bereit im Anschlag. Wachsam betrachtete er die mitten im Raum stehende Frau.

Auf ihrem bleichen Gesicht stand der Schrecken eines ganzen Lebens geschrieben. Ihr Oberkörper war nur mit einem beigen Büstenhalter bekleidet. Vor ihren Bauch hielt sie etwas, das Michael aus seiner Position nicht erkennen konnte. Was er im aufflackernden Blitzlicht allerdings sah, war das Blut, das an ihrem Bauchnabel vorbeifloss. Ein dünner roter Streifen. Auch ihre Hände schimmerten vor Blut. Sofort stellte sich ihm die Frage: *Lebensgefahr?* In der Dunkelheit war das nur schwer auszumachen. Da sie sich jedoch auf den Beinen halten konnte, glaubte er das nicht. Was er allerdings mit Sicherheit sagen konnte, war, dass diese Frau mit der Frau, die er vor nur wenigen Tagen an der Haustür zu Auffälligkeiten in der Nachbarschaft befragt hatte, kaum etwas gemeinsam hatte. Der Schmerz, den sie empfand, hatte jede Lebensfreude aus ihrem Gesicht ausradiert.

Michael hob die Hände, um zu signalisieren, dass er in keiner bösen Absicht kam.

»Frau Kramer«, sagte er. »Ich heiße Michael Lauer. Erinnern Sie sich? Ich bin von der Polizei. Ist hier noch jemand?«

Sie antwortete nicht. Nicht verbal. Die Bewegung ihrer Augen genügte jedoch.

Michael zielte in Richtung des umgekippten Tisches, auf jeden und alles vorbereitet. »Wer Sie auch sind, kommen Sie mit erhobenen Händen raus!«

»Nicht schießen!«, sagte die Frau. Ihre Stimme war kaum lauter als ein Flüstern. »Es ist mein Mann! Es ist nur mein Mann!«

»Kommen Sie raus! Zeigen Sie sich! Und Hände hoch!«

Keine Reaktion.

Michael wandte sich Frau Kramer zu. »Sagen Sie ihm, er soll rauskommen. Langsam. Schön langsam.«

Sie tat, wie ihr geheißen. Doch das Prasseln des Feuers über ihnen verschlang ihre leisen Worte. Und das Knacken langsam nachgebenden Gebälks. Geräusche heißer Vernichtung. Sie schwollen an. Eine graue Rauchwolke schob sich das Treppenhaus hinab und auf Michael zu. Ein Kratzen befiel seine Kehle.

»Sagen ... Sagen Sie ihm, er soll ...« Michaels Worte gingen in ein raues Husten über.

Ein Mann tauchte hinter dem Tisch auf. Michael erkannte ihn als den Hausherrn. Er trug noch immer den rot karierten Pyjama. In seiner Hand hielt er eine Pistole.

Der Rauch erschwerte Michael allmählich die Sicht. Auch seine Wachsamkeit aufrechtzuerhalten wurde zu einem Problem. Das Kratzen in seinem Hals forderte weiteres Husten von ihm. Die Waffe bebte in seinen Händen.

»Legen Sie ... Legen Sie die Waffe ... auf den Boden«, befahl er.

Einen Moment lang geschah nichts. Michael glaubte schon, der Mann würde es sich anders überlegen, würde sich spontan dafür entscheiden, doch zu schießen. Auf ihn.

Dann polterte die Waffe auf das Parkett.

Auch die Frau ließ etwas fallen. Das, was sie sich vor den Bauch gehalten hatte. Ein Messer, erkannte Michael.

Er rechnete damit, die beiden würden sich ihm nun endlich zuwenden, würden mit ihm kommen, dieses Haus, das bald zu einer leibhaftigen Hölle werden würde, verlassen. Stattdessen wollte sich die Frau plötzlich aus dem Staub machen. Ja, sie wandte sich von ihm ab, näherte sich auf Knien dem großen Loch im Fenster. Michael richtete die Dienstwaffe auf sie.

»Bleiben Sie …«

Stehen, hatte er sagen wollen, da hörte er die Frau rufen:

»Mein Sohn! Mein Sohn liegt hier. Er ist verletzt. Er stirbt!«

Michael konnte niemanden erkennen. Im Raum war es dazu viel zu dunkel. Der Rauch verschlechterte die Sicht noch.

Das alles überspannte Michaels Nerven. Nichts lief, wie er es sich vorstellte. Den Mann auf dem Boden hatte er bloß ohne Vorwarnung erschossen, weil er mit einer Pistole in der Hand auf die Frau losgestürmt war. In der Furcht um ihr Leben hatte Michael abgedrückt. Eine intuitive Reaktion. Später würde er sich für diesen Schuss verantworten müssen. Doch auch den beiden vor ihm traute er nicht. Sie konnten alles im Schilde führen.

»Ich sehe ihn nicht«, rief Michael zurück. »Wo ist er?«

»Hinter dem Sofa! Schnell! Er braucht Hilfe!«

Eine Falle, dachte Michael. Ja, sie konnte ihn versuchen reinzulegen. Er brauchte ihnen nur zu nahe zu kommen und schon …

Wie von einer Hornisse gestochen, setzte sich mit einem Mal auch der Mann in Bewegung. Er machte einen Satz auf seine Frau zu, packte mit beiden Händen die Rückenlehne einer Couch und zerrte daran. Das Sitzmöbel war von monströser Größe und musste eine gefühlte Tonne wiegen.

»Helfen sie uns«, rief er. »Bitte. Bitte! Unser Sohn!«

Sollte dort tatsächlich ein Junge Hilfe brauchen, ging es ihm durch den Kopf, so mussten sie sich beeilen. Bald schon würde von diesem Haus nicht mehr als Schutt und Asche übrig bleiben. Und wenn er nicht die richtige Entscheidung traf, dann würde das auch mit ihnen allen geschehen.

Dieser Gedanke riss ihn schließlich aus seiner Sicherheitshaltung. Er steckte die Pistole zurück ins Holster.

Kurz darauf sah er den Jungen. Und ihn erfasste eine schreckliche Gewissheit.

37

Das Knistern und Knacken von brennendem Holz sang eine Unheil verheißende Kakophonie. Inzwischen stand der komplette Dachstuhl in Brand. Und es würde nicht mehr lange dauern, bis auch der Rest des Hauses der unaufhaltsamen Habgier des Feuers zum Opfer fallen würde. Das wusste Ulrich Knabben. Und er wusste, dass er dringend etwas unternehmen musste. Die Kollegen sowie die Feuerwehr würden bei diesem Wetter noch einige Minuten auf sich warten lassen.

Von diesem Gedanken getrieben, hastete Ulrich Knabben die Stufen zum Garten hinterm Haus hinab, in der Hoffnung, einen anderen Eingang zu finden. Der Hundehütte und dem Hund schenkte er keine Aufmerksamkeit. Sein Augenmerk lag darauf, nicht von herabstürzenden, brennenden Trümmern begraben zu werden. Zwei fielen ihm auf seinem Weg direkt vor seine Füße; Holzbriketts so groß wie Fußbälle. Die an ihnen haftenden Flammen zischten im strömenden Regen.

Dann sah Ulrich den hinteren Eingang auf der gegenüberliegenden Seite des Hauses. Doch er erblickte nicht nur ihn. Die Flammen über dem Haus projizierten ihr loderndes Gelb-Rot auf die vom Regen nasse Rasenfläche und die gesamte Umgebung. Und auf die zwei Beine, die aus dem hinteren Eingang herausragten. Sie lagen still wie die Extremitäten einer Puppe. Sie waren schlank und jung und blutbefleckt. Ein breiter roter Streifen zog sich vom Rasen bis unter ihre Füße.

»Was zur ...«

Ulrich hielt sofort inne. Mit aufgerissenen Augen starrte er auf das, was da vor ihm im Regen lag. Den Rest konnte er aufgrund der Dunkelheit im Keller nicht sehen.

»Hallo? Hören Sie mich?«, fragte er, während er sich der Jugendlichen näherte. Denn genau das war sie. Jung, blond und hübsch. Und mindestens schwer verletzt. Die Rückseite ihres weißen T-Shirts triefte vor Blut. Eine kleine Lache hatte sich unter ihrem Oberkörper gebildet.

»Hören Sie mich? Hallo?«

Er kniete neben sie, tastete nach ihrem Puls. Zu spät. Das glaubte er. Dann fühlte er ihn. Schwach. Sehr schwach. Aber er war noch da. Ulrich schien das einem Wunder gleichzukommen. Sie musste Unmengen Blut verloren haben.

»Halt durch, Kleines! Hilfe ist unterwegs.«

38

Ihr Sohn hatte jegliche Farbe aus dem Gesicht verloren. Seine nassen Haare hingen bis über seine Augen. Von seinem regungslosen Körper tropfte Blut. Am schlimmsten jedoch empfand Maike den Anblick seines Mundes. Er stand leicht offen, gerade weit genug, um eine Münze zwischen seinen bläulichen Lippen hindurchschieben zu können. Nie in ihrem Leben hatte sie solche Kraftlosigkeit gesehen.

»Wir müssen raus! Über uns stürzt gleich das ganze Gebäude zusammen. Der Dachstuhl hat durch das Gewitter Feuer gefangen.«

Maike nahm die Worte des Polizisten wahr, schenkte ihnen jedoch keine Aufmerksamkeit. Ihr Augenmerk lag einzig auf ihrem Sohn, der jetzt in Kurts Armen lag.

»Ja«, erwiderte Kurt. »Maike – komm!«

Das tat sie. Dabei kam sie sich vor wie in einem schlechten Traum. Ihre Beine fühlten sich an, als bestünden sie aus Glas.

Nur weil wir nicht miteinander gesprochen haben, dachte sie. *Nur weil wir nicht miteinander … gesprochen haben.*

Der Polizist öffnete eines der großen Fenster in Richtung Parkplatz, wo an diesem düsteren Nachmittag nur zwei Autos standen. Ein Polizeiwagen und ein Ford Ka. In ihren regennassen Scheiben spiegelte sich das Orangerot des Feuers über ihnen. Ein heftiger Luftzug strömte ihnen entgegen.

»Haben Sie einen Krankenwagen gerufen? Wir müssen einen Krankenwagen rufen!«, hörte sie sich sagen. Ihre Stimme klang drängend und flehend zugleich.

»Die Kollegen werden jeden Augenblick eintreffen«, versicherte der Polizist. Dann stieg er aus dem Fenster und breitete die Arme aus, um David zu übernehmen. Kurt zögerte einen Augenblick.

»Geh du voraus«, sagte er zu Maike.

»Was?«

»Mach schon! Geh!«

Ohne ein weiteres Mal nach einer Erklärung zu verlangen, tat sie, was er von ihr verlangte. Ihr Bauch schmerzte, als sie ihren Fuß auf die Fensterkante stemmte. Im nächsten Augenblick stand sie, sich die Hand gegen die Wunde pressend, auf dem Rasen.

»Jetzt du«, rief sie.

Doch Kurt reagierte nicht. Mit gesenktem Kopf betrachtete er seinen Sohn. Schweigend. Seine Brust hob und senkte sich unter schweren Atemzügen. Ein schrecklich kummervoller Ausdruck lag auf seinem Gesicht. Er beugte sich nach vorn, küsste den Jungen auf die Stirn, hauchte ihm ein paar wenige Worte zu, so leise, dass sie sie nicht hören konnte. Dann übergab er David an den Polizisten. Die Sanftheit dieser Geste brach Maike das Herz.

Er liebt ihn, dachte Maike unwillkürlich. *O Gott, mach, dass alles wieder gut wird. Lass unseren Sohn leben. Lass …*

Bevor sie den Gedanken zu Ende führen konnte, geschah es. Hinter Kurt, mitten im Raum, stürzte die Decke herab. Balken krachten auf das Parkett. Feuerzungen schossen in die Höhe. Funken sprühten wild umher.

»Du musst raus! Kurt, du musst …«

Kurt blickte dem Polizisten nach, der ihren gemeinsamen Sohn über den Rasen in Sicherheit trug. Dann betrachtete er Maike. Er sah ihr tief in die Augen.

Der Wahnsinn hatte ihn vollkommen verlassen. Der Mann, der da vor ihr stand, wirkte alt, hager, verhärmt. Doch seine Augen strahlten eine Gewissheit aus, die ihr Herz ein zweites Mal brach.

»Er ist tot, Schatz«, sagte er in ruhigem, vollkommen nüchternem Ton.

»Was ...«

»Er ist tot. Ich habe unseren Sohn getötet. Ich weiß nicht, welcher Teufel mich geritten hat, zu tun, was ich getan habe, aber ich weiß, dass ich mit dieser Schuld nicht leben kann. Ich möchte nicht mit ihr leben. Es tut mir leid.«

»Kurt!«, schrie sie ihn mit einem Mal an. »Komm raus! Komm da sofort raus!«

»Ich liebe dich, Maike.«

»*Kurt!*«, kreischte sie. Tränen des Entsetzens und des Kummers strömten ihre Wangen hinab. Dann – ohne darüber nachzudenken – packte sie Kurt am Unterarm, ergriff sein Handgelenk, krallte ihre Finger in das Fleisch darüber.

Ein schmales Lächeln breitete sich auf seinen Lippen aus, als er ihr erneut in die Augen sah. Etwas Persönlicheres, Ehrlicheres als dieses schwache Lächeln gab es nicht.

»Ich liebe dich, Kurt! Ich habe dich immer geliebt! Hörst du? Bleib bei mir ... Bitte, bleib bei mir.«

Er nickte. Ein langsames, bedeutungsschweres Nicken. Wie damals, als sie ihm zum ersten Mal gesagt hatte, sie sei schwanger. Er hatte sie angelächelt und genickt. Dann hatte er sie in die Arme geschlossen und sie fest an sich gedrückt.

Letzteres unterließ er heute. Stattdessen ergriff er ihre Hand, löste sie von seinem Gelenk, drückte sie einmal fest und ließ dann von ihr ab. Bevor sie ein weiteres Wort sagen konnte, schloss er das Fenster.

»Was? Nein! *Nein!*«, kreischte Maike.

Sie sah, wie er sich von ihr entfernte. Wie er auf das Feuer zuschritt und sich ein letztes Mal nach ihr umdrehte.

Mit beiden Händen trommelte sie gegen das heiße Glas des Fensters. »Kurt! Kurt! Mach das nicht! *Mach das nicht!*«

Ein schmerzvoller, heftiger Stich fuhr ihr durchs Herz, als das Unvermeidliche schließlich passierte. Das obere Stockwerk stürzte vollends herab und begrub zwanzig Jahre ihrer gemeinsamen Glückseligkeit. All die gemeinsamen Träume, die sie gesponnen hatten, gingen in Flammen auf. Was blieb, war die kalte Asche des Bedauerns.

Teil V

Abschied

1

Duringen hatte durch das Gewitter, das in den Medien den Titel *Der heftigste Sturm in den letzten sechzig Jahren* erhielt – was Maike wie die Preisung einer Vergewaltigung vorkam –, stark gelitten. Viele Dächer mussten neu gedeckt und viele Fenster ausgetauscht werden. Die Kaiserallee, die durch die gesamte Einkaufspassage führte, musste aufgrund tiefer Risse durch umgestürzte Laternenmasten und die übergelaufene Kanalisation neu geteert werden. Zwei alte Bauernhäuser waren von umgestürzten Bäumen so sehr in Mitleidenschaft gezogen worden, dass eine Sanierung nicht mehr infrage kam. Unter einem von ihnen fand man bei den Abrissarbeiten drei menschliche Skelette. Dieses Haus lag mitten im Wald.

Das alles kümmerte Maike Kramer kaum. Weil sie Duringen den Rücken gekehrt hatte. Dank Kurts Lebensversicherung – die Versicherungsagentur würde nie erfahren, dass er sich letztlich selbst das Leben genommen hatte – und einer nicht gerade kleinlichen Zuwendung der *C & R GmbH* hatte Maike sich eine Wohnung in Karlsruhe gemietet. Zwar war sie bei ihren Recherchen darauf gestoßen, dass es dort vor nicht allzu langer Zeit einen Serienmörder gegeben hatte, der Menschen in Käfige gesperrt und gefoltert hatte, doch das hatte ihre Entscheidung nicht beeinflusst. Die Stadt mit ihren begrünten Straßen und Parks war ihr sympathisch. Außerdem wohnte sie dort nicht ab vom Schuss wie noch in Duringen. Außerhalb einer Ortschaft, das hatte sie sich geschworen, würde sie nie wieder leben wollen.

Dennoch konnte Maike nicht umhin, dann und wann nach Duringen zurückzukehren. Ihr erstes Leben, wie sie es inzwischen nannte, forderte es gewissermaßen von ihr. So auch an diesem Augusttag.

2

Es war heiß. Heißer noch als an jenem Gewittertag vor einem Monat. Der Sommer war gekommen und die Sonne brannte mit aller Kraft auf die Laubdächer der Bäume hinter dem Hang hernieder. Und die schwarz verkohlten Trümmer jenes ersten Lebens.

Maike stand auf dem Parkplatz und betrachtete stumm die Reste ihrer Vergangenheit. Vom Haus selbst war nicht mehr übrig geblieben als die Grundmauern. Die Überbleibsel des Brandes hatte man längst abgetragen. Ein gelb-schwarzes Absperrband flirrte in einer vereinzelten kühlen Brise. Ein Schild gebot, das Grundstück nicht zu betreten.

»Sind Sie so weit?«

Maike wandte sich dem Mann zu, der in langen Schritten auf sie zugelaufen kam. Er war groß, schlank und trug, der Hitze zum Trotz, einen schwarzen Anzug mit roter Krawatte. Es war Dieter Leibfried, der zweite Vorstandsvorsitzende der *C & R GmbH*, der nun Kurts Platz eingenommen hatte.

»Ja«, sagte sie entschieden. Ihre Stimme klang fest. »Meine Mutter sagte früher, Verabschiedungen sollten nie lange dauern. Deshalb möchte ich es hinter mich bringen.«

Dieter Leibfried hob eine Hand, um ihr den Vortritt zu lassen.

»Wirklich schade, dass der Blitz eingeschlagen hat. Es war ein sehr schönes Haus«, sagte er.

Maike antwortete nichts darauf. Insgeheim dachte sie, dass es vermutlich besser so war. Egal wer das Haus bezogen hätte, so glaubte sie, er hätte darin kein Glück gefunden. Die Schatten zweier unglückseliger Familien wogen schwer.

Die Verträge waren bereits vorgefertigt, nur noch Maikes Unterschrift fehlte. Ein Notar würde den Rest in ihrer Abwesenheit erledigen. Dann würde sie das alles nie wiederzusehen brauchen.

»Bleiben Sie noch eine Weile in Duringen?«, fragte Dieter Leibfried.

»Nein. Ich besuche noch den Friedhof, dann reise ich ab.«

»Verständlich. Mein Beileid. Nochmals. Kurt war ein guter Mann.«

3

Dicke alte Eichen umringten das Gelände und spannten friedliche Schatten über die Gräber und zwei gotisch angehauchte Mausoleen, die man zum Gedenken lange verstorbener Adliger errichtet hatte. In mehreren Ecken entlang eines dünn bekiesten Pfads standen auf Säulen sitzende Putten, die auf Harfen spielten, um die Wette tollten oder Küsse von ihren Handflächen in die Welt hauchten. Es war ein schöner Ort und die heutige Sonne gab ihm den nötigen Glanz.

Drei Gräber galt es für Maike zu besuchen. Das vierte ließ sie, wie jedes Mal, wenn sie hierherkam, aus. Um Ralph Miller sollten sich die Würmer kümmern. Wie sich herausgestellt hatte, war sie nicht die Einzige gewesen, der er nachgestellt hatte. Die drei Skelette, die man in einer Mulde unter seinem Haus gefunden hatte, gehörten zu drei seit Jahren vermissten Frauen. Es stand schnell außer Frage, dass sie keines natürlichen Todes gestorben waren. »Sie hatten tierisches Glück, mit dem Leben davongekommen zu sein«, hatte einer der ermittelnden Beamten zu Maike gesagt. Die Frage war nur, ob es tatsächlich Glück gewesen war.

Mit einem Weidenkorb in der Hand ging Maike einen der abzweigenden Kieswege entlang, dann machte sie vor einem grauen Granitgrabstein halt. Eine Inschrift verkündete:

Mögen die Engel sich um dich kümmern, wie du dich um andere gekümmert hast. In Liebe, deine Familie.

Allein das zu lesen, trieb Maike die Tränen in die Augen.

Sie schloss die Lider, atmete tief durch, dann legte sie eines der Gestecke nieder, die sie im Korb mit sich führte. Weiße Lilien und Chrysanthemen. Die Blütenblätter flatterten in einer Brise.

»Ich habe nie herausgefunden, weshalb Sie ausgerechnet an jenem Tag bei uns aufgetaucht sind. Aber es tut mir leid, dass es so geendet hat«, sagte Maike leise und bekreuzigte sich. Sie war nie ein religiöser Mensch gewesen. Seit dem Tod ihrer Liebsten half es ihr jedoch, über die Trauer hinwegzukommen.

»Leben Sie wohl, Frau Kraus.«

Sie ging weiter. Langsam, ohne Eile. Sie wollte am früheren Abend wieder in ihrer Wohnung sein, sich ein Bad gönnen und, wenn ihre Gedanken es zuließen, an ihren Gedichten weiterschreiben. In den letzten zwei Wochen hatte sie gelernt, dass sie das Schreiben noch mehr stützte als der Glaube.

Der Weg beschrieb eine Biegung an einer gotischen Kapelle vorbei, einen kleinen Hügel hinab. Kiesel knirschten unter Maikes Schuhsohlen. Ihr blaues Kleid – eines, das Kurt stets an ihr gemocht und das sie nie bei einem Treffen mit Ralph Miller angehabt hatte – wehte um ihre nackten Beine. Das Laub großer Ulmen und Blutahorne raschelte im frischen Wind. Wie jedes Mal, wenn sie hier entlangkam, pochte es in ihrer Brust. Gleich würde sie die Familiengräber erreichen. Gleich würde sie ihrem Kummer verfallen. Und dem niemals enden wollenden Schmerz in ihrem Herzen.

Sie tat noch ein, zwei Schritte, dann blieb sie mit einem Mal stehen. Vor dem Grab ihrer Liebsten stand eine in Schwarz gekleidete Gestalt.

4

Dass Sandra überlebt hatte, war ein Glück, das Maike in ihren kühnsten Träumen nicht zu hoffen gewagt hätte.

Zwei Tage hatte sie bangend am Krankenbett ihrer Tochter gesessen, während um sie herum Maschinen piepten und wortlos ihre körperliche Verfassung aufzeichneten. Man hatte sie ins Diakonie-Klinikum Stuttgart gebracht, genau wie einige Tage zuvor ihren Vater, und ihr in einer mehrstündigen Operation die Milz entfernt. Die Kugel hatte diese und die gesamte linke Seite ihres Körpers durchdrungen wie ein Stück Butter. Die Ärzte meinten, dass Sandra glücklicherweise gerade noch rechtzeitig gefunden und ins Krankenhaus gebracht worden war. Hätte man sie gefahren, statt mit dem Hubschrauber einzufliegen, so hätte man nichts mehr für sie tun können. Eine Vorstellung, die Maike an die Grenze ihres eigenen Überlebenswillens gebracht hatte.

Dann war Sandra aufgewacht. Und nichts war mehr wie zuvor. Erst recht nicht, nachdem Maike ein paar Tage später endlich den Mut aufgebracht hatte, es ihr zu sagen; ihr *alles* zu sagen.

Sandra gab ihr die Schuld. Natürlich tat sie das. Maike verurteilte sie nicht dafür. Weil sie sich selbst die Schuld für das meiste gab. Nicht für Ralphs Amoklauf und auch nicht für die Psychose ihres Ehemannes. Aber dafür, dass beides aufeinandergetroffen war.

Jetzt wohnte Sandra, die inzwischen ihren achtzehnten Geburtstag gefeiert hatte – ohne ihre Mutter –, bei Lola. Die beiden Freundinnen teilten sich ein Stockwerk im Haus von

Lolas Eltern. Maike war es schwergefallen, das zuzulassen. Doch sie hatte nichts dagegen unternommen. Sandra war jetzt offiziell eine erwachsene Frau. Sie musste selbst lernen, wie sie mit ihrem Schmerz klarkam.

Es brach Maike das Herz, sie vor dem Grabstein zu sehen. Sandras gebeugte Haltung spiegelte ihre eigenen Empfindungen. Das Schwarz ihrer Kleidung war bedrückend ernst. In ihren Händen hielt Sandra einen kleinen im Sonnenlicht schimmernden Gegenstand, den Maike nicht genau erkennen konnte. Als Sandra sich nach vorn beugte und ihn auf das Grab stellte, nahm Maike allen Mut zusammen und ging auf sie zu.

5

»Du hast das Haus verkauft?«

Das war's. Das war Sandras Begrüßung an sie. Kein »Hallo«, kein »Mama«, keine Freude in der Stimme. Nur nüchterne Direktheit. Aber das machte nichts. Denn sie sprach mit ihr. Nach Wochen des Schweigens hörte Maike endlich wieder ihre Stimme.

»Ich hab es von Dieter Leibfried gehört, als ich ihn in der Stadt getroffen habe.«

»Ja, das habe ich«, antwortete Maike. Ihr Mund fühlte sich trocken an. »Ich dachte, es sei besser so.«

Sandra sah sie nicht an, erwiderte nichts. Ihr Blick haftete auf dem naturbelassenen schwarzen Granit. Zwei unterschiedlich große Bronzefiguren saßen auf der Oberkante. Sie nahmen sich in die Arme, hielten aneinander fest. Wie Vater und Sohn.

»Vielleicht«, sagte Sandra. Ihre Stimme klang matt, keine Emotion drang daraus an die Oberfläche.

Ein Moment des Schweigens verging, in dem Maike keine Sekunde die Augen von ihrer Tochter abwandte. Wie groß sie geworden war ... Wie erwachsen ...

Ihr Gesicht hatte sich verändert. Es war fülliger. Ihre Züge härter. Das Schicksal hatte sich in ihre junge Haut eingegraben wie der Meißel des Steinmetzes in den neben ihnen stehenden Grabstein. Unauslöschlich.

»Sandra, ich ...«

Stille. Irgendwo über ihnen trällerte eine Kohlmeise. Das Laub der Bäume rauschte in einer Böe. Eine Haarsträhne flog Sandra ins Gesicht.

»Du brauchst dich nicht noch mal zu entschuldigen, falls du das gerade vorgehabt hast.«

»Ja.« Ein im Wind untergehendes Hauchen.

Sandra seufzte hörbar. »Die letzten Wochen habe ich viel nachgedacht. Über dich, mich, Papa, David ... Und wie es weitergehen soll.«

Maike setzte gerade zu einem Satz an, hielt sich jedoch zurück. Sie wusste, nicht ihre eigenen Worte waren der Schlüssel, den Bruch zwischen ihnen zu kitten – falls das überhaupt möglich war –, sondern die ihrer Tochter. Lange genug hatte sie ihr nicht zugehört. Genau wie bei David. Und Kurt. Jetzt war es an ihr, sich selbst zu beweisen, dass sie aus ihren Fehlern gelernt hatte.

Sandra drehte sich zu Maike um. Zum ersten Mal. Der Ausdruck auf ihrem Gesicht war ernst. Ihre blauen Augen schimmerten in der Sonne.

»Ich werde nicht wieder zu dir ziehen. Ich habe vor, meinen eigenen Weg zu gehen. Wohin er mich führt, weiß ich nicht. Vielleicht an die Uni. Eventuell auch ins Ausland. In Duringen bleibe ich auf jeden Fall nicht.« Sie wischte sich eine Träne aus dem Auge. »Lolas Mama sagte zu mir, dass ich in meinem Leben alles erreichen kann, solange ich es nur will. Dazu müsse ich jedoch vorher meine Ängste überwinden.«

Sie schwieg.

Auch Maike sagte nichts. Sie lauschte auf das Pochen ihres Herzens. Und den Schmerz, den die Worte ihrer Tochter in ihr auslösten. Es gab kein Zurück mehr. Sandra hatte sich entschieden. Maike war sich über das, was nun kommen würde, sicher. Mit bitterer Gewissheit begriff sie, ihre Tochter würde sich dafür entscheiden, sie nie mehr wiedersehen zu wollen, ihr erstes Leben – wie sie es auch selbst nannte – hinter sich zu lassen und für alle Zeiten …

Wie aus dem Nichts schlang Sandra ihre Arme um sie. Maikes Verblüffung war so groß, dass sie die Umarmung einen Augenblick lang nicht erwiderte. Die Wärme, die von ihrer Tochter ausging, war Furcht einflößend schön, und Maike registrierte in diesem Moment mehr denn je, wie sehr Sandra ihr gefehlt hatte. Sanft legte sie die Arme um den Oberkörper ihrer Tochter.

»Ich muss in eine … Therapie«, schluchzte Sandra. »Nein … Ich will eine Therapie. Aber ich habe Angst … schreckliche Angst.«

»Pscht … Das ist okay«, sagte Maike. »Es ist vollkommen okay.«

»Zu essen macht mich wahnsinnig. Nichts zu essen auch. Ich habe zugenommen. Vier Kilo. Aber ich halte es kaum aus, in den Spiegel zu sehen … Immer wenn ich es tue, sehe ich das Mädchen von damals … Die kleine dicke Sandra, über die alle lachen …«

»Lass dich davon nicht unterkriegen. Du bist gut, so wie du bist«, wollte Maike sagen. Doch sie tat es nicht. Ihr Empfinden spielte in diesem Augenblick keine Rolle.

»Lolas Mama sagte außerdem, dass ich mich mit dir vertragen soll. Weil du meine Mutter bist … Ich konnte es nicht. Die ganze Zeit über habe ich nur Hass für dich empfunden. Weil du Papa nicht treu gewesen bist. Weil du ihn in den Wahnsinn getrieben hast. Weil du das Baby behalten hast.«

Wieder spürte Maike, wie ihr Worte über die Lippen kommen wollten. Rechtfertigungen. Gegenwehr. Selbstschutz. Sie unterdrückte ihren Impuls, presste die Augenlider zusammen, lauschte dem Gesang der Kohlmeisen in den Bäumen und dachte daran, welches ungemeine Glück sie gehabt hatte, dass die Klinge nicht an anderer Stelle in ihren Bauch eingedrungen war. Zwei Zentimeter daneben und sie hätte das Baby mit großer Wahrscheinlichkeit verloren, hatten die Ärzte gesagt.

»Aber du hast ihn nicht in den Wahnsinn getrieben, stimmt's?«, fuhr Sandra fort. »Das warst nicht du. Sag mir, dass nicht du es warst.«

Maike fragte sich, was sie darauf antworten sollte. Sie fühlte sich schuldig. An so vielem.

Sie schob Sandra auf eine Armeslänge von sich, sah ihr direkt in die tränennassen Augen. »Ich habe ...«, begann sie. Ihre Stimme klang fest. »Ich habe Fehler gemacht, Schatz. Sehr große Fehler. Und ich mache mir täglich Vorwürfe deswegen. Aber was ich nie getan habe, ist, deinem Vater, David oder dir absichtlich wehzutun.«

Sandra wollte etwas erwidern, doch Maike unterbrach sie. Sie hatte lange geschwiegen, doch wenigstens diese eine Sache musste sie klarstellen.

»Was deinem Vater zugestoßen ist ... Ich habe mir lange den Kopf darüber zerbrochen. Auch heute tue ich das noch. Weil wir immer glauben, einen Schuldigen finden zu müssen. In anderen und in uns selbst. Das gehört zum Menschsein dazu, nehme ich an.« Sie biss die Zähne zusammen. »Sandra ... Schatz ... Es ist richtig von dir, deinen eigenen Weg gehen zu wollen. Es ist natürlich. Ich werde dir nicht im Weg stehen. Aber lass mich dir noch eines sagen. Egal wie lange wir nichts voneinander hören sollten, egal wie sauer und wütend du auf mich sein solltest, weil ich wieder einen Fehler begangen habe – und das werde ich, weil ich ein Mensch bin –, meine Tür steht dir immer offen. Immer!«

Sandras Unterlippe zitterte.

»Und lass mich dir noch etwas mit auf den Weg geben, wenn ich darf.« Ihr Blicke trafen genau aufeinander. »Schweige niemals. Behalte deinen Mund offen. Rede. Sag, was du denkst und fühlst. Und wenn es ist, dass du mich hasst. Sag es. Denn wenn ich eines in letzter Zeit gelernt habe, dann ist es, dass dein Vater recht hatte. Schweigen ist nicht Gold. Es macht uns krank. Geh in Therapie. Und lebe dein Leben. Lebe es laut.«

Die Tränen in Sandras Augen schimmerten. Mit offenem Mund sah sie ihre Mutter an.

»Ich liebe dich, mein Schatz«, sagte Maike und drückte ihre Tochter an sich.

Sandra sagte nichts. Das brauchte sie auch nicht. Maike wusste, es würde seine Zeit brauchen, bis sie ihre Worte verstehen würde. Aber letztlich würde sie sie begreifen. Irgendwann.

»Ich hasse dich nicht«, flüsterte Sandra gegen den leicht gewölbten Bauch ihrer Mutter. Dann fragte sie etwas, das Maike nicht nur überraschte, sondern regelrecht verblüffte.

»Welchen Namen gibst du ihm? Oder ihr?«

Es gab nur einen Namen, der Maike durch den Kopf spukte. Kurt. Wenn das Baby ein Er werden würde, sollte er den Namen ihres verstorbenen Ehemanns bekommen.

Ihre Tochter fest an sich gepresst, sah sie auf den Gegenstand hinab, den Sandra zuvor auf das Grab gestellt hatte. Bei seinem Anblick klopfte ihr Herz vor intrinsischer Freude.

Ihre ganze Familie inklusive ihrer selbst – sie alle blickten aus einer Fotokammer im *Europa-Park* zu ihnen herauf. Beide lächelten. Der Bilderrahmen, der sie umgab, funkelte in der Sonne.

6

Duringen war keine Großstadt. Deshalb war es nicht besonders verwunderlich, dass an jenem Tag, genau um diese Uhrzeit, zwei Polizisten nach Dienstschluss am örtlichen Friedhof vorbeikamen. Als sie die Frauen über die Friedhofsmauer hinweg erblickten, blieben sie einen Augenblick lang stehen.

»Sind das nicht ...«

»Ja«, sagte Michael Lauer. »Das sind sie.«

»Schlimm, was ihnen widerfahren ist. Der Mann. Der Sohn. Furchtbar. Dass die Tochter noch lebt, kann man wirklich als glücklichen Umstand bezeichnen.«

»So ist es.«

»Na ja. Mich gelüstet es jetzt nach einem Bier. Wie steht's mit dir?«, fragte Ulrich Knabben. Er streichelte mit einer Hand über den Bart, der aufgrund des Funkenflugs ein wenig an Länge eingebüßt hatte.

»Bin dabei.« Michael betrachtete noch einen Moment die zwei Frauen auf dem Friedhof und musste unweigerlich lächeln, als er sah, wie Mutter und Tochter einander in die Arme nahmen. Während sie weiter den Gehsteig in Richtung Innenstadt entlanggingen, fiel ihm etwas ein. »Kannst du dich noch daran erinnern, wie wir damals Hansen durch die Wälder gejagt haben?«

Ulrich Knabben hob die buschigen Augenbrauen. »Ja. Nicht gerade der schönste Tag in meinem Leben. Abgesehen von seiner Festnahme.«

»Sein Gesichtsausdruck, als wir ihn gestellt haben …«, sagte Michael Lauer nachdenklich. »Ach, das ist bestimmt bloß Einbildung …«

»Was? Jetzt rück schon raus mit der Sprache.«

Michael wandte sich ihm zu, blieb stehen. »Als wir ihn gestellt haben und ihn mit seinen Taten – der Ermordung seiner Frau, seines Sohnes und seiner jüngsten Tochter – konfrontierten, da hatte er alles bereut. Hat gesagt, dass irgendetwas über ihn gekommen sei und er nicht wisse, was es war.«

»Er sprach von einem Dämon oder einer dunklen Macht. Ich erinnere mich.«

»Genau. Und als wir ihn abgeführt haben, sah er wirklich so aus, als wäre er nicht mehr er selbst, sondern irgendeine Art Teufel. Total besessen davon, weiter zu morden. Als wäre seine Tat nur der Anfang von etwas gewesen. Als würde er uns damit drohen, über seinen eigenen Tod hinaus weiter zu morden.«

»Wie kommst du jetzt, nach so langer Zeit ausgerechnet auf Hansen?«

Michael seufzte und überlegte, ob er es ihm sagen sollte. »Ach, lassen wir es. Gehen wir ein Bier trinken. Oder zwei.«

Das taten sie. Sie gingen um ein paar Ecken und betraten einen Pub. Die Luft im *Taverns* roch abgestanden und nach einer langen Nacht. Aus den Musikboxen über ihnen dröhnte Bruce Springsteens Hit *My love will never let you down.*

Das alles verdrängte Michael Lauers Gedanken nicht. Er konnte nicht vergessen, wie sehr ihn das Gesicht von Kurt Kramer genau in dem Moment, als seine Frau sich von ihm abgewandt hatte, genau in dem Augenblick, bevor das Feuer über ihn hereingebrochen war, an das von Peter Hansen erinnert hatte.

Epilog

Wie es mir geht? Ach, ganz okay. Die alten Knieschmerzen und etwas zu wenig Schlaf, ansonsten ist alles prima. Was? Nein, das liegt nicht an den neuen Nachbarn. Die Reuters sind ruhige Zeitgenossen, sehr ruhig. Ja, ja, sie wohnen jetzt seit vier Monaten in der Kronenstraße. Keine Probleme bisher. Um ehrlich zu sein – kommen Sie mal näher, dann muss ich nicht so laut werden –, die verhalten sich geradezu sonderbar perfekt. Sehen Sie die Fenster? Blitzeblank. Genau wie bei den vorherigen Hausbesitzern. Sie wissen schon, bevor es abbrannte und man es neu errichtete. Das junge Mädchen der Familie, gerade einmal zehn, putzt sie wöchentlich. Nicht zur Mittagsruhe, nein, samstagmorgens so gegen elf. Sie setzt sich ihre Kopfhörer auf, schnappt sich ein paar Lappen und legt los. Ich kann sie vom Wohnzimmerfenster aus sehen. Eineinhalb Stunden, dann ist sie mit allen Fenstern durch. Und das ist nicht alles. Ich habe sie kürzlich dabei beobachtet – zufällig natürlich –, wie sie ihrer Mutter dabei half, das Unkraut im Garten zu zupfen. Ich kenne das von früher, als die Kinder grundsätzlich noch mehr im Haushalt helfen mussten, aber heute? Sie kennen doch diese Jugend. Nichts anderes im Kopf als Party und Schule schwänzen. Wie sie heißt? Wenn ich mich richtig erinnere, Isabelle. Ja, ja, die haben noch eine andere Tochter. Genauso ein Musterbeispiel. Rothaarig, hübsch, stets gepflegtes Auftreten. Ihr Name? … Lassen Sie mich nachdenken … Ira, genau. Ist sechzehn, das Kind. Geht regelmäßig mit dem kleinen Pudel vor die Tür. Dreimal am Tag, mindestens. Und nicht nur um den Block, nein. Sehen Sie mal dort den Hügel hinauf.

Sehen Sie die Felder hinter den leeren Bauplätzen, auf denen unsere schöne Wohnsiedlung erweitert werden soll? Da bauen die hiesigen Landwirte Mais und Getreide an. Dort hinauf und noch weiter geht die junge Dame mit Daisy. So heißt ihr Hund. Manchmal ist sie 'ne ganze Stunde oder länger unterwegs. Meistens im Sportoutfit. Hat eine super Figur, das Mädel. Könnte irgendwann mal Model werden. Heutzutage ist das dank Internet und Technik ja sogar in einer Kleinstadt wie Duringen möglich. Was? Ach ja, die Eltern. Tolle Leute, das kann ich Ihnen sagen. Und gebildet. Der Vater ist Unternehmensberater. Leitet seine eigene Firma. Äh ... äh ... Warten Sie, ich hab's gleich ... CM Company. *So heißt die Firma. Was das bedeutet, kann ich mir nicht merken. Irgendwas Englisches. Ich sehe ab und an den einen oder anderen Smart mit dem Firmenlogo herumfahren. Meist in der Stadt. Ja, genau die Wagen meine ich. Blau mit weißer Aufschrift. Sehen ziemlich edel aus. Zu edel für ein einfaches Gewerbe, wenn Sie mich fragen. Aber die Zeiten ändern sich eben.*

Was? Wie alt? Sie wollen Sachen wissen! Ich schätze mal, knapp über fünfzig. Schwer zu sagen. Thomas Reuters Bart ist jedenfalls ergraut. Trägt fast täglich Anzug und Krawatte. Unter der Woche sieht man ihn frühmorgens aus dem Haus gehen und spät zurückkommen. Kein ... Wie nennt man das noch? Ja, genau. Kein Nine-to-five-Job. Er muss wesentlich mehr Zeit im Büro verbringen als seine Angestellten, weil es oftmals dunkel ist, wenn er nach Hause kommt. Wie seine Frau das aushält, weiß ich nicht. Allerdings habe ich die beiden nie streiten gehört. Sie kennen das bestimmt. Wenn einer stets den Abwasch und die Wäsche macht und der andere nur unterwegs ist, gibt es fast immer Zoff. Bei den Reuters offenbar nicht. Wenn man Julia Reuter auf der Straße oder beim Einkaufen begegnet, ist sie stets gut gelaunt, lächelt, grüßt freundlich. Mit ihren roten Haaren und ihrer tadellosen Figur – die müssen alle irgendwie Sport betreiben, so gut, wie die aussehen – erinnert sie mich ein bisschen an die Schauspielerin Andrea

Sawatzki. Kennen Sie die? Hat in Die Apothekerin *mitgespielt. Was sie beruflich macht? Was das angeht, habe ich keine Ahnung. Vielleicht arbeitet sie von zu Hause aus übers Internet, womöglich ist sie aber auch Hausfrau und Mutter. Ha! Regelrecht konservativ, finden Sie nicht auch? Der Vater bringt das Geld nach Hause, während die Mutter sich um die Hausarbeit kümmert. Wie schon damals bei den Kramers.*

Na ja, ich kann Ihnen auf jeden Fall sagen, die Reuters geben das Bild einer perfekten Familie ab. Doch ich sag Ihnen noch was. Kommen Sie noch mal näher. Sie können sich sicher noch an die Zeit erinnern, als dieser Kurt Kramer mit Frau und zwei Kindern hier genau in ein solches Haus eingezogen ist. Ja, ich weiß. Düsteres Kapitel. Kann Sie gut verstehen, dass Sie darüber nicht sprechen möchten. Die Morde und das alles. Lassen Sie mich eine Sache sagen. Damals, als die Kramers hierherzogen, bekam ich so ein dumpfes Gefühl in der Magengegend. Ich konnte es mir nicht erklären, denn wenn man den Kramers auf der Straße begegnete, wirkten sie wie eine ganz harmonische Familie, die nichts und niemand unterkriegen kann. Sie grüßten einen freundlich und verhielten sich tadellos. Waren in keinen Vereinen und lebten sehr zurückgezogen. Nur Kurt Kramer war als Firmeninhaber einer Baufirma stets im Stadtleben präsent. Man konnte von ihnen wirklich behaupten, dass sie eine Musterfamilie waren. Und das war ja auch so … Jedenfalls bis letzten Sommer, als die Morde … Ich hör ja schon auf. Was ich eigentlich sagen will … Dieses dumpfe Gefühl, als würde bald etwas Schreckliches geschehen … Es ist wieder da. Ich weiß nicht, woher es rührt. Aber irgendetwas wird geschehen. Irgendwas Schlimmes. Das weiß ich so sicher, wie ich weiß, dass bald der Sommer kommt. Ein heißer Sommer. Garantiert.

Sehen Sie nur! Da drüben. Das ist Isabelle Reuter, das Mädchen, das die Fenster putzt. Sie parkt ihren Roller in der Garage. Sie schmeißt ihn nicht etwa auf den Rasen vor dem Haus wie wir früher, nein, sie stellt ihn sogar in den Ständer an der

Seite. Vorbildlich. Und ihre Kleidung. Das gelbe T-Shirt gebügelt, keine Grasflecken auf den Jeans, die roten Haare perfekt frisiert. Die Reuters wissen, wie man einen guten Eindruck hinterlässt. Allerdings … Na ja. Mein Vater hat immer gesagt, in jeder noch so glänzenden Pflaume kann ein Wurm stecken. Man entdeckt ihn erst, wenn man zubeißt. Und irgendwas sagt mir, dass das Schicksal bald die Zähne in das Leben dieses Mädchens, ja, vielleicht sogar in das der ganzen Familie schlagen wird. Dieses dumpfe Gefühl im Magen, verstehen Sie? Es hat sich damals bestätigt, als Kramer seinen Sohn ermordet hat, und jetzt … Nun, ich hoffe, dass so etwas Schreckliches niemals wieder geschehen wird. Aber wer weiß … Wer weiß …

Nachwort

Haben Sie es auch als so schrecklich empfunden, dass der arme Buddy in seiner Hundehütte lag und an den Ködern starb, die Ralph Miller ihm zugeworfen hatte? Ja? Dann ging es Ihnen genauso wie mir. Wer glaubt, ich hätte den armen Golden Retriever mit Absicht in die ewigen Jagdgründe geschickt, der täuscht sich. Ich plane nur sehr wenige meiner Geschichten im Voraus.

Zu Beginn dieser Geschichte stand für mich fest, es soll um eine Familie gehen, von der jeder seinen eigenen individuellen Grund hat, Angst zu empfinden. Worum es nicht gehen sollte, war Polizeiarbeit. Denn um ehrlich zu sein, ich bin kein großer Ermittlungsthriller-Leser. Dennoch kam der Augenblick, an dem ich nicht mehr darum herumschleichen konnte, einen oder mehrere Polizisten einzusetzen und deren Arbeit – Ermittlungen möchte ich es in diesem Fall nicht nennen – ein wenig in die Geschichte zu integrieren. Da ich jedoch keinen großen Schimmer habe, wie Polizisten arbeiten, musste ich recherchieren und mir von einem guten Bekannten auf die Sprünge helfen lassen.

Deshalb geht mein erster Dank an Michael Spitzer, der sich die Zeit genommen hat, meine sich wiederholenden Fragen anzuhören und mit enormer Geduld zu beantworten. Ich hoffe sehr, dass ich seine Ratschläge »ordnungsgemäß« umgesetzt habe.

Ein weiterer Dank geht natürlich an meine Familie, die es erträgt, wenn ich auch an sonnigen Tagen stundenlang in meinem Büro sitze und an meiner nächsten Story bastle. Ihr seid die Besten!

Wenn wir schon dabei sind, möchte ich noch ein paar Menschen aufzählen, die mich auf meinem Weg als Autor unterstützt haben:

Meine beste Freundin Ayla Dade. Danke dafür, dass du immer zu mir hältst und nie daran gezweifelt hast, dass meine Geschichten es eines Tages ans Licht der lesenden Welt schaffen. Danke!

Ein großer Dank geht auch an meine Lektorin Michaela Retetzki, deren gezielte und oft humorvolle Anmerkungen mich nicht bloß zum Schmunzeln bringen, sondern auch meinen Horizont erweitern. Es ist wirklich eine große Freude, mit dir zu arbeiten.

Und natürlich möchte ich mich auch bei meinem Verlag bedanken, im Speziellen bei meiner Projektmanagerin Christiane, die mir jede meiner Tausenden Fragen mit einer Herzlichkeit beantwortet, die ihresgleichen sucht.

War's das? Ich glaube nicht. Es gibt noch sehr viele Menschen, denen mein Dank gilt. Vor allem Ihnen, liebe Leserinnen und Leser. Vielen Dank, dass Sie meine Geschichte in Ihrem Geist wachgerufen haben. Ich hoffe, sie hat nicht allzu sehr zugebissen. Ich brauche Sie noch. Als Begleitung. In der Dunkelheit dort draußen warten noch viele Geheimnisse. Und Schrecken. Manche davon haben – wie Sie sicher wissen – sehr spitze Zähne.

Mike Chick, Sonnenbühl, 2022